北京电影学院精品系列教材

电影剧作中的文化建构

张　冲◎著

中国国际广播出版社

图书在版编目（CIP）数据

电影剧作中的文化建构 / 张冲著. —北京：中国国际广播出版社，2022.9

ISBN 978-7-5078-5206-6

Ⅰ. ①电… Ⅱ. ①张… Ⅲ. ①电影剧本－创作方法－研究 Ⅳ. ①I053.5

中国版本图书馆CIP数据核字（2022）第166198号

电影剧作中的文化建构

著　　者	张　冲
责任编辑	王立华
校　　对	张　娜
版式设计	邢秀娟
封面设计	赵冰波
出版发行	中国国际广播出版社有限公司［010-89508207（传真）］
社　　址	北京市丰台区榴乡路88号石榴中心2号楼1701 邮编：100079
印　　刷	天津市新科印刷有限公司
开　　本	710×1000　1/16
字　　数	260千字
印　　张	16.5
版　　次	2022 年 11 月　北京第一版
印　　次	2022 年 11 月　第一次印刷
定　　价	68.00 元

目　录

引　论　电影经典剧作原则与哲学思维的逻辑关联 / 001

一、“完整”的剧作原则及“普遍性”的哲学建构 / 002

二、经典剧作中“好人”的哲学建构逻辑与“真善美”的概念 / 004

三、西方经典电影中的“净化”与“升华”功效及其哲学逻辑考究 / 006

第一章 《蓝色》中“自由”哲学命题与神学逻辑的嵌入 / 011

一、《蓝色》剧作上的诗意：运用修辞格推进“自由”进程 / 012

二、朱莉完成从“不自由”到“自由”的突转 / 019

三、《蓝色》对神秘主义、宗教与哲学的认知与建构 / 022

第二章 《乡愁》剧作中文化符号与终极问题的运用 / 027

一、“圣愚”的疯狂与崇高的“至善” / 028

二、知识分子在“牺牲”中对终结问题的认知与行动 / 032

三、带有索菲亚主义特征的俄罗斯女性 / 035

第三章　伦理学与精神分析观念在《假面》中的演绎 / 040

一、伦理问题新角度：趋同原则下妈妈真的爱她的孩子吗 / 041

二、被压抑的非理性、僭越与“作恶”后的快感 / 046

三、趋同原则下的人格面具及人的选择 / 049

第四章 好莱坞商业片剧作中对深度思想的“浅思维化”处理 / 054

一、好莱坞的“哲学小甜饼拼盘”与“心灵鸡汤”标签 / 056

二、猎奇的陈词滥调与“文化苦旅”的建构 / 060

三、为什么说美国电影观众只有“十二岁孩子的思想” / 065

第五章 电影《卧虎藏龙》剧作上的中西文化跨界与缝合 / 069

一、剧作中的差异性建构：四类女性对“自由”与“欲望”的诉求 / 071

二、中国“儒释道”思想的西式嵌入 / 079

三、何谓“卧虎藏龙”：对“灵与肉”选择时的终极追问 / 085

第六章 《八部半》剧作形式的喧嚣及思想上的寂静 / 092

一、基多“不快乐”的设置：狂欢、繁多表象与无 / 094

二、费里尼成熟的认知：世俗欲望之罪与残缺之美 / 100

三、从喧嚣到领悟的安静清朗：“无为”新秩序的建构 / 111

第七章 《东京物语》在创作上对新伦理思想及存在认知的呈现 / 119

一、从家庭成员到社会关系：小津对人之关系的现代认知 / 121

二、在“变”与“不变”中对永恒事物的寻找与认知 / 126

三、小津对人存在认知的设置：缺憾是否“令人失望” / 130

第八章 《血迷宫》剧作中存在主义思想的渗入 / 137

一、后现代人的存在：暴力、性及物自体 / 139

二、“杀人是一件非常非常……的事”：反英雄们的困境与选择 / 143

三、卡通形象、后现代与真相的解辖域化处理 / 150

第九章　现代主义思想在《罪与罚》剧作中的重新建构 / 153

一、“拉斯柯尔尼科夫式”的纠结：对“罪”与“罚”重新界定 / 154

二、局外人与西西弗斯的综合体：对幸福与纯真的求索 / 158

三、从质疑、反抗到失落：如何面对虚无与荒诞的建构 / 162

第十章　《青春残酷物语》中日本现代情感及批判意味的建构 / 167

一、从斯德哥尔摩综合征看日本现代女性的主体性建构 / 168

二、青年的失败：“愤怒”族与主流“拜金”意识形态的抗衡 / 176

三、向“下流社会”滑动：道德与情感秩序的重构 / 183

第十一章　《黑猫白猫》剧作中不可或缺的喜剧精神 / 189

一、库氏喜剧精神：滑稽形式下严肃问题的建构 / 191

二、巴洛克式“人间喜剧”：狂欢中对“第一世界”的颠覆 / 197

三、喧嚣、粗鄙与正反同体：非理性形式的喜剧效果 / 203

第十二章　《二十四城记》剧作中的实验性手法与历史呈现 / 208

一、诗意所带来的乡愁与深度模式 / 209

二、纪录片的沉闷与戏剧的张力 / 210

三、其他艺术形式所产生的陌生化效果 / 213

四、个人的自由选择——在真实与想象之间 / 214

第十三章　从《英雄》看内地电影剧本跨文化创作特征 / 216

一、“可然原则”的缺失与“绥靖主义”之嫌 / 217

二、“什么是英雄”与“谁是英雄” / 221

三、《英雄》中角色的认知与价值观的选择 / 225

第十四章　老子思想在《骑士》及中外经典电影剧作中的文化建构 / 231
一、电影《骑士》对“天下莫柔弱于水”的当下运用 / 231
二、老子思想在中国经典电影叙事中的价值呈现 / 233
三、老子思想在外国经典电影中的叙事呈现与品质担当 / 235

第十五章　从《小偷家族》观日本当下的后人类特征 / 237
一、特殊的交流结构：秘密的耻感亲密与动物般的“神圣之爱” / 237
二、新的社会阶层的出现：“无缘社会”一族与“向下流动”的人群 / 240
三、现代性之下“家”的权力装置之终结 / 243

后　记 / 247
一、为什么研究电影剧作中的文化建构 / 247
二、电影剧作中的文化建构主要研究内容及观点 / 249
三、研究电影剧作中文化建构的意义 / 251

引　论　电影经典剧作原则与哲学思维的逻辑关联

当今消费语境之下，人们在观看电影过程中不但消费电影中呈现的物质元素，如时尚、歌舞、美人美景等，还消费电影中表现出的精神元素及审美认知，如文化视角、社会问题、哲学概念、表达方式与欣赏的观点等。对后者的消费影响着电影美育思想的形成与传播，而其整个美育思想的形成则取决于对经典剧作原则的把握与运用。电影大师安德烈·塔可夫斯基（又称安德烈·塔尔科夫斯基）说按照他对电影艺术的能力和特性的理解，电影必须使剧本情节符合时间、地点、动作“三一律”这个古典主义的原则。因为这种质朴和节制的形式处理具有更大的表现力。[①] 而他在访谈中也谈到自己在电影创作中会老老实实地遵循讲故事的经典叙事原则，不敢越雷池半步。这里即对塔可夫斯基所说的“经典叙事原则”进行考古研究，“经典叙事原则”一词可以上溯到古希腊哲学家亚里士多德。亚里士多德研究戏剧剧作逻辑体系的著作《诗学》沿袭与发展了他的老师柏拉图及苏格拉底的思想，在书中他提出了叙事艺术作者，即“诗人的职责不在于描述已经发生的事，而在于描述可能发生的事”[②]。这种按照“可然原则”和“必然原则”进行描述或预测的叙事带有“普遍性”特征，因为“诗是一种比历史更富哲学性、更严肃的艺术，因为是倾向于表现带有普遍性的事”[③]。亚里士多德及其之后的叙事艺术作者都力图达到这一追

① 李宝强．七部半：塔尔科夫斯基的电影世界［M］．北京：中国电影出版社，2002：354.
② 亚里士多德．诗学［M］．陈中梅，译．北京：商务印书馆，1996：74.
③ 亚里士多德．诗学［M］．陈中梅，译．北京：商务印书馆，1996：81.

求。他们通过将思想与形式贯穿在一起的原则，在经典叙事原则内传达其艺术理念、哲学思考与传播电影美育意识。

电影作为叙事艺术在遵循“可然原则”与“必然原则”的前提下如能反映普遍性意义，则为上乘之作，但由于艺术家对普遍性问题的思考与认知不同，就会产生不同文化层次的作品。如曾为第五代电影导演写作剧本的编剧邹静之认为电影创作要“故事为王，更要情怀至上”[①]。而诗人丘特切夫从理解俄罗斯文化的角度提出了不同看法，他说“用理性不能了解俄罗斯，用一般的标准无法衡量它，在它那里存在的是特殊的东西。在俄罗斯，只有信仰是可能的”[②]，其中谈到了“理性”与“信仰”两个不同的层次。恩格斯对优秀戏剧的标准提出了自己的看法，即“较大的思想深度和意识到的历史内容，同莎士比亚剧作的情节的生动性和丰富性的完美的融合”[③]。本文将借用恩格斯优秀戏剧的标准，从经典叙事法、哲学等因素及非理性因素等方面，对中外电影中的文化建构进行比较。

电影从媒介到形式与内容，其美育思想与人的审美认知存在着千丝万缕的联系，其美学与认知问题即黑格尔“艺术哲学”的问题。电影作为第七艺术有着广大的受众群体，电影美育与其所传达出的审美认知不但承担着美学的普及工作，还可以让人们通过对不同层次电影的观赏，逐渐提高思考与认知水平，增强对不同智慧类型的理解，进而提高生活能力与生活质量。所以，本书拟从媒介到形式与内容对中外电影中的美育思想及审美认知进行比较，同时也对“中国电影学派”建构的可能性及存在的问题加以分析。

一、“完整”的剧作原则及“普遍性”的哲学建构

亚里士多德说，悲剧是对一个完整划一，且具一定长度的行动的摹仿，一个完整的事物由起始、中段和结尾组成。塔可夫斯基运用古典主义“三一

① 吴晓东．邹静之：故事为王，更要情怀至上［N］．中国青年报，2014-01-05（02）．

② 别尔嘉耶夫．俄罗斯思想［M］．雷永生，邱守娟，译．北京：生活·读书·新知三联书店，1995：1.

③ 恩格斯．恩格斯致斐迪南·拉萨尔的信（1859 年 5 月 18 日）［M］// 马克思，恩格斯．马克思恩格斯全集：第 29 卷．北京：人民出版社，2016：583.

律”叙事原则[1]进行结构叙事，其电影《乡愁》(1983)、《潜行者》(1979)等都较为规范、完整地践行了古典叙事原则。如《乡愁》中知识分子安德烈开始时困惑、迷茫，不知往哪里去；发展部分受“疯子”多米尼克的影响，开始逐渐明了“我是谁”等终极问题；结尾部分完成了从“此岸”到“彼岸”的象征性动作。电影在实现人物的“突转”后，也完成了对“完整”的建构，还完成了向“净化与升华”的一跃。所谓的“古典主义原则”除了“完整”“净化与升华”，还包括其他关键词，如“可然与必然原则”“恐惧与怜悯”之情与普遍性等。塔可夫斯基《乡愁》中的疯子多米尼克所做的“可怕之事”——在罗马广场发表演讲然后自焚，其立意在于警醒处于“世界末日”的乌合之众，耽于享乐、暴力与物质的泥淖之中而不自知，他只能以“自焚”的方式警醒被异化而不自知的现代人。其立意与《哪吒之魔童降世》(2019)中的哪吒为自证“我命由我不由天”的立意认知深度不同。亚里士多德认为“带普遍性的事”是“指根据可然或必然的原则某一类人可能会说的话或会做的事——诗要表现的就是这种普遍性”[2]。《血迷宫》(科恩兄弟，1984)在揭示“荒诞”的本质之时，呈现了人的现代迷失，亦讨论了人类的终极问题，张艺谋2018年的《影》与《影子武士》(黑泽明，1980)在选材上较为类似，但二者在立意与普遍性方面皆不同。《影子武士》不只是呈现人性猥琐的一面，它更看重的是如何把卑贱的灵魂塑造成高贵的灵魂，其立意高远，以一个死去的贵族的形象对一个龌龊的贼进行完美改造，呈现给观众的是人性光辉的魅力与“净化与升华”之功效，充满震撼。

艺术史学者认为在论述“艺术是什么”时，应该“问源于柏拉图哲学，它假定在所有的艺术作品之上存在着一个永恒不变的理念，所有实际的作品都是这单一理念形式的摹本。由此推论，艺术的本质就是理念，就是‘真、善、美’”[3]。从“净化与升华”的角度考察，近年来，中国商业电影《超时空同居》(苏伦，2018)、《后来的我们》(刘若英，2018)等，其形式奢华、唯美，但内

① 李宝强．七部半：塔尔科夫斯基的电影世界［M］．北京：中国电影出版社，2002：354.

② 亚里士多德．诗学［M］．陈中梅，译．北京：商务印书馆，1996：81.

③ 曹意强，孔令伟．艺术哲学与史学理念［M］．杭州：中国美术学院出版社，2015.

容上较多的是情感的宣泄或者对某种情绪的渲染，虽然符合了“情感至上”的电影情感追求，但未能对人进行“净化与升华”，也较少给人启发。编剧冉平说：“美国好莱坞靠两条腿走路，一条腿是情感，另外一条腿是智力。”以《黑客帝国》（沃卓斯基兄弟，1999）为例，这部商业电影除了运用柏拉图的“洞喻”，还将女性主义、禅宗、环境生态批评、存在主义命题、拟像与仿真等哲学命题杂糅其中。文牧野的《流浪地球》虽然对好莱坞大片进行了一次科幻类型化的尝试，但其主题及叙事等方面仅仅停留在“情感”或者“情怀”之上，而相较于《后天》（罗兰·艾默里奇，2004）、《神秘代码》（亚历克斯·普罗亚斯，2009）等同类型电影，后者善于运用“牺牲 / 救赎”的模式，将人物置于极端情况下对“我是谁”“我从哪儿来”“将要去哪里”等普遍性终极问题进行探讨。

二、经典剧作中“好人”的哲学建构逻辑与“真善美”的概念

《诗学》中说，悲剧模仿的对象是“好人”，即“英雄”。而“好人”是“敢做和能做可怕之事”的人，“好人”面对“可怕之事”时必须进行两难选择，从而建构“好”或者“善”的理念。从苏格拉底“至善的理念世界”来讲，“善”的建构具有一套形而上的逻辑与认知，同时“好人”形象的建构亦体现了对普遍性问题的深入程度。中国电影史上不乏与世界一流电影比肩的作品，如《小城之春》（1948）等。但纵观近些年中国电影难寻与世界一流电影比肩的作品。近期艺术片导演毕赣、李睿珺等人皆有获奖作品出现，但其电影与费穆、基耶斯洛夫斯基、塔可夫斯基等人的电影相比，还存在一定的差距。在内容上，毕赣、李睿珺较多关注情感、情绪或社会问题，而费穆不同，他更多关注的是人的认知及普遍性问题。他通过角色对“家庭、婚姻、爱情”等的选择来对“善”的问题进行普遍性思考，同时对观众起到“净化升华”的效应。亚里士多德说悲剧是模仿“比我们今天好的人”，这个“好”字与苏格拉底的“至善的理念世界”的逻辑紧密相连，是关乎“善”的理念。对于“善”，老子总结了“孔德之容，惟道是从”的逻辑，孟子认为“善”“非由外铄我也，

我固有之也”，与苏格拉底“至善的理念世界”的逻辑一致。人之来处既是来处亦是归处，与老子的“反者道之动”“远曰反”的普遍性异曲同工。但在国内的一些电影中，这些“善”的普遍性特征常常被忽略。《罗曼蒂克消亡史》（2016）与《血迷宫》（1984）一样，都有活埋人的情节，但二者不同的是，前者主角毫不犹豫地一锹下去把人拍死，其凶狠与冷酷令人反感，对主角形象的建构也会出现的一定问题；而《血迷宫》则不同，导演用“杀人是一件非常非常难的事，需要花费非常非常多的时间”来呈现反英雄在良知中痛苦地挣扎与选择，无奈之下的“杀人”动作，除了建构了角色的“好”或者“善”的特征，还令观众同情与怜悯。

电影艺术与哲学是有共鸣的，都旨在探寻人生的奥秘。塔可夫斯基的电影《乡愁》（1983）中，知识分子安德烈的使命就是要“唤起人们善良的感情”①，强调精神的升华以及信仰的激发。安德烈到博洛尼亚搜集农奴音乐家索诺夫斯基的传记资料，美丽的风景无法吸引他，性感迷人的女翻译尤吉妮娅也吸引不了他，但是当把家人囚禁了 7 年的多米尼克出现时却引起了他的注意——“人往何处去”的宏大主题吸引了他。导演用对比的手法彰显安德烈与女翻译尤吉妮娅的不同认知与存在：感性存在、理性存在与宗教性的存在②。同样对克尔凯郭尔的这一哲学命题进行使用的影片有伯格曼的《假面》（1966）。克尔凯郭尔说：“人之所贵，并非由于他有一个命定的存在，并非由于他的历史背景、家世，亦非由于他出身的地位，而是在于人有选择改造自己的本质的自由，他如何选择做自己想要做的人，选择自己想要做的事，这就是人的本质。”《假面》中护士艾玛一直困惑“有没有可能两个人成为一个人，是指内在方面”。艾玛通过三次凝视镜中的二人镜像，从开始试图成为伊丽莎白到最后镜像中的自己，以及中间过渡的两张合二为一的面孔，伯格曼用影像和镜像的方式展示了一个哲学命题——人有改造自己本质的自由，这就是人最可贵的自由，从而将克尔凯郭尔的思想视听化。

《双子杀手》（李安，2019）中使用了培根的三联画，吉尔·德勒兹认为他

① 普希金曾说过知识分子的使命就是要“唤起人们善良的感情”。

② 克尔凯郭尔界定了人的三种存在，即感性存在、理性存在与宗教性存在。

的绘画“以纯粹的形象取代了具象绘画，从而在抽象与具象之间，找到了第三条道路，拯救了形象在20世纪的命运”[①]。培根用扭曲、变形或者叠加在一起的肉进行绘画，但是肉并非死去了的肉体，它存留着一切痛苦，并在它身上保留了新鲜肉体的全部色彩。在德勒兹看来，在培根的笔下，无器官的身体，扭曲的“肉”的形象中蕴藏痉挛的、脆弱的痛苦，但同时又有那么多迷人的新发现、色彩和高明的杂技。培根不说“对动物的怜悯”，而是将所有痛苦的人都呈现为一团“肉”的形象。“肉”是人与动物的共同区域，是“不可区分”的区域，它是这一“事实”，在这一状态下，画家与他恐惧或怜悯的对象相认同。[②]培根将个体感觉以“肉”的形象呈现，强调个体对世界的愤怒、恐惧与失望，恰如伍尔夫所说的“一切事物、一切感情、一切思想都是小说的恰当素材，头脑和心灵的一切特点都值得吸取；一切知觉印象都有用处”[③]。培根运用形象将英诺森教皇、屠杀、人与狗等形象以变形的方式呈现出来，折射言语或者思想无法描述的恐惧、愤怒与羞耻感等。电影《一条安达鲁狗》（布努埃尔，1928）、《去年在马里昂巴德》（阿伦·雷乃，1961）与史云梅耶的《斯大林主义在波西米亚的死亡》（1990）、《食物》（1993）、《对话的维度》（1982）等，它们都对诸多普遍性问题进行了思考与视觉呈现，如无形的潜意识、言语与事实的关系、极权意识形态的发展以及对事物的存在及发展状态的思考等。

三、西方经典电影中的“净化”与“升华”功效及其哲学逻辑考究

西方日常生活中的文化与习俗是对古希腊哲学的发展和延续，托马斯·阿奎那认为它是“一门思辨性的、理论性的科学”。牛顿在“‘哲学问题’笔记本中的许多条目都涉及灵魂的本质与确切所在，以及内在的、主观的精神与外

① 德勒兹．弗兰西斯·培根：感觉的逻辑［M］．董强，译．桂林：广西师范大学出版社，2017：xii.
② 德勒兹．弗兰西斯·培根：感觉的逻辑［M］．董强，译．桂林：广西师范大学出版社，2017.
③ 伍尔夫．伍尔夫读书笔记［M］．黄梅，刘炳善，译．南京：译林出版社，2015：1.

在的身体在人的体验中各自发挥的作用”[1]。苏格拉底的“灵魂”假设说是建构哲学逻辑的重要元素，对后来的西方基督教文化产生了巨大影响。新柏拉图主义哲学家普罗提诺从哲学的角度提出的“三位一体”概念对后来的基督文化的发展起着承上启下的作用：“灵魂是带着努斯所体现的太一理念而进入肉体的，这样我们就可以部分地窥见太一。这样一来，太一、努斯、灵魂这三个概念就构成了一种辩证的关系——太一通过努斯（一）而分化为灵魂（多），居住在我们的肉体之中，众多的灵魂通过对独一无二的努斯的认识而窥见那个不可认识的太一。”[2]对“太阳”或“太一”理念的认知与回归，具有一整套的逻辑体系与逻辑思维，成为构成西方文化的基础。基耶斯洛夫斯基的《蓝白红三部曲之蓝》（1993，简称《蓝色》）片尾的唱词是《圣经·新约》中《哥林多前书》中的文字，其中“Faith”是理解西方文化观念与逻辑的关键词，其逻辑来源与古希腊哲学的新柏拉图主义思想息息相关。科恩兄弟的《血迷宫》英文名字为 *Blood Simple*，他们借影片讨论 20 世纪 70 年代以来实现了中产阶级梦想的美国人的困惑与迷失，运用一场凶杀案的“血”来讨论西方的文化逻辑，电影片名直译过来就是“血简单”的意思，其“简单”的逻辑关乎“人往哪里去”的终极问题，意即一旦知晓“血”的“Faith”逻辑关系，诸事简单。科恩兄弟在记者招待会上也谈到了《血迷宫》的哲学立意，“无辜者应受苦，有罪者应受惩罚，人饮血而为人”的文化逻辑便是西方文化在形而上认知上提出的解决问题的方法。

《孙子兵法》说“求其上，得其中”，中国当下的电影文化建构按照此原则需对世界电影中的高、中、低等级的电影进行了解与分类，以便更好地对“求其上”的对象进行了解与对话，促进电影良好态势的发展。国内近些年引进了中等难度与深度的印度电影，如《三傻大闹宝莱坞》（拉库马·希拉尼，2009）、《摔跤吧！爸爸》（尼特什·提瓦瑞，2016）、《神秘巨星》（阿德瓦·香登，2017）及《巴霍巴利王 2》（S.S. 拉贾穆里，2018）等，引起不少观众对印度电影的关注。印度一直是电影出口大国，对中国观众来说，印度电影比较

① 艾利夫．牛顿新传［M］．万兆元，译．南京：译林出版社，2015：35.
② 赵林．西方哲学史讲演录［M］．北京：高等教育出版社，2009：173.

受欢迎是因为他们的电影既欢快又具有较为深入的思想，而后者离不开深深植根于主智主义的印度文化，或者说是广义的哲学思想。在以上提到的印度电影中，其哲学思想无处不在地进行渗透与影响。李安得过国际电影节的奖项和奥斯卡的奖项等，他的电影在中西文化跨界方面比较自如，他经历了较长时间的西方文化浸润，熟悉中外哲学方面的结构与认知。如在《卧虎藏龙》里提到的“心诚则灵”则是对“Faith”一词的诠释；在《少年派的奇幻漂流》（2012）里派不同时期读了四本书，分别是印度神话《黑天》、凡尔纳的《神秘岛》、陀思妥耶夫斯基的《地下室手记》和加缪的《局外人》。其中《黑天》是讲述印度哲学文化的一本书，并且在电影中向伯格曼的《处女泉》（1960）致敬，在狂风大作的晚上，海浪夺走了船和老虎以外的所有东西，这时派向天喊道：“我失去了家人，失去了一切，我臣服，你还要怎样！”按照“可然原则”逻辑，风暴过后，第二天早晨风平浪静，影片的情节设置如同《处女泉》的结尾一样。在《比利·林恩的中场战事》（李安，2016）里多次出现印度教主神毗湿奴的形象，并且提到了“超越个体力量”的存在。电影伴随着比利的成长与觉醒而进行叙事，从比利开始应征入伍，到面对穆斯林家庭的恐惧与敌意，到和圣战士的近身搏击直至杀死对方，到回到家中对家人及战争的犹疑，到拒绝谈杀死一个陌生人的体验，到一个人自信而傲慢地站在碧昂斯的表演台上，到对投资商的有力回击，到对乌合之众的斥责，到最后选择回归战场直面荒诞的世界。不管是在美国世俗社会中还是在伊拉克战场上，比利经由对“某种超越个体的力量”的认知，进而升华到对荒诞世界的认知，成为西西弗斯式的终极英雄，李安再次完成了对西方经典哲学与现代哲学的融合。

电影《功夫熊猫》（马克·奥斯本，2008）中的龟大仙多次与浣熊师傅谈到和“Faith”相关的问题，龟大仙一直在试图说服浣熊师傅“要相信（胖熊猫就是神龙大侠）”。虽然影片运用了“无”“无为”“大胜在德”等中国文化基因，但其核心概念也论述与呈现了对西方哲学中“Faith”理念的认知逻辑与思维方法。由此可见，西方的哲学思维不但覆盖了关乎终极问题的大师级艺术影片，也覆盖了追求利润的商业大片，涵盖了从西方哲学的形而上理念，到“认识你自己”“我是谁”“我从哪里来”“要到哪里去”等终极问题，如电影

《黑客帝国》《蓝色》《乡愁》《八部半》（费里尼，1963）等。中国当下电影也试图对“Faith”的理念进行探讨，如《长城》中景甜对马特·达蒙几次说“相信我”，其“相信”的意义虽然与西方的“Faith”翻译意义相近，但并不是普遍性上的逻辑认知，其台词中的“相信”只是尝试相信某个人、某个动作，而不是指西方的一整套哲学认知体系与逻辑。

除了“净化与升华”的叙事法、哲学逻辑外，西方某些类型的电影在文化建构上亦将死本能、欲望与非理性的狂欢等杂糅进电影的剧本创作中，从心理学、后人类主义的角度思考“生成”—“毁灭”等问题的呈现。有人说“色情世界与思想世界互相补充；没有它们的协调一致，全体性就无法完善”[①]，在很多外国电影中亦可以看到色情成分与思想性的有机结合与互相补充。比如运用色情世界或者身体对权力意志、社会秩序或极权等进行反思、抨击或颠覆，达到了与思想世界的互补。在塞尔维亚导演马卡维耶夫的电影中，“如何面对性”使得电影《男人非鸟》（杜尚·马卡维耶夫，1969）中两个出身不同的女性通过选择走向了截然相反的命运。罗马尼亚导演内策尔的《安娜，我的爱》（2017）从一对青年男女的情爱开始，来演绎不同阶层的男女的阶层置换，具有黑色幽默特征，也具有狂欢的颠覆特征。波兰斯基的《穿裘皮的维纳斯》（2013）中，女孩通过性吸引与引诱，由弱到强展示“权力意志”的力量，将开始处于主导位置、具有主动选择权的男权导演征服。今村昌平在《赤桥下的暖流》（2000）里，描绘性、欲望与现代生活的关系，性的解放让处于刻板工作、机械生活的丈夫恢复了生机，再次具有能量和力量来面对世界。库斯图里卡在他的电影中通过非理性的狂欢来讨论严肃的“宽恕”问题。狂欢是库斯图里卡电影《地下》（1995）、《黑猫白猫》（1998）的最重要的特征之一，充满了离经叛道的酒神精神：蔑视权威、热爱生命的激情，向往世俗生活，追求富丽堂皇的世俗精神，宽容地看待意识形态。不管狂欢中的人物关系如何繁复，在库斯图里卡看来，人和人之间总是存在着一种牢不可破的关系，即爱的关系：在同性之间则成为友谊，如两位老英雄出生入死结成的友谊、马特科为欺骗了自己的达旦冲刷身上的粪便，《卡萨布兰卡》（迈克尔·柯蒂斯，1942）里表现

---

① 巴塔耶．色情史［M］．刘晖，译．北京：商务印书馆，2003：13.

出的那种警察与“匪徒”之间对立关系的消解与爱，体现了狂欢正反同体的特质，权威秩序被解构，新秩序被建构起；在异性之间，即为爱情，如《黑猫白猫》中的小瓢虫与格尔加的大孙子，丽达与扎尔，库斯图里卡对于人的关系的认识超越了意识形态，库斯图里卡运用非理性的狂欢方式将其电影中的世俗生活上升到了普遍性层面：诸事皆有可能。

第一章 《蓝色》中“自由”哲学命题与神学逻辑的嵌入

波兰导演克日什托夫·基耶斯洛夫斯基被称为“深紫色的叙事思想家”“电影诗人”，但他认为自己只不过是“朴素的、地方性的”导演。他认为一个导演的知识结构决定了他个人视野内所关注的事物与独特的角度，如他在访谈中所说的：“生命里很多事都是由当你还是个孩子时在早餐桌上打你手背的那个人决定的，指的就是你父亲、你祖母、你曾祖父、你的家庭背景，那是很重要的。那个在你四岁时因为调皮而打你手背的人，往后几年会在你床前或是圣诞节送礼物的时候，给你第一本书，那些书将塑造你的人格——至少，我的人格就是那么开始形成的。它们教了我一些事，让我对某些事情特别敏感。那些我曾经读过的书，尤其是我在孩提时代读过的书，使我变成了今天的我。”①

孩提时代的基耶斯洛夫斯基体质虚弱，常常躺在阳台上呼吸新鲜空气，从那时他便开始阅读加缪、陀思妥耶夫斯基、莎士比亚等人的著作。父亲由于身体缘故要在不同的疗养院之间游走，全家四处搬迁，幼小的基耶斯洛夫斯基敏感、忧郁而又细腻。他在日后的电影创作中无论是对意识形态与人的尊严的关注，还是对形而上学与宗教的思考，都有他孩提时代阅读所带来的影响。基耶斯洛夫斯基曾说过他宁可看书也不去电影院，生活和文学是他创作的重要灵感，在回答哪些人对他影响较大这个问题时，他说出了陀思妥耶夫斯基、托马

① 斯多克．基耶斯洛夫斯基谈基耶斯洛夫斯基［M］．施丽华，王立非，译．上海：文汇出版社，2003：5-6.

斯·曼、卡夫卡和加缪四人的名字。加缪作为存在主义哲学思想的代表，他所关注的某些问题对基耶斯洛夫斯基影响颇深，这从电影《蓝色》中可以略见一斑。《蓝色》系基耶斯洛夫斯基的三色系列之一，三色系列的创意来源于法国国旗的三种颜色：蓝色、白色与红色，分别象征自由、平等、博爱。基耶斯洛夫斯基说《蓝色》这部电影讲述的是："个人自由的领域，我们离感情能有多远？爱是囚牢还是自由？"[①] 在涉及电影讲述方法时，他说："有某种知觉或感觉的人，一些有魅力的人。这不一定非通过对比来表现。"他还说，在他的电影中，"通常是最重要的事情发生在幕后，你看不见它。它可能体现在演员的表演中，也可能不在其中；你可能感觉得到，也可能感觉不到"[②]。这些看不见的幕后是指存在于世俗生活现象下的神秘主义、荒诞存在与自由等。

在《蓝色》中，基耶斯洛夫斯基通过女主人公朱莉从"不自由"到"自由"的剧作结构上的突转，运用修辞手段将他所说的幕后不可见之"最重要的"事物显现出来，即象征着"自由"的蓝色布满全屏。基耶斯洛夫斯基在电影《蓝色》中除了使用存在主义等现代主义思想，他还在电影的结尾使用了《哥林多前书》中的内容作为片尾曲的唱词，其中提到了"信念""希望""爱"这几个关键词，尤其是"信念"一词涵盖和辐射了整个西方宗教、哲学的逻辑体系，包括叙事作品的主题立意、具体内容与创作的方向、目的与功效。

一、《蓝色》剧作上的诗意：运用修辞格推进"自由"进程

修辞学是许多西方导演在早年教育中需要习得的一门课程，而诗歌创作也是一些导演的经历之一。热爱戏剧的基耶斯洛夫斯基，在进入由先锋艺术家创立的洛兹电影学校前，在一家剧院工作，其间进行诗歌创作，这影响了他日后的电影导演工作。他曾说，在他的影片中，"并不直接表述他所要表述的事物，而是通过一些间接的方式来实现它……事情很少是直接说出来的"。他在电影中的表述手法，与诗歌的表述手法不谋而合。在他所运用的修辞格中，有

① 斯多克．基耶斯洛夫斯基谈基耶斯洛夫斯基［M］．施丽华，王立非，译．上海：文汇出版社，2003：218.

② 斯多克．基耶斯洛夫斯基谈基耶斯洛夫斯基［M］．施丽华，王立非，译．上海：文汇出版社，2003：221.

隐喻、象征、对比、排比、反复等，其中运用得较多的是排比、反复、隐喻与象征。

在修辞格中，排比具有展示与强调的作用。“三”在电影中是一个比较有用的数字，具有排比或反复的修辞效果。一个人物或道具第一次出现起到“展示”的作用，第二次出现凸显“强调”的作用，第三次出现时则意味着预设的有目的的内容将要发生剧变，意味着故事的突转或作者的结论即将出现。在基耶斯洛夫斯基的电影中，这种修辞手法随处可见，人物与动作的作用一次比一次更加突出，目的更强烈，对情节以及情节的定位进行推波助澜，使激励事件逐渐达到顶点。《蓝色》中多个次要人物与道具比较规范地出场（或潜出场）三次，例如吹竖笛的男人、朱莉母亲、青年安东尼、性表演者露西娅、朱莉丈夫的情人、邻居、女儿的蓝灯、丈夫的遗稿、十字架、床垫等。在每一次“三”中按照展示、强调与结论的顺序完成预设的任务，即主要人物由“不自由”向“自由”的过渡。

影片中吹竖笛的男人的三次出现起到了非常重要的作用，导演也将存在主义命题的论述设置在此角色上。他第一次出现是在朱莉的关注中，没有台词，沉默是他的存在状态。朱莉安静地看着他，这个男人身上也曾停留过她丈夫的目光，朱莉的在欧洲有影响力的经典音乐作曲家丈夫曾经从这个来自民间的流浪艺人身上汲取过灵感。虽然刚刚治愈心理创伤的朱莉拒绝回忆，但她的潜意识却战胜了她的意志，她来到了和丈夫常常光顾的咖啡馆。这一组镜头呈现得不多，但幕后的寓意颇多：1. 朱莉的绝对拒绝回忆意识在行动上无法真正实现；2. 殿堂之上的经典艺术与民间艺术的关系；3. 人的潜意识无法抗拒。吹竖笛的男人第二次出现，是朱莉发现他病了，上前探寻他：“生病了？你还好吧？”男人躺在那里，露出艰涩的笑容，并拢了拢自己装竖笛的盒子，说道：“人总得给自己留点什么。”这句话具有一定的启示作用，即人不能拒绝所有，人是与时间有关的一种存在，势必要葆有时间的东西——记忆也好，选择也好，人不能绝对逃避时间留下的痕迹。此时的朱莉正在以逃避与拒绝的方式进行选择，她拒绝帮助，拒绝回忆，拒绝工作，拒绝肉体上的爱，拒绝宗教的救赎，等等。随着导演对朱莉承受能力砝码的加重，她第三次看见吹竖笛的男人时，恰好他被好心人送回来。朱莉走上前去问他："为什么知道这曲子？"他回答："我创作各种音乐，我喜欢演奏。"这就是吹竖笛的男人的选择，这选择证实了他存在的意义——其自为存在的意义是为了向人普遍的自在存在接近。在选择过程中，吹竖笛的男人实现了自己的自由。朱莉获得启示，决定开始面对残酷而荒诞的世界，并以积极主动的态度开始工作，开始创作音乐，向自由、幸福靠近。

《蓝色》从存在的角度讨论了血缘关系。住在疗养院里的母亲作为唯一与朱莉有血缘关系的亲人出现了三次，这三次出场昭示了朱莉从"不自由"向"自由"过渡的进程。母亲第一次潜出场是在可视电话中，她参加朱莉的丈夫与女儿的葬礼。第二次出场是朱莉有了难题：当朱莉发现储物间内的母老鼠与一窝小老鼠时，这个荒诞的世界不断给刚刚失去丈夫、女儿的她增加痛苦的、荒诞的砝码。面对荒诞和痛苦，她要么选择逃避，要么直接面对，导演在完成朱莉这个西西弗斯式英雄设置的时候，要求朱莉自己选择。朱莉面对这窝大小老鼠，没有像之前那样选择逃避与拒绝，而是到疗养院向母亲寻求帮助，这与之前的动作不同，她走出了之前隔绝的自我封闭状态。可患上老年痴呆症的母亲似是而非的话语，让朱莉只能选择自己面对——她借邻居的猫来处理那窝老鼠。

在母亲的疗养院，朱莉与母亲对话这场戏中，基耶斯洛夫斯基由此将很多问题展示了出来。其一，朱莉身份与伦理的血缘关系问题。朱莉的母亲无法辨认朱莉的身份，将其一会儿看成她的妹妹，一会儿看成她的女儿。身份的混淆，使得她的判断也具有歧义，使得语义产生了多元效果。

母亲：玛莉·凡丝。

朱莉：是我，朱莉。

母亲：啊，朱莉，进来。

母亲：他们告诉我你死了，气色很好，很年轻，总是那么年轻，都三十岁了，小的时候……

朱莉：母亲，我是你女儿，不是你妹妹，我今年三十三岁。

母亲：我知道，我知道，开玩笑的。

这段台词将最基本的几个信息传达了出来：1. 朱莉母亲对于自己妹妹（血缘关系）的嫉妒，带有防御心理及潜意识中的残酷的死亡本能——“他们告诉我你死了”，对妹妹的阉割焦虑超越了“超我”的爱；2. 面对患了老年痴呆的母亲，朱莉似乎不能从她那里获得力量和帮助，因为母亲带有老年痴呆的病症给朱莉带来的是无力以及随后的坚定，前来寻求帮助的朱莉，在纷繁及极端情况下，她逐渐看清人独自存在的状况，也重新感受与认识了血缘关系、亲情以及母亲的经验，她的困难与问题需要她自己去面对与解决；3. 同性之间的关系：姐妹关系、母女关系，“我知道，我知道，开玩笑的”——这种掩饰揭示了母亲与女儿之间的疏离感与背离感；4. 除了嫉妒，还有朱莉母亲作为姐姐及妈妈对于妹妹与女儿的母性之爱。

其二，朱莉母亲话题一转：“我过得很好，什么也不缺，还有电视，知道世界发生的事，你也看电视吗？”这个时候的画面是一位耄耋老人在玩高空蹦极，画面与台词构成了非常鲜明的隐喻与反讽：打开电视我们就以为知道了世界发生的事情，可稍加思索就会发现其充满了荒诞、欺骗与谎言，导演以耄耋老人蹦极的画面讽刺性地揭示了世界的荒诞本质。也恰如库斯图里卡所说：“打开电视机，就认为知道了世界上发生的事情……但是，只要再稍微考虑一下，就可以知道那里充满谎言……”① 这与《蓝色》里的象征颇有异曲同工之妙。

其三，朱莉说：“以前，我很快乐，很爱他们，他们也爱我，你在听吗？……我什么也不要，不要财产、回忆、朋友、爱，这些全是骗人的。”配合这句台词的是蹦极的人在坠落中略有虚无缥缈之意的慢镜头，虚无与荒诞的本质在坠落中尘埃落定，这缓慢的降格镜头象征着那些复杂而无从认知的自在之存在——财产、回忆、朋友、爱，它们的存在，是意识之外的东西，是“超现象的”。它们也许绝对地存在，却是偶然的，没有必然性；它们让人无法真

① 库斯图里卡：我们等待你的奇迹［EB/OL］.（2004-05-18）. http://ent.sina.com.cn/2004-05-18/0941392746.html.

正认知，是异己的、荒诞的，也是令人厌恶的存在。人们在意识里自为地追求与接近这种自在的存在，其本身也具有荒诞性。“爱是一种美丽的情感，但在爱中你随即就让自己依赖你爱的那个人，你做他喜欢的事情，虽然你自己可能并不喜欢，可是你想让他高兴。因此，有了这些美丽的爱的感觉、有了一个你爱的人，你便开始做许多并不符合你自己性情或意愿的事……《蓝色》中的囚牢是由情感和记忆共同造成的……电影中某个时刻她非常清楚地表示所有这一切都是陷阱：爱、同情、友谊。”[①] 此时朱莉开始意识到自在存在的荒诞，并逐渐体悟自由。

其四，朱莉母亲的一句话“你有钱吗？孩子……这点很重要，人不能拒绝一切”，就把朱莉从虚无当中拉回到了存在之境。朱莉母亲的“人不能拒绝一切”，与吹竖笛的男人的“人总得给自己留点什么”呼应，给朱莉的暗示是：荒诞无法逃避也无处躲藏，只能去直面，并且要勇敢地、幸福地去直面，宛如西西弗斯，宛如莫尔索。在实现自由的过程中，她清楚地意识到荒诞的意义，也获得了新的勇气，于是去向邻居借猫杀鼠。

朱莉母亲第三次出现同第一次出现都是沉默的，但是不同的作用已经在电影的时间中分别产生。朱莉与她丈夫已经怀孕的情人见面后，内心难以平静，决定找母亲倾诉。她在疗养院的窗外俯视着房间里看电视的孤零零的母亲，这个时候电视画面是一个人孤零零地站在高空的钢丝上，象征着朱莉意识到了自己的处境及独居的母亲的存在状态甚至所有人的存在状态——每个人都是在自己的人生中独自走钢丝；朱莉意识到了人存在的荒诞性，选择转身离开疗养院勇敢地独自面对荒诞。她离开了，没有进到房间里去向母亲倾诉或求救。此时，她正逐渐向“自由”靠近，她对乐感的控制也随着自我认知与自由的逐渐显现变得自如。当她无法摆脱“爱”的桎梏、没有意识到荒诞的时候，乐感是她想拒绝又无法拒绝掉的潜意识，即使是在游泳池的水中也一样；而当她逐渐变得自由的时候，她可以控制乐感的出现了，伴随着朱莉的主体意识的清醒与实现自由的过程，她开始重新选择并获得了幸福自足的自由。

---

① 斯多克．基耶斯洛夫斯基谈基耶斯洛夫斯基［M］．施丽华，王立非，译．上海：文汇出版社，2003：220.

道具与诗歌中的“意象”异曲同工，《蓝色》借助多种道具对某些事物进行隐喻与象征。道具之一是朱莉女儿房间里蓝色的灯，这是朱莉女儿车祸后留下的唯一物品。女儿的灯第一次出现是在朱莉询问园丁是否处理掉蓝色房间的一切之后，园丁的回答是肯定的，但他忘记了将灯处理掉，朱莉试图“为了重新获得选择生活的自由，主宰自己的命运和情感，不再被痛苦所支配……决然地抛弃了与派特里斯有关的一切，她抹去过去的生活痕迹，斩断与过去的一切联系”[①]。蓝灯第二次出现，是要强调朱莉根本无法完全逃避或拒绝这个残酷而荒诞的世界。她“一进新居，第一件事就是将灯饰挂起来。这个细节细腻地流露了朱莉的深层心理，灯饰是昔日生活的浓缩，表达了朱莉对昔日生活的依恋和不舍，是朱莉的情感对她的意志的背叛，她依然是情感的奴隶”[②]。这个时候她还处于不自由的状态，无法体会自由的幸福与自我主体性的存在。朱莉女儿的灯第三次出现是脱衣舞女露西娅前来感谢朱莉时提到的，露西娅小时候恰恰也有过同样的灯，冥冥之中将生活本身所具有的神秘性与二元对立性勾勒了出来：幼小的女儿生命逝去，但这盏灯上依旧延续着露西娅的童年回忆与憧憬，她也曾经拥有同样的灯，性表演者露西娅代表着被秩序与理性压抑的肉欲，蓝灯使得欲女 / 幼女形成欲望 / 贞洁这一正反同体的矛盾结合体，凸显生活的神秘性与生命的矛盾性。

影片中的另一道具是床垫。床垫作为男女欲望之所，在影片中出现三次。第一次出现是在朱莉试图用身体之痛来解决心灵之痛之时，朱莉叫来奥利维后说：“全被拿走了，只剩下这床垫子。”在这张床垫上，朱莉试图用身体的接触来解救自己。但是和奥利维一夜情之后，她的内心之痛依旧无法排解。床垫第二次出现是在丈夫的情人来她家之前，园丁告诉朱莉：“床垫以前放在这里……奥利维先生把它买走了。”朱莉夸奖他做得好。而这次朱莉打算将房子及丈夫的姓赠送给丈夫情人腹中的孩子，她以和解、宽恕取代恨的意义，直面荒诞。第三次出现是朱莉在完成欧洲联盟乐章，却又被善良的奥利维拒绝接受

① 沈云 .《蓝色》漫谈：谨以此文纪念波兰电影大师克日什托夫·基耶斯洛夫斯基［J］. 电影评介，1997（1）：32.

② 沈云 .《蓝色》漫谈：谨以此文纪念波兰电影大师克日什托夫·基耶斯洛夫斯基［J］. 电影评介，1997（1）：32.

她的创作之后，朱莉打电话给他："喂，又是我，我有个问题，你真的睡在那张床垫上？"这张床垫被奥利维买走，朱莉在这张情与爱的床垫上开始了新的选择，正视爱与幸福，彻底抛弃荒诞，实现自我主体性的自由之旅。

道具之三是丈夫与情人的照片。奥利维整理朱莉丈夫遗物时，发现了他与情人的照片，这些照片此时是第一次"潜出场"。第二次出现是奥利维准备送还朱莉这些遗物的时候，朱莉正备受心灵的煎熬，以逃避与规避处理自己与荒诞世界的关系；她拒绝了这些文件夹以及藏于其中的照片，使得这些照片在将来的叙事中继续发挥功能。奥利维把它们展示给电视媒体时，这是第三次出现，这些照片击碎了朱莉爱的迷梦，彻底将世界的荒诞性呈现，将她放入极端荒诞的境况下进行非此即彼的选择。在照片第三次出现后，在奥利维家中，朱莉与他有段对话，是对荒诞及其真相的讨论。

> 朱莉：有次你无论如何要我拿走这些资料。
>
> 奥利维：你不想要。
>
> 朱莉：照片是否在里面？
>
> 奥利维：是的。
>
> 朱莉：若我拿走可能早已发现了。若我烧了它，便永远蒙在鼓里。
>
> 奥利维：那当然。

照片的三次出现，使我们看到历经真相与假象，朱莉逐渐认清这是一个荒诞的世界，自己所执着的"爱是唯一与所有"这一理性秩序下的共同法则不堪一击，于是她决心不再逃避，选择直面所谓的"荒诞"——丈夫派特里斯既爱朱莉，也爱他的情人，因为丈夫送的十字项链，两个女人一人一条是明证。基耶斯洛夫斯基说："《蓝色》这部电影讲的是自由：人类自由的不完全。我们离真正的自由到底有多远。"[①] 朱莉从"不自由"到"自由"的变化，也伴随着次要人物的不断出现以及道具的不停展示而呈现，在这一次又一次的遭遇中

---

① 斯多克．基耶斯洛夫斯基谈基耶斯洛夫斯基［M］．施丽华，王立非，译．上海：文汇出版社，2003：217.

她逐渐认清事实，勇敢地面对荒诞的事实，从而体察自己直面荒诞、抛弃荒诞，达到自由境界的过程及其所体察到的自我存在的幸福及自由。

二、朱莉完成从“不自由”到“自由”的突转

基耶斯洛夫斯基在谈到《蓝色》时这样诠释：“朱莉认为自己是自由的。她没有足够的勇气把自己干掉，追随她的家人到另外一个世界；或许她觉得不该这么做——我们永远不知道她的理由——她尝试过另外一种生活。她试图把自己从与过去有关的一切事情中解放出来……她下决心把它抹去，过去即使重现也只是在音乐中。看起来一个人是不可能完全从过去所有的事情中解放出来的。你做不到，因为某些时候你还是会感到害怕或孤独的，就像朱莉有时体验到的受骗的感觉一样。这种感觉让朱莉改变了那么多，她终于认识到无法按照自己想要的生活方式去生活。这就是个人自由的领域。我们离感情能有多远？爱是囚牢还是自由？”[①] 这个爱是否“荒诞”？开始时，朱莉认为“回忆、朋友、爱，这些全是骗人的”；她用拒绝的方式对待这些，不要回忆，拒绝朋友，也不要爱。可她发现她所执着的“爱”本身就具有某种不忠贞的欺骗性以后，她清醒地意识到这个世界所具有的荒诞性。爱人的“爱”与亲人的“爱”对她来说，是一种自为的存在。但当她执着的时候，这个“爱”就变成了牢笼，她成了不自由的爱的奴隶。面对荒诞，朱莉以各种方式进行选择，寻找自由——从被动、逃离、拒绝到不得不面对，终于意识到：只有你直面荒诞，自由才能显现出来，正如加缪说过的“幸福和荒诞是同一块土地上的两个儿子”。加缪的代表作《局外人》的主人公莫尔索的“幸福”始于在监狱里第一次想起妈妈时，这使得他“重新认识了世界、认识了人生。临死前，莫尔索才认清了世界的荒诞，才清醒地认识到人不能停留于荒诞”[②]。莫尔索对于荒诞的认知使得他觉得自己过去是幸福的，而现在也是幸福的，未来仍然是幸福的，可以说莫尔索的幸福产生于对荒诞的认知及其所带来的自我主体性的觉醒。朱莉像《局外

---

① 斯多克．基耶斯洛夫斯基谈基耶斯洛夫斯基［M］．施丽华，王立非，译．上海：文汇出版社，2003：218.

② 岳凤．加缪的幸福之路［EB/OL］．（2017-12-06）［2022-07-16］．https://baijiahao.baidu.com/s?id=1586000097331899746&wfr=spider&for=pc.

人》中的莫尔索一样生活，当女邻居前来要她签名将色情女赶出去时，邻居说：“她是个妓女。”朱莉的回答是：“这不关我的事。”朱莉的选择正如莫尔索的选择：“他人的死，对母亲的爱，与我何干？……他们所说的上帝，他们选择的生活，他们选中的命运，又都与我何干？”朱莉像“局外人”一样打量着、质疑着这个充满所谓的理性及主流认同的荒诞世界。作为反叛者，她追求自己的独立存在与选择，同时也尊重别人的存在与选择。

在《蓝色》的开端，朱莉选择逃避与拒绝，处于被动与不自由的状态。在意识里，她拒绝活着、选择自杀，拒绝奥利维的关怀，拒绝采访，让园丁处理掉家里所有的东西。她拒绝回忆，拒绝为爱哭泣，拒绝身体的救赎，拒绝工作与自己的专业，拒绝丈夫的姓名……然而，在潜意识里与行动上，她来到了和丈夫常常光顾的咖啡馆，这是一个突转点。她意识上拒绝，行为却顺从过去的习惯，这样的悖论，恰如台词所述——“人总得给自己留点什么”“人不能拒绝一切”。在这种情况下，她意识里要和过去一刀两断，但行动上却去咖啡馆听曾经和丈夫共同听过的吹竖笛的男人演奏的曲目，朱莉在无意识地回忆过去，和过去发生联系，亦即潜意识与情感的非理性挣脱了理性意识的决定。

在新居公寓的第一晚，朱莉拒绝帮助那个被别人追杀的男青年，导致那个男青年被对方抓走。再次遇到类似情况时，她选择了间接帮助别人，理由是尊重别人的选择、不加干预。她拒绝参与联合签名，无意中帮了露西娅，弥补了她之前的内心负疚。“签名事件”也体现了基耶斯洛夫斯基长久以来关注的民主问题与道德焦虑。同样，她也拒绝收回安东尼送还的十字架，象征着拒绝宗教救赎以及对过去爱的回忆。当一窝大小老鼠出现在房间时，引起了她巨大的厌恶与恐惧，面对这个问题，开始时她选择逃避与拒绝，试图寻找新的居所。由于房屋短缺，加重了对她考验的砝码，同时也呈现了某种荒诞性的存在：世界存在在那儿，老鼠也存在在那儿，丈夫爱两个人的事实也存在在那儿，这是个由表及里皆呈现荒诞特征的世界，逃避荒诞还是面对荒诞？在中介公司，再次咨询房源的时候，她第一次把视野主动投向别人，主动关心询问中介人脸上的创可贴：“这儿怎么了？”之前的逃避与规避开始解冻。随后她主动向母亲求救，从疗养院的窗户外看到母亲在看“走钢丝”的情景，朱莉决定自己解决这个世界荒诞的问题——借男邻居的猫来杀老鼠，开启了她认清与直面荒诞本质之路。但女儿去世的心理创伤与“杀小老鼠”的举动联系在一起，令朱莉伤心欲绝，她把自己投入游泳池里进而逃避这一心理创伤，可随后考验的砝码又加重了，无数个小孩子欢呼着跃进游泳池，世界的荒诞色彩也更加浓重。为了逃避丧女之痛，她不敢住有小孩的公寓，也不忍杀死小老鼠，此时她还是不敢窥视如女儿年龄一样的群童，只能面对游泳池壁躲避这个荒诞的世界。当天深夜时分，露西娅打来电话寻求帮助，朱莉先是拒绝，最后应允去红灯区夜总会帮助露西娅。这是她走出与世隔绝的自我封闭世界的象征。

在夜总会这场戏里，基耶斯洛夫斯基对不同人对自由的选择进行了展示。朱莉问露西娅：“你为什么干这行（性表演）？”露西娅回答：“我喜欢，我以为人人都喜欢。”性表演是一种感官刺激表演；在露西娅看来，人人都喜欢她这样的力比多本能选择，同时这也是她摆脱孤独的一种手段，她曾经对朱莉说过：“我就不能一夜没人陪。”但是当她的父亲来观看性表演时，露西娅这种基于本能的选择遭遇了道德与伦理的冲突，她独自一人无力解决这个冲突，所以请来朱莉帮忙。同露西娅形成鲜明对比，朱莉独自一人承受爱的孤独与面对荒诞。在夜总会，朱莉从电视上得知自己深爱的丈夫还有一个情人，颇为震惊。当朱莉寻到丈夫的情人，发现她已经怀孕，二人交流过后，朱莉选择勇敢面对这一事实。在意识到物质、情爱等与荒诞的关系时，朱莉将丈夫的房子与姓氏赠给丈夫情人的孩子，她选择以和解、宽恕与原谅的方式解决荒诞问题。最终，她重新发现了自我，认识到个体的主体性，并主动同奥利维讨论音乐创作，重新投入工作，并在象征情爱的旧床垫上与奥利维开始新的选择与新的爱情，认清荒诞，幸福地直面荒诞，实现自我的绝对自由。

加缪笔下的西西弗斯是荒诞式的英雄，他藐视荒诞，仇恨死亡，对生活充满激情，幸福地投身于一种无意义的事业——推巨石，他能够认清荒诞的本质，但并不因此而悲观，相反地，他带着微笑和幸福感投入此项荒诞事业中。安东尼与露西娅这两个年轻人在偶像、物质与感官欲望世界中迷失自我，处于不自由被奴役或异化的状态，朱莉与他们不同。在丈夫与女儿去世后，朱莉面对世界时曾感到孤立无援，她需要独自面对这无意义的荒诞世界。开始时，她采取消极、逃避与拒绝的方式面对荒诞，但这荒诞却无穷无尽，她也越来越清晰地发现世界的荒诞本质。随着时间的延续，在被爱奴役的极端情况下，朱莉进行了非此即彼的选择，最终以积极与主动的方式面对选择与荒诞。这是西西弗斯式的体验——从不自由的被奴役者到清醒的主动选择的终极英雄，她重新认识自我，寻回主体性，体验存在与直面荒诞的自由。这自由赋予她以力量与幸福来认清世界荒诞的本质，并勇敢地直面它，从而获得自我主体性的自由选择，到达幸福的彼岸。此时的朱莉可以控制乐感是否出现，可以控制自己的情感，眼泪与微笑再次出现，可以选择重新爱，与奥利维开始新的爱情，她最终成为敢于直面荒诞的西西弗斯式终极英雄——自由的英雄，她的主体性亦即建构完成。

三、《蓝色》对神秘主义、宗教与哲学的认知与建构

基耶斯洛夫斯基关注个体的精神世界，倾向于呈现人类的普遍存在状态，包括外在的与内在的存在状态。他称华沙戏剧技术学院是他“上过的最好的学校……老师很好，而且很智慧……向我们展示了一个世界，在这个世界里，各种价值观跟我们日常生活中为社会普遍接受的如何在一个地方定居下来、如何使我们的生活更加舒适、拥有财产、赚钱、谋个好职位等价值观毫无关系。他们向我们展示在那个所谓的更高的世界里，你可以充分体现你自己。我不知道这个世界是否更高，但它确实不同”[①]。基耶斯洛夫斯基所说的更高的世界是指人类的精神世界，它独立于物质的、现象的世界，自在存在于日常生活中，其神秘性、二元对立与偶然性充斥日常生活表象下的幕后。

朱莉第一天搬到新公寓的晚上，楼下一个男人被打。此时过来一辆卡车，被打男人得以逃脱。他逃到楼上敲门求救，朱莉在恐惧与犹豫中，被打男人又被抓了回去，朱莉出来探看，却被反锁在外面。这引发了后面一系列情节的发生，包括她下意识地对露西娅的帮助——朱莉作为主流意识形态的局外人，拒绝了邻居要求的联合签名，而选择不跟随主流去压抑个体选择，她采取的行动

① 斯多克. 基耶斯洛夫斯基谈基耶斯洛夫斯基［M］. 施丽华，王立非，译. 上海：文汇出版社，2003：22.

像局外人莫尔索一样：“他人的选择与我何干？！”朱莉的选择使得露西娅可以留在公寓继续居住，她带着一束象征贞洁的雏菊来答谢朱莉。性表演者和象征贞洁的雏菊昭示了正反同体、二元对立的世俗世界的表征，它荒诞而充满了迷人的悖论。露西娅发现了朱莉女儿的灯，小时候露西娅也有一盏同样的灯。某种意义上，这是女儿安娜意义的延伸，纯洁的女儿与充满肉欲的露西娅联系在一起，已逝去的和存活的人物之间存在着共同的地方，象征着生命中充满了不可知的神秘。朱莉追赶奥利维的这个情节设置与三名男性殴打一名男青年的段落相似，也与导演 1987 年的影片《机遇之歌》相似。偶然间发生的事情会导致不同的结果与命运，例如，朱莉远远地看到了奥利维的车，她奔跑过去，可是车开走了，看起来是赶不上奥利维的车了，可偶然路过的一辆急救车拦住了奥利维的车，朱莉追了过去。回想影片开始时，安东尼幸运地将小球顶上去的刹那，朱莉一家的车撞到树上发生车祸。祸与福的界限在哪里，其间存在怎样的联系？二者之间转换得如此之快又如此之神秘，到底哪一个是事实的真相？在必然和偶然之间，基耶斯洛夫斯基更喜欢从偶然的角度观察生活、人与世界。

生活本身所具有的非秩序的世俗现象在《蓝色》中多次出现。露西娅从夜总会下班回来，轻挠邻居的门，邻家男人蹑手蹑脚过来她家与她幽会。后来两个人一同探出脑袋，窥视被反锁在外的朱莉，这是非常典型的世俗生活写照。当朱莉从这位邻居家借猫时，他也试图引诱她，他借猫讽刺朱莉的不解风情。世俗生活就是这样，它是不按理性秩序和权威运行与发生的，而是就以理性和非理性的二元对立的姿态相互存在着。如果以一方权威与秩序对其对立面强加约束和制约，荒诞势必产生；而一方对另一方的压制，则产生权威或极权。露西娅的父亲来到性表演场所观看表演，露西娅非常震惊。此前朱莉问她为何选择这行，她回答说：“我喜欢，我以为人人都喜欢。”但是父亲出现在这里，声色场所便引发了欲望和伦理道德的悖论。露西娅喜欢选择，可父亲出现在她要表演的场地，她就丧失了这种选择。既然人的存在是依靠自由选择来得以证实，那么她选择色情表演职业，是否是绝对的幸福？伦理秩序冲击了露西娅的选择，她无法感知幸福和自由，只能在痛苦和彷徨中迷失，因为人感知自我存在与自由选择时，才能体验幸福。

影片中，“爱”的二元悖论在十字架这个道具下也有所演绎。十字架往往象征宗教救赎，代表忠贞的爱情。青年安东尼打算将车祸现场拾到的十字架归还给朱莉，但被朱莉拒绝了，它是朱莉丈夫送给她的礼物，她对安东尼说：“你要把它还给我？送给你吧。”十字架的第三次出现略显得荒诞：它出现在丈夫情人的脖子上。

丈夫的情人问：“想知道他是否爱我？”

朱莉的指尖轻抚十字项链回答：“正是原本想问的问题，但不需要了，他是爱你的。”

影片中朱莉和丈夫的情人两人各拥有一条一模一样的十字项链使得“爱情”这个概念变得丰满起来，在充满世俗烟火气的同时，也具有荒诞、悖论的特征。丈夫送给朱莉的爱情信物是为了呈现爱情的忠贞与唯一性；但朱莉看到丈夫情人脖子上的十字架，爱情的唯一性与纯粹性遭到了质疑，两个女人他都爱，这个是存在的事实，它颠覆了理性、道德所确立起来的权威观念——爱情的忠贞性与唯一性。朱莉感觉到它的荒诞，也意识到这一事实的悖论，她由此感到了幸福和解放。并以宽容与慷慨的姿态，将丈夫的姓与房子赠予了丈夫情人腹中的孩子，她说：“我觉得小孩应继承他的姓和这栋房子。”此时，她摆脱了物或物的赋形物“爱”的羁绊，通过理性而内在的选择，她不但超越了世俗观念，也超越了之前自己存在的层次——陷于其中而不能自拔的感性存在，这时，她是幸福而微笑着的，也是独立自由的，甚至独立于对血缘关系的依赖：她曾经去找过妈妈，但是最终没有进入妈妈的房间，而是看妈妈孤零零地看着“知道全世界”的电视。独居的妈妈表情凝重，走过的人生让她知道每个人都是孤独地在高高的人生之钢丝上行走，朱莉对荒诞的认识更清晰了。独立存在、虚无与无意义性就是事物本质，既是事实，也是世界荒诞之本质，她选择了一个人直面它。失去女儿与丈夫的“爱”后，朱莉选择逃避与拒绝对待失去的“爱”，她被“爱”囚禁，此时“爱”是牢笼，让人恐惧与虚无；当认清事实本质，并能勇敢面对荒诞本质时，“爱”因此而重生，获得自由。朱莉的再次选择是自由的选择，如西西弗斯一样，当他意识到世界的荒诞本质后，继续推石头上山，这次不是被动的，而是主动的、微笑的。她带着清醒的自我意识及对主体性的肯定，重新进入荒诞世界，并直面它，以自己的选择向绝对精神王国靠近，含着泪水同过去告别，微笑着面对未来、自由与荒诞的世界。

世俗生活中充满了狂欢的意味，被理性和秩序压抑的事物，如排泄物在影片中被描述，充满了戏谑与象征。朱莉一家发生车祸时，丈夫派特里斯正在讲述有关排泄物的笑话。哈哈大笑之际，车弹了起来。笑声是丈夫留给朱莉的最后声音，他也在笑声和调侃声中离开了这个荒诞的世界。当安东尼打开车门时，朱莉丈夫最后的遗言令他困惑，“我打开车门时，你丈夫还活着，他说：‘再打打看。’我听不懂。”“再打打看”是笑话的结尾，朱莉说：“他在讲一个笑话，一个不断打嗝的太太去看医生，诊断之后她问这是什么药。吞药之后，她又问这是什么药？医生说是最有效的轻泻剂。她说，轻泻药能治打嗝？医生说，没错，现在再打打看。我们都笑了，就在那个时候，车弹了起来，他和许多人一样，习惯重复结尾。”一方面，打嗝和粪便都是理性世界被压抑的粗鄙化事物，另一方面，也是更重要的，这个故事象征了非理性对理性秩序的颠覆。理性秩序所共同认知的是打嗝的病应该由治打嗝的药物来治疗，而大夫却给开了轻泻药，这是不能与治疗打嗝对症的。那位太太和普遍的接受理性价值认知的人都会问：“轻泻药能治打嗝？”大夫戏谑着颠覆了这种理性的观点，要求这位太太“再打打看”。因为刚刚吃过轻泻药，如果这位太太再打嗝，粪便就会喷薄而出，所以这位太太抑制着不敢再打。非理性的“轻泻药—治打嗝”颠覆了理性建立起来的“治打嗝的药—治打嗝”这一秩序，其带有狂欢的意味与色彩，导致一家三口大笑起来，可在大笑开心的时候，一家人发生车祸，开心与痛苦的临界点在哪里？二元对立的矛盾再一次捆绑在一起，具有神秘性。

《蓝色》在荒诞、悖论与偶然性中也讨论了真实或真相的问题，在影片戏剧谢幕式的片尾里，几乎所有的次要人物都出场了。朱莉的妈妈作为伦理血缘关系象征的对象，尤为受到关注。妈妈的影像出现了三次：第一次是焦点略虚的影像，随着镜头移动，第二个影像出现。第二个影像的出现打破了我们对第一个影像的想象，我们会认为第二个影像才是朱莉妈妈本体。可是随着第三个影像的出现，对第二个妈妈影像的想象再次被打破，这次打破使我们产生了质疑与困惑。在观看第三个影像的时候，我们难以确定这个影像就是妈妈本体，心理上我们期待或者等待第四个、第五个……影像出现，以便找到最终的真相与妈妈本人的实体。镜头没有再多展示，但在心理上我们对第三个影像是否是妈妈本体已然产生了困惑与疑问，不再轻言“已经知晓世界的真相”。三个影像顺序出现，无法判断真实与假象。在这里，基耶斯洛夫斯基从拉康的“三界”（想象界、象征界与实在界）出发，对什么是真相又进行了一次神秘主义之旅的讨论，充满歧义与深思。基耶斯洛夫斯基在焦点的虚与实中让观众思考真相与假象的区别，体味神秘主义中难以被体察的二元对立与偶然性。朱莉母亲最后头一垂意味着死亡的来临，而即将出生的胎儿在 B 超影像中不停地活动象征着生命力的蓬勃与生生不息，死亡与出生之间的转换也象征着世俗生活的生生不息的狂欢精神。

基耶斯洛夫斯基的《蓝色》充满了人文思想与深刻的思考，他把对“自由”的思考与认知写在了影片最后的歌词里：“现在要我遵守信仰、希望与爱，但三个中最重要的是爱（And now shall I abide faith, love and hope, but the greatest of these three is love）”，这又是另外一回事了，关乎西方整个的哲学与神学体系，庞杂而繁复，贯穿了西方 2000 多年的文化和与历史。《蓝色》中也设置了大量二元对立的主题，如：幸运与不幸、爱情与不忠贞、自由与不自由、纯洁与堕落、正与反、非理性存在和理性秩序。基于荒诞的现状相反相成地存在着，这是他对多元世俗生活的思考与自己认知的一种包容态度，在思考政治经济、宗教哲学等所确立起来的现有秩序与权威时，他也对荒野中人的动物性的某些方面有所思考。他的影片到处隐含着矛盾，体现了复杂的深刻，由于充满现代性的神秘主义、二元对立和偶然性等元素，基耶斯洛夫斯基被誉为“当代欧洲最具独创性、最有才华和最无所顾忌的”电影大师。

第二章 《乡愁》剧作中文化符号与终极问题的运用

安德烈·塔可夫斯基（1932—1986）是诗人阿尔谢尼伊·塔可夫斯基之子，曾就学于苏联电影学院，1961年毕业。他的第一部长片《伊万的童年》于1962年获得威尼斯影展金狮奖，第二部电影《安德烈·卢布廖夫》于1969年的戛纳影展赢得大奖。接下来的作品《索拉里斯》（1972）、《镜子》（1974）、《潜行者》（1979）均受到观众与艺术爱好者的推崇。1982年塔可夫斯基离开苏联到意大利博洛尼亚拍摄《乡愁》，他决定不再返回苏联。他的最后一部作品《牺牲》荣获1986年戛纳影展评审团特别奖。1986年12月，塔可夫斯基因肺癌病逝于巴黎，享年54岁。受俄、法、德思想以及东方文化影响较深的塔可夫斯基，以其博大深邃的高贵气质与庄重沉郁的诗性叙事，无可争议地成为"世界现代艺术电影圣三位一体"之一。

塔可夫斯基说在他六岁时他的母亲开始给他读托尔斯泰的《战争与和平》，而他的电影"继承了属于俄罗斯文学的那些因素：忏悔、自我牺牲、寻神"[①]。除了托尔斯泰，塔可夫斯基也关注陀思妥耶夫斯基、索洛维约夫、列昂捷夫、别尔嘉耶夫、赫尔曼·黑塞及日本与中国文化等。他经常援引作家赫尔曼·黑塞的话："每一个人都不仅仅是他自己。他还是与世上诸多事件相交汇的一点。这个交汇点只有一次，而这一点，独一无二，意味深长，卓越超绝。"俄罗斯民族自有其独特的性格，如极端主义和救世主义。"极端主义表

① 张晓东．安德烈·塔尔科夫斯基的电影与乡愁［J］．俄罗斯文艺，2006（3）：106-109.

现在俄罗斯民族精神处在永恒的探索之中，这个民族所关心的是永恒和绝对的东西。救世主义是一种普世主义，是对整个世界的关心，对整个宇宙的关心，把宇宙变成天堂是普世主义的最终目的。”[①] 在极端主义与救世主义特性的背景下，塔可夫斯基著名的影片《乡愁》，其中的“乡”喻指什么？俄罗斯故乡？知识分子的精神彼岸？快乐幸福？还是人人向往的乌托邦理想国？塔可夫斯基所理解的“乡愁”指的是“对非常遥远的东西、对两个无法融合的世界的忧思，也是对我们故乡、家园和我们精神归属的一种忧思”。《乡愁》囊括了三种“独一无二、卓越超绝”的形象：圣愚、知识分子与女性，他们联结起了俄罗斯文化中的诸多因素，包括俄罗斯文化、宗教信仰、历史与未来的普遍性问题。

《乡愁》中的安德烈、带有圣愚特征的疯子多米尼克以及负责生育的女性，分别代表了俄罗斯文化中的三种形象——知识分子、圣愚与女性，三种形象具有共同的文化特征，即俄罗斯东正教中的“牺牲”以及柏拉图、斯宾诺莎等人所阐释的“至善”。在剧作结构上，《乡愁》以安德烈为主要线索，并在多米尼克的影响下，他完成了从困惑、迷茫到“不迷茫”的突转，亦即他解决了自己的三个终极问题“我是谁”“我从哪里来”“最终到哪里去”的问题；尤吉妮娅作为一个普通的女人，也完成了从“感性存在”向“宗教性存在”认知的过程，即从不理解安德烈到真正理解安德烈，并对肉体之欲望进行僭越。

一、“圣愚”[②] 的疯狂与崇高的“至善”

机械工业的无限复制使得人类迎来了历史上的消费主义时代，并由此引发人

---

① 张百春．当代东正教神学思想［M］．上海：上海三联书店，2000：19.

② “圣愚”是俄国社会上一种特有类型的人。简单地说，就是愚痴、癫狂而显露所谓“圣光”，因而被人们崇拜为“圣”，故曰愚圣，译为“圣愚”也是恰当的。在俄国传统中又有种固定的说法，叫“为了基督的愚痴”，或简称为“狂信苦行的圣者”，这就叫“圣愚”。这种人在俄国历史上具有特殊的地位，被社会大众广泛崇拜，他们的行为虽颇有些疯癫，但却因其特立独行而被视为“圣”：或能预言，或能治病，或其行为据说能创“奇迹”。在俄国，自 11 世纪至 20 世纪初近千年的历史上，曾在各种史书纪年和《圣徒传》中留有圣愚姓氏或事迹的达数十人之多。有些在重要的宗教会议上被封为“全国的圣愚”，更多的，是各地方自发崇拜，由乡俗民风形成的地区性“圣愚”。“圣愚”大多赤身露体，或穿破衣烂衫，身戴铁链和金属环，手持棍棒或铁通条，头上还戴一顶奇形怪状的帽子；其家在何处，祖在哪方，无人知晓。他们四海为家，到处游荡。据说，他们能进入“超感觉状态”，与“神”相通，显现魔力，创造奇迹。因此，他们为俄罗斯社会大众所崇拜，形成特有的“圣愚崇拜”。

与社会关系的新变化，物质对人产生了异化与控制的作用。《乡愁》中知识分子、诗人安德烈这样批评：“意大利的鞋子做得太多了，简直可怕，人们为什么要买那么多鞋呢？”可以无限复制的物质产品极大地丰富了人们的生活，可也让人陷入对物质欲望的膨胀中，消费或者拜物成为实现自我价值或者主体性的代言词，导致人类陷入空前的虚无与迷茫之中。人们潜意识中渴望崇高，但“崇高”被意识形态、人类战争与繁复的物质等遮蔽。然而塔可夫斯基坚信：“一个人能够重建他与自己灵魂源泉的盟约，以此恢复他与生命意义的关系。而重新获得道德完整性的途径是在牺牲中奉献自己。”他“一直对一个人的内心世界感兴趣”，他的兴趣“在于人，因其内心自有一个天地”；他“要准确表现这一想法，表现人类生命的意义”①。塔可夫斯基所谓“人类生命的意义”是什么？在影片《乡愁》的开始，他借教堂司事之口进行了表述，“人人都追求快乐，可是有些东西比快乐更重要”，比快乐“更重要”的内容塔可夫斯基没有直接陈述出来。但他通过给意大利小女孩安吉拉讲故事的方式，间接解释了这个“比快乐更重要的东西”的内容。这个故事“讲的是某人从池塘里救起一个快要淹死的人，为此差点送命，现在他们一起躺在池边，气喘吁吁，筋疲力尽，那个被救的人生气地说：‘傻瓜，你为什么这样做，我就住在水池里！’他生气了！”在这个寓言里，塔可夫斯基用“池塘”来比喻牺牲之“痛苦”，这一概念具有普遍意义上的象征，其来源可以追溯到伟大的作家陀思妥耶夫斯基。陀思妥耶夫斯基曾在给友人的信中说：“我常常深恐自己的痛苦不够深、不够痛，不够深到体察所有人类的最大痛苦，因为我，作为一个艺术家的使命就是要待在痛苦里面，体察它，以此帮助人们解决各种痛苦问题。”陀思妥耶夫斯基的这种表述具有俄罗斯“知识分子”信仰般的牺牲与救赎。

信仰在俄罗斯文化中的地位与作用具有特殊的意义。丘特切夫说：“用理性不能了解俄罗斯，用一般的标准无法衡量它，在它那里存在的是特殊的东西。在俄罗斯，只有信仰是可能的。”为了理解俄罗斯，需要运用神学的信仰、希望和爱的美德。② 关于信仰，塔可夫斯基在《乡愁》中一再地发问、讨论，

① 塔可夫斯基．雕刻时光［M］．陈丽贵，李泳泉，译．北京：人民文学出版社，2003：228-229.

② 别尔嘉耶夫．俄罗斯思想［M］．雷永生，邱守娟，译．北京：生活·读书·新知三联书店，1995：1.

虽然没有直接给出结论与答案，但在影片结束之后，信仰的概念也就形成了。影片开始的部分，安德烈询问翻译“信仰是什么”，以下是影片节选。

安德烈：信仰是什么？

尤吉妮娅：如果你一开始把意大利语学好些，就会懂了。

安德烈：信仰到底是什么？

尤吉妮娅：也就是俄语的 VERA。

尤吉妮娅从语言的角度进行了翻译，并没有回答安德烈关于“信仰”的深切问题。但在影片开端部分，从教堂司事和尤吉妮娅的对话可以窥见塔可夫斯基对“信仰”的理解。

教堂司事：你是来求子的还是祈福？

尤吉妮娅：我只是看看。

教堂司事：如果大家都不捐赠（或译为牺牲），只想看看而已，那还会有奇迹发生吗？

尤吉妮娅：什么奇迹？

教堂司事：回应你的祈祷和需求，不过你至少要跪下。

尤吉妮娅：……不行，我做不到，他们早就习惯了，他们习惯了，他们虔诚有信仰。

教堂司事：可能是吧。

这段对话出现了信仰所具有的“虔诚”“牺牲（捐赠）”与弥赛亚式的救赎[①]之特征，与俄罗斯文化中的圣愚人群具有相似性，他们在世俗社会中以苦

① 俄罗斯的弥赛亚观念，确切地说是民族对于世界的使命感，来自他们的“神圣俄罗斯”观念。弥赛亚精神也称为“普世主义”情结。俄罗斯思想中“普世”拯救的激情具有深刻的历史渊源。从宗教发展的历史来考察弥赛亚意识的缘起，应追溯到犹太教《旧约》中关于巴比伦俘囚时期的救世主期待。他们强烈地渴望救世主到来，上帝以人间之子耶稣的自我牺牲为赎罪祭，赎洗了世人的罪过。耶稣就是弥赛亚（受膏者、救世主之意）。俄罗斯人最早从基督教那里接受了救赎说。参见：张庆曼．塔可夫斯基电影的宗教情怀［D］．上海：上海戏剧学院，2009：16.

行僧的方式存在，远离物质与欲望诱惑行使神圣职责，充当警醒者与人间裁判者。

塔可夫斯基认为："人类存在的意义主要在于和我们心灵中的邪恶争斗……而我们日常生活样态以及一般顺应俗世的压力，都是使我们极易选中的堕落之道……"① 在《乡愁》结尾处，多米尼克在演讲中描述了我们现今的社会状况以及人的日常生活存在样态："我们脑中装满污水管道，装满墙壁和福利文书……我们已经将世界带到了堕落的边缘，人类的眼睛全部望向深渊，我们正堕入其中……这是新的契约，夜晚需要光亮，八月需要下雪，伟大的东西消亡，渺小的要留存。"在多米尼克看来，我们所处的这个时代倒行逆施，与简单的自然、神圣的人性相悖。因此他大声呼吁："让昆虫的鸣叫声进来吧，我们要用缔造伟大梦想的东西，充实每一个人的眼和耳，必须有人大声呐喊，我们要建造金字塔！……伸展我们的灵魂，让它像一张无边的地毯，如果希望世界前进，我们一定要拉起手来……如果我们无勇气直视我们的眼睛，我们不一起吃喝，不一起睡觉，自由就毫无用处，这就是所谓的健康……社会必须再次团结起来，而不是如现在般分裂，看看大自然就会明白生命很简单，我们应回到我们的来处，回到我们走错方向的那一点，我们要回到生命的基点，不要弄脏水源！"所以安托万·德·贝克认为，塔可夫斯基对多米尼克的定义是"灵魂的延展"。②

多米尼克获得过比较高的学位，他也是一位"有坚定信仰的人"，在自焚前他再次坦言自己是个世俗人眼中的疯子。然而在塔可夫斯基看来"疯子"的意义非同小可："疯子是什么人呢？他们受到困扰，无人帮助，又得不到理解，他们很孤独，可他们离真理一定很近。"这是安德烈对圣愚式疯子的解读，远离世俗与物质判断标准的圣愚之精神点燃了俄罗斯诗人灵魂深处炽烈的火焰，导致他不断向圣愚的方向前行、靠近，以致最后与圣愚达到一致的身份职责认同。在罗马皇帝马可·奥勒留的雕像上，多米尼克将汽油倒到自己身上自焚，他试图通过此种极端的方式，让世人在堕落的边缘警醒，这在世人看来是疯狂

① 塔可夫斯基．雕刻时光［M］．陈丽贵，李泳泉，译．北京：人民文学出版社，2003：239.

② 贝克．安德烈·塔可夫斯基［M］．方尔平，译．北京：北京大学出版社，2011：108.

的。在崇高缺失与“躲避崇高”的消费主义时代，大家对这个自焚的疯子无动于衷，恰好证明了多米尼克所批判的社会状况，需要有人做出牺牲，以警醒、救赎麻木的人们。

二、知识分子在“牺牲”中对终结问题的认知与行动

在《乡愁》中，塔可夫斯基把主人公安德烈设定为“知识分子”的身份。用普希金的话讲，作为知识分子的诗人，其目的与使命就是要“唤起人们善良的感情”，强调精神的升华以及信仰的激发。安德烈到意大利画家莫兰迪的老家博洛尼亚搜集农奴音乐家索诺夫斯基的传记资料。但在风景如画的博洛尼亚，诗人安德烈却这样说道：“我对这种美景早已厌倦，我自己别无他求，这已足够。”

这种美如油画的景色让他觉得“艺术之美令人反感”[①]。同样，性感迷人的女翻译尤吉妮娅也吸引不了他，纵然她对他崇拜、爱慕，百般暗示、挑逗、引诱乃至告白，都无法达到目的，因为安德烈的忧心和担心不在“她”这儿，也不在如画的美景中。他忧思的是别的事物，是刻画在墙壁上的圣母形象、索诺夫斯基的选择以及自己此时精神上的困惑与迷茫。然而一个把家人囚禁了 7 年的疯子，却唤起了安德烈的注意，他们心有灵犀，共同分享精神的奥秘和交流孤独的力量，进行彼此身份的置换以达到共鸣。如同陀思妥耶夫斯基在《卡拉马佐夫兄弟》中所说：“俄罗斯小伙子们凑在一起，就谈论全宇宙的问题：比如有没有上帝？有没有永生？俄罗斯民族的命运是什么？”

他以近乎登徒子的“掴女人屁股”的动作告诉尤吉妮娅，他不是没有爱欲、情欲，而是他已经超越了感性或审美存在的境界，且他所关注的东西甚至超越了理性或伦理存在的境界，它关乎人类的信仰、精神与终极意义，这是安德烈此刻思考的重点。

诗人安德烈作为知识分子，他处于从理性存在层次向更高层次升华的过程中，而尤吉妮娅仍和普罗大众一样，处于感性的审美存在层次，当尤吉妮娅

---

① 贝克．安德烈·塔可夫斯基［M］．方尔平，译．北京：北京大学出版社，2011：109.

想和他讨论意大利语版本的俄国诗歌时，他告诉她诗歌无须翻译，因为人们的心灵可以通过“穿越边界”到达存在的最高峰进行交流与沟通。

安德烈：诗歌是无法翻译的，艺术也是……你们根本不理解俄国。

尤吉妮娅：那我们又如何认识对方呢？

安德烈：我们穿越边界。

尤吉妮娅：什么？

安德烈：穿越国界！

尤吉妮娅年轻，还无法达到安德烈的认知层次，所以安德烈只能顾左右而言他，两人无法实现真正的交流。在博洛尼亚，在试图“传出一点宁静和隐秘的气息”的莫兰迪的老家，他发现了志同道合的多米尼克，他们都因内心的孤独而痛苦，都试图以牺牲自己求得解脱以及对众生的解救。塔可夫斯基本人喜欢“人在争取最大真实的过程中那种狂热的坚持精神”，他认为“生活中强有力的人是到死都保持孩子般信念和依靠直觉的人”。影片里，安德烈在清晨的温泉水边观察疯子多米尼克的举动，最后主动向多米尼克靠拢，并要紧随其后，前去寻找彼岸、真理、幸福和幸福的伊甸园。

（听完温泉里的人的议论后，安德烈凑近多米尼克身旁静观他的举动。）

多米尼克：别忘了他对她说的话。

尤吉妮娅：他是谁？

（多米尼克指指天上。）

尤吉妮娅：她呢？

多米尼克：圣·凯瑟琳呀！

（安德烈对多米尼克愈加关注起来，紧随其后。）

尤吉妮娅：上帝对圣·凯瑟琳说过什么？

多米尼克：你非她（笔者注：牺牲自己拯救众生的救世主、上帝），而我是他，听到了吗？

在这样一段话之后，安德烈彻底被多米尼克吸引了，并紧随其后，要求翻译邀请他共进午餐。在多米尼克家中，安德烈在多米尼克“伟大计划”的影响下，重新拾起多米尼克交给他的蜡烛——从温泉此岸带领群氓走向幸福的心灵彼岸的明灯与指引之象征。最后在安德烈的梦中，在一个人类浩劫的场景中，他窥视镜子中的镜像，但镜子中反射过来的不是安德烈自己的面孔，而是多米尼克。潜意识中他完成了镜像体验及对自我的确认，他认同镜像中的多米尼克的选择与行为，以世人所不理解的牺牲或救赎来完成自己的终极目标。在博洛尼亚，诗人安德烈作为知识分子经历了三个认知阶段。

第一阶段：安德烈自我的迷失与彷徨：“我对这种美景早已厌倦，我自己别无他求。”及酒店服务员评说他的精神状态：“他那么忧郁，难道不是在恋爱？”

第二阶段：“我们（笔者注：此时是早晨 7 点）能请他们共进午餐吗？”及“看看他给了我什么？”（他给尤吉妮娅出示那根蜡烛[①]）

第三阶段：梦中的安德烈的镜像与多米尼克合而为一，完成认知自我的最后阶段。

塔可夫斯基执着于一种古老的信念：艺术家应当承担近似上帝的使命，艺术创造不是自我表达或自我实现，而是以自我牺牲创造另一种现实、另一种精神性存在。强烈的“普世主义”情结是俄罗斯文化的一个非常明显的内容，也是俄罗斯知识分子的一个群体特征，寻根溯源，它是与东正教的教义和世界观密切相连的思想，它强调俄罗斯是天生所赋予的、具有拯救斯拉夫世界乃至整个人类伟大使命的民族。果戈理在 1848 年的一封信中提道：“布道不是我的工作，然而艺术却有如传教一般。我的工作是以活生生的形象传道，而非以滔滔雄辩。我必须要展现生命的整个全貌，而非讨论生命。”知识分子这种贵族

① 蜡烛在《乡愁》中具有隐喻和象征的作用。其本身具有自我燃烧、自我牺牲、自我奉献的特质，符合神性——牺牲或救赎。同时，他也渴望对他充满爱意的尤吉妮娅能够从精神层面理解他，与他形成真正的沟通和交流，但是他的希望落空了。——心爱他的尤吉妮娅此时重心在她的情欲与爱欲上，她同世俗之人一样无法理解多米尼克及安德烈这样的男人为何要拿着一根蜡烛做些疯狂的举动。——笔者注

式的精神着意培养强烈的领导意识与社会责任，勇于批判社会，以拯救国家、他者为己任，是救国和反抗愚昧统治的主要力量。诚如经过一番思考与斗争，安德烈举着蜡烛渡水而过，终于把光明从此岸带到了彼岸。他小心翼翼地把蜡烛放置好，便心脏衰竭倒地而亡。

“安德烈死了，无法撑过他自己的心灵危机，无法‘矫正’那对他而言也显得‘支离破碎’的时间……他（多米尼克）认为自己具备精神的力量和情操以对抗他觉得令人堕落的现实。他曾当过数学老师，如今却是个‘局外人’，他鄙视自己的‘渺小’，并决定昭告世人，今日世界已大难临头，呼吁大家起而抵抗。在‘正常’人的眼光中他根本就疯了，但安德烈对他那种深受苦难方始萌生的理念却有所回应——欲将人类从冷酷无情、疯狂错乱的现代文明中拯救出来，不能个别、单一地进行，必得全体一起才行……”[①] 恰如别尔嘉耶夫所总结的：“俄国知识分子的敏感与多情是罕见的……俄罗斯人不仅在自己的创造热情中写出完美的作品，而且在这种热情中进行完美的生活。”[②] 想法与行动的二元统一构成公共知识分子的特质。他们不仅是象牙塔里的研究者，更是乌托邦理想国社会的建构者，不管被人误解、流放、砍头还是死亡，他们都如安德烈在温泉边吟诵的诗歌那样：“我便是那蜡烛，在盛宴中消亡，天明后请收拾一地的烛泪，从中读取谁值得哀悼，什么该颂扬，我们奉上最后一丝愉悦，如何能换来平静的死亡？还有，在暂借的屋檐之下，如何在死后，用诗篇燃亮前方。”

三、带有索菲亚主义特征的俄罗斯女性

别尔嘉耶夫把对索菲亚学说的理解进一步扩大到对俄罗斯民族性的整体性把握，归结到对俄罗斯大地母亲的崇拜，他认为：“基督的世界精神，男性世界的逻各斯被女性的民族自然力所征服，被有异教渊源的俄罗斯土地征服。这样，就形成了溶解于大地母亲，溶解于民族的集体自然力。俄罗斯的宗教信仰是女性的信仰，是集体温暖中的信仰，而这种温暖却被体验为一种神秘的

① 塔可夫斯基．雕刻时光［M］．陈丽贵，李泳泉，译．北京：人民文学出版社，2003：234-235.

② 别尔嘉耶夫．俄罗斯思想［M］．雷永生，邱守娟，译．北京：生活·读书·新知三联书店，1995：27.

温暖。”[①] 在俄罗斯文化的索菲亚学说中，索洛维耶夫认为，女性既有神性的一面，又有世俗的一面，在喧嚣的男性世界里她们哑默无声，但她们却作为对永恒的彼岸世界追索的幻想性摹本被建构出来，她们身上诸多完美的优点弥补了俄罗斯男性在日常生活中的缺失。别尔嘉耶夫说，在俄罗斯，男性很少恋家，比较容易与家庭脱离。他们是最少被禁锢于有限生活方式中的人，也是最不重视业已确定的生活方式的人。在俄罗斯男性对于家庭的缺席与忽视下，女性的“爱”与“牺牲”突显了其在家庭中以及俄罗斯文化中的重要作用。在《乡愁》开头的教堂里，尤吉妮娅和教堂司事有以下一段对话。

尤吉妮娅：能问你个问题吗？

教堂司事：好。

尤吉妮娅：你为何觉得——只有女人才会拼命祈祷？

教堂司事：你在问我？

尤吉妮娅：你见到这里有这么多女人。

教堂司事：我只是教堂司事。

尤吉妮娅：但你一定会奇怪为什么女人比男人虔诚？

教堂司事：你是女人，应该会明白。

尤吉妮娅：我不明白，从来不懂这些事。

教堂司事：我是个头脑简单的男人，不过我认为，女人要生孩子，抚养他们，用极大的耐心和自我牺牲精神。

尤吉妮娅：这就是女人生存的目的？

教堂司事：我不知道。

尤吉妮娅：谢谢你，你的话很有启发。

这段对话中的陈述——“女人才会拼命祈祷”“女人比男人虔诚”“女人要生孩子，抚养他们，用极大的耐心和自我牺牲精神”，都表现了俄罗斯宗教信仰中的女性意识或者说索菲亚主义，俄罗斯“这样的宗教信仰拒绝男性的、积

① 别尔嘉耶夫 . 别尔嘉耶夫集［M］. 汪建钊，编选 . 上海：上海远东出版社，1999：11.

极的精神之路。与其说是基督的宗教，倒不如说是圣母的宗教，大地母亲的宗教，照亮肉体生活的女神的宗教……对俄罗斯人民而言，大地母亲就是俄罗斯。俄罗斯成了圣母。俄罗斯是孕育神的国家”[①]。“神”的世俗存在有一种诠释，可以解读为“人间母亲”或“圣母”的存在，塔可夫斯基在《乡愁》中这样描述母亲：“痛苦的圣母，遭受折磨的圣母，慈悲的圣母，满怀同情的圣母，焦灼的圣母，祝福的圣母，慈爱的圣母，光明的圣母，圣洁的圣母，受困的圣母，骄傲的圣母，奋发的圣母，所有母亲之母，深明为人母辛酸的人，所有母亲之母，深明为人母愉悦的人，所有母亲之母，深明为人母快乐的人，所有母亲之母，深明为人母痛苦的人，全知的母亲……”“圣母”般的形象除了指母亲，也指代妻子及充满情感的少女。塔可夫斯基在《乡愁》中，用“圣母”指涉与“爱情”“家庭”“友情”相关联的母亲、妻子与少女形象。安德烈梦到少女尤吉妮娅泪流满面，妻子玛利亚缓缓走去，拥抱尤吉妮娅并对她进行安抚，妻子被表现为慷慨、宽容与博爱，具有妻性和母性的特征，是对掌管子嗣“圣母”的形容的回应。女性的三个阶段少女——妻子——母亲折射着男性在爱欲——情欲——亲情三种不同阶段的欲望，沉默的女性在喧嚣的男性世界里默默承担着功能性作用——纯洁“爱情”的、牺牲或救赎的“母亲”的以及宽容博爱“妻子”的载体。塔可夫斯基用有两个孩子的安德烈和有一个孩子的多米尼克的对话来呈现女性的这种功能性承载作用。

多米尼克：你妻子美吗？

安德烈：你看过《分娩时的圣母》吗？作者皮耶罗·德拉·弗朗切斯卡，她就是那个样子。

作为另外一个女人，少女尤吉妮娅象征着爱情与情欲，具有明显的女性性别特征。她对安德烈充满了爱意与情欲，在三次诱惑不果之后，恼怒中她直接攻击安德烈并向他告白，同时进行自我剖析：“你是个懦夫，脑子装满各种念头，你根本不自由，你们好像都很渴望自由，但一旦得到了，又不知道该拿

① 别尔嘉耶夫.别尔嘉耶夫集［M］.王建钊，编选.上海：上海远东出版社，1999：11.

它怎么办，甚至不知道它是什么！……你们到底在追求什么？这个？（尤吉妮娅露出乳房）你不是，你是圣人，只对圣母感兴趣，哦，你和他们不同，有个智者想把我关起来，我怎么老是碰不上正常男人？我不是说你，你是最糟的一个，但我发誓我会找到适合我的人，而且我已找到一个，他在罗马等我。你穿衣服也很没有品位，而且很沉闷，可我宁可和你这种人上床，也不愿意向你解释什么……我陷入了最尴尬的一种境地，我受够了，再也受不了了！我想一连睡上十天，好把你忘掉，也许没什么可忘记的，因为你根本不存在，这是我的问题，我怎么像个白痴？毫无魅力的男人！可能我看起来很年轻，但我懂得什么是魅力，请走吧！知道吗？我初次见你那一晚梦见了一条多足的软体虫，它掉到我的头上，它咬了我，它有毒，我拼命摇头，直到它掉下来，我想在它爬到衣柜前踩死它，但我找不到它，我无法踩死它，那晚之后，我时常摸头发，谢天谢地，我们之间没发生过什么，光是这念头就让我恶心。”尤吉妮娅对俄罗斯知识分子的追求“自由”与信仰中的“圣母”以及并不时尚等特征大加挞伐，而她所挞伐的恰恰是诗人安德烈对俄罗斯文化深切爱恋与迷恋的部分。在影片结尾，她和那个她所谓的“适合的人”在一起，但却依旧深情地给安德烈打电话，替她不能理解的多米尼克传递信息。她依旧关心安德烈，询问他的健康情况，为了掩饰自己的心理创伤，她防御性地告诉安德烈自己将和男友去印度旅行。印度的东方文化与俄罗斯东北亚文化遥相呼应，昭示了尤吉妮娅无法释怀的俄罗斯情结与爱情。尤吉妮娅作为代表俄罗斯“圣母”文化的女性出现，但她是位西方女性，代表着西方文化的角度，虽然她在此处代表少女的爱情与情欲，但她无法穿越“边界”——精神与心灵的边界，与安德烈进行更高层次的交流与对话。

电影大师英格玛·伯格曼这样赞誉塔可夫斯基：“初看他的电影宛如一个奇迹。蓦然间，我感到自己伫立于房门前，却从未获得开门的钥匙。那是我一直渴望进入的房间，而他却能在其中自由漫步。我感到鼓舞和激励：终于有人展现了我长久以来想要表达却不知如何体现的境界。对我来说，塔可夫斯基是最伟大的，他创造了崭新的、忠实于电影本性的语言，捕捉生命如同镜像、如同梦境。”伯格曼认为塔可夫斯基达到了他未能达到的更高的境界——信仰的或者神性崇高的境界。与伯格曼相反，塔可夫斯基对伯格曼的评价较一般，如他在 1984 年 9 月 15 日的日记中这样写道："今天见到了伯格曼，他和电影学院的年轻人有个聚会，给他们放了一部纪录片，是关于《芬妮与亚历山大》的摄制过程，他现场解释并回答问题。他给我一个古怪的印象：以自我为中心、冷淡、肤浅，对儿童和对观众都是如此。"① 塔可夫斯基不能接受艺术家的"以自我为中心、冷淡、肤浅"，他认为只有爱可以抗拒世界毁灭、可以拯救世界，没有它，一切都将失去。他对伯格曼的批评，从艺术的角度来看，就是植根于信仰与爱，根源于俄罗斯知识分子矛盾的二元对立的判断标准与逻辑方式，用丘特切夫的话来说就是："用理性不能了解俄罗斯，用一般的标准无法衡量它，在它那里存在的是特殊的东西。在俄罗斯，只有信仰是可能的。"② 俄罗斯知识分子的两极特质——世界末日与弥赛亚救世主义、既谦逊恭顺又放肆无理等矛盾特征，他们既对现状保持清醒的认知，又具有牺牲意识以及追寻真理的纯粹精神，这也正是《乡愁》意义的所在。影片结尾处，塔可夫斯基对"乡愁"的"乡"做了定位与回答：他把自己故乡的家园安置在哥特式的天主教堂里进行隐喻——人类的精神家园坐落在信仰的神圣殿堂之内。他承认："《乡愁》的最后一个镜头中，把俄国的房舍摆在意大利教堂内，确有隐喻的成分。这是个构成的影像，略带文学的韵味，模拟主角的境况，他内心的分裂倾轧使他无法继续他一向所过的生活。或者反过来说这已然是他崭新的整体。" ③ 他似乎解决了开篇所说的两个无法融合的世界的忧思——即解构了冷战时期的意识形态对峙、物质与精神的对峙、理性与非理性的对峙，达到了完美的融合，也完成了圣愚、知识分子以及女性形象三种各具特色的人物所承担的牺牲或救赎这一使命，完成了俄罗斯民族对极端主义与救世主义的追求，进而也完成了由普通人性向崇高神性的过渡，唤起世俗大众与自己心灵结盟的神圣意识。

---

① 摘自 1984 年 9 月 15 日塔可夫斯基日记。

② 别尔嘉耶夫．俄罗斯思想［M］．雷永生，邱守娟，译．北京：生活·读书·新知三联书店，1995：1.

③ 塔可夫斯基．雕刻时光［M］．陈丽贵，李泳泉，译．北京：人民文学出版社，2003：247.

第三章　伦理学与精神分析观念在《假面》* 中的演绎

1918 年，英格玛·伯格曼出生于一个路德会传教士的家庭，导演过 170 多场戏剧、62 部电影，自行编剧的有 50 多部作品。他这样描绘戏剧与电影之于他的关系："戏剧是我忠诚的妻子，电影则是我奢侈的情人。"伯格曼是瑞典著名的戏剧、电影、电视剧"三栖"导演，杰出的电影剧作家，现代主义电影"教父"，"作者电影"最典型、最卓越的代表，"世界现代艺术电影圣三位一体"之一。伯格曼大部分电影取景自瑞典，主题多是冷酷、严峻的，他从社会与个人的角度去探索人类的精神状态与心理状况，讨论普遍性问题。他既关注人类非理性情绪的忧郁与绝望，也展示世俗社会的喜剧精神与希望。伯格曼的作品中随处可见的奇异构思对当代很多导演产生了巨大影响，其中有法国"新浪潮"导演让 - 吕克·戈达尔和美国黑色幽默大师伍迪·艾伦。伍迪·艾伦对《时代》杂志说，伯格曼的电影是任何一个电影人都想拍摄的，哪怕"只拍出其中的一部"。费里尼也说："把我和伯格曼相比其实是在恭维我。"

伯格曼坦言《假面》(1966) 是他最神秘、最复杂、最富于哲理性的影片，

---

* 王岳川将影片名 Persona 翻译为人格面具。"Persona 源于古希腊语，意为面具，荣格用它描绘个人公布于众的自我。人格面具原型是由人必须在社会中扮演某种角色发展起来的，它是别人据以了解我们的那部分精神（笔者注：人格作为一个整体被称为精神。精神包括所有思想、感情和行为，不管其是意识到的还是无意识的）。有些人把其人格面具与其整个精神等同起来，这是错误的。在某种意义上，人格面具被认为具有欺骗性。因为它向别人显现的仅仅是一个人精神中的很少的一部分。但是，如果一个人认为他就是他所装出的那个人，那么他就是在欺骗自己，这样是危险的。"参见：王岳川. 当代西方最新文论教程［M］. 上海：复旦大学出版社，2008：33-34.

它的主题灵感来源于斯特林堡的舞台剧《强者》[①]。《假面》中有两位主人公，一位是护士，一位是患者，前者说话，后者不说话，而患者最后从“无”这样一个词重新开始进入语言符号的象征界，即使它充满“假象”与“冒充”。《假面》给伯格曼带来了自由之感，他说《假面》拯救了他的性命，让他“破天荒头一遭真的不再在乎电影能否被大众接受。这件事具有深远的意义。……在我看来，在《假面》与后来的《哭泣与耳语》中，我已经随心所欲了，而且由于我在工作时觉得自由自在，我触及了言语不能形容的秘密。”[②]《假面》根据人类面孔或者说人格面具所具有的既揭示又遮掩的特征，并通过有声台词和面孔进行互文，重新讨论俄狄浦斯情结、血缘关系、阴影原型及人格面具等问题。

一、伦理问题新角度：趋同原则下妈妈真的爱她的孩子吗

伊丽莎白·沃哥（沃哥的意思是捕鸟者）在舞台上表演《恋父》中的厄勒克特拉（阿伽门农之女）时突然决定不说话，并沉默了三个月以上。医生这样描述她的症状：“在她的最后一场演出《恋父》中，她突然就不说话了，并很惊讶地看周围的情况，她这样沉默了一分钟多，之后她道歉了，并说她很想笑。第二天剧院上班的时候，沃哥夫人没有赶去排演，仆人发现她仍然躺在床上，她已经醒了，但不搭理女仆也不动，这种情况到目前已经有三个月了，她已经做了各种检查，心智和身体上都很正常，甚至没有一点异常反应。”

电影中，伊丽莎白的私人医生这样解释她的病症。

医生：你以为我不明白吗？无望的噩梦，不是表面上的，而是本质上的，每个梦醒时分都在时刻警惕，两者之间的战争……别人怎么看你

---

① 短剧《强者》多年来在欧美戏剧舞台作为一出开场戏频频演出，剧场效果极佳。剧中只有两个人物，两个女演员，一个已婚，一个未婚。圣诞节的黄昏二人相遇在咖啡屋，展开了一场极为独特的对话：所有的话全由一人（女士）来说，同时另一个人（小姐）只以手势、表情和笑声做出回应。到底谁强谁弱，读者或者观众看后，自会做出判断。《强者》（又译《我比你强》）剧本中译本参见：斯特林堡．我比你强［J］．新剧本，2002（4）．

② 伯格曼．伯格曼论电影［M］．韩良忆，等译．桂林：广西师范大学出版社，2003：40.

和你究竟是谁，一种眩晕的感觉，一种想被最终暴露的持久的渴望，希望被看透，被击倒……甚至被淹没，每个欺骗的谚语，每个虚假的表情，每次苦涩的微笑。自杀，那是不可思议的，你不会那样做，但是你可以沉默和静坐。这样，你至少不用撒谎，你可以把自己封闭起来，把世界关在门外，这样你无须扮演任何角色，做任何虚伪的表情和手势——你是这么想的——但现实是残酷的，你的藏身之所也并不是密不透风的，到处都充斥着生活的骗局。你不得不做出反应，没人在乎你是说实话还是撒谎[①]，那只是在剧院里才变得重要的事，或者甚至在那里也不重要。伊丽莎白，我懂你为何要沉默，为何不动弹，你的毫无生气已成定局，我能理解，而且很钦佩。我想你该在这件事平静之后再扮演这个角色，直到人们不再感兴趣，你便可摆脱了，就像你摆脱其他角色一样。

有趣的是这位女心理医生，穿着白大褂，抽着烟，非常理性地分析伊丽莎白的病情。她从“存在主义”、“荒诞的世界”、“荒诞的人”及“自杀”去阐释伊丽莎白的病情。从医生的角度来看，她看到了伊丽莎白保持沉默是因为她不想和这个荒诞的世界同流合污，想反叛这个荒诞的世界。但是，失掉了部分女性特征的女心理医生，没有从女性或母性这个角度切入，而护士艾玛与中性的医生不同。从艾玛自言自语的表述中，我们可以得知她谈过多次恋爱，初恋是和有妇之夫恋爱 5 年，她也有过和陌生男孩纵情狂欢的、堕胎的经历。这使她能够从女性、妻性、母性的角度去分析伊丽莎白是否爱自己的儿子，进而颠覆天然的“恋母”“恋父”情结，阐释新的伦理关系或血缘关系：母亲是否真的爱自己的孩子？母亲与孩子的所谓的天然血缘关系或伦理关系意义上的亲近是否成立？1966 年的《假面》从父辈的角度论述了这一问题；时隔 12 年后，1978 年《秋天奏鸣曲》又从子辈女儿的角度论述了这一血缘或伦理问题，但那部作品返回到了弗洛伊德或者拉康的难题，讨论心理创伤与心理防御。

① “于是我觉得从我嘴里出来的每个声音、每个字都是谎言，是空泛乏味的剧作。只有一件事可以拯救我，使我不致绝望、崩溃。那就是，保持沉默。探索沉默背后的清澄，或起码设法收集还可以找到的资源。”参见：伯格曼．伯格曼论电影［M］．韩良忆，等译．桂林：广西师范大学出版社，2003：39.

伊丽莎白为什么拒绝语言？在海德格尔看来，“语言和存在的意义有着直接的关联”，“语言在其本质深处并不是一个有机体的吐白，也不是一个生物的表述。因此根据其符号的特征，哪怕根据其意义的性质，都不能正确地对语言加以思考。语言是‘存在’本身，既澄明又遮蔽着的到来”[①]。由此可见，伊丽莎白的沉默在于规避语言，以此遮蔽某些东西，遮蔽的同时却又“澄明”了一些事实，这些事实在艾玛那里由碎片拼贴成最后的启示或者“最后的阴影”。厄勒克特拉是古希腊神话人物，她弑母及其情夫为父报仇。伊丽莎白在扮演这一“恋父女性”的角色时突然罢演，并且拒绝说话，因为这一角色触及了她内心深处的阴影——她对那个拼命爱着她的儿子爱无能或者说是她厌恶他，这使得她无法原谅儿子，因为他给她带来了恐惧与厌恶，同时也令她无法原谅自己的冷漠与爱无能。她对自己扮演慈母的假象也感到愤怒与厌恶，所以面对世俗社会中的此种荒诞，她选择了加缪所说的“逃避”——不说话比说谎话要好一些，至少她可以在那里静止不动。

护士艾玛犀利揭示伊丽莎白保持沉默及“堕落”的原因：“是那晚的舞会对吧？夜深而嘈杂，开始的时候，有人对你说，伊丽莎白，你有艺术家和女人所具有的一切，但没有慈母心。你嘲笑是因为你觉得这荒唐，但你还是忍不住要想他所说的话，你越想越担心，因此你让丈夫让你怀孕，你想当一个母亲。但你发现已经成了定局时，你开始感到害怕，害怕负责，害怕被束缚，害怕离开剧院，害怕痛苦，害怕死亡，害怕你日趋膨胀的身体。但每时每刻，你都装成是一个很幸福的母亲，每个人都说，她从没这么漂亮过。你几次试着打掉胎儿，但是都失败了，当你意识到已经无可挽回时，你开始憎恨这个小孩，希望是个死胎，你希望那个小孩是个死的，你想要一个死了的小孩。那是一次长时间、很困难的分娩，你痛了好些天，孩子是用镊子取出来的。你厌恶地看着你哭叫的孩子，悄悄地说，你能不能早点死？能不能早点死？但他活下来了。小孩成天到晚地哭叫，你很讨厌他，你很害怕，你感到愧疚，最后亲戚和奶奶照看这个孩子，你离开病床重返剧院。但痛苦并没有结束，而这个小孩却对他的

① 此处海德格尔关于“语言与存在”的论述，参见：张秋．不准调头：世界电影大师的救赎之旅［M］．北京：东方出版中心，2007：31.

母亲如此眷恋，你拼命地抵抗，因为你不能回应他。你尝试再尝试，但你每次和他的见面都是如此冷酷、尴尬。你做不到，你冷漠，漠不关心。他看着你，他爱你，而且他很脆弱，因为他死缠你不放，你甚至想揍他一顿，你觉得他很讨厌，厚嘴唇，丑陋的身体，眼泪汪汪祈求的眼睛，你排斥他，你害怕！”

当艾玛揭穿伊丽莎白“堕落”时，后者的表情是惊讶骇然的。艾玛的解读一语中的，说中了她的心病，揭示了她内心中的“阴影”[①]以及她拒绝说话的原因。艾玛对伊丽莎白堕落原因的了解经历了几个步骤。第一步，是艾玛为伊丽莎白读她丈夫的来信，当读到他们在森林中漫步时，伊丽莎白开始质疑某一问题，信没有读完就被伊丽莎白一下抢过去揉成一团。观众没有听到信的内容被念出来，但艾玛看到了这段内容的一部分，其关乎伊丽莎白的“堕落”。第二步，是当艾玛把伊丽莎白小儿子的照片给她，并夸奖这个孩子的时候，伊丽莎白把儿子的照片拿过来后，看都没看就一撕为二。第三步，从艾玛雨夜酒后的陈述中可以得知艾玛曾经堕过胎，也就是她曾经有过做母亲的可能性，但是她以“不想要”为借口打掉了。最后，艾玛因伊丽莎白把自己的倾诉、情谊作为研究对象并告知医生而恼怒。在影片进行到一半的时候，艾玛在森林水边凝视水中的自己，她开始由象征界向实在界迈进，从前半部分的顺势疗法向后半部分的逆势疗法转变，试图逼迫伊丽莎白在极端的非理性情绪下进行非此即彼的选择。这几个重要的步骤使得艾玛逐渐知晓、掌握伊丽莎白的“堕落”。

伊丽莎白把一张照片夹在书里，这是一张有名的波兰集中营照片[②]。照片中在纳粹的枪口下，孩子被迫和母亲分开。伊丽莎白凝视这张照片，试图从这张照片中找到母亲和孩子之间爱的必然联系。因为在她的生活中，她的焦虑、她的痛苦以及她自闭沉默的状态，皆来源于对儿子的爱无能这一事实。她的

① 阴影（shadow），是荣格提出的人格中的四种原型之一。“阴影是心灵中最黑暗、最深入的部分，是集体无意识中由人类祖先遗传而来的，包括所有动物本能的部分。它使人有激情、攻击和狂热的倾向。过分压抑阴影，将削弱人强烈的情感和深邃的直觉。同时也可以说，阴影原型使人格具有整体性和丰满性。这些本能使人富有活力、朝气、创造性和生命力，排斥和压制阴影会使人格变得平庸苍白。”参见：王岳川．当代西方最新文论教程［M］．上海：复旦大学出版社，2008：34.

② “我的艺术无法融解、转化或忘怀在照片中的那个小男孩，以及为信念而自焚的那个男人。”参见：伯格曼．伯格曼论电影［M］．韩良忆，等译．桂林：广西师范大学出版社，2003：39.

医生只是对她病症的某些方面分析得比较精准，如她不想依靠谎言来面对这个“荒诞的世界”。她不爱她的孩子，但是在道德、理性以及伦理秩序中，她的这种天然厌恶与爱无能，势必遭到谴责，她不能直接表述自己，所以选择沉默。这是一种逃避，对“荒诞的世界”“荒诞的人”的逃避。“荒诞的世界”具有破碎、残忍、恐惧与孤独等特征，伊丽莎白认同“荒诞”的存在及其特征，但艾玛在开始的时候则不能认同这一观点。

> 艾玛：正如我们知道，自身固有的焦虑，我们所有破碎的梦，莫名的残忍，对死的恐惧，以及对俗世痛苦深刻的洞察，已经破灭了我们超凡脱俗的希望。我们内心抵抗黑暗和沉默的、信仰和疑虑的呼声，是我们孤独和恐惧最好的证明。
>
> 艾玛：你觉得是这样吗？（伊丽莎白点点头。）
>
> 艾玛：我不相信！

伊丽莎白在影片开始不久，看出世界的荒诞，但她只能选择逃避——保持沉默、拒绝说话，不参与到“荒诞的世界”中去，处于不自由与弱者的状态。但是在影片结尾的时候，她又开始讲话，回去重新登台演绎厄勒克特拉的弑母故事。就是说，她认清了这个“荒诞的世界”的本质，变得勇敢起来，开始直面世界并参与其中。她完成了由弱到强、由被动选择到主动面对的变化，也就是变成了“局外人式”的幸福英雄，或者西西弗斯式的终极英雄。伯格曼也从“儿子”——小男孩的角度进行演绎。在影片开始，伯格曼把小男孩放置在一个巨大的、冰冷的白色空房间里，房间像停尸间一样冰冷、恐怖，充满死亡的气息，象征着这是一个荒诞的世界。为克服这冰冷与恐怖，男孩开始渴望妈妈的爱与温暖，他起身开始抚摸仿佛存在于空气中的母亲的面孔。母亲的面孔开始时还比较温和，随后却开始嘴角下垂，变得严肃、漠然，又突然闭上眼睛，不理会、不在意甚至厌恶小男孩的抚摸。在影片结尾处，小男孩依旧在亲昵地抚摸着在空气中悬浮着的母亲的面孔，但是即使是垂下眼睑的母亲面孔的影像也突然消失得无影无踪。这一情节象征了这种母子相爱的血缘关系（伦理关系）的虚无或者不清晰的存在，甚或就不曾存在过，犹如永不在场的“他者”或婴儿欲望的投射对象。

二、被压抑的非理性、僭越与“作恶”后的快感

在影片开始不久，伊丽莎白的丈夫来信了，艾玛读给伊丽莎白听，她读道：“我禁不住想用这种方式跟你联络，我被众多的问题困扰着，我是不是某些方面伤害了你，是不是在不知不觉中伤害了你？我们之间是不是有很大误会？就我所知，现在我们还是幸福的，我们从未如此亲近。还记得你说过，我开始知道婚姻意味着什么吗？你曾经告诉过我，我们间的交往要像两个天真的孩子一样，用善意和最好的动机，但是，却被我们只能部分控制的力量统治了，你还记得你曾经说过的这些吗？我们到森林里漫步，你停下来，抓着我外套的腰带……”

艾玛读到这里的时候，伊丽莎白把信一把抢过去，揉成一团，不让艾玛再继续读下去。伊丽莎白为什么让艾玛替她读信？是让别人更多了解她，还是虽然她试图自闭，但行动上却渴望与人交流及相互理解？为什么不让艾玛再接着读下去了？是因为她发现了自己为人所不齿（本我冲击、侵袭自我与超我）的一面吗？她和丈夫在森林散步时为什么突然感到恐惧？那一段伊丽莎白嫌恶的内容，到底冲犯了“自我”与“超我”中的什么？是秩序、律令、语言结构和道德界定的所谓“恶”吗？是她内心中的“阴影”（shadow）吗？根据荣格的假设，阴影是心灵中最黑暗、最深入的部分，是集体无意识中由人类祖先遗传而来的，包括所有动物本能的部分。它使人有激情、攻击和狂热的倾向。过分压抑阴影，将削弱人强烈的情感和深邃的直觉。同时也可以说，阴影原型使人格具有整体性和丰满性。这些本能使人富有活力、朝气、创造性和生命力。[①] 在秩序、律令的文化社会中，伊丽莎白向丈夫的提问具有“恶之感觉”或者关乎“阴影”的问题，被别人看到时，她感到厌恶、恐惧与紧张，这是伊丽莎白面对第一世界趋同原则的日常反应。

① 王岳川．当代西方最新文论教程［M］．上海：复旦大学出版社，2008：34.

由于下了一整天的雨，无法外出，伊丽莎白与艾玛只能待在房间里。两人更为极端的情况是其中一个不说话，另外一个喋喋不休地倾诉，形成特殊的时空组合。艾玛这样分析自己的初恋："他结婚了，我们已经恋爱了5年，之后，他自然厌倦了。我是如此爱他，他是我的初恋，就像一种持续的痛苦，长期的隐痛，及短期的，就像低级小说一样，听起来很怪，但我觉得一切好像都是虚幻的，我不知道该怎么形容，对他来讲，我不是真实的，但可以肯定的是，我的痛苦是真实的。从某方面说，那是它的一部分，从某个令人厌恶的方面，就像应该是这样一样，甚至我们对彼此所说的一切。"

在这场如同陈词滥调小说的初恋中，从艾玛看来，很多东西虚幻、模糊，变得不真实了，但这场恋爱所产生的"痛苦"及"厌恶"这种非理性情绪，却清晰真实地遗留下来证明存在。伯格曼的这样一种思维方式，似乎与克尔凯郭尔有着相关性，克尔凯郭尔认为："个人存在中有喜怒哀乐，经由喜怒哀乐才能体验到真正的人生。语言、理性和逻辑无法揭示每一个人独特的个性，无法揭示人的真正存在。他的个人是一种为恐惧、战栗、悲观、绝望等消极情绪所支配的个人。这种悲观消极的情绪是个人对自己生存的最本真的体验。正是这种情绪驱使人采取行动，进行非此即彼的选择。"随着艾玛对自己初恋的剖析，她渐渐触摸到了实在界的面庞，荒诞或者这种痛苦的残留代替了之前她为之痛苦的爱情与男人，这使得她产生困惑，也是她后来否定之前自己所认同的某些观点的前奏。

在与伊丽莎白越来越深入、亲昵的倾诉中，酒后的艾玛不但讲述初恋，也将自己灵魂深处最黑暗之处呈现出来。由于社会道德标准的存在，伊丽莎白对人之"恶"的反应是厌恶与恐惧。与这种日常的道德标准与逻辑相悖的反应还有一种，就是"作恶"后的快感与快乐。与伊丽莎白不同，艾玛在雨天酒后的倾诉中坦承"作恶"后的美妙与美好，伊丽莎白在明灯下静观与审视她，充当审判者的角色。"我一直都想有个姐姐。我只有哥哥，七个，很奇怪，是不是？然后我就出生了。打从记事起，就记得身边全是男孩，但我喜欢男孩。作为一个演员，我想你一定了解，我那么喜欢卡尔·亨利克，但是，你或许只会爱一次。我对他那么忠实，当然因为我的职业，我也没不忠的机会。卡尔和我曾在海边租了一个小别墅，那是 6 月份，就我们两个。有一天卡尔去镇上了，我一个人去了海滩。那天天气晴朗暖和，有个女孩躺在那儿，她从另一个岛来，喜欢我们这海滩的光线充足的隐蔽。我们全裸着躺在那儿晒日光浴，涂防晒霜，休憩。我们戴着廉价草帽，我的上面缠有一条蓝色的丝巾。我躺在那里，看着周围的环境，享受大海和阳光，确实很有趣。突然，我看到岩石上有两个影子，他们躲在背后时不时地偷看一下。我对那女孩说，'有两个男孩在偷看我们'。那女孩叫卡特拉。'让他们看好了。'她说，并翻过身来。我当时感觉很滑稽，我想跳起来，穿好衣服，但我仍然俯卧在那里，非常冷静，一点都不觉得尴尬。而且卡特拉就在我的旁边，大腿和乳房都露在外面，她只是不断地傻笑。我注意到男孩们正在向我们走近，他们就站在那里看我们，我看出他们的怯懦。那个大胆点的开始接近我们，并蹲在卡特拉的旁边，他假装是在扳他的脚趾，我感觉非常奇怪。突然卡特拉对他说：'嗨，你怎么不过来？'然后她拉着他的手，帮他把裤子和衬衫脱了下来……感觉从来没那么好过，以前或后来，你能理解吗？当然我怀孕了。卡尔是医生，带我去一个同事那里堕了胎。我们无所谓，因为我们不想要孩子，总之，那时候不想要，这太没意义了，这不对，为些小事而内疚，你能理解吗？你下决心要做的一切事情，都有必要做吗？有可能同时成为一个人吗？我是说两个人？噢，上帝，真是无聊，根本就没有理由去哭！"

在倾诉中，艾玛处于被伊丽莎白凝视、审视的范围内，伊丽莎白是静止的，艾玛略显躁动地走来走去。在伊丽莎白神圣而代表秩序道德的审视中，艾玛说和男孩们的纵性前她本想离开却没有行动，这种行动与意识的不一致，导致艾玛羞愧、躁动，躲避伊丽莎白的凝视。陈述这段纵情狂欢过后，艾玛进入了一个新的阶段。之前艾玛认同与喜欢这样的观点"相信一件事情并去做，认为你的生命因之而有意义"，而在此时她躺在伊丽莎白身侧，开始触摸荒诞的本质及实在界的面庞："你下决心要做的一切事情，都有必要做吗？"艾玛触摸本质始于质疑与焦虑，导致她将要在非理性情绪中进行非此即彼的选择。并直面人选择本质的最终结果："有可能同时成为一个人吗？我是说两个人？"

在展示真实的本我与所谓的阴影之后，艾玛与伊丽莎白之间发生了变化，表面上艾玛依旧快乐地拿起伊丽莎白的杯子与她同饮咖啡，充满愉悦，事实上她变得敏感、怀疑和挑衅，并试图重新认识自己与世界。在去替伊丽莎白寄信的途中，她面色凝重地偷看了伊丽莎白给医生写的信。

> 我想永远这样生活下去，沉默，过隐居的生活，无欲无求，感觉我破碎的心灵终于开始愈合了。艾玛在照顾我，用最令人感动的方式宠爱我，我相信她很喜欢这样，而且很喜欢我，或许是一种无意识的迷惑的方式在爱我。无论如何，研究她是一件很有趣的事情。有时，她为过去的罪孽哭泣，和陌生男孩的纵情以及随后的堕胎，她声称她自己的感觉和行为是不一致的。

艾玛在水边陷入沉思，凝视水中自己的倒影、阴影及伊丽莎白的凝视。通过倒影及镜像对自我进行重新整合。这也是整个影片的突转点。艾玛开始由顺势疗法向逆势疗法转变：她设计用碎玻璃扎伊丽莎白、用开水烫伊丽莎白、斥责她、掌掴她，直至揭穿她内心深处最黑暗的“阴影”及“堕落”。艾玛信任伊丽莎白，以为艺术家有“最大的怜悯心”，她向她倾诉所有，却被伊丽莎白作为观察的客体来研究，伊丽莎白将艾玛置换到了病人的位置进行观察与了解。同时，伊丽莎白在艾玛的举动中也观察到了同性之间的吸引和爱，两位女性在艾玛的陈述与伊丽莎白的信中呈现了道德所不能接受的各种非道德行为，以此逐渐将个人潜意识中的阴影全部暴露，她们开始在互相凝视的镜像中认知自我，共同向病情痊愈过渡。

三、趋同原则下的人格面具及人的选择

《假面》影片的英文名字 *Persona* 是心理学中的“人格面具”这一概念的文艺译法。影片中艾玛一直在讲话，由于伊丽莎白的倾听，艾玛认为交流的感觉甚好，她说，“聊天的感觉真好，是如此温暖和美妙”，这是她以前从来没有过的感觉。交流可以展示自己、呈现自己的所有，进而认知自己。但是，这样的交流会导致非理性情绪的出现，并重新选择存在，因此会颠覆此前对自我与

世界的认知。当艾玛认清荒诞真相及知晓伊丽莎白的“堕落”后，她变得狂躁、焦虑与迷茫。

艾玛：放开我！这一切太羞耻了！放开我！我这么冷漠，这么堕落，这么无关紧要！所有一切都是谎言和冒充。

她一方面不愿承认荒诞的世界，一方面又想对其探个究竟，具有矛盾性。而在“有没有可能两个人变成一个人”这一问题上，伯格曼利用亚努斯式的双重面孔——艾玛与伊丽莎白两张交叠的面孔，来演示艾玛与伊丽莎白身份与选择的互转，通过集体无意识的共性或者集体无意识中的原型来表达。艾玛与伊丽莎白交叠的两张面孔共出现三次，演示了她们选择与存在可以互相置换的开端、发展和结局。

第一次出现（实在界与象征界的混淆）：在艾玛醉酒后睡觉前的影像中。影片开始时艾玛试图接近伊丽莎白。她说：“沃哥夫人，我不理解这些东西，我对电影和戏剧很感兴趣，但我不经常去，我很欣赏艺术家，我认为艺术对人们的生活是很重要的，尤其是对那些有困扰的人来说。”从这一段陈述中可以得知，艾玛把艺术或者艺术家作为人类欲望的投射体，作为大写的“他者”，“解决人们困惑”或心理问题，护士艾玛也渴望成为表演艺术家伊丽莎白。醉酒后陈述阴影，艾玛悔恨过后有这样的表述：“我一直在讲，你一直在听，你一定很烦，我的生活有什么值得你感兴趣的吗？我应该像你一样，你知道那晚我看了你的电影之后有什么想法吗？回家对着镜子，我想‘我们很相像’，别误会我，你是如此完美。但在某些方面，我想，如果我努力的话可以变得和你一样，我是说，内在的，你也可以成为我，就这样。但你的灵魂太深邃，那样你会吃不消的。”艾玛试图在阐释自己通过选择可以决定自己的本质，“在某些方面”也可以成为伊丽莎白。

在艾玛醉酒的无意识中，可能是现实，也可能是幻觉甚或是在梦中，伊丽莎白走进艾玛的房间，两人脖颈相交、面孔并列的画面第一次出现。这时的艾玛依然充满对伊丽莎白的向往，此时艾玛对伊丽莎白还是处于顺势疗法阶段，两人间充满温馨与友善。这个时候艾玛还没有意识到，她的“交流”是“单向度交流”，只是一方展示和倾诉，她还没有进入真正的“双边交流”——伊丽莎白对她的凝视、折射与认知。

第二次出现：偷窥了伊丽莎白写给医生的信件之后。此时艾玛进入了真正的“交流”，即和对方的“双边交流”，她强迫伊丽莎白“恐惧”与“战栗”。她也由此进入了逆势疗法阶段，开始打击、挑衅，甚至侵犯伊丽莎白的“阴影”之处，企图摘掉伊丽莎白的人格面具。多次交锋后，艾玛躺在床上，陷入了极度的狂乱，收音机里传来断断续续的声音，“……不说话……也不听……不能理解”。这种“不看、不听、不说、不想”的无为思想意味着摆脱外界理性秩序的羁绊，将自我直接袒露或者用自我去感知世界和存在。同时收音机中的暗示也在象征着艾玛的转变，她之前积极入世，充满力量和幸福，“相信一件事情并去做，认为你的生命因之而有意义”。可和伊丽莎白接触、相处与相悖之后，她开始从伊丽莎白的凝视与反应中重新认知自我，并开始真正理解伊丽莎白的自闭、沉默与反抗，进而开始伊丽莎白之前的镜像体验：焦虑、虚无和狂乱，她开始像伊丽莎白一样剥离象征界，触摸实在界。进而完成“两个人有可能成为一个人”。

艾玛陈述伊丽莎白“堕落”的时候，用两遍讲述的方式对“堕落”的原因进行强调，同时也在过程中烘托与完成艾玛和伊丽莎白“两个人有可能成为一个人”的隐喻。第一遍讲述镜头对准了伊丽莎白，第二遍讲述时，镜头对准了艾玛。两遍讲述的声音是艾玛的，伊丽莎白的表情不停变化，最后变成惊恐的表情，因为艾玛泄露了她心灵深处的秘密与阴影。伊丽莎白在恐惧中开始直面自己和荒诞世界的关系：她遵循世俗的律令道德，但她不爱她的儿子，可她的小儿子百般爱她，令她恼怒，她不能原谅他，也不能原谅自己，她又什么都不能言说。艾玛揭下了伊丽莎白的人格面具，赤裸的阴影的暴露令伊丽莎白惶然无措。第二遍讲述伯格曼把镜头对准了艾玛，在揭示真相的刹那，艾玛扮演出惊恐、骇然的表情，如同伊丽莎白一样，同时声音也发生扭曲，似乎是伊丽莎白来自内心挣扎与反抗的歇斯底里的呼喊，对抗来自律令道德的压抑、耻感和罪恶感。这时，艾玛和伊丽莎白的两张脸融合在一起，变成了第三张脸：一半是伊丽莎白的脸，一半是艾玛的脸，这是一张无法归属于任何人的脸，又是所有人的脸，是集体无意识的脸。两个女人经历了对自我的镜像体验，最后在原型上形成合二为一的一个人——普遍意义上的人。伯格曼展示了“有没有可能两个人同时成为一个人”的结果，同时也给艾玛当下的困惑和疑问提供了某种暗示。伊丽莎白陷入极度的恐慌，艾玛陷入最后的迷乱与疯狂：“我不是你，我的感觉和你不一样，我是艾玛护士，我到此是来帮你的，我不是伊丽莎白·沃哥，你才是伊丽莎白·沃哥，我想要——！我喜欢——！我没有——！”此时二人面孔合并的画面再次出现。两个人成为一个人的可能性再次出现。艾玛说的“我想要——！我喜欢——！我没有——！”是一种含混了非此即彼的选择。此刻，艾玛的人格面具已经具有自我与伊丽莎白自我认知的双重特征。

在艾玛的辅助下，伊丽莎白开始说话了，艾玛教她说出来的第一个词是“无”，意味着否定过去重新开始，或者意味着直面虚无的世界的荒诞本质。当伊丽莎白开口说话后第二次出现两人脖颈相交、面孔并列的画面。艾玛撩起自己的刘海，凝视镜中的镜像，镜子中艾玛与伊丽莎白脖颈相交、面孔并列。这一画面象征着在艾玛的潜意识或幻象里，此时的艾玛可以成为伊丽莎白，如同伊丽莎白一样认清荒诞本质。

第三次出现：影片结尾前的部分。伊丽莎白已经回到城里去表演《弑母》了。艾玛收拾海边的别墅，她又站在镜子前撩起头发照镜子，镜子里第三次出现了艾玛与伊丽莎白二人脖颈相交、面孔并列的画面。这象征着她经过一系列的镜像体验，穿越想象界、象征界，达到了对实在界的把握与认知。艾玛此时如同伊丽莎白一样意识到了世界的荒诞，并对自我进行了重新整合与认知：她看到了世界存在的荒诞，并且和伊丽莎白一样选择勇敢地直面荒诞，在镜像中她触摸真相——“人通过选择可以成为她想成为的本质”，即艾玛最终可以自由地选择成为自己想成为的那个本质或者成为任何一个她想成为的“伊丽莎白”[①]，艾玛如西西弗斯一

① “她们交换人格。确切情况我并不清楚，但是就这样她断断续续敏锐地感受到另一个女人的灵魂，一切是这么的荒谬。她见到如今已是艾玛的伊丽莎白，伊丽莎白说话的声音本是艾玛的。她们面对面坐着，并且交谈，语调抑扬顿挫，变换着手势。她们互相折磨、反唇相讥和彼此伤害，她们欢笑、嬉闹。这是一幕镜子戏（mirror scene）。”参见：伯格曼．伯格曼论电影［M］．韩良忆，等译．桂林：广西师范大学出版社，2003：39.

样也成了认清本质的终极英雄。伯格曼在完成艾玛的转变与伊丽莎白再开其口的过程中，使用脖颈相交、面孔并列的画面进行隐喻与象征，意味着“你中有我，我中有你”，也可以说如同克尔凯郭尔所说的一样：任何一个人通过选择可以成为他想成为的那个本质，同时也完成了荣格假设的“I+We=Fully I（我 + 我们 = 完整的我）”的集体无意识模式。

第四章　好莱坞商业片剧作中对深度思想的“浅思维化”处理

拉里（现改为拉娜）· 沃卓斯基（1965 年出生）和安迪（现改为莉莉）· 沃卓斯基（1967 年出生）出生于芝加哥一个波兰裔的美国人家庭里。他们的父亲是商人，母亲是护士兼画家。兄弟（现为姐妹）二人很早就对现实的真实感进行思考，并尝试着对一些哲学观点进行反思，试图提出独特的见解。哥哥拉里在巴德学院学习两年之后就退学了，弟弟安迪后来也辍学了，两人一边做油漆匠、木匠，一边编写、表演滑稽喜剧或进行哲学方面的辩论，他们还热衷于日本漫画、中国功夫和打坐冥想。1980 年代，波德里亚的思想从欧洲大陆传到美国，开始在美国的青年学生与知识分子中间普遍流行，得到大家的热捧。波德里亚的主要著作有《物体系》《象征交换与死亡》《仿真与拟像》《消费社会》《完美的罪行》《冷记忆：1980—1985》等。由于他对当下消费社会及后现代社会的犀利分析和判断，使得美国知识分子和年轻人对他痴迷，沃卓斯基兄弟也是波德里亚的忠实信徒。他们决定拍摄一部“未来网络时代的、关于神秘主义的、宿命的、掺杂了被以往电影所忽视的元素，并最大限度地使用当代科技以达到震撼效果的影片”，这部电影就是《黑客帝国》。沃卓斯基兄弟在导演这部电影时，要求演员在熟悉剧本之前，要先熟悉波德里亚的著作，甚至还有消息说，他们想邀请波德里亚出演《黑客帝国》的一个角色，被波德里亚婉言拒绝，但出于礼貌，波德里亚还是赞美了一番《黑客帝国》的哲学含义。兄弟二人共同导演的《黑客帝国》已经成为科幻电影的经典作品。

《黑客帝国》中的剧作结构设置为，软件程序员尼奥从一个普通的程序员突转为西方文化中的“救世主”，这是整部电影规定的动作走向，旨在实现一种将“不可能”变成“可能”的“美国梦”。除了经典剧作的必备叙事元素，《黑客帝国》还将古希腊苏格拉底的语句、柏拉图的“洞穴”思想、西方基督文化逻辑、女性主义、环境生态批评、超验主义、禅宗及当时流行于欧美年轻人中间的波德里亚的“拟像与仿真”理论及“真相”“超真实”等概念杂糅进台词与动作设置中，将这些晦涩难懂的哲学命题、概念或逻辑以反复的、直接浅白的方式讲给观众听，种类繁多，确实可以称为“哲学小甜饼”拼盘。其中看似玄妙、深奥的话语让并不熟悉哲学史的观众陷入沉思或者短时间触摸世界的“真相”。《黑客帝国》就像“心灵鸡汤”这类文化与形而上学思想的普及版本一样，开始时人们会被它声嘶力竭的大声告知和无限煽情所蛊惑，但稍一思考就会轻易破解它其中的陷阱和迷宫。就如有的研究者所说，好莱坞电影不是带观众去发现什么，而是满足观众想看什么，男女爱情、个人英雄、生活情趣等故事总是会突破来自阶级、现实中的困难，以团圆和胜利的结局使得观众感同身受。它在内容和形式上总是把一些晦涩难懂的哲学命题浅显化、直白化，就如可以提鲜味的味精，让大众尝到又鲜又有文化的口感，似乎触摸到了形而上的顶端，一种成就感和人类的自豪感油然而生。好莱坞式的“心灵鸡汤”“哲学小甜饼”和浅思维式的大众“文化苦旅”，被人诟病带有“蒙蔽性”与“浅思维性”。有研究者说它是“麻痹大众、消磨大众意志的毒品，它使大众无法清醒认识到自己在资本主义社会中的真实地位……它抹杀个性，推广平庸，导致趣味、习惯、观念甚至行为的千篇一律。因此法兰克福学派对大众文化持激烈批判的态度”[①]。好莱坞电影叙事类型化，情节节奏明快，总是将观众对情节的期待最大化，比如观众正常的心理需求是五分钟内三个情节点就可以了，可是好莱坞电影却给观众设置五个、八个甚至更多。他们不需要观众进行思考，观众只需要被动地追随电影情节的快节奏叙事。观众跟着快速的电影剧情节奏向前走，无须须臾的思考，成为被电影带领的“单向度的人”，即被去思考化。好莱坞电影在视觉上，拼贴绘画艺术、电脑技术、设计以及时髦的前

① 蓝爱国 . 好莱坞主义：影像民间及其工业化［M］. 桂林：广西师范大学出版社，2003：16.

卫艺术等，形成强烈的视觉冲击力，以此惊艳观众，但忽略了对情节的质疑及深度思考，也让德裔美国导演恩斯特·刘别谦有了取笑美国观众的机会，他曾说过美国观众“只有十二岁孩子的思想”。认清好莱坞部分商业大片的浅思维性及其文化特征之后，希望能给中国电影一点启示，貌似诉诸理性的好莱坞电影，其实和一流的经典影片存在着巨大的区别，按照“取法乎上，仅得其中；取法乎中，仅得其下”的原则，孰为圭臬，不言而喻。

一、好莱坞的“哲学小甜饼拼盘[①]”与“心灵鸡汤”标签

很多研究者指出，好莱坞电影成功的重要法宝之一为“哲学小甜饼拼盘”，意即将从古到今、从西方到东方的各种哲学命题进行浅白化处理后凑成文化“拼盘”，使其看起来似乎具有某种浓郁的智慧气质，以去掉好莱坞电影太过商业性和娱乐性的粗鄙与肤浅，试图达到具有艺术与思想的特质。经过文化处理的“拼盘”，使得好莱坞某些商业电影带领观众进入“文化苦旅”。它们试图用直接浅白的语言讲述哲学小命题，犹如中国当下的某些文化传播者用比较日常的、直白的与片面的语言与思维讲解《论语》或《庄子》，把晦涩的道理进行浅思维化处理，希图为大众所理解、接受，进行所谓的文化普及。不同于大师级的经典电影，这类作品只是起到娱乐、娱情或者浅思维的、片面的“文化噱头”作用。《黑客帝国》也是把晦涩难懂的哲学命题经过浅显处理后放到了电影中，给观众上了一盘花样繁多的“哲学小甜饼拼盘”，它的“拼盘”里有：柏拉图的“洞穴理论”、波德里亚的“拟像与仿真”理论、“虚拟空间”概念、拉康的“镜像理论”与“实在界”理论、希腊神话以及圣经故事原型、超验主义理论、存在主义理论、环境生态批评、性别理论、符号学理论，以及乌托邦理想国的建构等等。这些“拼盘”五彩缤纷，令人目不暇接，甚至把《黑客帝国》提升到似是而非的哲学探索这一层次。这些“哲学小甜饼拼盘”促成了《黑客帝国》的成功，并掀起了一股哲学热潮。

关于“洞穴理论”“拟像与仿真”理论的，其台词如下。

---

① 恐惧·技术·波德里亚：《黑客帝国》的意识形态源头［EB/OL］.（2001-01-02）［2022-07-18］. https://tieba.baidu.com/p/75354858.

尼奥：我的电脑，你会不会觉得，自己在半梦半醒之间？

找尼奥买黑客软件的朋友：每次嗑了药就有这种感觉。让你腾云驾雾，听起来你得发泄发泄，休息一下，怎么样？

尼奥觉得自己在“半梦半醒之间”的这种感觉类似于“洞穴理论”中的“囚徒”和“自由者”之间，他也感觉到了“实在界”的存在，他处于半觉醒的状态。而他的朋友则理解为世俗的嗑药之后的腾云驾雾的感觉。尼奥就是那个快要走向洞口寻找真相的“囚徒”，在“半梦半醒”之间似乎感觉到了真相和梦境的界限，他就要触摸到“实在界”了。

莫斐斯：我猜……你现在一定觉得有点像爱丽丝梦游到了梦境，有点像。从你的眼神，我看得出来，你对这一切逆来顺受，你想从梦中惊醒。老实说，你会醒过来。尼奥，你相信命运吗？

尼奥：不信。

莫斐斯：为什么？

尼奥：我相信我能掌控自己的生命。

莫斐斯：我了解你所说的意思。让我告诉你来的原因。你知道有些事虽然你无法解释，却能感觉到，你这一生都能感觉到。这世界很不对劲，你说不出个所以然来。就像心头有根刺，把你逼疯，所以你才会找上我！你知道是什么吗？

尼奥：母体吗？

莫斐斯：你想知道……它是什么？母体无所不在，随处可见。它甚至在这房间。你从窗户外可以看到它，在电视上也能看到它，上班时感觉它的存在，当你上教堂或纳税时也一样。它是虚拟世界，在你眼前制造假象、蒙蔽真相。

尼奥：什么真相？

莫斐斯：你是个奴隶。每个人呱呱落地后，就活在一个没有知觉的牢狱。一个心灵的牢笼。很不幸，我无法告诉你，母体到底是什么。你必须亲眼见到，这是你最后一次机会，决定了就不能反悔。吞下蓝色药丸的话，幻境结束，起床后，想信什么就信什么。吞下红色药丸的话，就留在幻境，而我就带你去见识见识。记住，我只能告诉你真相。

在这一段，沃卓斯基兄弟直接把个人的主观体验、超验主义和“洞穴理论”中的命题讲述了出来。在《黑客帝国》中，这个世界存在着一定的真实，真实先验存在。关于“梦境”、“真相”与“母体”，沃卓斯基兄弟利用莫斐斯之口进行了大段论述。对“梦境”或“实在界”幻象的诠释是：“你想从梦中惊醒”，“你知道有些事虽然你无法解释，却能感觉到，你这一生都能感觉到。这世界很不对劲，你说不出个所以然来”，这是潜在的“真实世界”，或者称为“实在界”，它是需要穿越象征界的本质偶尔才可以触摸或感觉到的境界。关于“母体”，莫斐斯只是说“母体无所不在，随处可见。它甚至在这房间。你从窗户外可以看到它，在电视上也能看到它，上班时感觉它的存在，当你上教堂或纳税时也一样。它是虚拟世界，在你眼前制造假象、蒙蔽真相”。在后面的段落中莫斐斯又说，它是“一种控制方法。母体是电脑模拟的梦幻世界，为了控制所有人类，把我们从人类变成这玩意儿”——能量电池。至于“真相”，就是“你是个奴隶。每个人呱呱落地后。就活在一个没有知觉的牢狱。一个心灵的牢笼”，看似玄而又玄的表述，是对柏拉图“洞穴”理论的隐喻，关于各种感官经过编码的主观存在与客观所谓的“实在界”的存在的差异。

莫斐斯：这是所谓的残留自我影像，你在虚拟世界的投影。

尼奥：这都不是真的？

莫斐斯：什么是真实？真实该怎么定义？如果你指的是触觉、嗅觉、味觉和视觉，那全是大脑接收的电子讯号。这是你熟悉的世界，就是20世纪末的世界。其实这是互动的虚拟世界，我们所谓的母体。你一直生活在梦的世界里，尼奥。这才是真实的世界。

至于存在主义的著名命题“存在先于本质”，在电影里化为台词表述如下。

先知：你不是如何选择，而是为何选择。

钥匙匠：我要完成我的使命，这就是我存在的目的。

设计师：所谓选择，只是一种幻觉。

而关于法国当代哲学家波德里亚的理论，当尼奥给朋友拿黑客软件的时候，他打开的正是《仿真与拟像》这本书；书被设计成盒子模样，他打开的恰好是“论虚无（On Nihilism）”那一章。沃卓斯基兄弟二人直接把自己的哲学关注，赤裸地用影像形式展示给观众，以显得影片具有深刻的哲学内涵和很高的文化素质，这也是好莱坞电影惯用的伎俩，但他们在影片中没有演绎“论虚无”。

在“哲学小甜饼拼盘”里还有性别理论，影片开始时出现了两小段关于女性主义的台词。身穿黑色紧身皮衣的崔尼蒂凌空跃起，反击众多男警员的进攻，将他们打翻在地。以男权为核心的社会对女性是低估的，他们不相信女性的勇气和智慧，认为在体力上女性弱于男性，一群男警察无论如何也可以对付一个女人。

警察：我们对付得了一个女人。我们派出了两组警员，他们就要逮到她了。

史密斯：才怪！警官，他们早就死了！

结果是一群男性警察死在了女人崔尼蒂手上。对于智力上的比拼，男性同样认为男性的智慧高于女性，似乎只有高智商的男性才可能成为电脑黑客，结果也令尼奥意外。

尼奥：崔尼蒂！不就是侵入国税局的电脑黑客吗？！

崔尼蒂：那是很久以前的事了。

尼奥：天啊！

崔尼蒂：怎么了？

尼奥：我以为你是男的。

崔尼蒂：男人都这么想。

此外，影片中也出现了时下流行的环境生态批评等，借电脑人史密斯之口批评人类造成环境污染以及无限制地使用自然资源等行为，并且将人类比喻成地球的“癌症”“病毒”。他说：“我发现，你们不是哺乳动物。地球上的哺乳动物都会和大自然维持平衡生态，人类却不会。你们每到一处就拼命利用，直到耗尽所有的大自然资源，生存的唯一办法就是到处侵占。地球上只有另一种生物才会这么做，你知道是什么吗？病毒！人类是种疾病，你们是地球的癌症和瘟疫，而我们电脑就是解药。”

二、猎奇的陈词滥调与“文化苦旅”的建构

“性”与“暴力”是好莱坞文化成功的两大秘诀。“‘a girl with a gun’，即一个姑娘和一把枪。一方面是色情、爱情、幸福，另一方面是攻击、杀人、冒险。这两个相互纠缠的主题，一个负荷着女性的价值，另一个负荷着男性的价值，但是两个不同的向度。冒险的和杀人的主题不能在生活中实现，它们趋向于以投影的方式散布于想象的世界，而爱情的主题是与真实的生活相互作用的，它们趋向于以童话的方式散布于现实世界。‘女性的’主题构成了大众文化的正极，而‘男性的’主题构成了负极。”[①] 正极与负极相互作用，于是种种关于“自由”与非理性情绪——“恐惧”的传奇与惊悚小说就此衍生出来，它们在某种程度上延伸了女性正极和男性负极两个向度的发展，在离奇的故事或不寻常的人物行为中，将消费者的惊奇、恐惧与战栗等非理性情绪发掘出来。“最大化观众对情节的期待是好莱坞电影吸引大众的一项叙事技巧。好莱坞的商业美学有着独到之处，它总能最大限度地激发观众的情感，‘不同的感动，不同的心情，不同的看法，却让每个观众起码在其中一段时间中感到快乐’。”[②]

① 莫兰.时代精神［M］.陈一壮，译.北京：北京大学出版社，2011：119.

② 麦特白.好莱坞电影：1891 年以来的美国电影工业发展史［M］.吴菁，何建平，刘辉，译.北京：华夏出版社，2005.

沃卓斯基兄弟在《黑客帝国》的叙事上也极大程度地去满足观众的猎奇之心，“性”与“枪”这不变的法宝也被好莱坞导演理所当然地使用。影片一开头，身穿黑色紧身皮衣的崔尼蒂背对着镜头打电话，一方面充满了性魅力，一方面充满了神秘感，此刻她正在和一个喜欢她的男人赛弗（电脑防火墙的意思，后来出卖了莫斐斯）通电话，这个男人嫉妒崔尼蒂喜欢的尼奥（NEO是“新”的意思，也是“第一”的意思，象征着尼奥是第一人，即救世主）。

崔尼蒂：一切就绪了吗？

赛弗：今天不是轮到你值班。

崔尼蒂：我知道，我只是想接班。

赛弗：你喜欢他，对吧？喜欢看着他。

崔尼蒂：别傻了。

赛弗：我们会害死他，你知道吗？

崔尼蒂：莫斐斯相信他是救世主。

赛弗：你相信吗？

赛弗一直提出这个问题：“你相信吗？”在背叛后，他也一直在问别人：“你是不是不相信？”对信仰的质疑导致了他最后的毁灭。

崔尼蒂：那并不重要。

赛弗：你不信，对吧？

崔尼蒂：听到了吗？

赛弗：（故意装傻，拖延时间。）什么？

崔尼蒂：你确定没被窃听？

赛弗：我很确定。

崔尼蒂：我得走了。

背叛者赛弗利用和崔尼蒂这种调情的方式来故意拖延打电话的时间，给史密斯时间以便他能搜索到崔尼蒂的藏身之所。当崔尼蒂被发现后，她和警察电脑人上演了一段“暴力美学”打拼，她作为一个女人战胜了人数众多的、平庸的男性警察，满足了观众对性与暴力的猎奇心理。

好莱坞电影固定的叙事模式几乎千篇一律。好莱坞作为权威的电影话语形式，在很大程度上影响和制约着这个国家与民族电影的表达。好莱坞的叙事模式以“情节剧”为代表，它必须是有“轰动效果”的。它的主要特征包括以下几点。第一，正像电影理论家阿兰·威廉姆斯指出的，戏剧式电影的结构绝大多数是“完型”的，即不管结局是否是大团圆，叙事一定要完整，开头提出的问题，结束的时候一定要解决，情节中所有的不明确性都必须得到解决，要有“句号”。第二，叙事上的公式化。“情节剧”的核心要素是有一条严谨、结实的情节链，通过这条情节链将故事和人物串联起来。人物设置上一般由对立两方组成：受欲望驱使的主人公（通常为男性），一个帮助者，一个对抗主人公的反面人物。好莱坞编剧遵守的规则是：是什么阻碍主角去获得他的需要？如果他的需要得不到满足，后果是什么？“冲突”要占影片篇幅的四分之三，主人公要经历数次挫折，表明主要人物在和障碍斗争，在冲突中，情节不断地向前推进。第三，叙事者往往是隐身的。讲故事的人把自己伪装起来，使影片看起来是一种纯粹的客观叙述。剧中的人物始终处于被观看的位置，观众的思绪被“缝合”进影片的情节结构，创作者所宣扬或强调的东西无声无息地渗透进观众的潜意识里。①

在《黑客帝国》里，尼奥的身份是一个软件工程师，他是受到管理者挟制的小职员，公司经理这样警告迟到的尼奥：“安德森先生，你很叛逆，你自以为很特别，可以不遵守公司的规定，很显然，你错了。这是世界顶尖的软件公司，每个员工都是小螺丝钉。只要一个员工出错，公司就会出毛病。你现在有两个选择，安德森先生，从今天开始准时到公司上班，或是另谋高就！你明白吗？”作为公司职员，尼奥被他的管理者认为是一个“小螺丝钉”，并且不允许叛逆，小人物或者小职员被严肃的官僚或者充满硬性规定的世界操控。而“无力的小人物作为主人公”的设置也是好莱坞“救世”题材的一个

① 侯克明.外国电影对“十七年电影”叙事的影响［J］.北京电影学院学报，2008（5）：8-12.

样板：受主流阶层操控的小人物最终要翻转为惊天救世的英雄或者救世主。好莱坞主流文化不但认同抵抗其价值观的亚文化，还会将其收编，实现其商业目的及其主流价值观或霸权文化的输出。“好莱坞电影以票房和经济利益为终极目的，以争取最大范围的观众为己任，电影的大众化也是好莱坞电影追求的目标，而戴锦华认为，以商业为动机奉献给观众的好莱坞电影，在本质上都是公式化和惯例化的作品。”[①]《黑客帝国》延续了好莱坞商业片的公式化与惯例化套路：一个不起眼的小人物最终会成为拯救人类的神明或者神秘力量，但一开始他一定是个小人物，不自信，充满犹疑，经过一系列挫折、失败的历练，在关键时刻完成自我身份认知，进而拯救人类，最终成为大人物或者了不起的神明。这种“小人物最终成为拯救人类的大英雄”的套路已经成为好莱坞商业片叙事的陈词滥调。也如影片的结尾所示，小人物最终成功了。但是在此之前，小人物在经过励志、成长和炼狱般的锤炼成功之前，他一定有普通人的犹疑与不自信。

莫斐斯：母体是个系统，尼奥，就是我们的敌人。你在虚拟世界看到什么？上班族、教师、律师、木匠，都是我们想拯救的人。目前这些人被系统控制，所以就是我们的敌人。你要了解，许多人不能接受真实世界，更多人已经习惯，非常无望地依赖系统，愿意誓死保护它……

尼奥：这是，这是，我们是不是在母体内？

莫斐斯：对，这是另一个训练程式，用来教你一件事，不是朋友就是敌人。

尼奥：谁是敌人？

莫斐斯：有思想的电脑人，他们能在任何软件里自由进出，不需更改他们的系统。我们尚未拯救的每个人都可能是电脑人。在虚拟世界里，它们化身为任何人，它们无所不在。幸好我们能隐蔽起来，并逃脱它们的追踪。它们是守卫，把守每个门户，掌握每个关键。总有一个人迟早会把它们打败。

① 侯克明 . 外国电影对“十七年电影”叙事的影响［J］. 北京电影学院学报，2008（5）：8-12.

尼奥：一个人？

莫斐斯：我不想骗你，尼奥，任何单独一个人面对它们，都打不过它们而丧命。但是它们就是打不过你，你会赢。

尼奥：为什么？

莫斐斯：它们一拳能击穿水泥墙，被我们乱枪扫射却毫发无伤。它们的力量却受限于电脑系统，因此——它们永远都强不过你或快过你。你想说什么？

尼奥：我能躲闪子弹吗？

莫斐斯：不是，尼奥，我是说当你准备好了就不用躲子弹。

影片中，莫斐斯是黑人，祭师、先知也是有色人种，就连印度人也出现在背景中，在显示其文化与种族的宽容性和包容性的背后，有目的地把更广大的全球受众纳入其利润体系，实现利益最大化。正如葛兰西的霸权理论所指出的："资产阶级之所以成为霸权阶级、领导阶级，其前提是资产阶级意识形态必须在不同程度上能够容纳对抗阶级的文化和价值，为他们提供空间。资产阶级霸权的巩固不在于消灭工人阶级的文化，而在于联系工人阶级的文化形式，并且在此种形式的表征中来组建资产阶级的文化和意识形态，从而它的政治属性也在这一过程中发生了改变。"在好莱坞的大片中，这些来自第三世界的有色人种常常扮演辅助者身份，鼓励和辅佐孱弱的美国白人小人物成长。在其叙事模式中，最后登上英雄王座的还是美国白人，符合其所代表的利益集团、秩序与权威。

崔尼蒂在《黑客帝国》中，不但是一个反抗电脑人的战士，也是一个笃信爱情的浪漫者。影片一开始就是崔尼蒂和赛弗的电话，赛弗嫉妒崔尼蒂对尼奥的好感，这成为他出卖他们的部分原因。赛弗对崔尼蒂痴心妄想。崔尼蒂对他毫不动情，因为她从祭师那里知道自己爱上的那个人就是救世主。后来，崔尼蒂果真爱上尼奥；在尼奥的生死关头，她靠着爱的呼唤与神秘力量，将尼奥从死亡中解救了出来。她说："尼奥，我不再害怕。祭师说，我会爱上一个人，那个人是救世主。所以，你不可能会死，不可能，因为我爱你。听到了吗？我爱你。”靠着这份爱与对浪漫的期待，尼奥苏醒过来。在好莱坞商业片里，主人公英雄不会死掉，美好的东西不会消亡，这是好莱坞商业大片送给观众的一个奇幻的、温暖的和固定不变的麻醉品与价值观。

三、为什么说美国电影观众只有“十二岁孩子的思想”

美国著名电影评论家刘易斯·雅各布斯这样描写电影兴起时的美国影像消费景观：“游乐场所有顾客都属于贫民阶级，戏剧知识知道得并不多，也缺乏鉴别，他们对万马奔腾的场面奇妙地转换成一个民国风光的镜头大为着迷。当银幕上一列火车直驶过来的时候，他们吓得大嚷起来；见到总统举行就职典礼的镜头，则寂静无声。银幕上映出的令人难忘的动作，酷肖逼真的画面，把他们吸引住了，甚至连孩子也同样能够看得懂，有兴趣。因为电影通俗易懂，没有学问也可以了解和欣赏，而便宜的票价更把这种新的娱乐输送到了大部分靠工资生活的人们中间，结果电影便成了最便宜的大众化娱乐……从一个小镇到另一个小镇，到处受到热烈欢迎，热爱电影的人们越来越多，影视事业在这种迅速普及的情况下，隐约显示广阔的前途。”[①] 狡黠、幽默的德裔美国导演刘别谦这样调侃美国观众，说他们“只有十二岁孩子的思想”。中国从 1994 年开始进口美国大片，到 2012 年，3D（三维）版的《泰坦尼克号》在中国的票房几乎相当于它在整个欧洲的票房收入。好莱坞电影在中国获得了良好的市场收入，因其完整的叙事模式及其带入的读者文摘式语句与思想，前者满足了观众对故事的期待，后者满足了观众对心灵鸡汤式情绪与认知的满足。好莱坞商业电影的模式不但吸引了大量的中国观众进入影院，还引得中国电影人竞相模仿。目前中国电影的主流生产方式似乎有三种：国家主义立场，文化主义立场（民族主义），个人主义立场（第六代作者电影）[②]。从研究文章到研究好莱坞电影剧本写作套路，再到好莱坞的编剧老师麦基的面授，国内电影人试图以最快的速度赶超好莱坞商业电影，以获得巨额利润。但需要补充的一点是，面对好莱坞大片的冲击，国内电影人是不是应该保持清醒，对于一种迎合“十二岁孩

① 蓝爱国．好莱坞主义：影像民间及其工业化［M］．桂林：广西师范大学出版社，2003.
② 蓝爱国．好莱坞主义：影像民间及其工业化［M］．桂林：广西师范大学出版社，2003.

子的思想”的艺术形式，既要看到其可取之处，又要注意克服其不完善、受诟病之处。

“通俗易懂”同“寓教于乐”是好莱坞商业电影的明显特征与功能作用。简单明了的价值观与叙事模式，满足了观众对看故事的猎奇心理，简单的故事既要教育人，也要使人娱乐，此简单化与娱乐化的功用构成了好莱坞商业影片的不二法典。好莱坞电影不厌其烦地重复其所关注的问题并将论点浅思维化处理，进行最通俗易懂的解释与说明。比如关于“真实世界”这一较难于理解的形而上问题，《黑客帝国》中就会不厌其烦地多次进行浅思维化处理，以使得普通观众对“真实世界”具有入门级别的理解。莫斐斯向尼奥多次解释“真实世界”，影片在35分20秒的时候，莫斐斯说，“欢迎来到真实的世界”，在40分16秒时解释“什么是真实”。

莫斐斯：什么是真实？真实该怎么定义？如果你指的是触觉、嗅觉、味觉和视觉，那全是大脑接收的电子讯号。这是你熟悉的世界，就是20世纪末的世界。其实这是互动的虚拟世界，我们所谓的母体。你一直生活在梦的世界里，尼奥。这才是真实的世界。

影片在41分18秒时，莫斐斯继续解释“真实的世界”，他通过“台词”讲述的方式告诉观众，现在的世界是在“虚拟世界”这个山洞里，人们必须跑出具有隐喻意义的“洞穴”，走到洞穴外看到太阳光，然后才可以认识世界“可知”与“可见”的真相，现在的世界是被蒙蔽与操控的状态。

莫斐斯：欢迎来到真实的世界。我们只有残缺的资料，不过我们知道在21世纪初，全人类都欢欣鼓舞，庆祝我们伟大的成就——AI终于研发成功。

尼奥：AI？你是说人工智慧？

莫斐斯：这个人工智慧繁衍出电脑人。谁先攻击谁已经不可考，不过人类却遮蔽了天空，当时电脑人只能依靠太阳能，人类以为电脑人只要失去太阳的能量就会灭亡。电脑人有用之不尽的能量，它们开发出一望无际的场地。人类不再从娘胎出生，而是被栽培出来。我一直不肯相信，直到我亲眼看到他们将死人融化的液体用来喂食新生婴儿。我眼睁睁看着他们规律运作。终于知道残酷的真相。母体是什么？一种控制方法。母体是电脑模拟的梦幻世界，为了控制所有的人类，把我们从人变成这玩意儿（能量电池）！

当尼奥对自己认知“真相”的选择产生怀疑时，莫斐斯继续不停地向尼奥解释“真相”的重要性，并游说他，说他是第一人，将要成为救世主。

尼奥：我回不去了，对吧？

莫斐斯：没错……要是你能，你真想回去吗？……我向你道歉，我们有个规矩，绝对不能解放成人的心灵，非常危险，会无法接受真相。我见过，很抱歉这么说，我这么做是因为我别无选择，当母体成形时，有一个人在里面出生，他有能力随意改变母体，重新创造真实世界。他解放了第一批反抗分子，告诉我们真相：只要母体存在一天，人类就没有自由。他死后，祭师预言他将再度降临，他将带来母体的毁灭、战争的终结，和全人类的自由。所以我们终其一生游走在母体中，寻找救世主。我这么做是因为我相信我找到了。

在莫斐斯不停地游说、教导与保护下，尼奥跑出了“可见”的虚拟世界，对“可知”的真实进行重新认知与选择，他经过不知道“我是谁”的低谷与挣扎、历练而蜕变成熟为“救世主”，战胜电脑人，摆脱奴役，成为柏拉图“洞穴理论”中从山洞里跑出去重新认识“至善”的人。并且尼奥像莫斐斯一样，重新跑回洞中，要冒着牺牲的危险救赎其他人，告诉他们“世界的真相”：“我知道你们在听，我感觉得到。我知道你们很害怕，你怕我们，也很怕改变，系统当机，未来不可知。我不知道该怎么结束，我只知道该怎么开始。我要挂断电话，让芸芸众生见到真实世界，一个没有电脑的世界，没有硬性规定和任何界线，一个充满可能性的世界。以后的发展就让你们决定。”尼奥面对观众进行游说，告知他们“真相”，并把未来描绘成乌托邦理想国的景象，为他们树立民主的理想与自由追求，好莱坞商业电影就此也就完成了他主旋律价值观的建立。

第五章　电影《卧虎藏龙》剧作上的中西文化跨界与缝合

李安 1954 年出生于台湾屏东潮州，祖籍江西。他刚考入台湾艺术专科学校时，受《处女泉》《偷自行车的人》《蚀》三部影片的影响，尤其是《处女泉》，他说："《处女泉》把我重重击倒，几乎久久不省人事。"[①] 伯格曼既让他感觉到了导演的存在，又让他意识到了艺术电影的力量，他说《处女泉》是点醒他艺术旅程的启示录。毕业后李安前往美国留学，在伊利诺伊大学，李安经历了两个巨大的文化冲击：一是来自戏剧，一是他开始看左派书籍[②]。1984 年，

---

① 李安在访谈中说："在我后来进入戏剧学院（指台湾艺术专科学校）前，我都没看过艺术片。那儿有一个看片室，学生们可以合力出资买来电影一起看。"正是在那里，他对电影真正"开窍"了。"这都是《处女泉》的功劳……《处女泉》却把我重重击倒，几乎久久不省人事……它的画面、它的主题，均深深震撼了我……自那以后，我觉得自己彻底改变了……我暗暗下决心将来一定要做电影……是电影艺术的力量，以及影片对上帝是否存在提出的疑问。那时我想：怎么竟有人胆敢这样问上帝在哪里？这种胆识远远超越了我，因为我的成长经历跟伯格曼不同，而《处女泉》也正是因此成了把我点醒的'启示录'。"参见：张悦．李安：影片《处女泉》曾把我击至昏迷［N］．东方早报，2006-08-09.

② 第一个文化冲击跟"性"有关。因为当时伊大戏剧系老师所选读的近代经典剧本，包括从易卜生、荀伯格等人的作品以降，正巧都与"性"有所关联，而且都很强烈。年轻的我便有个印象，"性"是西方戏剧的一个重要根源，精神渊源于"失乐园"……老师谈的很多都是性和戏剧的关系。我因而对戏剧原理、东西方的文化差异产生了很大的兴趣。在伊大，我感觉才接触到真正的西方戏剧，整个扭转了我对戏剧的观点。在我的认知里，以基督教为主的西方传统中，"失乐园"跟"性"有很大的关系。人类受到撒旦（蛇）的引诱，偷吃禁果，被逐出伊甸园，开始意识到羞耻，有了性交、怀孕，所有的痛苦与生命的延续由此开始。人类对性欲望的觉醒是受到魔鬼的引诱，致使人类犯下原罪而受到上帝的惩罚。西方的挣扎即是人类摆荡于上帝与撒旦之间的拉锯，西方戏剧精神也以此为出发点。走出伊甸园后，人类开始认识自己，因而求知与创作，知识与创作既是人类对上帝的一种挑战，也是人性的一种骄傲。在人性与神性的对立中，人要活得有尊严，就会有所怀疑，我思故我在。因此，一切知识的衍生也与痛苦有关，尤其是宗教、哲学的产生，都跟人的磨难密不可分。因为人在快乐顺利时多半不去思考，痛苦时，才比较会反思问题出在哪里。参见：张靓蓓．十年一觉电影梦：李安传［M］．北京：人民文学出版社，2007：21.

他获得了纽约大学电影制作硕士学位。但在接下来的6年里，他没有固定工作，失业在家，妻子养家，他每天除了阅读、看片、埋头写剧本以外，就是做家务。在此期间，李安仔细研究好莱坞电影的剧本结构和制作方式，试图将中国文化和美国文化有机地结合起来，创作全新的作品。1992年，他执导了第一部电影《推手》，之后拍摄了《卧虎藏龙》等影片。他的电影斩获诸多电影节奖项，如奥斯卡奖、金狮奖、金熊奖等，作为华语导演在世界电影界占有一席之地。

电影《卧虎藏龙》改编自李安非常喜欢的北派武侠作家王度庐（1909—1977）的小说。王度庐出生于北京贫困旗人家庭，自幼爱好诗文戏曲，虽中途辍学，却不放弃自己的努力，常去自家附近的北京大学旁听，喜欢心理学，得遇颇多名家讲授。王度庐还常到北京图书馆看书，或去鼓楼“民众图书阅览室”阅读。他不仅熟悉传统文化，对于西方文学和文化思潮也渐渐熟识，莎士比亚戏剧及弗洛伊德学说对他的小说创作影响很大。这一点和李安有着相似之处，李安是戏剧导演出身，曾到莎士比亚的故乡实习，除了受传统文化的家庭熏染，也受到西方20世纪文艺思潮的影响。由于对武侠小说或武侠电影的“爱恨纠缠”[①]，李安对武侠世界充满幻想，“一心向往的是儒侠、美人的侠义世界，一个中国人曾经寄托情感及梦想的世界”。他觉得这个世界“很布尔乔亚”，“这些从小说里尚能获得，但在港台的武侠片里，却极少能与真实情感及文化产生关联，长久以来它仍停留在感官刺激的层次，无法提升”[②]。他通过《卧虎藏龙》这部武侠片，使得真实情感和文化产生了关联，完成了他的“布尔乔亚味道”的探讨，同时也折射出在欲望与心灵两难选择的情况下中国传统文化的现代性特征。

① “我爱它，因为它是我们中国压抑社会的一种幻想，一种潜意识的抒发，一种情绪的逃避。虽然是个虚幻的中国，却是一个真实情感的中国。但我恨它的粗糙、不登大雅之堂。老实讲，真的不算什么好东西。它好，好在它的野；坏，坏在它的俗。对它，我本身就有着挣扎，我既希望它能一登大雅之堂，人们得以享受对它的寄托与情感，又希望保有它野性的狂肆。但在走向大雅、去它的俗味时，就像把野兽关到笼子里，我得面对许多两难的冲突，如雅与俗、武打与意境、中与西、古与今，要怎么取舍，如何融合，又能为大家接受。”参见：张靓蓓．十年一觉电影梦：李安传［M］．北京：人民文学出版社，2007：184.

② 张靓蓓．十年一觉电影梦：李安传［M］．北京：人民文学出版社，2007：169.

一、剧作中的差异性建构：四类女性对“自由”与“欲望”的诉求

李安擅长拍女人戏。他和王度庐一样，对人的心理理解得比较深入，尤其擅长刻画女性心理。从心理学的角度来看，影片《卧虎藏龙》刻画了四类女人：1. 具有叛逆精神，敢于突破重围、追求自由的青年女性——玉娇龙；2. 追求极端自由、最终导致毁灭的老年女性——碧眼狐狸；3. 中规中矩、不逾矩半步的儒家典范中年女性——俞秀莲；4. 中规中矩到僵死、完全没有自我的女性——玉夫人。影片中的四类女人概括了中国女人对自由、秩序的不同态度与追求。前两类女人追求自由、追求自我，前者还顾及道德与各种约束，后者无所顾忌，想怎么样就怎么样。后两类女人在儒家伦理秩序下存活，一个是完全没有自我，一个是要顾及自我又要顾及大局的不逾雷池半步的女人。四类女人横跨老中青三代：老年碧眼狐狸与玉夫人、中年俞秀莲与青年玉娇龙。在中国传统文化所建构的伦理秩序中，基本可以预见四类女人的命运，但玉娇龙代表了每个人的青春、叛逆，具有普遍意义。所以李安说，玉娇龙是整部戏的“轴”，是“马达”，是“陀螺”，要不停地转，而俞秀莲是沉稳的“锚”。

关于江湖与自由，李安认为，由于“生活的情感、习惯使然，有很多东西，我们是知其然，不知其所以然，习以为常却不求甚解，很难说个明白。如最普通的‘江湖’，连我们自己都说不出个具体的来历含义”[①]。因此在影片构建人物性格时，他让每个角色都对“江湖”进行一番诠释和理解。充满好奇心的玉娇龙开始时觉得江湖“走来走去的，很好玩，挺有意思，到处都能去，遇上不服气的就打”；俞秀莲觉得：“走江湖，靠的是人熟，讲信，讲义，应下来的，就要做到，不讲信义，可就玩不长了……（走江湖）洗不上澡，虱子跳蚤咬得睡不着觉。”“信”、“义”与江湖的“不易”是俞秀莲这个常走江湖的女人在规训、秩序中对江湖及江湖中人的责任与担当，还有些许的劳苦与疲惫。而碧眼狐狸觉得江湖是“想干什么就干什么，谁想拦我们，就杀他个痛快，就

① 张靓蓓. 十年一觉电影梦：李安传［M］. 北京：人民文学出版社，2007：181.

连你爹也一样……这就是江湖，恩恩怨怨，你死我活，很吓人，也很刺激”。在碧眼狐狸看来，刺激的、恐怖的江湖才是真正自由的江湖，对于那些阻挠她“想干什么”的人，就“杀他个痛快”。这句话起因于江南鹤所在的以男性为中心的秩序社会对女性的禁锢与限制，是碧眼狐狸在求功夫上进四处碰壁之后，产生的极端反叛的想法。另外一位极端人物，即九门提督玉大人的妻子玉夫人，她一心关心丈夫的官职升迁，对于外界麻木、僵硬，丝毫不注意。自我与情感欲望在玉夫人那里是缺失的，她对于江湖既是规避的也是没有意识的，当她第一眼看到罗小虎的时候就吓晕了。不同类型的女性，对江湖、对自由有不同的认知、诠释和态度。

第一类女性：在老中青三代女人里，玉娇龙所代表的年轻人的形象具有普遍性，她代表了所有人叛逆、追求自由、成长与蜕变的过程。在整个电影里面，玉娇龙一共有七大段落的打戏，按照叙事时间顺序为：和俞秀莲打、和李慕白两次连续打、和罗小虎打、和江湖中各路人打、和俞秀莲再打、和李慕白再打。每一段打戏都有不同的目的。和俞秀莲打体现了她的好奇、好胜、好斗、好强，体现了她充满力量和冲动的青春；和李慕白第一次打体现了她对权威的挑战与不屑；和罗小虎打体现了蕴含在她身体内的本能欲望及与动物一样的原始野性；和江湖中各路人打是为了体现她对“江湖”秩序的轻蔑与颠覆；和俞秀莲再打是为了和这个女人争夺一个心爱的男人；最后和李慕白再打为的是要他的一句承诺或告白于他。七个打戏段落表现了她从一个青涩的、貌美如花的小女孩成长蜕变为一个成熟女人的过程。这是一个成长的故事，关乎冲动、鲁莽、好奇、无所畏惧和挫折失败，玉娇龙在经历了这些之后，开始正式进入人生，直面荒诞的秩序，这个角色因此丰满、立体起来。除了作为女性性别的叛逆者，她也代表了人生初年对权威、对秩序的质疑、反叛和反抗，对人类的自由和人性的自由充满了憧憬和美好的幻想。玉娇龙代表了青年一代女性对于男权、父权社会的反叛和反抗。她“就要嫁人了”，可是她“还没有过过她想过的日子”，父母将她嫁给翰林鲁君佩，是为了父亲仕途的升迁，完全不顾及她的感受，这令她决定奋起反抗。偷剑——还剑——再偷剑，就是要向这个以男性为中心的社会进行挑战，并试图颠覆这种荒诞的秩序。

在玉娇龙的情感世界里，共有两位男人进入她的视野。少女时，遭遇沙漠野性男人——劫匪“半天云”罗小虎。他们的鲁莽、野性和未开化之战在天高地阔的荒漠里开始，最后，这个野性的男人不是用男性的武力，而是以柔情和性征服了她。玉娇龙出生于官宦之家，八岁开始受碧眼狐狸影响，对于男性世界充满了质疑与敌意。在沙漠遇到罗小虎后，异域的自然风光以及狂放不羁的草寇吸引了她。官宦人家的优越生活她不要，她要罗小虎“不要送她回去”。她对那个满是秩序、僵硬的社会充满了反感，她终于找到了自己人生中的第一个“江湖”——在旷野里自由、自然的“江湖”。回到玉府以后，她继续以自己的方式叛逆：盗剑、反抗门第观念、洞房之夜失踪。但她是矛盾的，她不可能绝对地脱离于她成长的秩序社会。她向往自由，但满怀恻隐、仁义，她担心自己的行为给父母带来灾祸。

碧眼狐狸：小姐长大了，要嫁人了，以后真不知道会怎么样？

玉娇龙：（沮丧且无可奈何）还不是一样……

这和她之前跟俞秀莲讲的心里话不一样，那个时候她说：“我倒是喜欢那些侠义小说里的英雄儿女，就好像你和李慕白一样。结婚固然是喜事，要是能够自由自在地生活，选择自己心爱的人，用自己的方式去爱他，那才算得上是真正的幸福。”大婚前的这种无奈和她在沙漠里遇到罗小虎时的勇敢不尽相同。在处理罗小虎的问题上，在沙漠里她可以无所顾忌地表达爱恨情仇，尽管罗小虎说“要干出一番事业给她的父母看”，但她还是逾越不了这种门第之鸿沟——官宦小姐与大漠劫匪。所以当罗小虎要她再回沙漠时，她让他离开。一方面，此时的她已非彼时的她（她已经遇到了李慕白）；另一方面，初入社会所遭遇的种种秩序、观念和樊篱令她难以移步。她此刻经历的是人生的灵与肉分离的痛苦阶段，一方面是心灵之于李慕白，一方面是肉体之于罗小虎，这是成长的炼狱阶段。

在这一阶段还有一个对灵魂的拷问。她和俞秀莲一见如故，惺惺相惜，英雄所见略同，两个人迅速成为好朋友、好姐妹。可是她爱上了俞秀莲的男人，这又是一次两难的选择，一面是友情，一面是爱情。面对欲望，她不同于俞秀莲，她进行了一次决绝的选择：“朋友本来都是假的！”并且出剑伤了俞秀莲，大胆、毫无顾忌地恩将仇报。她的行为让李慕白骇然——不知他骇然的是玉娇龙毫无顾忌的、直率的、敢爱敢恨的性格，还是骇然自己的选择。在山谷水中，玉娇龙只有一句直白的问话“你要剑还是要我”，并将女性身体向李慕白展示。

玉娇龙对于自由无条件地向往与追求，对于任何拘束她自由的人或事都加以反叛和否定。当碧眼狐狸想操控她时，她毫不犹豫地反抗。

碧眼狐狸：听说她是道上的人，夫人不会让你跟那路人混的。

玉娇龙：我愿意跟谁混就跟谁混。

从玉娇龙的台词里，我们可以看到一个青出于蓝而胜于蓝的“小碧眼狐狸”。当然她尚存一丝悲悯与善良之心，这是不同于那个疯狂的师父的。当碧眼狐狸替她做主、选择和决定的时候，她也坚持自己的选择，不理会碧眼狐狸对她的干预和控制。

丫鬟：小姐，外头有位俞秀莲小姐求见。

碧眼狐狸：小姐正没空呢。

丫鬟：那就回了她。

玉娇龙：请俞姑娘进来。

就是对于朋友俞秀莲善意的帮助，如果掺入控制或限制的话，她会马上翻脸，进行反抗。当俞秀莲告诉她罗小虎在武当山等她的时候，她翻脸了，她不想刚从一个桎梏中跳出，再跳入另外一个“人情”的桎梏，她也不想有人影响她心性的判断，即使这个人是她内心深处的“阿尼姆斯（Animus）”。

俞秀莲：你与小虎的事，再看着办。

玉娇龙：你知道罗小虎？

俞秀莲：嗯，他是一片真心，你们俩的事还有商量。歇一下，跟我回北京，没有商量不成的事。

玉娇龙：他在哪里？

俞秀莲：李慕白已经安排好了。

玉娇龙：李慕白？

俞秀莲：李慕白让他去武当山了。

玉娇龙：你们都是一起的，给我下套儿——我走！

玉娇龙追求自由，反对任何形式与任何人的操纵与控制，即使是心仪的大侠李慕白也不能约束她。当李慕白要把她纳入秩序中以求“名正言顺”时——比如试图与她构建师徒关系或秩序关系，这些世俗社会的伦理秩序将继续限制她的自由与心性，她毫不犹豫地拒绝，并以强硬的态度表示自己的立场和选择：“武当山是酒馆娼寮，我不稀罕！”虽然夺剑有约在先，但当李慕白在山涧前逼她拜师的时候，她大声斥责他“做梦”。李慕白把剑扔进山涧的刹那，她毫不犹豫地纵身跃下，追随宝剑而去，她的勇敢、直率如湍急的山涧之水。宝剑这时具有象征意义：我不能得到你李慕白的人，因为这样做有悖于良心与心灵，那我定要把一件你的物品视为生命中最宝贵的东西，甚至为之付出生命，这是玉娇龙在心灵与欲望之间两难的艰难选择。

（青冥剑突然被夺。）

玉娇龙：剑还我！

李慕白：拜师！

玉娇龙：做梦！

这段台词也揭示出了她在试图逃避现实确立起来的框架与秩序，因为她知道一旦进入这个代表权威的框架和秩序，师徒之间会竖立起一道巨大的鸿沟和壁垒，很难逾越。在欲望和武功方面，她由自己的心性决定——武功让位于欲望，并毫不掩饰，这一点不同于俞秀莲。她渴望做“侠义小说里的英雄儿女”，“能够自由自在地生活，选择自己心爱的人，用自己的方式去爱他，那才算得上是真正的幸福”。出于对男性世界建构起来的秩序与权威的焦虑以及在“灵魂导师”与“肉体欲望对象”之间两难的选择，导致玉娇龙患有亲密恐惧症而不能直接面对欲望，使得“武功”让位于“欲望”，“武功”成为小写的他者“a”，完成了她对想象界的幻象，重构双向满足的前语言世界。在聚星楼，玉娇龙和江湖中各路人马潇洒地对打，诗句脱口而出：“潇洒人间一剑仙，青冥宝剑胜龙泉，任凭李俞江南鹤，都要低头求我怜！”“沙漠飞来一条龙，神来无影去无踪，今朝踏破峨眉顶，明日拔去武当峰。”李安用玉娇龙实现了中国文人文武双全的梦想。玉娇龙小小年纪不但武功了得，也有七步成诗的文人才华。在与江湖各路人物交手的时候，她已经在江湖游走了些时日，也得知江湖并不如她所想象般好玩，虽然有些微的落魄，但仍不失她初出江湖的清高、骄傲和对自由光辉的无限向往。

李安在《十年一觉电影梦》中说：“在李慕白心中，玉娇龙到底是什么？这堆纠结是否就是‘藏龙’？是一种自我毁灭的力量在背后驱策着他?！就像赌徒，不是求赢，而是求输的。没有输干净，不到毁灭自我，他是不会停止的。看到这个女孩，他就知道将有不祥的事情发生，就像青冥剑的‘冥’，看着就令人发毛。眼见一个女孩子那么有吸引力，就是会心胆发怵，明知没好事，却恶向胆边生，知道毁灭就在后面等着你，但还是忍不住地往她那边走。人就是有一种自我毁灭的倾向，这与浪漫是非常类似的力量，亦即感性，挡不住的。挡得住，你这个人也没啥味道了。对李慕白而言，就如同是一种难舍行走江湖的兴奋感，也牵引着他走向最后的悲剧。”① 李慕白和玉娇龙都遇到了能毁灭他们自己的人，他们以彻底的方式来求证自己的存在——此生，你把性命交给了我，我也把性命交付于你，否则此生毫无意义。李慕白不怕师徒以性命相见，玉娇龙不单单是为了一把剑不顾生死纵身跃下山涧，更是一种交付生命的欲望。最后李慕白为救她而死，生生死死，死得更彻底、更清澈而绝对。

第二类女性：玉娇龙的师父碧眼狐狸，年轻时憧憬过“美好的江湖”和

---

① 张靓蓓．十年一觉电影梦：李安传［M］．北京：人民文学出版社，2007：176.

自由，也有自己的人生理想和抱负。她想学到武当派的最高境界，可是武当派传男不传女的清规戒律阻挡了她的追求。为了实现自己的人生价值，学到武当心诀，她使用和江南鹤“入了房闱”的手段，但是江南鹤依旧没有传她武当心诀。盛怒之下，她杀了江南鹤。她对江南鹤的徒弟李慕白说：“你师父可惜太小看女人，即使入了房闱，也不肯把功夫传给我，叫他死在女人手里一点也不冤枉！”围绕男性为中心所建构的律令和道德，压抑和限制了女性的需求和存在。碧眼狐狸为了获得自己的自由与价值，陷入了对绝对自由的追逐当中。这种女性叛逆和反叛是极端彻底的，充满了幻灭、毁灭的悲剧色彩，成为独具特色的“反英雄”。

第三类女性：中规中矩的女人俞秀莲是儒家伦理道德秩序的遵循者，影片中她一出场，导演就为她规定了性格——在镖局的大厅内挂着两副对联，俞秀莲就亮相在隶书写成的对联“尊万古圣贤礼乐”之下，象征着她的性格与处世之道。在影片所有女性中，她遵循秩序、识大体、顾全大局，并且宽容。她对一时冲动的李慕白说：“（你）太莽撞了。玉大人是朝廷的命官，又掌管京城的治安，这件事足以毁掉玉大人一生的清誉，也会让贝勒爷陷入两难的局面。”她有自己的欲望，如她说的“你说的自由，我们也向往”。但是她又说：“我虽然不是出身你们这样的官宦人家，但是所接受的伦理道德一点都不比你们少。”接受了伦理秩序与道德的约束，她渴望，但从不曾逾矩：“孟思昭为了救李慕白死在对手的刀下，这之后，我们虽然又共同经历了许多事，感情也日渐深厚，可是我们都坚持要对得起思昭和那一纸婚约，你说的自由自在，我也渴望，但我从来没有尝过。”“一纸婚约”的信守与其所代表的身份、秩序，使得俞秀莲将虎龙之欲望掩于桌面之下，虽偶有提及，但也在秩序范围之内。虽然她也说“压抑只会让欲望更强烈”，但是她没有选择释放，依旧习惯性地压抑自己。最后李慕白因玉娇龙而死，俞秀莲用青冥剑在玉娇龙的脖子上比画了一下，却没有杀她，而是以儒家的“宽恕”与“原谅”来完成“仁”的另一个重要方面。最终还从中年的人生角度规劝年轻的玉娇龙：“不论你对此生的决定为何……一定要真诚地对待自己。”此生她因没有真诚地对待自己的本心，虽心有爱意，却终未成行，一生孤独。她一生循规蹈矩，在道德礼仪与伦理秩序范围内也曾经试图努力过、争取过，她曾多次探听李慕白的口风，希望听到他直接的告白，但都没有结果。李慕白遇到年轻貌美且充满野性的玉娇龙后，跟俞秀莲提到要收玉娇龙为徒以“导正”她的武功、以防她将来成为一条“毒龙”的时候，俞秀莲就全明白了，因此她紧张与焦虑，语气急促。为了挽回李慕白的心，她试图用理性、律令和秩序来警醒李慕白，但都无果。

李慕白：她的心性需要约束，武艺更需要导正和进一步的修炼。

俞秀莲：（语气急促）她是官家的千金，不是我们这种江湖中人。慕白，这件事很快就会过去，你会杀掉碧眼狐狸，她也会安安分分地去嫁人。

李慕白：她不是那种人，她应该到武当来做徒弟。

俞秀莲：武当收女弟子吗？

李慕白：为她，也许破个例吧，如果不成，这姑娘将来恐怕成为一条毒龙。

俞秀莲：（语气焦灼）这不关我们的事，她就要嫁人了，就算武当肯收她，她丈夫，这位当朝的翰林恐怕也不会答应吧。

最后在山洞的一场戏里，李慕白虽然在临死前向她告白：“我已经浪费了这一生，我要用这口气对你说……我一直深爱着你……我宁愿游荡在你身边，做七天的野鬼……跟随你，就算落进最黑暗的地方，我的爱……也不会让我成为永远的孤魂。”此时已非彼时，留给俞秀莲的唯有巨大的虚无和失落。

但俞秀莲毕竟具有宽容的一面——换言之，即“忠恕”的“恕”。玉娇龙盗剑这件意外变数，导致了俞秀莲心爱之人李慕白的死亡。从门第方面讲，她羡慕或嫉妒玉娇龙的地位；而从女性方面讲，她厌恶或痛恨玉娇龙，是她的出现导致了自己生活的紊乱。她拿起剑砍向玉娇龙，但最后收回，俞秀莲宽恕了玉娇龙，这是儒家的“仁”爱给予俞秀莲的另一个重要的特征。

第四类女性：玉夫人是秩序绝对化以后的俞秀莲。她是一个没有个性的人，没有表情，也失去了性别特征和生命色彩，只是成为男性中心的帮凶。从玉娇龙的表述中可以得知：“反正婚事由我爹娘决定，他们一到京城就替我定下这门婚事，娘说鲁太爷是朝内的大官，又是三代翰林，如果能跟鲁家联姻，对爹在京城大有好处。”作为女人，玉夫人不考虑女儿的情感与感受，只是从金钱与社会地位来考虑女儿的婚姻及丈夫官位的未来，是位被权力、秩序与男性社会异化的女人。

总之，李安对比老中青三代女性，四类女人，对性别、自由和欲望进行了不同诠释，探讨在儒、释、道交互作用的中国文化当中、在父权文化当中、在秩序当中，面对外在的秩序和内在的欲望，女人如何存在、如何反抗、如何失败、如何成熟，颇具魅力。

二、中国“儒释道”思想的西式嵌入

在李安的电影里，中国传统文化随处可见。他常常用中国传统文化的儒、释、道精神作为叙事内核，外化成故事，使人对中国传统文化触手可及。“儒”重视“礼”“仁”“和”，讲求宽容、慷慨和礼仪，并以此构建社会秩序或人文秩序。它以“君君、臣臣、父父、子子”明确等级和秩序，具有严格的等级与身份限制；为不显生硬，再以“仁”和“和”来推进“礼”的秩序，建构维护。在“仁”“和”方面，它讲求精致的人际关系，在“官官”“官民”“民民”之间的关系上，都有不同的原则和秩序，所以古人说半部《论语》可治天下。佛教文化自汉代以来，由民间百姓信奉后普及到知识分子阶层，成为精神指导。不同于入世的“儒”文化，出世的“道”文化讲求的是自然存在的最高境界，无为而治是中国对自然的形而上思考之更高的哲学理念，它超越了“儒”文化的世俗追求，而讲求与自然、与天不争的“无为”。

在《卧虎藏龙》里也是如此，中国文化含蓄的讲述方式以及儒、释、道精神多处呈现。当李慕白将青冥剑送给贝勒爷的当天，玉大人来访。夜晚，贝勒爷将蜡烛用手指捻灭，把青冥剑递给玉大人看。两个人的台词表现出两人之间的政治利益关系。

贝勒爷：玉大人，看看！长二尺九，宽一寸一，抱手一寸，宽二寸六，厚七分，两耳各一寸五，剑柄原镶有七星，从剑的旋纹看，是先秦吴国的揉剑法，到汉朝就失传了。

玉大人：贝勒爷真是博古通今哪！

贝勒爷：剑要人用才能活，所谓剑法即人法。

玉大人：卑职愿闻其详。

贝勒爷：这京城内城还好说，无非是皇亲国戚，各部的官员，加之八旗军，布防严密，各有辖区。这外城就杂了，三教九流，往来人等，玉大人整治京畿，不能只看着朝廷，江湖上也要有所联络，九门提督才坐得稳，刚柔相济，方得治道！

这里，贝勒爷对玉大人使用了含蓄、威而不怒的说话方式。两个人论剑，但剑不是核心，核心是剑外的东西。他用话点玉大人，“剑要人用才能活，所谓剑法即人法”。贝勒爷有话要说，同时也要兼顾同一个政治集团的人的面子，所以他借题发挥，恩威并施，既体现自己的地位，又不伤和气。他提醒负责京城安全的九门提督玉大人工作没到位，贝勒爷在指出他工作不足之处——“玉大人整治京畿，不能只看着朝廷”之后，又为他提出了建议“江湖上也要有所联络，九门提督才坐得稳，刚柔相济，方得治道”，表明“儒”文化渗透其筋骨之中。贝勒爷与玉大人的身份地位不同：前者是皇亲国戚，后者是朝廷官员，一个在上，一个在下。贝勒爷的表述恰如其分，既有威严又有恩惠，但是等级分明，不可逾越。最后他用青冥剑将香炉劈开，强调“刚柔相济，方得治道”的儒家“人治”方法，既具有一定的杀伤力，同时又暗示了儒家的“仁”治主张。

在官民方面，贝勒爷以“仁”“和”跨越等级鸿沟，既要体现德行，又要达到目的，如他所说“江湖上也要有所联络，九门提督才坐得稳，刚柔相济，方得治道”。到达京城时，俞秀莲替李慕白把宝剑送给贝勒爷。在接待俞秀莲的时候，贝勒爷虽出身皇亲国戚，却以一个和蔼仁爱的长者身份与俞秀莲说话，替她的父亲关心她的婚姻大事。尽管俞秀莲与她的父亲并非名门望族，只是来自民间的普通人，贝勒爷却以亲切的态度抹平他们之间的等级鸿沟。

贝勒爷：别着急走，你不是外人，在这住下……哎，秀莲啊，告诉我一件事，可别怪我多事，就因为你的爹是我的好友，我一直把你当成自己的女儿看待。

俞秀莲：贝勒爷有什么话尽管说。

贝勒爷：李慕白突然交出青冥剑，又退出江湖，莫非他向你暗示些什么？

俞秀莲：我不知道。

贝勒爷：不要害羞，你们的感情我是知道的，只是你们太小心翼翼，总是不敢向对方承认这份感情，白白地浪费多年的光阴。

俞秀莲：我跟慕白都不是胆怯的人。也许事情并不是您想的那样。

贝勒爷：哈哈，面对“情”字，再大的英雄也是莫可奈何啊，下回遇了他，他要是再不肯明讲，告诉我，我去跟他说。嗯！

同样，在俞秀莲要见玉娇龙的时候，她对玉娇龙说“谢谢你抽空见我”。俞秀莲的年龄大于玉娇龙，社会阅历多于玉娇龙，武功也高于玉娇龙，但是因为身份、地位和尊卑的不同，她尊重、遵循秩序和礼仪，对于地位高于她的官宦小姐以礼仪待之。

除了儒文化，《卧虎藏龙》中也渗透了道文化的一些元素。编剧王惠玲喜欢老子的话：“致虚极，守静笃，万物并作，吾以观其复。夫物芸芸，各复归其根，归根曰静，是谓复命。复命曰常，知常曰明。不知常，妄作凶。”老子《道德经》的“道”文化讲求“无为”“有之以为利，无之以为用”，“无”同“有”一样重要，“无”使得事物发挥功用。“常有欲以观其徼，常无欲以观其妙”，从有形的东西可以观察到事物的界限、区别，而无形的东西可以让人感受高于物质层次的美妙境界。在《卧虎藏龙》里，“在气度上，大侠的重心是靠自己的意识去品味。意识并不是思想，而是一种人的感觉运动。置身静中，静而生慧，而明白平中之势”[①]。玉娇龙争强好胜，“不知常”，最后导致了“妄作凶”，“妄作凶”产生了一系列麻烦，也是玉娇龙从青涩不成熟走向生命成熟

① 张靓蓓．十年一觉电影梦：李安传［M］．北京：人民文学出版社，2007：197.

的历练。在“灵”与“肉”的痛苦选择中，玉娇龙完成了从冲动、好胜到隐忍、沉稳的人生变化。“道”文化讲求的相反相成的道理也体现在剑法上：王慧玲为李慕白设计的是“玄牝剑法”[①]，“玄牝”是雌性、阴性。在“道”文化看来，事物的最高境界是其对立面，作为阳性的李慕白，其剑法的最高境界是阴性——玄牝。

此外，老子强调“无为而治”，认为“无为”是事物的最高境界，提出“无为”“无欲”“质朴”“谦退”“不争”等观念，“天之道，不争而善胜，不言而善应”。李慕白在和玉娇龙过招的时候，指导她武当心诀。

李慕白：勿助、勿长、不应、不辩、无知、无欲，舍己从人，才能我顺人背，教你一点做人处事的道理！

此处心诀的奥妙就是“道”文化“无”的核心思想：顺其自然，无为而治。李慕白对玉娇龙说：“你要修武德，才能体会静中之动的道理。”所谓“静中之动”乃是老子辩证论述问题的方法，他认为事物是两方面的，矛盾对立的双方相辅相成、相反相成，比如“大音希声，大象无形，大智若愚，大巧若拙”。所以李慕白让玉娇龙不要从动中去体会动，要从静中去体会动，也就是从事物的对立面当中去寻找答案，才能修得武当心诀的最高境界。但是不管怎样，心性和理路要对，否则也无法去体会最高境界的东西，比如碧眼狐狸就不能理解武当心诀的最高境界。“武德”中的“德”是《道德经》中的“德”，是事物的本质，也是自然的普遍规律。

碧眼狐狸：我依图，你依字，原来你留了一手。

玉娇龙：那些字就算你知道也不能体会，你心里明白，你的功夫就只能练到这里了，我藏而不露，也只是怕你伤心。

按照李慕白对俞秀莲的说法，因为玉娇龙对武当心决理解的“理路”不

① 《道德经》第六章：“谷神不死，是谓玄牝。玄牝之门，是谓天地根。绵绵若存，用之不勤。”

对，且心性不正，故需要调教，所以李慕白才想收玉娇龙为徒，这样她才能是体会“静中之动”最高境界的人。在“道”文化看来唯有大德者才能认知与顺应“道”，因“德”能顺应“道”的自然，与“道”相通。在影片开始的部分，也讨论了“闭关修炼”“寂静”“虚无”“悲哀”“得道”等“道”文化。

李慕白：这次闭关静坐的时候，我一度进入了一种很深的寂静。我的周围只有光，时间、空间都不存在了。我似乎触到了师父从未指点过的境地。

俞秀莲：你得道了？

李慕白：我没有这种感觉，因为我并没有得到喜乐，相反的，却被一种寂灭的悲哀环绕，这悲哀超过了我能承受的极限，我出了关，没办法再继续，有些事，我需要想想。

李慕白并没有“得道”，就是对俞秀莲以及复仇等的欲望还没有放下。在影片结尾，山洞里，李慕白只剩一口气了，俞秀莲希望他“练神还虚”[①]，所谓“虚”讲求的是“无”，是断情色、绝欲望。

俞秀莲：用这口气，练神还虚吧，解脱得道，无寂永恒，一直是武当修炼的愿望，提升这一口气到达你这一生追求的境地，别放下，浪费在我身上。

至于佛教文化中“受想行识”“色即是空，空即是色”等说法，在电影中有这样的台词。

---

① 按照“道”的说法：“心之根为性，性之根为神，神即寓于心，故三者实一物”，因此“明心见性是修道的第一步”。命即肾也，精也，元气也，吾人练精化气，气化神，神还虚，以后天补先天，即本于此，故性修死，而命修活。性命需双修。练神还虚有成，方得成为“降龙伏虎者”。龙即性，虎即命。心定龙归海，情忘虎隐山，断欲望，如是而已。“精顺行生子，逆行成仙”，因为男人顺着自己的性，性就是后代帮你延续生命。若要求取自身的永恒，就得逆着自己的欲望。关于“虎”“龙”也另有说法，“龙为性，虎为情”。

玉娇龙：想当我师父？谁知道你是不是浪得虚名？！

李慕白：李慕白就是虚名，宗派是虚名，剑法也是虚名，这把青冥剑还是虚名，一切都是人心的作用！

佛教文化中的“色即是空，空即是色”“贪嗔痴慢疑”“受想行识”“舍得”等观念，在影片中也有提示。在竹林一场戏里，俞秀莲期待着李慕白的告白，期待着俗世的欲望，但李慕白却讲了一通与“道”“释”有关的大道理。

李慕白：秀莲，我们能触摸的东西没有“永远”。师父一再地说，把手握紧，里面什么也没有，把手松开，你拥有一切。

俞秀莲：慕白，这世间不是每一件事都是虚幻的，刚才你握着我的手，你能感觉到它的真实吗？

李慕白：你的手冰凉凉的。那些练刀练出来的硬茧，每一次我看见，都不敢触摸。秀莲，江湖里卧虎藏龙，人心里何尝不是？刀剑里藏凶，人情里何尝不是？我诚心诚意地把青冥剑交出来，却带给我们更多的烦恼。

俞秀莲：压抑只会让感情更强烈。

李慕白：我也阻止不了我的欲望，我想跟你在一起。就像这样坐着，我反而能感觉到一种平静。

这是一段关于“儒”“道”“释”的论述。李慕白说：“把手握紧，里面什么也没有，把手松开，你拥有一切。”舍掉贪婪和欲望即得到一切，如果想紧紧抓住什么，就什么也无法得到，一切皆成为“虚无”。不同于李慕白，俞秀莲从现实入世的角度说：“这世间不是每一件事都是虚幻的，刚才你握着我的手，你能感觉到它的真实吗？”这是从入世与“物质”存在的角度，对李慕白的“虚无”说进行了一次辩驳。李慕白接着从“不敢触摸”的俞秀莲的手谈到“人心”，前者是暗恋自己多年的女人，后者则暗指刚刚遇到的如花似玉的名门闺秀玉娇龙，是玉娇龙身上生龙活虎的气息、对权威的挑衅与反叛，这种截然不同的特殊气质吸引了循规蹈矩的李慕白。李慕白作为中年男人，一切都已经成定数，生命在重复和稳定中延续，当那种“寂灭的悲哀”侵袭他时，他出了关，不能再继续修炼功力。他没有说明这种“寂灭的悲哀”到底来自何处，只是说“心里放不下的事”，是欲望、对虚无的反抗还是对人存在的重新反思？在这里俞秀莲非常理性、入世地说了一句：“压抑只会让感情更强烈。”李慕白的反应是：“我也阻止不了我的欲望，我想跟你在一起。”两句话，前一句话里，李慕白阻止不了的欲望是针对谁的欲望？是什么欲望？爱欲？情欲？性欲？物欲？没有明指。白日里看到玉娇龙，夜晚又打了一架之后，李慕白对俞秀莲说出了上述这些话。在玉娇龙的婚礼上，李慕白对罗小虎说：“不论她是不是你的，你没有命，说什么也没用。”在那个时候，那个地点，围绕玉娇龙有三个男人：准备娶亲的三代翰林鲁君佩、初恋的西域男人罗小虎和儒雅的中年大侠李慕白，分别代表世俗的权贵地位、身体自然的野性与欲望及精神气质的象征，三个男人也代表了男性世界的三个不同维度。三个男人同时出现时给玉娇龙的选择带来了巨大的难度，她要在三者之间进行选择。在成长与生成新事物之时，势必经历暴烈的痛苦与艰难的选择，李安选择了此时的玉娇龙状况，亦即意味着她的选择和人生必将发生变化，她也将成长与生成新的认知。而此时的李慕白也知道自己寂静的生活乱了，“道”的平静与虚无是否还是他的最终追求？

三、何谓“卧虎藏龙”：对“灵与肉”选择时的终极追问

1980 年代以来，国产电影以弘扬爱国主义精神的红色主旋律电影、张扬民族主义的第五代电影、伤痕脆弱为特征的第六代电影、简单主义的商业娱乐片四大类为主[①]。李安的电影不同于此四类。李安生于台湾，长于台湾，在他的知识体系中，一方面在传统文化的习得和接受上不同于大陆的知识分子，另一方面由于在西方受过系统的戏剧与电影教育，西方文化以及戏剧、电影势必对他产生一定影响。此两方面构成了他中西文化合璧的电影文化特征，也使他

① 蓝爱国 . 好莱坞主义：影像民间及其工业化［M］. 桂林：广西师范大学出版社，2003.

熟悉中外价值观，懂得如何讲中外文化故事，即如何将自己独特的视角、思维通过电影媒介无障碍地展示给全球的观众。他在谈《卧虎藏龙》时就这样说："这就是一部李安电影，华洋杂处。要说我受西方影响，也对，我相信没有一个导演不受西方影响，电影本来就是西方来的东西。"[①] 他通过《卧虎藏龙》来谈西方社会在知识谱系中讨论的，而中国人羞于谈的"台面"下的话题，即欲望、性、潜意识等等。

什么是"卧虎"？什么是"藏龙"？"《卧虎藏龙》表现的是刀剑江湖，实际上，其内在张力却不是来自立身江湖的武功（或者说青冥剑和武功都只是欲望的借口和象征），而是每个人内心的情感和欲望世界——这或者才是李安所要表现的'江湖'。"[②] 李安认为："东西方都一样，我们的文化也在追求适应与进步，为什么中国武侠片就应该停留在以往的层面，停留在 B-Movie（B 级电影）的层次上，武侠片就不能在品质及文化上有所提升，跟意境及人内心的情感有所联系？难道中国人原汁原味的东西就应该是烂东西？电影不野、不烂、不土、不边缘、不艺术、不别扭、不压抑，就是美国味？"[③] 他不看好某些电影的"野""烂""土""边缘""压抑""别扭"，认为中国传统的武侠片也可以上升到意境与形而上之上，讨论更深层次的东西，比如卧藏在内心深处的、复杂的、道教所谓波涛汹涌的龙虎"情欲"。他的电影不讨论政治意识形态，不讨论边缘的没落文化；他的电影讨论人，讨论中国人，讨论中国人几千年来不敢谈论的东西——欲望，即性、潜意识、阴影（shadow）、人格面具（persona）、自我（self）等。

李慕白作为一个中年男人，武功方面名震江湖。在生活方面，身边有跟随他几近一生的俞秀莲，两个人既是知己，又有稳定的情感基础。但李慕白遇到了如花似玉、生龙活虎的玉娇龙，她充满了野性和朝气，闯入了暮气沉沉的中年人视野，使得他深夜站在暗影里等着她的出现。

---

① 张靓蓓．十年一觉电影梦：李安传［M］．北京：人民文学出版社，2007：285.

② 李安的三十年电影梦［EB/OL］．（2014-07-30）［2022-07-16］．https://movie.douban.com/review/6773215/.

③ 张靓蓓．十年一觉电影梦：李安传［M］．北京：人民文学出版社，2007：284.

李慕白：夫人，玉小姐，幸会！

贝勒爷：玉小姐就要出阁了。

李慕白：（双手抱拳）福气，福气。

李慕白此时已预先从俞秀莲的透露中得知玉娇龙可能是盗走青冥剑的人，在前一天晚上已经略知此女孩的武功和她的好奇、野蛮和叛逆的性格，并也知道此女子在武功上是可塑造之才。这个时候，李慕白还要当着所有人的面，包括喜欢自己多年的女人，望着玉娇龙娇俏美丽的容颜，礼貌性地抱拳寒暄一番。客套下掩盖了他内心中对玉娇龙的好奇与男性的欲望，这份好奇与欲望来源于玉娇龙的活力和无所顾忌的自由，她激发了中年李慕白对生命、对激情、对生命的无限向往。于是，李慕白深夜在书房门口等着玉娇龙前来还剑，但以质问她“师父在哪儿”为借口。

李慕白：这么晚了，还不歇着?！来还剑吗?

玉娇龙：高兴就还，不高兴就不还！

李慕白：你师父在哪儿?

玉娇龙：你管不着！

在贝勒爷的书房外，两人比试武功，李慕白以树枝降服了玉娇龙，他轻轻地用这根树枝指着玉娇龙的面罩，树枝在玉娇龙的面罩前停留了几秒钟，李慕白手微微颤抖。这个时候黑暗中有两个人，一人指着另一人的面具，呼吸间对峙，片刻的安静，他们两个在想什么？为什么不说话？他们在这片刻的沉默之交流中发生了什么？这个李安没有给观众结论，只是将现象展示给观众，真正的答案只有当事人知道，我们不是李慕白，也不是玉娇龙。李慕白最终没有揭开她的面罩，两人对峙、凝视、抗衡了几秒钟，两个人之间的情愫会瞬间喷涌而出，是什么样的情愫？最后以玉娇龙垂下的眼睑、低沉的声音打破了两人之间的尴尬僵局。

玉娇龙：（低下眼睑）下手吧！

李慕白：何必呢？你还要修炼，你要修武德才能体会静中之动的境界，才配得上用这把青冥剑。

玉娇龙：你为什么要教我？

李慕白：我一直想找一个徒弟，能把武当的玄牝剑法传下去。

玉娇龙：你不怕我学会了杀了你？

李慕白：既为师徒，就要以性命相见，我相信，碧眼狐狸未能泯灭了你的良心。

玉娇龙：武当山是酒馆娼寮，我不稀罕！

玉娇龙心理发生了怎样的变化，骄傲的她何以这个时候低头任其“下手”？而这个时候儒雅的大侠为何突然倨傲“何必呢”？又产生出了大逆不道的乌托邦想法——武当派收女人为徒！同时又把玉娇龙作为朋友交心交谈：“既为师徒，就要以性命相见。”为何此时的李慕白不惧武当派的清规戒律、不惧生死，信任玉娇龙，希望玉娇龙体会“静中之动的境界”，不管玉娇龙意欲如何，他都要收这个徒弟。玉娇龙心理防线崩溃，自己芳心荡漾，对方意乱情迷又以说教为掩盖，此时纠结、矛盾的她唯能以粗口与逃避作为借口遁形而去，以遮掩内心的情感，且不辜负对俞秀莲的尊重。

在玉娇龙大婚的当天，李慕白和俞秀莲临街当站。此时李慕白会是什么样的心情？玉娇龙就要嫁给翰林鲁君佩了。罗小虎出来劫轿打算带走玉娇龙失败后，他们在小巷拦住了他。

罗小虎：她是我的。

李慕白：不论她是不是你的，你没有命，说什么也没用，有鲁家跟玉家的势力盯着你，要抓你这个外地人是很快的事。

罗小虎：豁出去了。

李慕白：如果你真的爱她，你不会这样说。

三个男人以玉娇龙为中心，形成了三角格局：翰林（代表世俗社会地位）、大侠（代表精神领袖）、大漠劫匪（代表男性身体与欲望）。大侠李慕白与劫匪罗小虎讨论“宿命”与“真爱”，还略带伤感，他日常遵循的道德理路和侠义标杆此时如何？他是在同情、劝说罗小虎还是自己？因为那晚，他知道玉娇龙会来还剑，他站在那里等她还剑，意欲为何？他站在黑黑的角落里幽幽地问玉娇龙“来还剑吗”，是在乎剑，还是好奇人？既然贝勒爷只是想把剑追回来就可以了，那么李慕白为什么不让玉娇龙安安静静地把剑还了平息了事，他想做什么？清晨时和俞秀莲的对话，为何导致俞秀莲着急而语气急促？他为什么要收一个女弟子？是要掩盖还是要揭示真实的自己。此时的他已非彼时的他吗？

在著名的竹林打戏中，年轻的玉娇龙意乱情迷，对于青冥剑是出于其物质象征，还是出于其江湖精神象征？还是身体之欲望象征？李慕白在观望、观察自己欲望的投射体——小写的他者“a”。

但被玉娇龙一句“你们这些老江湖怎么见得到本心”而揭示。她揭示了李慕白说教掩盖下的“妄想邪念”，并直问他的“本心”：“为什么非要缠着我？”道出了两个人真正的目的，玉娇龙敢于承认，李慕白还在僵持，还在执意要完成自己完美的、伪善的“收徒之梦想”。这是玉娇龙所不齿的，最后以一句“做梦”对他嗤之以鼻并且毫不犹豫地跃下山涧随剑一同存亡，毫无顾忌。这令李慕白吃惊和骇然。此时的剑不再是单纯的剑，它代表着李慕白本人。由于俞秀莲的存在，玉娇龙在道义与欲望之间、在灵与肉之间选择在现实中放弃李慕白，但心灵上要追随他，故而重视青冥剑甚于自己的生命，这也最终导致李慕白以自己之性命救玉娇龙的性命，你给我一命我还你一命，真正的肝胆相照、心灵相通。在山洞里也昭示了他潜意识中“欲望”的涌动。

> 玉娇龙：（向李慕白展示自己的身体）你要剑还是要我？
>
> 李慕白：（一脚踢开香炉）你中了迷香！

李慕白可能还在为自己找借口进行遮掩，儒文化与道文化的影响已经令他无法勇敢面对自己这个老江湖的“本心”。最后他选择在行动上让玉娇龙见到自己的本心——以一命救一命。这个时候，玉娇龙成熟了，真正地成长了。

玉娇龙：相信我，你们救了我，让我救他吧。

玉娇龙的率直、勇敢、对自由的追求以及反叛精神，着实迷人，充满了鲜活的生命力和迷人的美丽，这些是陈腐的秩序、僵硬的道德说教无法拘囿的。其生命意志与现实势必冲突，个体所碰撞的不仅仅是人，还有各种各样铜墙铁壁式的思想，具有了与生俱来的悲剧性。相比玉娇龙，李慕白是另外一种悲剧和牺牲，他在秩序中游走，无论“儒”“道”，最终只能感觉到被“寂灭的悲哀”环绕，而这悲哀超越了他所能承受的极限。这样一个关乎男人的欲望的故事也就出来了。

俞秀莲放下李慕白的尸体举起剑，这个时候玉娇龙跪下了，她为何跪下？为谁而跪？一向娇蛮、任性和叛逆的女孩子在循规蹈矩的俞秀莲面前跪下了，毫无反抗地接受俞秀莲的惩戒。此时，她已得到一个人的性命，这个人用自己的生命换回她的生命。玉娇龙的一跪，是叹息，是成熟，亦是心灰意冷。今生，你把性命给了我，我也曾把我的给过你，天知、地知、你知、我知，足矣。

玉娇龙叛逆的性格在玉府的深宅大院中没有得到释放，在去伊犁的途中偶然遇到罗小虎，两个人蛮力相打，最后，罗小虎以男性对女性的触摸征服了她，但是她也要上位到罗小虎之上。李慕白死了以后，她明白了他和她之间发生了什么，这个时候，她经历了真正的生死，经历了真正的成长，同时也明白了“知常曰明，不知常，妄作凶”，但生命就是在这“妄作凶”的“不道德性”或者“不可原谅”下才凸显了创造力、活力和生命力。如荣格所说的“有些时候你只能做些不可原谅的事情，然后才能继续生活”。日常生活，充满了人格面具的压抑和道德意识的规范，而冲破面具与秩序的阴影则给生活带来异样色彩，虽“凶”最后仍可“归根”。

影片最后，平静的玉娇龙在罗小虎面前纵身跳下悬崖：“夫物芸芸，各复归其根。归根曰静，是谓复命。”《卧虎藏龙》讨论的不是带有意识形态特征的革命、牺牲与推翻等关键词，李安要从文化层面讨论中国人，或者说从中国传统文化与西方现代文化角度，尝试着讨论中国人的欲望与心灵的存在状况，尤其是“台面下”的本我欲望与自我主体性。自始至终都很善良仁厚的俞秀莲对于玉娇龙没有刺下去青冥剑，只是用剑在玉娇龙的脖颈旁比画了一下，以示“仁”与“恕”的伟大结合，她不绚丽、没有野性，以从容和宽容作为结局。相较于玉娇龙这支绚烂到极致的生命之花，俞秀莲也是一种风景。她说，此生，我把生命给了他，他已因你而去，一切皆空，除了释然还是释然，宽容、宽恕都是我释然的必经之路。她以儒家的“忠恕”超然而豁达，进而获得自救与救赎，这是李安向全球或者西方世界传递的价值观，同西方基督教文化中的“原谅”“宽恕”不谋而合，李安也实现了文化跨界，完成了他自己的“布尔乔亚味道”的探讨，使武侠片超越了简单感官刺激的层次，与人的真实情感及文化产生关联，从既传统又现代的角度塑造人物，并在较为深入的文化层面完成了中西文化的对接与缝合，向世界讲述真正的中国故事。

第六章 《八部半》剧作形式的喧嚣及思想上的寂静

弗里德里科·费里尼1920年生于意大利里米尼小镇。当过7年新闻记者、编辑，做过漫画家、演员。他爱好文学，擅长画画，并为许多电影编写剧本，如罗西里尼的《罗马，不设防的城市》和《游击队》，一生拍摄多部优秀的电影，获得过很多电影奖项。费里尼说过“梦是唯一的现实”，在他看来“一天中最幸福的时候就是上床睡觉的时候，熟睡后进入梦的盛宴”[①]。“梦”使其作品具有“费里尼色彩”，自传特征明显，情节零碎，以情绪、心理活动、梦境、幻觉等作为表现事物的手段。1963年的《八部半》描写了“一个男人一生中某一天的写照”[②]。以梦或意识流展示人最为隐秘的心态，这部“电影的核心人物是导演基多，这个人物原型部分来自费里尼本人。主人公基多是一个成功的导演，准备拍摄一个新片，现在万事俱备只差一拍了，但事实却是他没有故事可讲”[③]。他故意拖延，又把自己拉到混乱的私生活中，在象征秩序的妻子与象征欲望的情妇之间斡旋，当他对这两位欺瞒时，又被幻想中的圣洁女神克劳迪娅迷住了。夜总会的小丑又让他想起了童年，这一切看似没有联系，却在潜意识中连成一片。基多“幻想着要么用鞭子治理他妻妾成群的混乱状态，要么被

① CHRIS W. Federico Fellini: Ringmaster of Dreams 1920-1993［M］. Cologne: Taschen, 2003: 101.

② CHRIS W. Federico Fellini: Ringmaster of Dreams 1920-1993［M］. Cologne: Taschen, 2003: 91.

③ MALCOLM D. A century of films: Derek Malcolm’s personal best［M］. London: Tauris Parke Paperbacks, 2000: 112.

绝望的制片人和无处不在的媒体折磨致死”[1]。《八部半》通过基多本人的十几段回忆、幻觉、想象以及梦境来还原真实的基多，这些回忆、幻觉、想象以及梦境犹如多个不同机位的摄影机跟拍和记录着基多，但是基多的真实面目在影像里面却是自相矛盾、迷失及不可知的，最后他通过非理性的狂欢庆典来解决真实与虚无的问题。

费里尼对梦的表现可以与弗洛伊德的精神分析相媲美，他把情节和人物分裂成梦、意识流的碎片，但事实是费里尼更倾向于接受较为宽容的荣格的某些观点。比如说，《八部半》影片的结尾也是按照荣格比较通融与宽容的风格来结束的。费里尼说：“在《八部半》里，人就像涉足在记忆、梦境、感情的迷宫里，在这迷宫里，忽然自己都不知道自己是谁，过去是怎样的人，未来要走向何处？换言之，人生只是一段没有感情、悠长但却不入眠的睡眠而已。”在这一天里，费里尼借基多向我们展示了欲望之罪所导致的耻感、人及生活残缺的本质，基多开始困惑，最后他选择了“无”，即放弃拍这部电影来确立自己此时对世界的认知。对于人格面具以及人与人之关系的松弛与断裂，基多早年的困顿如同卡夫卡的现代性忧虑一样，在众声喧哗中，他面临诸多的困惑，不知何去何从。在秩序与纯洁面前，他最终接受了荣格的建议，认同了残缺与阴影，并与孤独、虚无握手言和，然后以喧嚣的庆典致意残缺的生活。这部看起来似乎没有情节的电影其实是通过一系列的视觉画面向我们展示了人的普遍问题与费里尼的选择。

《八部半》是费里尼的代表作之一，电影中讲述了导演基多从不快乐、焦虑、迷茫到大彻大悟、清朗与幸福。费里尼也从多方面、多角度，多元性地“嘲讽了他作品所受到的批评”[2]。他这部电影的思想性也就此呈现出“多声部”的众声喧哗，具有意大利人喧闹、狂欢的特征，当然除了马戏团、小丑，幻想、梦境、回忆与现实，费里尼还讨论了很严肃的问题，如选择、人性与世界本质等问题。英国著名影评人说：“当许多电影导演被问到他们最崇拜的导演

① MALCOLM D. A century of films: Derek Malcolm’s personal best［M］. London: Tauris Parke Paperbacks, 2000: 112.

② CHRIS W. Federico Fellini: Ringmaster of Dreams 1920-1993［M］. Cologne: Taschen, 2003: 94.

时，至少有一半的人在他们最崇拜的前三个导演里提到费里尼，他看起来对纯商业电影导演非常有吸引力，也许是因为他擅长使用视觉去表达情感，而非知识分子的严谨。他真的是一位非常特殊的导演。”[①]1993 年 10 月 30 日，费里尼病逝，因其成就卓越，与塔可夫斯基、伯格曼被称为“世界现代艺术电影圣三位一体”。

一、基多“不快乐”的设置：狂欢、繁多表象与无

卡夫卡是费里尼最喜爱的作家之一，费里尼的电影经常受到卡夫卡的启发，“当费里尼的人物丢失在迷宫和大厅中的时候，我们却能感到卡夫卡的在场”[②]。围在主人公基多身边的每个人都在等着基多的回答，作为导演，他要解决剧本、演员与现场的诸多问题，被层层问题包裹的基多几近疯狂，遑论他自己颇多的困惑，他对于自己创作的意义以及存在的意义产生了诸多困惑。他时时刻刻思考自己及普遍性问题，于困惑中他总是希图从身边人那里得到答案，无论是父亲还是主教。基多在铁路旅馆与卡拉午睡时，睡梦中他也无法逃避自己存在的焦虑与困惑，他向爸爸求助：“爸爸，等等，别走，我们很少交谈，我有很多问题要问。”可爸爸却说：“我无法回答。”基多继续渴望同父亲的交流：“意识到自己的失败下场是多么地残忍啊？！”可是父亲答非所问，用“妈妈给你准备了一些东西，一些干酪和桃子”来避开基多的话题。焦虑中他被制片人、工作与他所追寻的存在意义萦绕着，即使睡梦中也无法摆脱。

基多在困惑中惶恐，电影故事无法继续下去，他只能一再躲避、拖延，并用一些借口和各种托词躲避问题。从父亲那里寻求帮助失败后，在酒店的电梯里他遇到了主教，面容枯槁、静穆、神圣的主教，友善的神职人员以及虔敬地开电梯的老妇人，这些让基多有了求助于宗教的打算。可是对于和主教说什么他又无法厘清：“我明天怎么跟主教解释呢？”思忖过后，他在幻想中与主教及其助理相遇。基多讲述了他电影中女主人公的困惑，其实也是他本人的困

① MALCOLM D. A century of films: Derek Malcolm's personal best［M］. London: Tauris Parke Paperbacks, 2000: 111.

② 梅让 . 费德里柯·费里尼［M］. 周皓，译 . 南京：江苏教育出版社，2006：154.

惑："在某种程度上来说是这样的。我正在描述主角的宗教背景。她和我一样受过宗教教育，因此而展开了许多错综复杂的故事情节。一个主教恰巧出现在她迷惑之时，就像一个圣贤一样给她指点迷津，她很振奋，希望能获得启示。"但是主教助理安瑟米认为他的电影"肤浅"，并且他"混淆了神圣和亵渎"，基多尝试解决问题的途径遭到了否定。同时当基多在幻想中又与主教见面，与主教关于"结婚""孩子""多大了"的一问一答以及关于"圣鸟"的谈话却是云山雾罩、似是而非，象征着此时宗教带给基多的仍然是困惑，并不能解决他一直以来的困惑。

和主教的三次相遇发生在想象中和现实中。第一次出现于现实中，与卡拉斯混后回来在酒店电梯里遇到了主教和他的随从；第二次是在想象中，主教目的不清晰的谈话继续令他困惑；第三次是泥浴的时候询问主教。于是基多重新梳理自己的问题所在，他回忆起了童年困惑与矛盾：小时候他因与小朋友一起去看莎娜基跳伦巴舞而被教会学校惩罚，后背被贴上了"Vezgogna"（耻辱）的大字，并被戴着高帽反剪着手带进教室，接受同学的批判和羞辱。对于小基多去看女人跳伦巴舞这一有悖于虔诚信徒的行为，在进餐时教士照着书本对他做如下训诫："最重要的是，在他生命的整个过程中，虔诚的信徒最痛恨的就是与女人接触，一有女人出现，他就马上离开。"同女人接触成了宗教所不齿的事情，这也是令小基多无法理解的事，被教士称为"邪恶的化身"的莎娜基在基多那里显现得却是那么亲近与友好，他跌坐在沙滩上看着与宗教描述相矛盾的一幕，困惑不解。但基多的困惑却遭到了评论家批判："你并不了解意大利的天主教，你应该更深入地了解他们的文化，而且要无比地深入和透彻地了解，请原谅，可是你的天真注定要失败的，你的思乡情结太浓了，这让人觉得你非常脆弱。"脆弱等非积极人格特征是基多或者人的存在的某种状态，即第二人格，正是因为对第一人格的认同，才导致了对第二人格的压抑，其实第二人格的存在在荣格看来是有其合法性的，这一点在影片最后基多顿悟后也得到了如此结论。

在泥浴时基多终于见到了形容枯槁的主教，也想好了同主教要说的话："主教大人，我很不快乐。"主教从宗教的角度阐释"快乐"："为什么要快乐？

那并不是你的专利，谁说人生在世就该快乐呢？大哲人不是写过‘人世间的一切都是忧愁，除了教堂无处可以解脱’。人世间的一切都是忧愁，除了教堂无人能救。人世间的一切都是忧愁，除了教堂无人能被救助。无法生活在天国的人们，只能住在城市的地狱。”这样的诠释在《乡愁》里也有如下的说法：“你希望活得快乐，但有些东西比快乐更重要。”乡愁里面提到的比“快乐”更重要的是“牺牲”与“救赎”。同样，在基多这里，宗教也成为解决人类终极问题的唯一途径。

基多的另一困惑就是，在他的判断里，女性并不是如教士所说的“邪恶的化身”，而是他试图解决“秩序”与“纯洁”问题的途径。他的这一观点与教会所建立起来的“秩序”、社会道德相悖，他一方面要假意屈从教会与社会道德的“秩序”，另一方面又要和女人发生着千丝万缕的暧昧关系，他的第二人格常常败露，脱离了人与人之间关系的绳索。卡夫卡曾说：“人们互相间都有绳索连接着，如果哪个人身上绳子松了，他就会悬吊在空中，比别人低一段，那就糟了；如果哪个人身上的绳索全断了，他跌落下去，那就可怕极了。所以必须和其他人捆在一起。”① 卡夫卡的“绳索”是要人们遵循“第一人格”②，

① 叶廷芳．卡夫卡全集：第 7 卷［M］．叶廷芳，黎奇，谢建文，等译．石家庄：河北教育出版社，1996：20.

② 笔者注：荣格到了 6 岁之后，除了父亲开始教他拉丁语课外，也开始他上学的生涯，借着和同学们的相处，荣格慢慢发现家庭之外的另一面。多年之后回想起来，他将自己分成了两个人格——一号和二号。一号人格是表现在每天的日常生活中，此时的他就如同一般的小孩，上学念书，专心、认真学习；二号人格犹如大人一般，多疑、不轻易相信别人，并远离人群，靠近大自然……荣格视自己经历了一次“精神官能症”，这个精神官能症对他而言是个秘密，一个可耻的秘密。但它却诱发了荣格一种非同寻常的勤奋，每天 5 点准时起床，而这一切都是为了自己，并非做做样子罢了。同一时期内，荣格还有一段重要的经历。这段经历同刚从浓密的云层探出头来一般，他找到了他自己，开始摆脱了以别人的意志来过生活，对自己有绝对的权威，过着自己想过的生活，学校和都市生活则是占去了他的大部分时间。渐渐地，他越来越认同一号人格以及所发现的新自我，二号人格的世界则慢慢地消逝，二号人格容易让他感到沮丧，他从二号人格的先入之见中解脱出来。他亦开始接触西方哲学史，系统性地探讨自己所拟定的问题，深深为柏拉图、毕达哥拉斯、恩培多克勒所吸引。对荣格而言，他们的思想很美，富有学术气息，不像亚里士多德式的唯智论令人生烦。在其中，最令荣格感兴趣的莫过于叔本华（Schopenhauer）的著作，他对世界阴暗面的描述相当符合荣格的看法：对于上帝，他们皆认为上帝乐于唤起人们的阴暗面更胜于光明且积极的一面，这对自幼便开始怀疑上帝是否为完美的荣格而言，无疑是找到了志同道合的伙伴。参见：杨鑫辉．什么是真正的心理学：50 位当代心理学家思想选粹［M］．福州：福建教育出版社，2012：208-209.

在趋同的“人格面具”下有秩序而理性地生活，某种所谓的荒诞感在继续的生活中和人性的自由冲突中就会产生，有时候，你要违背秩序或者去作恶，然后才可以继续你荒诞的、窒息的和压抑的生活。人格面具压抑了阴影，使得性格变得平庸或者苍白，最终充满活力、朝气与杀伤力的阴影会冲出来。在基多看来，导演工作具有杂多性，被期待的、焦灼的状态使基多寸步难行，只能逃避甚或自杀然后才得以逃脱。在排队领取温泉水治疗疾病的所谓病人中，基多迷失了自己，在制片人、演员与媒体等各种人的穷追不舍下，基多迷失了自己，他唯一解决的方式就是用开枪自杀结束这一切。

基多对于露易莎和自己的关系这样解释：“我不知道你到底把我想象成什么人？总是怀疑这怀疑那的！你到底了解我多少！你知道我讨厌什么，不喜欢做什么吗？！……我做了什么啊？告诉我，你看出了什么？你还有你的道德良心，那又怎么样？”事实是露易莎只通过基多的外在行为与选择进行判断，对于他内在的交流与需求，露易莎并不了解。而基多对于露易莎突然的情绪化也不能理解，面对心理学家或者精神分析学家罗莎拉，他咨询道：“我不以为我能够掌控一切，我想好好拍部片子，我不是骗人的，我想我要表达的其实很单纯，希望对每个人都有启示，希望人们能因此而永远埋葬心中的罪恶。可是我却觉得自己没有勇气去埋葬任何东西，现在我是完全地困惑了，比如这个发射台，谁知道事情会变成这个样子？到底哪些出了错？我真的无话可说了，再说也没什么意义。你的精神呢？为什么不能救助我？你不是常说有冥冥之声吧？可现在呢？”罗莎拉谴责了他的“好奇”，并认为他的精神“是自由的，但你必须学会选择，你的时间不多了，你得快做决定”。自由的基多要做出选择和决定。

但露易莎对他的讽刺一针见血，也打碎了他的梦想。剧场里，众女演员试镜折射出了基多混乱的私生活，露易莎不堪其辱走出剧场，她指责基多的谎言并将说谎的事实昭示出来：“我知道那是电影，另一个发明，另一个谎言，你只拍你喜欢的题材，我知道事实。不同的是我不会厚颜无耻地将这一切告诉别人。继续拍你电影吧……让别人看看你是多么地伟大！你连你最亲密的人都启发不了，甚至连和你一起长大的人都启发不了，你到底还能启发别人什么呢？！”同时，妻子对基多的打击也在评论家那里继续持续：“听着，以自我为中心的人只重视自己的感情，最终他会被自己的情绪整垮的。”

基多作品存在的意义就是基多存在的意义，评论家不停地批评基多的作品，认为他作品中的主人公乏味，并预知主人公这种“以自我为中心的人”最后会被“自己的情绪整垮的”。由于评论家犀利的言辞一再否定他的想法，基多很恼怒，因此，在他的幻想中评论家被美术师和自己的经纪人助理吊死在剧场。基多最终遇到了象征“纯洁”和“秩序”的克劳迪娅，继续追寻自己的困惑：“你能放弃一切从头开始吗？你能对你的选择永远忠贞吗？你觉得那是你生存的理由吗？你以为因为你的奉献，真理就可以持续到永远吗？你能做到吗？”而克劳迪娅以反问来回答他：“那你呢？你能吗？”对于“选择的忠贞”、“存在的理由”以及“永远的真理”，基多的答案是否定的：“我心中的主角是做不到的。他想拥有一切，不愿放弃任何事情。他每天都在改变主意，因为他怕错过什么而终生遗憾。然后他慢慢地走向了死亡。”即使基多遇到了自己的救命稻草，即想象中典雅而成熟的女孩——“秩序”与“纯洁”的象征，在基多的设想下，男主人公还是放弃了。在克劳迪娅的追问下，基多从讲解主人公到讲解自己，“因为他不愿意相信”，“因为女人不能改变男人”，第三次时基多说“因为我不想再拍什么谎话”。从基多拍摄的男主人公到自己，基多历史性地跨了一步，即从回避到面对自己。克劳迪娅描述那个男主人公为“谁都不爱”的家伙，并认为他“不值得人们同情”，他的选择与他的结果是“因为他不知道怎样去爱”。两个人的谈话不欢而散，基多谴责这位梦想中的完美女神“和其他人一样扫兴”。正如有的评论家所说的，“基多将要导演一部电影，但他不知道这个电影要讲什么。他的注意力不停地被身边的事以及过去的回忆分散掉。他努力逃避人所要承担的责任之重”[①]。在和克劳迪娅的对话中基多也在逃避着克劳迪娅所陈述的事实，但是在经过克劳迪娅的陈述之后，基多不得不做出选择，因为如罗莎拉所说“他的时间不多了”，随即制片人就开始准备以酒会的形式开始电影的拍摄，同时召开新闻发布会宣传电影，基多不得不面对自己的选择、失败与真相的最后显现。

① CHRIS W. Federico Fellini: Ringmaster of Dreams 1920-1993［M］. Cologne: Taschen, 2003: 94.

《八部半》里面除了基多自身的困惑，从台词中也可以管窥到对政治、宗教、文学、大众传媒、心理学与哲学等的涉猎与讨论，以致众多的“评论家谈到了荣格、克尔凯郭尔、普鲁斯特、纪德、皮兰德娄，并试图深挖这些人对费里尼的影响”①。

众人、媒体以及他身边的女人带给基多的问题：“你对女权主义怎么看，还有环保问题，你是将色情电影学当作艺术形式，还是当作刺激形式呢？为什么不拍爱情电影呢？你想启发我们什么？你觉得你的生活经历能引起别人的兴趣吗？……你怎么生活？你支不支持离婚？”基多带着自己的困惑除了回避就是拖延，“我希望宣布……明天，明天……”，并向象征秩序的克劳迪娅和精神分析师罗莎拉求解：“记者们总是……克劳迪娅，你在哪？你的精神呢，罗莎拉？”费里尼原来认为，工作是极佳的防护罩，一套石棉胄甲，虽然缩在工作中好像很懦弱，但暂时可以逃避面对一切不正常的事情。但是当接近世界本质的时候，工作失去了它的庇护作用，“我们到底在什么时候犯了什么滔天大错，要我们陷于如此无可遁逃的绝望之境？我们惊惧地看着国家瘫痪，警力、法律、秩序的解体崩溃；新闻、电视新闻评论惊恐、荒谬地屈服；一个接一个的丧礼，神父口中令人难以承受的谴责祷文”②。

理性在费里尼看来比较浮泛，他说，“我反对一切历史性或哲学性的理性，它们都太浮泛了，不将个人考虑在内，而我的理性是来自厌恶一切形式、一切意识形态的暴力。我相信一个有艺术倾向的人天生就比较保守，也需要秩序。那些人的喊叫、歌唱、丧葬行列、射杀、防栅都既可厌又扰人，令我有上前阻止的冲动。我没有什么革命气质，好像也不曾有过革命派的朋友；喧腾的叛乱完全不尊重别人的和平，我对此相当不解。我需要秩序，因为我是个违规者——我甚至已自我认定是了。为了要能逾越常规，我需要很严格的秩序，有许多禁忌障碍在我的每一步中，道德规范、宗教仪式、颂歌夹道护卫着我。作为一个荣耀归于他的逾越者、权威、市长、主教的规条在我是不可免的”③。费

① MALCOLM D. A century of films: Derek Malcolm's personal best［M］. London: Tauris Parke Paperbacks, 2000: 112.

② 格拉齐尼．费利尼对话录［M］．邱芳莉，译．桂林：广西师范大学出版社，2005：120.

③ 格拉齐尼．费利尼对话录［M］．邱芳莉，译．桂林：广西师范大学出版社，2005：121.

里尼这段话令人费解也具有矛盾的丰富性，他一方面反对不考虑个人在内的理性，另一方面他需要秩序，他认为这些道德规范、宗教仪式与颂歌护卫着他，而作为逾越者、权威、市长与主教的规条是必须存在的，因为他为逾越者提供可逾越的参照物。所以对于电影中的其他问题，费里尼做了开放式的回答，起码基多没有正面回答这些问题。

二、费里尼成熟的认知：世俗欲望之罪与残缺之美

《八部半》的主人公基多要拍一部电影，但他的动机遭到了质疑，在影片开始部分，基多做了噩梦之后，进来诊病的医生就问他："你在做什么？另一部没有希望的电影？"基多试图从发现自己本身的东西推及其他，以启示众人。他的这一企图就连妻子也嘲笑他："让别人看看你是多么地伟大！你连你最亲密的人都启发不了，甚至连和你一起长大的人都启发不了，你到底还能启发别人什么呢？！"清雅不逾矩的妻子、肉感庸俗的情妇以及纯洁的少女，基多迷失了，他为何这样？他试图在秩序、本能、神圣之间做出选择，但是到底哪一个才是他的最终选择？现实中的克劳迪娅与幻想中的克劳迪娅截然相反，幻想中她一袭白衣，现实中她出现的时候却是成熟的黑衣加身，并且犀利地讥笑他，直指他问题的实质是"因为他不知道怎样去爱"，所以"严格来说，在费里尼的电影里没有天使，没有角色能够代表天使。有一些角色会与天使相像或者做一些纯洁、善良的事情。这种相似性偶然出现，作为一系列的联想，你会发现这是一种类比、一种镜像，然后抓住它。费里尼的天使是从隐喻中诞生的"[①]。这也是困惑基多的地方。费里尼觉得"在他还完全不知道自己犯了什么错之前，学校和教会就已经使他的心中装满罪恶感了"[②]。小基多与同伴们去看莎娜基表演伦巴舞，他们看得很开心，有个男孩甚至兴奋得一直打自己的耳光，但这一切是教会学校所禁止的。基多在被教会学校的教士抓走后，周遭一片谴责声，大人们指责、蔑视他，孩子们嘲笑、孤立他，使他被隔离在趋同性的特征之外，这个时候他感到了恐惧与不

① ROHDIE S. Fellini lexicon［M］. London: British Film Institute, 2002: 3.

② 钱德勒. 我，费利尼：口述自传［M］. 黄翠华，译. 桂林：广西师范大学出版社，2006：14.

安，充满彷徨和罪恶感。

周围人群：不要脸！不要脸！

教会中众人：这是不可饶恕的！不可饶恕的——！我不相信那，那不可能是真的……

教士：看看你妈妈，看看她！

基多：妈妈！

基多妈妈：（看到基多向她走来）停下，我真感到丢脸！伤心极了！（妈妈一边做擦泪动作，一边窥探基多的反应。）

教士：最重要的是，在他生命的整个过程中，虔诚的信徒最痛恨的就是与女人接触，一有女人出现，他就马上离开。

周围人群：（有人把豆子撒在基多面前，众人要他跪在豆子上。）跪下！跪下！

教士：你可知道莎娜基是邪恶的化身？

基多：不，我不知道，我真的不知道。（忏悔在圣母下）

莎娜基：啦啦……再见！（向基多告别后继续清唱）啦啦……

（莎娜基在沙滩的椅子上，面对大海轻声吟唱，曼妙的声音如天使。）

在这一段落台词的表述中，莎娜基略带色情成分的表演触动了宗教或者道德的底线，尤其是观看者为孩童更引发了多米诺骨牌似的连锁反应，从牧师、妇女、母亲到众人形成一条关系链，此时基多是掉下去的，于是被异化隔离开来。最后教士又告诉基多，莎娜基是邪恶的化身，基多却懵懂不知。当他返回沙滩去验证莎娜基是否是邪恶的魔鬼的时候，却看到了另外一幕：莎娜基温柔愉快地面向大海，哼唱着甜美的抒情曲调，平静而美好，和跳伦巴舞时候的狂野、放纵完全不同。“她的长发在风中飘扬，一条浮动的纱巾延长了这飘扬。她转过身来微笑着冲基多说‘再见’。基多跪坐在那里，向她挥舞帽子致意，我们几乎感觉到了美好的爱与被爱。”[①] 教士告诉基多的结论与基多自己亲

① BUDGEN S. Fellini [M] . London: British Film Institute, 1966: 51.

眼看到的现象截然不同，基多为此陷入困惑、迷失，他该相信哪一个？教士的结论还是自己看到的事实？这些严厉的谴责与困惑，基多几乎用了半生来承受它们。评论家说“他不愿和任何女人接触”，并谴责他不了解天主教文化：“这个情节有什么意义吗？只是你儿时回忆的另一段故事。这个角色刺激了这个孩子的童年，这是良心的谴责吗？这种感觉在他的一生中都没有逝去，不愿和任何女人接触。除非你想挑起争执，你并不了解意大利的天主教，你应该更深入地了解他们的文化，而且要无比地深入和透彻地了解，请原谅，可是你的天真注定要失败的，你的思乡情结太浓了，这让人觉得你非常脆弱，你也只能这样了。”在这段评论家评论他剧本的台词中可见端倪。费里尼也曾说，“我一辈子都试着治疗教育带给我的伤害，他们告诉我：‘你永远无法到达理想境界，你是有罪的。’我们被一种悲观、高压的教育所残害，而这样的教育却又是由教会、法西斯主义及父母亲联手造成的。他们不会跟你谈与‘性’有关的事”[①]。母亲及女性亲友的宠爱及从小被压抑的欲望，使得基多喜欢和肉感的情妇卡拉斯混在一起，基多把她想象成母亲、妻子与莎娜基的多重身份，一方面是性幻想，一方面也是教会、秩序压抑的结果。

基多：站在那里，让我看看，……不不，你得伪装得更像，更像……

卡拉：更像什么？

基多：更像荡妇！把眼线膏给我。

……

基多：好，别动。做个妓女的表情，到走廊去！

卡拉：（皱着鼻子哈哧了一下）你以为我是谁？你的女演员吗？不，我可不喜欢那样的生活。我怕吃苦，哈哧！

卡拉：不，不，我不想他过来，他来了一定会带我回家的。我买了这么多漂亮的衣服。

卡拉在这段喋喋不休中关于“衣服”“灯罩”“手袋”“房子”等物品以及

① 钱德勒．我，费利尼：口述自传［M］．黄翠华，译．桂林：广西师范大学出版社，2006：16.

"怕吃苦"的台词中彰显了她的各种欲望：物欲，色欲、情欲与爱欲等，还有人类好逸恶劳的一面。卡拉在基多那里是他的原型之一，是阴影原型，也可以是"阿尼玛原型"[①]的投射，是存在的实质，略带有悖于宗教与道德的"不雅"。而就费里尼认为，"真实里存在着某些不雅"的地方。[②]相较于妻子露易莎的秩序、刻板与"纯洁"，基多对情妇卡拉也是不满的。卡拉任由自己的阴影展现不加掩饰，在卡拉面前基多也将本我展示。而卡拉也有卡拉的困惑，她也在怀疑或期待基多对他的爱，虽然她关心自己的丈夫。

妻子露易莎代表了秩序和道德，露易莎和基多的母亲一样作为秩序的维护者要管理家庭和男性的日常生活。从一方面来说，基多对"妻子"的要求一部分是露易莎表面所呈现的。

基多：你的气味真好闻。

露易莎：你喜欢？

基多：你举止清雅。

另一方面，梦中基多母亲突然想抱着他的头要亲吻他的嘴唇，基多慌了。但潜意识中妻子的面孔马上出现代替了母亲的面孔，使得双方的身份相互交叠或者基多的耻感得以释放。但平静的露易莎为何随后烦躁和发脾气？是嘲笑基多的潜意识，还是愤怒于他和多个女人的情人关系？"可怜的基多，你累坏了，想回家吗？（露易莎突然又暴怒）我是露易莎，你老婆，不认识了吗？你到底在想什么啊？！"基多也难以理解，他不是不喜欢清雅的露易莎。费里尼觉得"男人和女人对于婚姻外的性行为有着不同的态度。女人认为如果你和别人发生性关系，就表示你出卖的是灵魂，而不只性器官。男人则否认此种说法，你知道你只是把性器官借别人用了一下，并没有出卖自

① 阿尼玛原型是男人心灵中的女性成分。荣格在分析人的集体无意识时，发现无论男女，于无意识中都好像有另一个异性的性格潜藏在背后。男人的女性化一面为阿尼玛（ANIMA），而女人的男性化一面为阿尼姆斯（ANIMUS）。每个男人的阿尼玛都不尽相同。男人会对心中阿尼玛的特点感到喜爱，在遇到像自己的阿尼玛的女性时，他会体验到极强的吸引力。

② MALCOLM D. A century of films: Derek Malcolm's personal best［M］. London: Tauris Parke Paperbacks, 2000: 112.

己的灵魂。可是你怎么向老婆解释，那晚你只是把性器官借给别人用了一下呢？白头偕老的婚姻对女人来说是很浪漫，对男人而言就太恐怖了”[①]。男人同女人对“性”与“爱”的认识不同，导致他们产生分歧。他们需要秩序与神圣，但却又要打破它们。如费里尼本人所说：“我需要秩序，因为我是一个常犯规的人……为了要体现我的罪咎，我需要有非常严厉的规矩，带有很多禁忌，每一步骤皆有障碍，或有说教意味，或是有顺序的，或是有一层层的唱诗班满布其间。”

对于纯洁与神圣基多有自己的诠释，他幻想着有一个纯洁的白衣少女象征着秩序和纯洁。这一点遭到了评论家兼编剧的单密尔嘲弄：“那是指春光少女。难以捉摸的表情吗？奉献出纯洁？意境上的升华？这是你创作中最乱的隐病。”

基多又把自己喜欢的女演员克劳迪娅同这位幻想中的符号式人物等同起来。当制片方告诉他克劳迪娅的档期很满的时候，他期待的是心中的女神对他的崇拜和尊敬，完全不顾其他。

制片方的人：全世界都在抢克劳迪娅。我们没办法约束她太久，给她一些东西，你到底有没有剧本？几页？一个想法？

基多：克劳迪娅意识到这是她最好的角色了吗？这可能是她最佳的演出吗？听我解释……

基多从卡拉那里回来，回房间午休前遇到了制片主任卡洛科萨并和他斡旋，老人的墨守成规与道德律令让他反感。基多回到房间后自问，陷入幻想与梦境：“缺乏灵感吗？要是这不是短暂的现象怎么办呢？要是你真的没有创作力了怎么办？斯格普！咱们说主角是纯洁的化身，那‘纯洁’又指的是什么呢？你没有听见法尔卡西奥说的话吗？现在到了塑造形象的时候了，‘纯洁、清白、逃避’太抽象了，我又在寻找什么呢？对，这样可以，镇上有个博物馆，而你是馆长的女儿，在古典艺术的熏陶下成长。”

① 钱德勒．我，费利尼：口述自传［M］．黄翠华，译．桂林：广西师范大学出版社，2006：45.

在基多的潜意识里，克劳迪娅取笑他幻想出来的“纯洁”，他也同意克劳迪娅：“你笑得对。”

矛盾的是在基多的想象即潜意识中，克劳迪娅却说：“我要永远待在这里，我要创立秩序，我想要纯洁。我要创立秩序，我想要纯洁。”她也在说这个标榜与纯洁有关的秩序。但是在基多的想象中，他无法把自己和欲望分开，即使是圣洁的克劳迪娅在他的幻觉中出现时，也要服侍他，并带有暧昧的性关系。在这段想象的影像中，基多对克劳迪娅也是带有不可逃避的意淫本质，他把克劳迪娅的照片放在两腿间。到后来见了克劳迪娅时，基多在一天里看到了好友的婚变、工作给他的压力、评论家的揭露以及主教“谁说人生在世就该快乐呢……除了教堂无人能被救助”的指点后，逐渐意识到了自己及人的残缺。

克劳迪娅：我仍然不是很明白你的故事，你所描述的那个家伙，他谁都不爱，并不值得人们同情，那都是他的错，他还能期待什么呢？

基多：你以为我不知道吗？你和其他人一样扫兴。

克劳迪娅：你真是连一点批评意见都听不进去。你戴着那顶帽子像个老头子。我不明白，他遇见了一个能给他新生活的女子，他却放弃了。

基多：因为他不愿意相信。

克劳迪娅：因为他不知道怎样去爱。

基多：因为女人不能改变男人，这是个真理。

克劳迪娅：因为他不知道怎样去爱。

基多：因为我不想再拍什么谎话。

克劳迪娅：因为他不知道怎样去爱。

对背离道德与罪的认识贯穿了《八部半》，在解决罪恶感这一问题上，费里尼比较认同荣格的假设，他认为荣格不像弗洛伊德那样严肃，而是像大哥哥一样可亲近，“罪”“不可原谅”之事是属于人类“阴影”的原型，与生俱来，虽然有攻击性和野蛮性，但最具有活力、创造力与生命力。“即使当时年纪还那么小，我就已经能感受到禁令与乐趣之间的紧密关联。”[①] 禁令与乐趣一步之遥，却是丰满和整体的，是事物的本质特征。

费里尼父母在他很小的时候送给了他几本荣格的书，他说：“（荣格）对人生面目的探索对我都是很愉快的启示，也更出乎我意料地坚定我自己早就预见的某些信念……我不知道荣格的想法是否影响了我《八部半》以后的电影。我只知道他的几本书帮助、鼓励我更深入地去探索深远迷人的幻想世界。我一直觉得我有个很大的缺点：没有办法对任何事都有一般性的看法，总是不能将我的喜好、品位、欲望归类，分成是特定哪一个类型的。但读了荣格的书后，一切因这缺点而起的罪恶感、自愧弗如他人之感都解除了。”[②] 宗教的力量形成了人们约定俗成的道德律令，其威力强大无比。在蒸气浴的时候，基多被主教传唤，从以下台词可见红衣主教的权威性。

经纪人助理：快穿上衣服，主教在等你。把一切都告诉他，坦白一切，不要隐藏，如果可以的话为我说句好话。

美术师：这是个绝好的机会，基多，红衣主教！你太幸运了！他什么事都能处理，甚至是我在墨西哥城的离婚，替我求个情，他不会拒绝你的。

制片主任卡洛科萨：最重要的是虔诚地跪在他的面前，吻他的手，告诉他们你悔悟了，若他们被感动了，你要什么，有什么，听我的准没错。

制片人卡门德特：小心点，基多，我们的命运就掌握在你的手里。

除了费里尼钟爱的非理性、狂欢、马戏团与心理学，宗教神学、信仰也是费里尼解决基多困惑的途径。在基多与主教一问一答之间，此时年过半百的费里尼对信仰问题比较审慎，对话中，主教似乎也解决了基多的某些困惑，在此基础上基多开始逐渐实现突转，逐步形成认知的成熟。

① 钱德勒．我，费利尼：口述自传［M］．黄翠华，译．桂林：广西师范大学出版社，2006：17.
② 格拉齐尼．费利尼对话录［M］．邱芳莉，译．桂林：广西师范大学出版社，2005：109.

基多：主教大人，我很不快乐。

主教：为什么要快乐？那并不是你的专利，谁说人生在世就该快乐呢？大哲人不是写过“人世间的一切都是忧愁，除了教堂无处可以解脱”。人世间的一切都是忧愁。除了教堂无人能救。人世间的一切都是忧愁，除了教会无人能被救助。无法生活在天国的人们，只能住在城市的地狱。

基多：（自言自语）咱们说主角是纯洁的化身，那“纯洁”又指的是什么呢？你没有听见法尔卡西奥说的话吗？现在到了塑造形象的时候了，“纯洁、清白、逃避”太抽象了，我又在寻找什么呢？

基多：（接着自言自语）对，这样可以，镇上有个博物馆，而你是馆长的女儿，在古典艺术的熏陶下成长。

纯洁与创造秩序是一种什么关系？当基多下决心要纯洁的时候，这个时候并不“纯洁”的卡拉夫人把他拉回了现实，住在铁路旅馆的卡拉给他打来了电话，卡拉喝了矿泉水不舒服。“卡夫卡的无意识却是个别的，是一个幽暗地带、一片突然被冰河之光照亮的暗室，阴森悲惨，本质上带着犹太人的精神，跟那些伟大的诗人先知声气相通。卡夫卡深深地撼动了我，他面对神秘未知的方式、置身迷宫般的感觉和把日常生活变成魔术的能力都叫我震惊不已。”[①] “我发现美国的小说，斯坦贝克、福克纳、萨洛扬等的小说则大异其趣，生命到后来仍然如昔脉动着，充满冒险与情欲。在那儿没有游行、制服、集体仪式，也没有挑衅性的华丽辞藻，取而代之的是忠于人、忠于人每日挣扎的生活，忠于他们本能的真感情；还有一种无以言之的自由感：无止境的街道蜿蜒盘过一片大地，不见地平线的大乡野隐隐透着一丝神圣、英雄的气息……真实的人生与穿黑袍、跳火圈的主祭神职人员的阴郁生活形成强烈的对比；个人战胜了团体。”[②] 他的白小丑作为一个聪明的、善解人意的魔术师出现，他作为中转与中介来扭转基多的认识。同样的，在马戏团圆圈舞里，基多优雅而虔诚地

① 格拉齐尼.费利尼对话录［M］.邱芳莉，译.桂林：广西师范大学出版社，2005：33.
② 格拉齐尼.费利尼对话录［M］.邱芳莉，译.桂林：广西师范大学出版社，2005：34.

邀请了面容枯槁、颜色肃穆的主教参加到庆典之中。

如影片中费里尼让基多对露易莎说的话如下。

基多：可我又不知如何做，一生的困惑，其实就是我的写照，困惑就是我生命的悲剧，我没有做一个真正的自我，我再也不害怕说出那些未知的真实了。我曾找寻过，可是没找到，这是我感觉生命唯一的途径，这样我才能毫无羞愧地面对你，生活就是一个庆典，让我们一起来度过！我能对你和其他的人说的就是这些了，如果你愿意，接受这个残缺的我吧，我们只有这样才能认清彼此。

由于基多的困惑以及他的行为，影片打算利用一个男人的一天来折射这个男人的一生，进而普遍到人类的存在状态，基多在这最焦虑的一天里思考的问题是西方世界或者人类普遍关注的问题，如同“孩子提出的问题又把我们领回到俄狄浦斯和斯芬克斯（Sphinx）的故事，但谁又能知道答案呢？对于生命的提问总是充满了神秘和迷雾：我是谁？我为何在那里？我的童年呢？我们无从知晓，只能将它散播在记忆和梦里，散播在孩子的梦境中，通过类比、综合感觉、联想或者通过我们称之为‘本能记忆’的手段来寻找它”①。在费里尼的电影里，他通过神秘的魔术师、梦境、幻觉、回忆和想象等将人类的集体无意识或者个体无意识零落地通过台词呈示出来。

魔术师：你好吗？

基多：很好，你呢？好久不见了。

魔术师：就一下，你越来越出名了。

基多：你是怎么看穿别人的思想的？有没有什么秘诀呢？

魔术师：我也不明白，反正是与生俱来的。

基多：你什么都能传递吗？

魔术师：是的，只要玛雅不厌烦。想试一下吗？

---

① 梅让．费德里柯·费里尼［M］．周皓，译．南京：江苏教育出版社，2006：112.

基多：好，等等……不过，我肯定现在不起作用了。

玛雅：我不明白，我不能重复。Asa-Nisi-Masa，是吗？

魔术师：她写得对吗？

基多：是的。

玛雅：可那是什么意思啊？

魔术师与玛雅读出了基多此时正在思考的东西，Asa-Nisi-Masa 是什么意思？“咒语‘Asa-Nisi-Masa’就是费里尼的马德莱纳小蛋糕，它揭示的是最基本的事实：是《八部半》里基多的、同时也是叙述者的童年，因为‘Asa-Nisi-Masa’在爪哇语里‘阿尼玛[①]’是——孩童的语言。[②]这是令他感动的纯洁和对童年的回忆，而‘只有小丑才是纯洁之人的守护者’。”[③]直至中年他还在演绎着童年的困惑和单纯，那句对着宝藏图念叨的术语“Asa-Nisi-Masa”果真能使得阿克斯叔叔的眼睛看向宝藏的方向吗？上帝是否能给出他们满意的人生答案，人到底为什么而活着？人生是什么？人的完美是否存在？基多在自问，费里尼也在自问，基多同费里尼一样，他的电影“要描写的是由无数折磨人、不断改变的迷宫组成的人生。人就像涉足在记忆、梦境、感情的迷宫中，而日常生活也是一个不断纠缠着记忆、幻想、感情、过去与现在种种事件交叠的迷宫。在迷宫中亘古的乡愁和预感混合在一起，于是在一段宁静却蒙昧的时光里，我们的主角突然不知道他是谁，他过去是怎样的人，他未来要走向何处。换言之，人生于此只是一段没有感情、悠长却不入眠的睡眠而已”[④]。困扰中基多不清楚自己的选择，也对自己的所作所为感到彷徨，存在的意义受到质疑，而此时他还并未认清世界荒诞的本质。

① 集体无意识主要组成部分是原型，即一种本原的模型。荣格认为原型是遗传的先天倾向，不需要任何帮助，就可使一个人的行动在一定的情况下与人类祖先的行动相似。原型有多种，但是最重要、最突出的有四种：人格面具（Persona）、阿尼玛（Anima）和阿尼姆斯（Animus）、阴影（Shadow）、自我（Self）。

② 梅让．费德里柯·费里尼［M］．周皓，译．南京：江苏教育出版社，2006：112.

③ ROHDIE S. Fellini lexicon［M］. London: British Film Institute, 2002: 96.

④ 格拉齐尼．费利尼对话录［M］．邱芳莉，译．桂林：广西师范大学出版社，2005：105.

基多：我明天怎么跟主教解释呢？

基多要跟主教解释什么？在影片中他和主教相遇、交谈，在幻觉中相遇交谈。当他跟主教在电梯里相遇的时候，他对干瘪、枯瘦的主教大人既怀疑又有些惴惴不安，既想求教又犹疑。他要跟主教说什么呢？他的焦灼与不快乐，他该怎么办？基多在和评论家讨论剧本时有这样的焦虑，他设想他的电影女主人公："她和我一样受过宗教教育，因此而展开了许多错综复杂的故事情节。一个主教恰巧出现在她迷惑之时，就像一个圣贤一样给她指点迷津，她很振奋，希望能获得启示。"基多希望宗教能解决困惑、给人以力量，而非苛刻和压抑的代言词。对于严苛，费里尼有这样的表述："弗洛伊德的严苛虽然也令我敬仰，却让我有惴惴不安之感，他是一个才能和笃定都足以淹没吞噬我的导师；而荣格则是一个旅伴、长兄、贤人、观察科学家，我觉得他较不会以他自己、他的奇妙洞见为傲。弗洛伊德要跟我们解释我们是什么；而荣格却伴着我们到未知之门，让我们自己去看、去了解。"① 很多人对基多做的事情都感兴趣，对其进行评价、指摘或者干涉。基多具有乌托邦思想，在他的设想中，他希望情欲、纯洁与宗教结合或握手言和，因此他渴望自己电影的"女主角在洗澡的时候遇见了主教"，并"想创造非传统的会面场景"，自己纯洁的女主角在洗泥浴的时候遇到了主教，这是基多潜意识中的欲望与宗教的完美结合。

但和主教见面后以及主教的无关问题让基多迷失回忆起童年时代的宗教经历。在他七八岁的时候，他和其他男孩子们给莎娜基一点钱，然后她狂野地露出肩膀，扭动着臀部跳伦巴舞给孩子们看，那是个关于宗教、禁忌与性幻想的回忆，宗教的苛责与严厉反而使他们对莎娜基更加向往。"那个学年之前，我一直都不知道还有一门学科专门在教我们是谁，人要往哪儿去。我沉迷在宽阔的哲学天地中，心想除了能像大悲剧家扎科尼般念荷马史诗念得我们泫然欲泣的老师德尼蒂斯外，学校终于有人能教我们有趣的事了……但我必须补充说明，对那些乐观诠释人类想法、宇宙观的课程我几乎什么都不记得了。上学和

① 格拉齐尼．费利尼对话录［M］．邱芳莉，译．桂林：广西师范大学出版社，2005：110.

生活是两件截然不同的事。学校那个充满文字、抽象扰人的世界很少能照亮人性之光。”①

评论家：天地良心，想想凯撒时期的政治家们，你的初衷本是谴责，结果呢，却变成了和他们一伙的了！我就说吧，这很不清晰，多么复杂多么矛盾！

评论家正在评论的是基多将要导演的电影的主人公的童年，这部电影是关于世界末日的来临，人类准备乘坐宇宙飞船逃离地球的故事，类似于《圣经》中乘坐挪亚方舟逃离上帝对人的惩罚的故事。评论家除了讨论神学问题之外，还讨论了哲学问题。教会教士对小男孩的谴责以及小男孩经历罪恶与羞耻的过程和他看到的现象之间的矛盾，导致了他成年以后的种种特征，比如不愿和女人接触，要讨论宗教问题，还试图作为政治批评家，结果却是一团糟，他根本无法厘清事实的真相，只是在残缺和矛盾中徘徊。做过记者、漫画家的费里尼利用两个人物的这一段的台词表述也阐释了自己对待神学、哲学与政治的看法。

三、从喧嚣到领悟的安静清朗："无为"新秩序的建构

有人说，"费里尼的特殊自传因素和对人物的顽强探索是贯穿整部影片的主线。它把文学、准哲学，以及表现主义甚至邓南遮主义②的因素紧紧连接在一起。倘若抽去这根主线，他所爱用的这些形式将成为一堆废物或空洞的象征"③。基多在影片中呈现自我经历以及坚持对人的普遍存在进行探索，是《八部半》的意义所在。在认清人的残缺性及世界的虚无之后，他试图整合、建立

---

① 格拉齐尼．费利尼对话录［M］．邱芳莉，译．桂林：广西师范大学出版社，2005：26.

② 邓南遮（1863—1938），意大利作家、诗人、剧作家，创作经历了从前期写实主义到中后期颓废主义的过渡。主题显现出从追求情欲到厌弃人生的变化，宣扬爱情和欢乐是虚无；另有作品刻画空虚、孤独和向往死亡的变态心理，美化极端的个人主义者。19 世纪末 20 世纪初，邓南遮接受尼采的哲学思想，在作品中开始描写肩负"伟大使命"的超人，鼓吹民族沙文主义和扩张主义。——笔者注

③ 袁华清，尹平．意大利电影［M］．北京：中国电影出版社，1996：99.

“新秩序”。马戏团及圆圈的轮舞是费里尼“新秩序”梦想的一部分，马戏团是欲望缺失的纯洁场域，成圆形的轮舞没有人站在固定不变的位置。既如施尼茨勒在戏剧《轮舞》里讨论禁忌主题“通奸”“性”一样，这个圆形的轮舞不但性感的卡拉站了进去，露易莎也加入了，甚至教士们也参与进去了；又如西方经书故事中的进入天堂后，人们围成圆圈跳圆圈舞一样。影片最后呈现的是只有灯光的空场，象征着只有在这个虚无的世界里才可以抹去秩序、纯洁与欲望的痕迹，才可以将灵魂与欲望（灵与肉）重新组合，重新塑造人的特质，并接受复杂和残缺的人性。

评论家虽然令基多恐怖而厌恶，但基多依旧相信他并依赖他的评论与认知。评论家喋喋不休的话语终于使得基多对自己、人以及世界有了全新的认识。评论家对基多唯一正面的评价，就是他不拍电影这一举动：“你的选择是对的，相信我，今天对你来说是最美的一天，我知道这是一个很艰难的决定。可我们的大导演，我这样说是因为我了解你，你的理智最后会战胜一切的，生活总是充满了混乱，没有必要再在混乱中加混乱了，赔钱是制片人常遇见的事情，我恭喜你，你没有选择了。你早该做了断了。胡做了这么久，其实你早该做个了断的。相信我，你没有必要后悔了，停拍比继续拍那些没有实际意义的东西要好得多，其实生活中并没有什么真正值得生存下去的源泉。对制片来说，他损失的只是金钱，而对你来说，却损失了一切，放弃比苟延残喘好，赶快收拾残局吧。最后我们需要的是，是干净的、清洁的、消过毒的东西，我们被画面、声音、语言窒息了，我们不可能在虚无中来来往往。任何艺术的真谛就是从有到无，够格的艺术家都应该宣言：学习致力于沉默。记得马拉美对白皮书的敬意吗？还有兰波，一个诗人，他最美的诗歌是什么呢？他不想再写了，他去非洲了！全心祝福你，如果我们不能拥有一切，那么真实的完美就是空白，原谅我一直在引用，但评论家做我们能做的，我们真正的使命是扫除千百万人的失败，每个人都不顾一切地想走向光明，你实际上在你的身后留下了一部电影，就像一个跛子走后留下的残缺，这是怎样的一种畸形的生活，你的罪过会让人受到启发的！你怎样将这些有益于后人的生命碎片连贯起来呢？模糊的回忆，你从不曾爱过的人的身影。”启示之后，基多也交代了自己真实的想法，在繁多的物象下，“无”的状态轻盈而充实。他告诉克劳迪娅根本没有女主人公，也没有这个片子，遭到了克劳迪娅的讥笑。和克劳迪娅的三次辩论，克劳迪娅三次重复批评他“因为他不知道怎样去爱”，爱欲同情欲一样，基多指责她“和其他人一样扫兴”，是因为基多意识到只有在虚无之中才可建立他所渴望建立的秩序，即纯洁的灵魂与残缺的欲望的和解或再次结合。因为一切的终结就是虚无，如“荣格认为‘道’的状态就是世界之初，事物还无所谓始无所谓灭的状态。这种纯真正是大智大慧者所努力取得的状态，也是荣格一生所力求达到的一种境界。他只知道他不想做什么：不想当律师，不想当医生，不想当工程师、海军上将”[①]。以否定的方式，去达到“道”的原始状态，达到虚无的境界，马拉美要求在他死后烧毁所有的手稿，兰波放弃了写诗，邓南遮[②]要抹去自己一生的痕迹，卡夫卡要有人在他死后毁掉他的手稿等，这些人对无的追求是一种智慧和魄力。评论家这一大段的描述，讨论了艺术的内容、目的与使命，以及如何认识这个世界及不完整的人性。评论家指出“真正的完美就是空白”，这个时候画面出现了基多幻觉中的白衣纯洁的克劳迪娅，艺术家“真正的使命是扫除千百万人的失败，每个人都不顾一切地想走向光明”，艺术是解决人们精神上的困扰的，帮助人们在信仰、希望与爱的道路上前行。

基多让设计师设计了有未来主义特征的宇宙飞船，原本是打算为故事主人公在世界末日逃离地球用的。结果，在基多最后的幻想中，宇宙飞船不是用来逃离的，而恰恰是用来重新回归生活的，回归到残缺的人，那些人交流着从宇宙飞船上走下来，回到世俗生活。在马戏团狂欢的圆圈舞开始之前，基多让少年朝宇宙飞船前的幕布走去，打开幕布，让所有人开始交流。“大家都下来，大家互相交谈”，以此来完成“倾诉衷肠”的美好愿望。而逾越者之一的卡拉

---

① 格拉齐尼．费利尼对话录［M］．邱芳莉，译．桂林：广西师范大学出版社，2005：27.

② 在邓南遮的遗作《密书》（1935 年）中，他感慨地追述过自己一生所走过的道路，怀着忏悔的心情这样写道：“目睹这惨淡而又痛苦的一生，我真想抹去自己曾有过的那些经历——如今想起来真令人毛骨悚然——真想抹去加勃里埃莱·邓南遮这样一个人的存在，抹去这样一个文艺家和英雄的存在，抹去这样一个与过去休戚相关又与今后的生存紧密相连的人物，抹去与他说过的话、写过的篇章、声明过的并且实现了的业绩紧密相连的英雄般非凡而充满情欲的一生。”

也说“咱们都牵起手来”，这就是矛盾的和解，也是矛盾本身。在狄奥尼索斯酒神看来，生活就是狂欢的、非理性的，已经确立起来的秩序就是要被遵守、僭越与嘲笑的，非理性就是对理性的逾越。犹如卡拉，她还是存在的，也就是说在庆典中，道德的逾越者还是存在的，他们无所不能，就如世俗而自信的卡拉所说“没有我们完不成的”。这就是逾越者的生命力。同时庆典中，从幕布后面走下来的人群，他们不再是幻想的完美秩序中的白色穿着，而是有黑有白的穿着，再次昭示了存在的不“纯洁”与完美的“虚无”。

基多从小到大要么反抗，要么以逃离的方式反抗教士们的教条的追逐。逃避是基多的常态：从小逃避酒浴、逃避教士的追逐、逃避顾问、逃避诸多女人的纠缠、逃避不得不面对的媒体，甚至他的故事中的人物也要逃离。“宇宙飞船是基多将所有梦想变成现实的地方，他将它放到他的电影里。”① 到最后人类乘坐宇宙飞船逃离地球。“逃避”或“逃离”成为基多的选择之一，一直选择逃避、逃离的基多，最后还是没有完成“世界末日乘宇宙飞船逃走”的故事，而是将斥巨资建筑的飞行发射台拆掉，将自己放回人间，直面残缺的人性、自己的无知、未知与恐怖，直面虚无与荒诞。“死后重生”的他放弃了拍摄一部充满谎言的、“没有实际意义的”电影，因为他认同了评论家所描述的荒诞现状：“其实生活中并没有什么真正值得生存下去的源泉。”放弃拍电影却与之前的逃避不同，这是如同马拉美、兰波一样的选择，“如果我们不能拥有一切，那么真实的完美就是空白”，最美的电影就是“保持沉默”。教会对莎娜基的苛责，使得他并不认同教会传输给他的价值观，他认为奔放的、微笑而友善的莎娜基并不是邪恶的化身，他对教会怀有某种恐惧与反抗，由于恐惧，他潜意识中反抗教会的清规戒律，并试图颠覆其道德秩序。在同多个女人的交往中，他让她们扮成荡妇的模样，以示自己对秩序的叛逆和颠覆。教会的神父告诉他莎娜基是“邪恶的化身”，但他看到的是沙滩上温柔、友善的莎娜基，这种认同让基多从小就对刻板的教规产生怀疑并激起一定的反抗之情。成年后与女人们厮混，他故意让这些女人扮演所谓的“邪恶的化身”的莎娜基。他让

---

① CHRIS W. Federico Fellini: Ringmaster of Dreams 1920-1993［M］. Cologne: Taschen, 2003: 101.

卡拉扮演得“更像荡妇”，并要她做出“妓女的表情”，尤其是后者，“妓女的表情”昭示着基多与很多女人有违背道德的行为。在现实中或基多的幻想中，与他有暧昧关系的女人都会做出“妓女的表情”，而表面看来，他同这些女人只是合作或者朋友的关系，他们彼此礼貌而节制的表象蒙蔽了本质的存在。基多在谎言、回忆、幻想、梦境与现实间穿梭，真相对于他似是而非。宗教对他的影响是否如儿童时期那般刻板、苛责与不人性？现实中见到的令开电梯女工崇敬、虔诚的枯槁主教是否真的那么神圣？在选择的最后时刻，基多又回到了最初时期的判断，并重新审视那个时期的判断。如评论家所说“你并不了解意大利的天主教，你应该更深入地了解他们的文化，而且要无比地深入和透彻地了解”。基多在幻觉中和主教相遇，主教仍然是含糊而紊乱的。第三次见到泥浴的主教时，基多似乎醒悟，无处躲藏的选择或者终极困惑，或许可以在教堂里得到解救。

费里尼有自己的完美设想“完美的夜晚应该是人们以谦卑的态度对待生活，即一个人应该知道如何看待生活”[①]。但一个人看待生活的朴素想法却被许多硬性规定、宗教道德、伦理秩序等清规戒律所影响。基多一直不能释怀的是童年遭遇的宗教苛责以及由此产生的耻感，导致了他一生都反对某些不谦卑的判断与非人性。教会对莎娜基“邪恶的化身”的批判无法得到基多的认同，基多就一直以此为靶子，混迹于女人之间。可他又不真正爱这些女人，他这样做是出于本能的反抗或者想面对自己残缺而丑陋的欲望，直至可以说出自己对未知事物的恐惧。基多也有自己完美的乌托邦理想国的幻想：“幸福就是倾吐衷肠，而又不伤及他人，卡拉像往常一样弹奏竖琴，我们就坐在这里，远离凡尘，只有你们和我。”在基多的想象里，妻子以及众位情人、女友们既能够和谐相处，又能够互相倾诉衷肠，就是最大的幸福，并可以躲开世界的纷争、苦难与教条，这是他所讲述的故事中最愉快的部分，与之前克劳迪娅梦境中讨论的“纯洁”与“秩序”相吻合。没有人再批判他的这种行为是邪恶的，或者莎娜基是邪恶的，大家秩序井然、相安无事。但是基多忽略了一点，就是楼上有许多悲惨的、试图反抗的老女人，妻子露易莎也要压抑自己对爱与欲望的要

① BUDGEN S. Fellini［M］. London: British Film Institute, 1966: 52.

求。对于这一完美世界的幻想被评论家一句“以自我为中心的人只重视自己的感情，最终他会被自己的情绪整垮的”所破碎，而此刻的基多已经面临极限，他也逐渐认识完美的“新秩序”将是以虚无的状态出现，在虚无之中纯洁与欲望之性才能相和解。评论家在对基多描述的同时，在基多幻想的乌托邦世界里，白衣人物逐渐出场，他们象征着完美、纯洁的灵魂与秩序世界。但随后从宇宙飞船回归、下来的幕布后面的人们却是身着黑白各色服装，不再是纯粹的白颜色，象征的意义逐渐改变，加之轮舞的圆圈所附加的暧昧、色情因素，生活矛盾而复杂的一面逐渐显现出来。但是当留下小基多一个人在环形的圆圈舞马戏团中心的时候，费里尼论述了孤独，他借此暗喻不管是否与妻子和解，其实每个人都是一个人，孤独的一个人，孤独或者独自一人存在是其特征或本质。费里尼在象征与现实之间起承转合，犹如小丑穿梭在其中。

当克劳迪娅来了之后也是如此，他在讨论选择的时候知道人并不自由，人存在的目的、意义到底怎样，这些问题也在困惑着他。他试图以自己的作品去启发别人，带来意义，结果却发现其意义之虚无。在诸多矛盾与冲突交集到一点的时候，基多打算放弃拍摄充满谎言的电影，犹如兰波不再创作诗歌，马拉美、卡夫卡等人要求朋友在他们死后销毁作品，停止创作，还给世界一个安静和虚无，而不是再以纷呈的意象迷乱他人。这也是影片的最后的一个突转，他意识到“这种突然的幸福让我无比震惊，好像我猛然间重生了般，原谅我吧，可爱的人们，我不明白，我不知道，我自然地接受了你们，爱你们，就这么简单。露易莎，我解脱了，现在一切都变好了，充满了意义，充满了真实，真希望能向你解释，可我又不知如何做。一生的困惑，其实就是我的写照，困惑就是我生命的悲剧，我没有做一个真正的自我，我再也不害怕说出那些未知的真实了。我曾找寻过，可是没找到，这是我感觉生命唯一的途径，这样我才能毫无羞愧地面对你，生活就是一个庆典，让我们一起来度过！我能对你和其他的人说的就是这些了，如果你愿意，接受这个残缺的我吧，我们只有这样才能认清彼此”。基多在庆典前意识到了自己存在的特征及其本质，幻想中同露易莎和解，“如果你愿意，接受这个残缺的我吧，我们只有这样才能认清彼此”，言语的交流、行动的和解，才是生活的本质与战胜荒诞的终极利器。重回世俗生活并接受残缺的自己，坦然与妻子交流，渴望得到宽恕和原谅，继续生活，语言与交流成为基多解决问题的途径之一。

费里尼运用基多这个角色说出了自己对“恐惧”的看法：“对我来说，人并没有改变多少，我们仍和三四千年前的人做相同的梦，对生活仍有相同的恐惧。我喜欢害怕的感觉，这种感官经验隐藏着某种精细的快乐。任何令我害怕的事物永远吸引着我。我认为害怕是一种健康的感觉，是享受生命不可或缺的，人要摆脱害怕是既可笑又危险的。疯子、漫画中的超人、超级英雄都没有恐惧。念书的时候，我本能地不喜欢希腊神话里的阿喀琉斯：怎么有人如此不具人性，什么都不怕？”[①] 面对媒体的惨样以及听了评论家的一番话后，面对纷繁复杂的选择，基多突然意识到虚无与自己的关系，自己犹如马拉美、兰波，甚至老子一样充实起来：“这种突然的幸福让我无比震惊，好像我猛然间重生了般，原谅我吧，可爱的人们，我不明白，我不知道，我自然地接受了你们，爱你们，就这么简单。露易莎，我解脱了，现在一切都变好了，充满了意义，充满了真实，真希望能向你解释，可我又不知如何做。”

基多在明白事物存在本质的同时，对于信仰或者说对不追求“快乐”的宗教也有了重新的认识。基多在影片中和主教三次相遇，第一次与第二次他对宗教保持着距离进行观望、考验，从小宗教带给他一生的困惑与反抗，在基多最焦虑的时候，他还是在第三次时求救于它，主教的关于“谁说人生在世就该快乐”，快乐“不是你的专利”等话语，点醒了迷误中的基多。不管宗教的启示如何，在影片最后，当基多看到主教出现在庆典的人群中，他一路谦卑地小跑过去，对枯槁肃穆的主教行跪膝礼，并亲吻主教的手，虽然主教的助手做停止的手势似乎在阻止他什么，但此一行为意味着基多对宗教给予他的启示的感激并重新有了信仰，这个信仰不再是僵死的宗教，也不再是苛责的、偏见的宗教，宗教逐渐和世俗走在一起，甚至和莎娜基走到一起跳舞狂欢、妥协，或者说双方的谅解与宽恕最终达成了一致。但是这些也只是在基多幻想的画面中出现，在现实中，在台词上，基多还没有给予更多的阐释。是否是真相未曾知晓，因为在结尾的庆典中，曾经对基多抛媚眼的格洛里亚此时也似乎真心地爱

① 格拉齐尼．费利尼对话录［M］．邱芳莉，译．桂林：广西师范大学出版社，2005：6.

着幸福的马里奥，挽着马里奥的胳膊，应了“假作真时真亦假，无为有处有还无”的矛盾存在特征，真相与否并不重要，重要的是生活复杂之本身。

基多渴望灵与肉的重新结合，他不但与宗教（主教）和解、与旧秩序（露易莎）和解，还渴望“纯洁”心灵与“残缺”的情欲握手言和，如荣格般宽容、谦卑。费里尼说：“我比较喜欢荣格在面对人生奥秘时知性的谦卑。他让我们更坦然地面对自我神秘、受挫、不堪入目的部分。允许我们幻想、做梦，步步移向灵魂幽暗的迷宫，去体会灵魂的存在。”[①] 在黑白小丑指挥的马戏团狂欢与圆圈舞中，众人和解，在灵与肉重新结合的喧嚣庆典中，基多以此致意新秩序、新生活。渐渐地，众人散去，只剩下多彩小丑与白色基多，小丑从幕前离去，只剩下白衣小基多一个人在演奏，最后连小基多也消融在黑暗中，只剩一片虚无。它抹去了秩序、纯洁与情欲痕迹，象征生活的本质特征，也是基多、费里尼、卡夫卡、邓南遮、荣格与老子等人的终极追求。

---

① 格拉齐尼．费利尼对话录［M］．邱芳莉，译．桂林：广西师范大学出版社，2005：111.

第七章 《东京物语》在创作上对新伦理思想及存在认知的呈现

小津安二郎（简称“小津”）的《东京物语》被法国哲学家德勒兹誉为“世界上最好的电影”。1903年小津出生于东京深川区的一户名门富豪家。其浪荡子祖父被赶出家门后居住在松阪，中学时代的小津就是在松阪度过的，直到1923年小津安二郎全家定居东京。小津安二郎跟母亲的关系比较亲密，虽然订婚了，但终生未娶，一直跟随母亲生活在一起。小津幼时喜欢绘画，中学时报考商校和师范都没有考上。1923年小津进入松竹公司的蒲田电影制片厂当摄影助手，1927年导演了第一部作品《忏悔的白刃》，一生共拍摄了54部作品。早年间的小津喜欢看好莱坞电影，觉得好莱坞电影比他所在的同时代日本电影好得多，尤其喜欢好莱坞导演恩斯特·刘别谦和金·维多，并受刘别谦影响较大。小津早期导演的作品多为世俗喜剧，诙谐幽默，对底层人民充满了悲悯之情。2009年11月20日，日本权威电影杂志《电影旬报》为纪念创刊90周年评选出的“最佳日本电影与外国电影TOP10”榜单中，小津安二郎的《东京物语》击败《七武士》，夺得最佳日本电影称号。日本电影理论家佐藤忠男也认为，小津的最高杰作大概就是1953年的《东京物语》：“《东京的合唱》的悲怆，《生来才遇到》的轻妙，《独生子》的严谨，《风范长存的父亲》的感伤，《晚春》的清逸，《麦秋》的闲寂，《早春》的惆怅，《早安》的幽默，《秋光好》的恬静，以及终成遗作的《秋刀鱼的味道》的彻悟与休闲，如此等等。小津作品中有许多达到了其他任何影片都不能取代的纯粹与精炼的杰作，其中伟大的纪念碑式的杰作，可以说是《东京物语》。”[①]

在学者安德森与唐纳德·里奇合著的《日本电影——艺术与工业》中认为，小津安二郎是最具日本文化特点的电影作者。而物哀[②]，作为贯穿日本传统文化和审美意识的一个重要观念，也同样体现于小津安二郎的电影作品中。小津安二郎的《东京物语》，直接以“物语”命名，也表达着深远的日本物哀之情。比如父母到了东京之后，无论是冷漠的大儿子，还是刻薄的大女儿，他们顾及的是当下自己的生活，而无力承担或忽略了父母养育之情。大女儿带给远来探亲的母亲的是邻居送的廉价纸袋包装的饼干，不同于纪子送的精致糕点。因大女儿和哥哥忙于工作和应酬，把父母打发到了热海住廉价的旅馆。老两口在喧嚣的、年轻人狂欢的夜晚无法安眠，只能第二天打道回府，并有了回尾道老家的打算。周吉老人因女儿的住所要举办活动而无处可住，他同旧友在流连于几个酒馆时，聊起各自的儿女，唏嘘感慨，不仅对战争，也对人生及人际关系进行了重新思考。日常的一次喝酒，却折射出了很多日常的观念与文化。母亲逝世后，大女儿志子很实际地索要了母亲遗留下来的漂亮和服与上等麻布。

小津喜欢喝酒，酒文化体现了日本人率直、天真、淳朴的一面。小津和母亲的住所附近有一个女画家，小津下班路上要经过她家。他经常喝得酩酊大醉进入女画家家里捣乱，直至被那个女画家驱赶出来后再回家，乐此不疲。酒在他的电影里发挥了很大作用，酒揭示了人性中天真、矛盾或较为阴暗的一面，但是日本人真诚地正视它们，这一点颇具特色。所以唐纳德·里奇的“很少快

---

① 佐藤忠男．小津安二郎的艺术［M］．仰文渊，柯圣耀，吴志昂，等译．北京：中国电影出版社，1989：301-302.

② 物哀，产生于平安时期的贵族文化圈，并和当时日本社会的整体文化氛围相互融合，最早见于纪贯之（大约生活于872年到945年）的《土佐日记》：“船夫却不懂得这物哀之情，自己猛劲喝干酒，执意快开船。”此后的众多的物语（物语是日本文学的一种常见题材，相当于故事，后来也被多次用于电影当中）、随笔、和歌（类似于宋时的小令）等，如日本的文学名著《源氏物语》，就有17次直接用到这个词语，相关的用法更多。如《源氏物语·柏木》中三公主所说：“我闻出家之人，不懂得世俗怜爱。何况我本来不懂，教我如何奉答呢？”其中怜爱也相当于物哀。物哀，在日本的文化中并不仅仅是表达一种“哀”的情感，其基本含义是因物动情，发为咏叹，不过是以淡淡的悲愁、忧伤或者恋情为主。后世以本居宣长的观点影响深远：物语写出种种世态，使人排遣无聊之感、忧思之闷、相思之苦，且让人通晓世情，领会物哀之情；哀，本来是指所见所闻触动心思而发出的感叹之声，无论是悲哀还是高兴欢畅振奋等，都可以发出“哀”之感叹，只不过“嬉然有趣之情，其动人不深，而悲愁、忧郁、恋慕，皆思心绵绵，动人至深”。

乐家庭论”、“家庭崩溃论”与日本的“自然论”相悖。日本的“自然论”是指，他们从每天升起的朝日、四季的变化这些永恒不变的自然循环中，体察和适应生活中的变数，以自然的不变，应世俗中、生老病死中和命运中的万变，深切体会自然和人的和静清寂的共通之处。存在于多变的自然界中，他们和自然万物一样隐忍谦恭，证明人和自然万物一样，存在得纯粹、真实与真诚。

一、从家庭成员到社会关系：小津对人之关系的现代认知

关于小津电影中人与人的伦理关系，唐纳德·里奇有“很少快乐家庭论”和“家庭崩溃论”这样两种观点：“小津创造的世界，无非是具有或此或彼面貌的家庭，他的焦点，却集中于家庭的崩溃上。小津的电影中很少有快乐的家庭。虽然他早期的电影，不时表现家族困境被克服的情形，他成熟期的电影，却几乎都是表现家庭成员趋于分崩离析的状况。小津的多数人物明显地满意自己的生活，但总是有迹象显示，他们的家庭很快将不复此前的状态。”[①] 本人并不赞同这样的说法。在小津看来，正如他的电影《彼岸花》中父亲所说的话：“除了神仙，每个人总会有些矛盾，人生本来就是矛盾百出的……所有矛盾加起来，就是人生，人生就是矛盾的总和。”既然人生是“矛盾的总和”，那么“很少快乐”和“崩溃”的特质也就必须伴随其矛盾的对立面而存在，是构成人生特质的一部分。笔者认为，小津并不认为家庭存在崩溃一说，他只是从普遍的意义上对人和人的这种血缘伦理关系进行了重新思考。他认为夫妻、父子或母子关系的存在，只是人为了摆脱孤独共同组建的一种“经济型”理性模式，来共同度过人的一生。同时，小津晚期的作品和早期的作品不同，在晚期作品《东京物语》里他即借周吉老人的话，反思他早期电影《独生子》中“教育型妈妈”[②] 的思想，用发展变化的角度去看待这个世界的变化，就像自然的

---

① 里奇．小津［M］．连城，译．上海：上海译文出版社，2009：4.

② “不像想象的那么容易？你那想法根本不对！以我这当妈的看来，你不该那么轻易地灰心丧气。妈一直干到这把年纪，就是指望你能有个出息，因为有个盼头，所以干活也有乐趣……活着才有意思……可是像你这样，就让我没什么指望了。”这可以说是“教育型妈妈”的古典的形象，是合乎古典的“教育型妈妈”其人的古典的生活意义论。但是，如此申斥儿子没志气的母亲必须知道：现在是她那种思想早已行不通的年代了。参见：佐藤忠男．小津安二郎的艺术［M］．仰文渊，柯圣耀，吴志昂，等译．北京：中国电影出版社，1989：240.

变化一样。

都市的现代化迅速发展，机器代替人使得无限制复制生产成为可能，农耕时代传统的“一代比一代强”的观念在现代被颠覆。现代社会不同于以往的前工业时期社会，都市人口骤增，聚集了大量互相竞争的人才，不但增大了出人头地的难度，也导致人更容易表现出冷漠、颓废、媚俗、无力等特征。直到在东京处处碰壁，即将离开的时候，周吉老人才明白这点：“直到我来东京，我还以为我儿子过得很好，但我发现，他只是做邻居们的医生……但我们不能对孩子们期望过高，时代已经改变了，我们要面对，我就是那样想……我的儿子真的改变了，但我无能为力，毕竟在东京的人太多了……我想我们应该开心一点。”他的朋友沼田也附和道：“也许你是对的，现在有些年轻人想也不想就把父母杀了，起码我儿子不会那样做，哈哈哈！”两个人言语之间，就将都市现代性与人性特征勾勒了出来。

周吉夫妇从渔村尾道来到现代化大都市东京，他们从大儿子幸一那里感受到的，不是如他们所期待的热情、温暖和亲切，相比于幸一对远来的父母彬彬有礼的城市化客套，幸一的孩子们对母亲的无理取闹倒是显得亲切。在大女儿志子家里，志子觉得丈夫给母亲买的点心“有点贵”，认为母亲喜欢“便宜的饼干”，周吉夫妇被女儿称为“乡下的亲戚”，可以看到还没有子嗣的志子对父母的刻薄、嫌弃等薄情寡义的特征。为了不给子女添麻烦，周吉夫妇被迫借住在守寡的二儿媳妇纪子与朋友家。周吉老人和服部、沼田辗转流浪于各个酒吧、酒馆，以求得一晚落脚。这一段叙事充满了心酸与惆怅，其状态和他来东京之前的喜悦、新奇大相径庭。但老夫妇俩很宽容地去看待这些世间真相，其实他们也许早就“看透了人性，知道要是自己处于对方的立场上，也会这样做。而且这种看透，不能归结为阴暗的虚无主义，反而要归结为一种宽容，一种对人这一存在的自私任性的可笑以及大家都是这样可笑的存在的宽容”[①]。

血缘关系或者伦理关系的远近亲疏，在影片中多处述及。周吉老人的老伴登美老人病倒在回家途中，不得不中途下车。老夫妇两人有段关于血缘关系的讨论。周吉老人问：“有些人喜欢孙子，更多于喜欢自己的孩子，你怎样认

① 渡边京二. 看日本：逝去的面影［M］. 杨晓钟，译. 西安：陕西人民出版社，2009：349.

为？”两人有不同的答案，周吉老人说，“喜欢我的孩子们多一点”，他认为血缘关系相近的才会更为亲切，承袭了传统的血缘关系论。登美老人不同，她从情感上来说更喜欢孙子，因为自己子女的变化让她吃惊、失望，诚如她所说的：“他们的改变让我很惊讶。”但是不管怎样，无论孙子还是儿子，“孩子们都不像父母想象的那样”。父母的爱与付出是单向的，而不是如人们期待的因果关系般构成完整的双向满足关系。从敬三与同事的对话中可以看出，不清楚父母几岁的敬三，对于父母的到来以及母亲的疾病感觉不耐烦：“旅行疾病，她很久没坐火车了，真麻烦，要借毯子，带她去看了两次医生，手忙脚乱的。”他一面嫌麻烦，一面抱怨父母弄得自己手忙脚乱。周吉老人和血缘近的儿子比较亲，登美老人没有直接回答，但是从她对小孙子勇武的喜爱中可以看到，她喜欢血缘比较远的孙子，也喜欢没有血缘关系的寡居的二儿媳妇纪子。她与没有血缘关系的纪子相处起来，反而比有血缘关系的大女儿志子更为亲近温和。如小女儿深田在葬礼过后对纪子说的：“妈妈刚去世，（志子）就要拿她的衣服，我为妈妈感到难过，陌生人甚至更体贴一点。”深田从情感的角度出发责备哥哥姐姐们的自私和冷酷，而纪子则从人在社会存在的角度解析他们如此选择的原因。葬礼过后，纪子也要走了，周吉老人感谢她，并代妻子将手表送给纪子：“这很奇怪，我们有自己的孩子，但你为我们做的事情最多，而你和我们没有任何血缘关系，谢谢你！”血缘关系在深田和周吉老人这里遭遇了质疑。根据《养老令·仪制令》，日本有“五等亲”[①]这样的律令，但没有血缘关系的纪子解构了这种律令与关系。

纪子按照发展的规律诠释了志子的行为，而非深田传统的伦理观：就周吉老人的子女而言，他们从小依靠父母，成熟以后独立于父母，组建自己的家庭；他们并不是故意那样对待父母，而是因为他们有了自己的生活，有了自己的小核心家庭，脱离了对原生家庭的依赖关系，变得独立自主。影片讲述中将人生的各个阶段呈现：从刚出生的婴孩到耄耋老人及至死亡，展现生老病死的生活与存在状态。从刚刚出生不久的婴孩，到一半独立一半依赖大人的弟弟勇武，到有了自我意识要独立于大人的哥哥三之吕，到被世俗困惑、追求完美人

① 池雨花．雪国之樱：图说日本女性［M］．北京：团结出版社，2006：31.

生的青年人深田，到自私而追求自我享乐、害怕父母麻烦不愿承担责任的敬三，到忙于小家庭生计的志子年轻夫妇，到为下一辈奋斗的中年幸一夫妇，再到顽童一样的周吉老人，最后到死去的登美老人，这就是人的一生的完整写照。《东京物语》的伟大之处在于于细微处揭露了伟大的普遍性，并比较鲜明地呈现出了小津本人或者日本人对待生与死的态度。

弗雷泽在《英国公使眼中的明治日本》一书中写道："日本的孩子绝不会因为害怕而说谎，也不会隐瞒自己的过错。悲伤的、快乐的都会跟父母说。"她承认，"在小家庭里面，孩子就是小皇帝"。到了一定的年龄——六岁至十岁之间——他们便会像皇帝一样自动退位，完成从孩子到大人的角色转变。日本的父母并没有放任自己的孩子不管。孩子从小就开始接受礼仪规范的教育，父母最关心的就是孩了的教育。日本的孩子拥有自己独立的世界，大人不会去干涉。因此莫尔斯感到，日本的孩子"比其他国家的孩子拥有更大的自由空间"[①]。

三之吕：切！妈妈！妈妈！！

大儿媳妇：什么事？

三之吕：我的书桌呢？

大儿媳妇：要腾出地方给你爷爷奶奶。

三之吕：但我想把书桌放这里。

大儿媳妇：不行啊，地方不够。

三之吕：那我怎么应付考试啊？我需要复习啊。

大儿媳妇：你喜欢在哪里复习就到哪里。

三之吕：切！我该在哪里复习嘛！

大儿媳妇：不要废话！

三之吕：那我就不要学习了，噢喽！不用学习精神爽！

大儿媳妇：你在胡扯什么？！

① 渡边京二．看日本：逝去的面影［M］．杨晓钟，译．西安：陕西人民出版社，2009：240.

三之吕，十一岁左右的年龄，和弟弟勇武不一样，开始有了自我意识，有了独立行动能力。他一半是为了向母亲争取独立的权利，一半是向母亲撒娇，以告别这种完全依恋的关系。正如土居健郎所说，撒娇的心理是从婴儿对母亲的依恋心理发展而来的，又被扩大到日本的成人社会生活中。依恋与被依恋的人际关系被公认为是天经地义的，首先是母子关系、是骨肉之亲。所以，日本人自家人之间关系极为密切，同时，对于他人就非常封闭。[①]

服务员甲：昨晚那对新婚夫妇……

服务员乙：你相信他们是新婚的吗？今早那个女的在男的起来后抽烟。

服务员甲：他是个傻瓜，他说，你属于我，你的耳朵，眼睛，嘴巴……你的全部都是我的。

服务员乙：谁知道谁是谁的。

在《东京物语》中，生活状态以及人生状态被设计得天衣无缝、不着痕迹。生老病死的人生全过程的设置、各种人生存在状态的设置——中年、老年、青年、新婚、未婚、寡居、鳏夫等，以及夫妇之间的设置——老年的周吉夫妇、中年的幸一夫妇、青年无子的志子夫妇以及一对新婚夫妇等，从生到死的人之关系都呈现在这部电影中。“谁知道谁是谁的”这句评论道出了婚姻或爱情的实质，或者是人的存在的实质——男女双方谁也不属于谁，大家皆为独立存在的个体。在小津后期的电影里，整个世界落脚于一个家庭中，人物与其说是社会成员，不如说是家庭成员更为恰当。世界的尽头就近在家门之外。[②]《东京物语》表现了都市现代化背景下，家庭伦理、血缘关系的一种解构存在。影片以俳句风格进行叙事，从简单的日常小事进行深入而普遍的思考，蕴含了日本文化中对现实、毁灭及灾难的“接受与隐忍”的态度，同时，战后

① 佐藤忠男．小津安二郎的艺术［M］．仰文渊，柯圣耀，吴志昂，等译．北京：中国电影出版社，1989：216-217.

② 里奇．小津［M］．连城，译．上海：上海译文出版社，2009：1.

日本一味地发展经济，忽视了一代人的精神发展。由于迅速的工业化、城市化发展，城市人口骤增，改变了人之关系的存在，新的社会关系出现，而社会问题亦随之而来，这也是小津对工业发达时期社会的思考。周吉夫妇两人的对话："看看，东京多大啊！""是啊，如果我们迷路了，可能就永远找不着大家了！"都市的迷失，不仅是实际空间距离上的，也有人和人之间的疏远、疏离与独立自主存在，互不连缀。家庭只是理性意义上的经济合作体，或者如果可以自足，这种合作体也不必存在，这也是在几十年后日本出现"下流社会"的必然。

二、在"变"与"不变"中对永恒事物的寻找与认知

"论及无条件地热爱大自然，全球没有一个文明民族能够超过日本人。狂风暴雨或风平浪静、雾、雨、雪、花、四季的色彩变化、静静的河川、湍急的瀑布、飞鸟、游鱼、奇峰、幽谷——日本人不仅倾慕大自然的每一个形态，而且把它们画入了无数的素描和卷轴。"[①] 日本是一个多神崇拜的国家[②]，崇拜自然神，认为自然万物有灵，山有山神、树有树神、水有水神，任何事物都有其神灵保护。日本人尊重万事万物，并将自我与万物等同，从中寻找共同的规律，寻找自然与伦理、仪式、苦难观、彼世、万物之间的联系。

英国著名影评人德里克·马尔康姆（Derek Malcolm）说，《东京物语》"电影里老两口去东京看望他们已经长大的孩子们。由于太忙而没有时间招待他们，孩子们把他们打发到了一个热闹的旅游区。回到东京后，老太太住到了对她比较好的二儿子的寡妇家。与此同时，老头和熟人在酒吧里喝得酩酊大醉。他们意识到了自己是负担，尽量以简单和缓、优雅的方式抹平这些尴尬的事情"[③]。周吉夫妇不堪忍受热海吵闹的夜生活，回到东京女儿家，发现他们给女

---

① 麦克法兰．日本镜中行［M］．管可秾，译．上海：上海三联书店，2010：41.

② 任何文化都会受到许多流行和时尚的影响。日本文化曾经被本国史、外国史、佛教、儒学，甚至基督教影响，但是在影响的表面之下，那些联结于神道崇拜的、古老的、本土的根，却从来没有真正失去过……（其中）包括所有范围内的感官性的自然崇拜、民间信仰、古老诸神和仪式。这些是天生的农民之国——在许多方面，今天日本依然是——的信条。参见：布鲁玛．面具下的日本人：解读日本文化的真相［M］．林铮顗，译．北京：金城出版社，2010：5.

③ MALCOLM D. A century of films: Derek Malcolm's personal best［M］. London: Tauris Parke Paperbacks, 2000: 85.

儿带来了麻烦，因为女儿家要开美发派对，轮到她提供住处。女儿先是不耐烦地假意客气了一会儿："你们为什么不多（在热海）待几天呢？我们想让你们放松……我还想带你们去伎町呢。但是今晚我跟别的美容师要在这聚会……轮到我提供住处了。所以我才想让你们在热海待久点啊，我应该跟你们说的。"她不管老两口怎么办，而是把问题冷漠地甩给了他们，让他们自己选择。老两口陷入了尴尬境地，两位老人在上野公园用完晚饭，商议后决定登美老人去纪子家，周吉老人去找以前的手下服部。"无家可归"的两位老人在巨大的东京都市里分手，各奔东西。这个"无家可归"其实指的是每个人最终的和最初的存在状态，独立存在是人的本质，而"家"仅仅是人类用血缘关系与伦理秩序暂时搭建起来的临时住所而已。中年人是冷漠而无生机的，现代年轻人的状态也有所变化。服部这样评价租房青年："他的时间都花在玩弹球和打麻将上，我替他家乡的父亲感到可惜。"沼田谈到有的年轻人"想也不想就把父母杀了"，自己的儿子虽然不会杀他，但一起生活也不容易。他说："失去你们的儿女非常痛苦，但跟他们在一起住也不容易啊，真是两难！"沼田说他儿子"没出息，他很惧内"，并且觉得沼田"碍事"。总之，传统的亲情在都市现代化过程中就这样轰然倒塌。或者说由于真相的显现，"家庭存在"的实质并不是必然的，伴随着经济的发展，女性经济独立以及工业社会的异化，家庭关系将撕裂传统"血缘关系"与"伦理亲情"的温情面纱，将虚构的"家庭存在"解构，亦即伦理家们探讨的"家庭崩溃"的别名。

对于那些习惯了看精力充沛并有饮食习惯的美国电影长大的人来说，能够欣赏日本导演小津安二郎如此安静的电影是一件不容易的事。他被称为家庭电影诗人，他能通过对细小事物的观察，创造出伟大的作品，没有东西因为太小而不伟大。在登美老人去世的那个早晨，几个子女在房间里围坐在她身旁，静谧中体会着死亡以及对逝去的人的伤痛。突然大家发现周吉老人不在房间里。老伴的去世，受打击最大的理应是周吉老人，他此时是痛不欲生还是歇斯底里？他去了哪儿？在做什么？

幸一：嗯，爸爸呢？

（纪子环顾四周后起身向外面走去。）

纪子：爸爸，敬三来了。

周吉老人：（略带微笑）这样啊，很美丽的黎明，我想今天还会很热。

纪子出门在江边找到了周吉老人，他站在水边背着手认真地看着日出，开始新的一天。老伴去世了，对于老年夫妇，这是个较大的变数。而大自然的规律、日出日落却是常数，他从这不变的规律中寻找对变数的平衡。纪子告诉他敬三来了，他缓缓地说："这样啊，很美丽的黎明，我想今天还会很热。"这不是隐藏自己的悲恸，而是借助自然的不变的事实让自己坦然、隐忍地接受：人的生老病死和自然的日出日落、热天冷天一样，只是变化，和消失、占有没有关系。死有死的静寂和平凡，生者也不必有那么强烈的悲哀与失态。在朝阳里，大家在葬礼过后开始聚餐，一片谈笑风生。周吉老人又去忙着照顾他的花花草草，死者已逝，生者继续。所以德勒兹认为，小津的作品"没有非凡与平庸之分，没有界限—情境与普通—情境之分，它们相互作用或相互渗透……一切都是普通和平凡的，即使是死亡和死人，也只是自然遗忘的对象……生有其时，死有其时，作母有其时，作女有其时。但人把它们搅乱，使这些定时呈无序状和冲突状。这就是小津安二郎的思想：生活是简单的"①。有人说，在日本文化中，其思维具有"倒置性"②。如珀西瓦尔·洛厄尔所说："从我们的角度，某些事物我们本能地这样看，从他们的角度，这些事物他们却本能地那样看，可谓南辕北辙。他们的反着说、反着写、反着读，还只是几种最基本的逆反而已。倒置性绝不止于他们的表达方式，而是一直深入到他们的思维方式。我们的一些观念在我们看来理所当然，在他们头脑中却找不到安

① 德勒兹．电影 2：时间—影像［M］．谢强，蔡若明，马月，译．长沙：湖南美术出版社，2004：21-23.

② 1930 年代，经济学家库尔特·辛格评论说，登陆日本列岛的陌生人会立刻发觉自己进入了另一个世界，这里的每一个行为和想法都自成一路……一种全面的"倒置性"诡秘地打乱了我们的方向感和先后顺序，它无处不现身，几乎是在蓄意地颠倒左与右、前与后、说话与沉默。每一个姿势、每一个器皿的形状、每一个句子的抑扬顿挫、家庭的礼节或课堂的礼仪、花瓶里插花的方式等，无不带有这个国家独有的、不可能错认的标记。参见：麦克法兰．日本镜中行［M］．管可秾，译．上海：上海三联书店，2010：18.

身之所；而那些我们认为荒谬绝伦的观念，似乎却是他们的天生权力……我们在日常生活中的一切行为，哪怕再琐屑，也能在他们身上找到对应的做法——相等然而相反……幽默之神手持一面镜子，把我们变成了我们自己倒影的玩物。”①周吉老人从不变的“日出”中从容地平衡自己生活中的变数，既属于日本文化的“倒置性”，也是日本文化对死亡的一种致敬：死亡是纯粹的、安静的，也是永恒的。

这种“倒置性”思维也可以从德勒兹的分析中去探求一下：“白雪覆盖山峰的自然魅力只说明一个问题：一切都是平凡的和规律的，一切都是日常性的！自然只求重新连接与人类决裂的东西，再造人类打碎的东西。所以，当一个角色突然摆脱家庭矛盾或者结束守灵，去凝视雪山时，他其实是在试图重构家中被搅乱的系列的秩序，但必须以永远不变的、有规律的自然为准绳，如同一个方程式可以为我们解开表面决裂的原因，莱布尼茨形容这种表面决裂是‘来来往往，起起落落’。”②周吉老人听到大儿子幸一说登美老人“她可能活不到明天……也许只能到黎明”，没有按照我们的逻辑和思维痛哭、讶异，而是低着头，轻轻地连续重复三遍“这样啊”：“这样啊，她就要死了？”“这样啊，她就要死了啊？！”“这样啊，这就是结束。”第一遍是疑问，第二遍是吃惊，第三遍很从容地接受、总结。

此前，在热海的温泉堤坝上，周吉夫妇并肩而行。开始时他们的步调不一致，走了几步后开始一致、和谐，象征了夫妇从争执、共处到互相依存的存在状态。就如结尾邻居老太太同周吉老人所说的：

邻居老太太：嗨！

周吉老人：嘿！

邻居老太太：他们都走了，你会很寂寞的。

周吉老人：是啊。

① 麦克法兰．日本镜中行［M］．管可秾，译．上海：上海三联书店，2010：17.

② 德勒兹．电影2：时间—影像［M］．谢强，蔡若明，马月，译．长沙：湖南美术出版社，2004：23-24.

邻居老太太：真的很突然。

周吉老人：呀，她是一个刚强的女人，但如果我知道会发生这样的事情，我会在她去世的时候对她好一些。

邻居老太太：啊。

周吉老人：独自生活一天会显得很漫长。

邻居老太太：孤独，你会觉得孤独的。

周吉老人：是啊。

周吉老人脸上表情凝然，他用团扇不急不缓地驱赶蚊虫，时间在扇子间、汽笛声与江水间缓缓流过。“无”字被刻在小津的墓碑上，“无”在他看来就是人的存在状态。他延续了早期儿童喜剧电影的主题：少年认为父母及大人们每天都在说着毫无用处的废话，他觉得这些话很无聊、可笑，并对之进行反讽。可是到了后来，少年发现这些打招呼和废话其实在生活中必不可少，也是非常有用的。到了《东京物语》，小津继续延续这种想法，只是换了表达方式，将其隐于事件中：周吉老人多次的“这样啊”，“很美丽的黎明，我想今天还会很热”以及片头片尾老妇人同他们打招呼的日常用语，这些是生活中一成不变的东西，这些一成不变的话语模式使得人以重复不变的从容面对生活中的巨变——不管是老伴的去世，还是现代性对时空的侵袭。周吉老人独坐在夕阳下，在榻榻米上安静地和自然融为一体，这是人的本真的存在状态，如同那个被罩在蚊帐下的小婴孩一样。影片结尾的这个镜头隐喻、象征了人的真实存在，所幻想出的亲情、爱情、友情等等无非是一些虚无的附加品，人如自然界的万事万物一样和静清寂地存在——在小津看来这才是最安静的，也是最朴素、纯粹的。

三、小津对人存在认知的设置：缺憾是否“令人失望”

日本人喜欢欣赏樱花，欣赏樱花在生命最灿烂的时刻毫不留恋地落下的瞬间，体味“死”之存在与物哀的纯粹性。他们接受世界的非完美性与不可调和性，因此对待家庭、生活与人，也接受其残缺与令人失望的特征，如同草间弥生的诗歌所说："樱花乍一绽放就开始落土。"鲁思·本尼迪克特在《菊与刀》中描述说："日本人既好斗又平和、既黩武又尚美、既倨傲又礼貌、既死板又灵活，被人呼来唤去时既顺从又恼怒、既忠诚又奸佞、既勇敢又怯懦，对新事物既保守又友好，而且两头都走向极端。"①

妹妹深田在和纪子告别时，提及了组织家庭和生活的残缺与不完美。深田很高兴寡妇二嫂纪子留下来，对于哥哥姐姐们匆匆告别及索要东西颇为不满："我想他们也可以多留一会儿的。他们很自私，要拿东西还要这么快离开。"纪子告诉她，他们很忙、都有自己的事，深田辩解说："你也有啊。他们很自私。妈妈刚去世，（志子）就要拿她的衣服，我为妈妈感到难过，陌生人甚至更体贴一点。"纪子理解她的感受，宽慰和解释说："在你的年纪，会这样想的。但孩子总要离开自己的父母，女人到了志子的年龄就要离开父母过自己的生活，我想她不是故意那样的，他们都有自己的生活。"深田认为，自己不会变成那样，那样组织家庭的意义是什么呢？纪子很实际地回答："是啊，但孩子都会逐渐变成那样的。"深田问她是否也会变成那样，纪子回答是肯定的："嗯，我自己也可能那样。"深田由此感到"生活真让人失望"，纪子也以"是啊"来回答，无奈地认同这一点。

在人性方面，纪子向周吉老人坦言自己内心的时候，也承认了人性自私、残缺的一面。周吉老人一直赞誉纪子，感谢她对登美老人的热情与友善："妈妈告诉我她在你那里时，你对她非常好……她说那是她在东京最开心的时候……她非常担心你将来的事情，你不能这样继续下去的。不必担心，我想尽快看到你再婚。忘记绪二吧，他已经死了。看到你这样生活，我很难过……我说真的，她说你是她见过最好的女人。"纪子则一再否定："她高估我了……不是的，我不是她想得那么好，如果你这样看待我，我会很尴尬的……真的，我其实很自私，我并没经常想起你们的儿子，尽管你们会以为我有……我经常几天没有想过他。有时候我觉得不能这样永远下去，我睡不着的时候就会想，如果我继续下去会怎样？日复一日，然而什么也没有发生，我感觉到一种寂寞，我的心似乎在等待着什么，我自私！我是的，但我不能对妈妈说这些。"

① 麦克法兰．日本镜中行［M］．管可秾，译．上海：上海三联书店，2010：18.

周吉老人否定纪子是个自私的人，坚持认为她“真的是一个好女人，诚实的女人”。纪子还是坦诚地否定了公公的观点：“一点也不是。”纪子说自己自私，并不是经常惦记绪二，常常多日不想他，并恐惧未来的、日复一日的生活，不知道该如何进行下去。她觉得“寂寞”，或许是心理上，或许是生理上，她的心“似乎在等待着什么”。作为年轻的寡妇，“二战”结束 8 年了，纪子做了 8 年的寡妇，人们想象中她是个纯洁、善良的寡妇，可是她却为自己的恐惧、欲望与自私而痛苦，存在的真实带来的并非完美，而是残缺的人性、家庭和生活。

《东京物语》中的人物设置中涉及老年夫妇、中年夫妇与青年夫妇等家庭结构，对“组建家庭”的问题，周吉夫妇两个人有很多争论，他们从多种视角看待世界和人的关系以及人与人之间的关系，形成“众声喧哗”的复调。

登美老人：看到气垫（枕头）了吗？

周吉老人：不是已经给你了？

登美老人：不在这里啊。

周吉老人：肯定给你了。

登美老人：是吗？

登美老人：还是找不到。

周吉老人：找不到？肯定在里面的——在这里呢！

登美老人：找到了？

周吉老人：哦，在我这里。

很多西方人类学家与社会学家认为日本人埋头于现实，不懂得精神上的翱翔，缺乏灵感、高尚的憧憬、追求极致境界的澎湃激情。姆茨格就慨叹说日本人喜欢现实与具体的事物，而对形而上的、观念上的问题表现出漠不关心。[①] 事实上，日本人的日常生活的细节中体现了非常独特的日本精神、形而上的方式及质朴的灵感，日本擅长将哲理性与思辨性融入日常生活而不显痕迹。在《东京物语》中，台词是日常语言，如“无”一样具有无限的渗透力，

① 渡边京二. 看日本：逝去的面影［M］. 杨晓钟，译. 西安：陕西人民出版社，2009：346.

延展了小津的判断与思考。周吉夫妇两个人多处出现“争辩—认同”的谈话，结论的对错不是很重要，只是以日常度过人生时间。“日常生活之能承担脆弱的感知—运动关联，并以纯视听影像，如视觉符号和听觉符号，代替动作—影像……小津的空间要么是脱节的，要么是虚无的，被升华到随意空间状态。目光、方向，甚至物品位置的假衔接镜头是经常性的和系统性的……之于无角色、无运动的空镜空间，它们都是没有主人的内景、空灵的外景或自然风景。这些在小津的作品中都具有一种它们不直接拥有的自主性，即使在新现实主义作品中，它们也只具有一种相对的或合成的表面价值。它们实现了绝对，如纯粹静观，达到身心合一、虚实合一、主客合一、物我合一的境界。它们部分地符合了施拉德所说的‘停滞’。”①

影片开始的时候，周吉家的邻居经过用“早安”打招呼，并询问出行是否准备妥当。邻居老太太羡慕周吉夫妇去东京探望儿女：“你们的孩子真是有出息，你们家真是积福了。”而周吉夫妇则问：“我们外出时能帮忙照看一下房子吗？”老太太应允“当然可以”，然后还是寒暄和天气好之类的客套话。在登美老人的葬礼上，这位邻居老太太再次出现；影片结尾的时候，她第三次出现，提醒周吉老人一个人的时间会更长。“儿女们忽略父母的感受，母亲在路上得病、最后去世。尽管他们有点罪疚感，但在葬礼过后，他们还是急匆匆地赶回东京……影片最后一个场景是周吉老人独自一人坐在他海边的房子里，小镇层层叠叠的屋顶和偶尔路过的船只陪伴着他。生活在继续。”② 周吉老人在画面中安静地坐在那里。时间“滴答”而过。此前老夫妇两个人的争执、妥协还可以暂时遮掩漫长的时间，但一个人存在的时候，时间“滴答”“滴答”的声音被延长。青年夫妇忙于情爱，中年夫妇忙于生活，老年夫妇最终明白了家庭存在的意义不过是情感和理性的经济合作，是摆脱孤独和度过漫长一生的最好场所，并且可以如静物般静观生命的时间刻度。“静物是由物品的在场和构成界定的，它们自身蕴涵或自成内容的载体，瓶子和灯塔的创意令人赞叹，是静

---

① 德勒兹．电影 2：时间—影像［M］．谢强，蔡若明，马月，译．长沙：湖南美术出版社，2004：24-25.

② MALCOLM D. A century of films: Derek Malcolm’s personal best［M］. London: Tauris Parke Paperbacks, 2000: 85.

观的两种表现。”[①] 所以德勒兹在《东京物语》中发现了时间，发现了时间的视觉性效果：时间在屏幕上静静地流淌而过。所以他感喟小津用“电影创造了一种哲学”[②]。

幸一的性格折射了日本的成人文化及与之相联系的各种文化现象。幸一真诚、真实，他并不避讳人性丑陋、龌龊、自私的一面，直视自己人性的残缺，真实而且现实地生活其中。他们展示人性的所有部分，甚至包括第二人格、阴影等，在他们看来这些是日常的、生而有之与平凡的：

登美老人：他（敬三）托我捎了点东西给你。

幸一：等下再看。

日本人对待礼物是一种责任的态度，在征得别人意见之前，尽量不要主动送礼给对方，因为日本人重视“还礼”，帮忙和送礼物一样是他们的负担。

……

幸一：爸爸，带浴巾了吗？

父母来到儿子家还要带上自己的浴巾，泾渭分明，不给别人添麻烦，即使儿女也如此。

周吉老人：带了。

幸一：那你慢慢洗。

在现代生活中，孩子离开父母的家，自行组建家庭，独自面对城市中的

① 德勒兹．电影2：时间—影像［M］．谢强，蔡若明，马月，译．长沙：湖南美术出版社，2004：25-26.

② 我们不应该再问“什么是电影”而是应该问“什么是哲学”。电影本身是影像和符号的新实践，哲学应该把它变成概念实践的理论。因为，任何的技术、应用（精神分析、语言学）和反省的确定性都不足以构建电影本身的概念。参见：德勒兹．电影2：时间—影像［M］．谢强，蔡若明，马月，译．长沙：湖南美术出版社，2004：封底．

竞争与生存，城市的冷漠也因此而产生。志子与幸一商量如何招待父母的时候，富美子要求再买些三文鱼，被幸一否定，从生活实用的角度，他认为“不需要那么多”。志子与纪子走了之后，周吉夫妇想亲近儿子时，忙活了一天的儿子很现实地询问父母是否累了，同时暗示自己的疲惫。幸一同周吉夫妇讲，“你一定累了吧，爸爸”，“妈妈，现在该休息了”。周吉老人很温婉地回应：“那我们就上床睡觉吧。”忙碌与疲惫的幸一就休息去了。老人们尝试着去了解和理解子女的境况，看到幸一简朴的家距离市区很远，夫妇两人对子女“光耀门楣”的期待落空，但他们又找到了平衡：“幸一想搬到热闹点的地方，但这可不是容易的事。”城市人口聚集，想出人头地很难，人群拥挤，都市生存的压力消解了前工业社会时期的亲情“光晕”。父母的到来带来的不是喜悦的光晕，而是责任的重担。志子期待父母“再过几天就走”，并且不允许丈夫去哥哥家探望，因为她认为“他们自己会过来的”。小津将周吉夫妇的子女们成长后真实而并不那么美好的一面呈现了出来，他没有指责，只是将新的时代下人的本真存在状态呈现出来。

小津爱好和平，追求人道主义。他自述在战时从未主动杀人，对于上级交代下来的命令也采取消极态度。《东京物语》拍摄于他从战场归来的 8 年后，片中对于战争没有太多的指责与批评，但其态度却显而易见。每个家庭都不同程度地经历了战争的创伤，他们有的家庭的儿子都死了，有的家庭死了一个，有的没有死。但不管怎样，父母对存活下来的子女普遍失望。沼田说：“我想我们对孩子的期望过高了，他们缺少精神，缺少野心。我对我儿子说这些，他说东京人太多了，要走在前面很困难。你认为呢？现在的年轻人都没骨气，他们的精神在哪里？我不是那样养大他的！”周吉老人则说，自己也有同样的失望：“直到我来东京，我还以为我儿子过得很好，但我发现，他只是做邻居们的医生。我知道你怎么想。我和你一样不满意，但我们不能对孩子们期望过高，时代已经改变了，我们要面对，我就是那样想。”面对都市生存的压力，沼田也难以适应：“你家的两个都没了，校长家损失了一个，我家因为是独子，所以没有，但是独子也不好混哪！失去你们的儿女非常痛苦，但跟他们在一起住也不容易啊，真是两难！”而周吉老人则从另外的角度思忖新一代人的变化，认为现代人没有精神、野心和骨气，是“因为时代已经改变了”。社会现代化的巨大变化不但体现在时空上，也体现在工业时期的生产力改变了人存在的本质以及人与人之间的关系上。

西方电影人认为，电影中日常性与关键性是对立的，但在《东京物语》里强调一切都是日常性的，即便死亡也是日常性的，它平静而自然。电影中人物以日本文化的方式接受日常生活中的变数，也承认家庭、生活和人性令人失望的地方，从容接受并欣赏其残缺美，具有和静清寂的禅宗文化色彩。“小津自己不想对人类进行评判或是比较，而且人类也不履行任何预先的职责。小津电影的魅力就产生于这些精致而又鲜活的元素相遇的那一点。”[①]《东京物语》“没有谴责任何人，只是它不可避免地带出了某些隐忍的伤感情绪。‘生活是令人失望的’，某些人说出了这一点。然而其简单的观察却如此敏锐，以至于你觉得没有其他电影能更好地表达这样的主题”[②]。再借《彼岸花》中父亲所说的：“除了神仙，每个人总会有些矛盾，人生本来就是矛盾百出的……所有矛盾加起来，就是人生，人生就是矛盾的总和。”这也是小津安二郎的观点：既然人生是“矛盾的总和”，孰对孰错也就不存在了，其残缺和失望也有自己的意义、真实与真诚。

---

① 泰西埃．日本电影导论［M］．谢阶明，译．南京：江苏教育出版社，2007：50-51.

② MALCOLM D. A century of films: Derek Malcolm's personal best［M］. London: Tauris Parke Paperbacks, 2000: 85.

第八章 《血迷宫》剧作中存在主义思想的渗入

导演科恩兄弟是指乔尔·科恩（1954— ）和伊桑·科恩（1957— ），他们出生于美国明尼苏达州首府明尼阿波利斯市的一个犹太人家庭。父亲爱德华是明尼苏达大学经济学教授，母亲是圣克劳德国立大学艺术史教授。少年时兄弟俩开始接触摄影机，他们靠修草坪赚钱买了一部超 8 毫米摄影机，和邻居的孩子一同改编制作影片，通常是拙劣地仿制好莱坞电影。此后哥哥乔尔在纽约大学攻读电影，后在纽约大学教书，不久辞去教职，开始从事小成本恐怖电影剪辑助理的工作。弟弟伊桑在德州大学就读，不久转到普林斯顿大学，获得哲学学士学位，其毕业论文做的是维特根斯坦晚期哲学的研究。他们创作的电影往往强调飘忽不定的命运，不可知又无法预测的未来，故事常常出人意料，但都笼罩在一个非常平衡的逻辑体系内，他们塑造的圆形人物丰满立体，带有社会性或人的不可捉摸性——可以叫“深度的人”。

1980 年，科恩兄弟完成了独立电影《血迷宫》（1984）的剧本。为利于融资，他们运用摄像师巴里·索南菲尔德拍摄的两分钟预告片，凭着犹太人聪明的头脑一年内便筹到了 75 万美元，这些钱来自他们周围熟悉的商人、律师、医生、他们的父母，也包括他们自己的积蓄。影片用了八周的时间拍摄完成。《血迷宫》具有强烈的黑色片风格，有人评价他们是希区柯克的复活，其实他们的电影是特殊而界限模糊的类型电影，具有黑色电影的幽默和霍珀式的荒凉孤独。《血迷宫》获得第一届圣丹斯电影节最佳影片，成为独立制片电影史上的一部具有里程碑意义的影片，也获得了独立精神奖。该片影响了以后的独立制片电影，甚至有评论说“没有科恩兄弟的独立电影，就没有后来昆汀·塔兰蒂诺的《落水狗》”。科恩兄弟的电影现代主义色彩十分强烈，与好莱坞的商业电影截然不同，带有强烈的个人色彩和对现实卓尔不群的认识，很难定义其具体风格，因此他们成为当今声名最为卓著的独立制片旗手。有人评价其作品具有卡夫卡特征、强烈的存在主义色彩、表现主义的抽象思维、对命运的不可知论。他们常常将故事情节、人物和旷寂荒凉的意象放置在一起，观众像全知全觉的上帝一样在银屏外看得一清二楚，但故事中的角色却一无所知，仿佛一个巨大的噩梦笼罩着内心，无法逃避却必须面对。他们通过杀人事件来讨论“世界的真相”及“世界是否可知”等古老命题，进行隐喻与象征。

张艺谋 2009 年重拍了科恩兄弟的导演处女作《血迷宫》。它是科恩兄弟导演处女作，电影剧本成型于 1980 年，当时哥哥乔尔 26 岁，弟弟伊桑 23 岁。张艺谋 58 岁时重拍这对小兄弟的导演处女作，二者的出发点不同，所要表述的内容也不同。张艺谋翻拍《血迷宫》为《三枪拍案惊奇》后，在媒体专场后的新闻发布会上说：“这部电影受到科恩兄弟的启发，表达的是一种人性的荒诞：这里面的每个人都在犯错误，都有着不可抗拒的命运，它告诉我们人的渺小。”[①] 这是张艺谋对《血迷宫》的注解，他拍摄的是一个搞笑、貌似严肃而又诡异的影片，与科恩兄弟所要表述的初衷大相径庭。导致他们在接受《人物周刊》采访时说：“我们不知道他为什么选择这个剧本（花了 200 万美元）。”并且观看张艺谋的《三枪拍案惊奇》是他们“这辈子最怪异的一次观影经历”。科恩兄弟通过《血迷宫》所要表述的是 1970 年代到 1980 年代，发达国家进入现代社会，人类基本解决温饱问题后，人的存在状况所发生的变化。他们对这一时期人的存在状态及与外部世界的关系进行了普遍性的表述和展示：通过一起杀人事件、几位反英雄和一位并非良家妇女的女人。《血迷宫》除了对人的普遍存在状态进行描述，也对形而上的“真相”问题进行讨论：真相就在那里，上帝可以看到，观众可以看到，当局者会不会看到？会不会完全知道真相？科恩兄弟对西方亘古以来的“真相”问题进行了一次当下的、现代主义的

---

① 柏林电影节打响“三枪”“色彩”和女主演获赞赏［EB/OL］.（2010-02-15）. http://news.sohu.com/20100215/n270258325.shtml.

讨论，其所运用的方式是“黑色类型电影”[①]。

一、后现代人的存在：暴力、性及物自体

1985年，在美国的纽约电影节记者招待会上，科恩兄弟为《血迷宫》引用《圣经·马太福音》的话：“无辜者应受苦，有罪者应受惩罚，人饮血而为人。”“血”既为基督教文化中的重要元素，系哲学与神学中的“至善”“人往哪里去”等问题的解答与论述，又是暴力的象征。暴力的世界心灵荒凉而精神空旷，如影片开始的画面所象征的氛围一样。影片开始的画面像怀斯的画一样充满荒凉与虚无，同时伴随美国私家侦探维斯的旁白：“世人都喜欢抱怨。可事实却是，万事没有保证。不管你是教皇、美国总统，或是年度风云人物，都有碰到麻烦的时候。那么就去抱怨吧。跟你的邻居讲讲你的麻烦事儿，让他帮忙，然后看他四处散播……在俄罗斯，人们就是这样做的，每个人都能拉到一个能帮他的人，这也成了一种理论。但是我的理论却是基于得克萨斯。在得州，你只能靠你自己。”

乔尔在接受采访时说：“冬天，我们的出生地明尼苏达州像一大片冰冻的土地，有覆盖着白雪的牧场，实属抽象派艺术的绘画。”影片开始的画面是荒凉的平原，没有人烟，空旷、寂静、荒凉，维斯的声音是疲惫、惆怅的。科恩兄弟用诗歌隐喻和象征的手法，昭示出世界的荒凉、人与人之间的荒凉和疏离。以前在俄罗斯，人并未感到孤独和荒凉，因为那时处于前工业或者农业时期。维斯语气一转，说到美国，说到发达国家，说到后现代主义社会，“在得州，你只能靠你自己”，两相对比，后现代主义的得州充满孤独的荒凉，也充满画面的落寞感。画面简洁的内容中的意象：空旷的平原、荒凉的色调、成群的石油采油机象征着生产、复制的工业文化对人的压抑和异化。

---

① 黑色电影特征：(1)黑夜的场面特别多，无论是内景或外景，总给人以阴森可怖、前途莫测、有危机感的印象；(2)采用德国表现主义的摄影风格，以古怪的深影和阴沉的影调来造成一个梦魇世界的幻觉；(3)主人公往往是道德上具有双重人格、对周围世界充满敌意、失望孤独、最后在死亡中找到归宿的叛逆人物；(4)惯常采用倒叙法或第一人称叙述法作为描写心理的手段。因此，黑色影片可以说是美国的暴力题材、德国表现主义的摄影风格和法国存在主义思想的结合体；(5)通常会有一个美丽性感的女主角，多为非良家妇女的角色，性感诱人，命运结局多为悲剧，成为牺牲品。

在车里，艾比和酒保雷伊说："他给了我一把珍珠手柄的点 38 手枪，作为第一个结婚纪念日的礼物。我觉得我最好在用它对付他以前离开。"对丈夫的无法忍受已经逼迫得艾比快发疯了。她这样评价她的丈夫："他不多说话……他要么不说，否则就说些脏话。"面对丈夫的沉默、压抑与不信任，艾比深感恐惧与不安，她自己不得不重新进行非此即彼的选择。艾比的丈夫把枪作为礼物送给她，这两个意象放到一起有一种"陌生化"的效果。手枪可以保护妻子的人身安全，但是如果枪口掉转，也可能对准丈夫。

艾比和雷伊接下来的对话充满了语言学意义上的歧义与延异。

艾比：我真搞不懂你怎么能受得了他。

指她丈夫很闷、很蠢、不信任他人、没有意思。

雷伊：我只是一个雇员，我可没和他结婚。

艾比：只不过……我不知道我该说些什么，有时我觉得他有点问题。也许他有病？精神有问题？或者精神有问题的人是我，你觉得呢？

艾比和丈夫结婚多年，两个人疏于交流。丈夫的很多想法和行为令艾比无法理解。

雷伊：听着，我不是婚姻顾问。我不知道发生了什么。我也不想知道。但我喜欢你。我一直喜欢着你。你来休斯敦做什么？

休斯敦在这里是个伏笔：从另一个酒保缪里斯的口中可以知道，艾比去休斯敦其实是要调查雷伊有没有问题。而雷伊前来陪她去休斯敦，是因为她的丈夫要雷伊跟踪她，看她和哪个奸夫在一起。

艾比：我来弄清楚些事情。下这么大雨，你为什么还好心开车送我？

她对雷伊的“我喜欢你”明知故问，意在探寻新鲜、刺激或者庸常生活之外的东西。

雷伊：我说过我喜欢你。

艾比：我可从来不知道啊。

雷伊：好吧，现在你知道了。

艾比：该死！……停车！雷伊！

艾比说了一句“该死”，作为雷伊“现在你知道了”这句话的回应，潜意识里表示麻烦来了，即一段不忠贞的婚外情即将出现。也可以表示错过了汽车旅馆的遗憾，这时路边的汽车旅馆刚刚闪过。

雷伊：你认识那辆车？

此时小车亮相了，车身又小又破，车牌晃荡着，几乎要掉下来。俄裔侦探坐在车里，戴着落寞的西部牛仔帽，从他们身边熟稔地把车开走。雷伊与艾比不认识侦探，可侦探认识他们。

艾比：不认识。

雷伊：怎么了？

艾比：我不知道，我只是在想也许我正在犯一个错误。倒车回去，那儿有什么？

雷伊：哪儿？倒回去的那儿。

艾比：那个牌子。

雷伊：不知道。一个汽车旅馆。

艾比：你刚才说的是真的吗？或者你只是想表现得像个绅士？

（两个人同时叫对方的名字，暧昧更加清晰。）

雷伊：艾比，我喜欢你。但是现在开始任何事情都毫无意义。我可不是婚姻顾问。

雷伊说的“艾比，我喜欢你。但是现在开始任何事情都毫无意义”，这句话意味着什么？他真的爱艾比？还是孤男寡女在黑色的雨夜的无意识之举？还是爱不爱其实本身并不重要？科恩兄弟没有交代事实的真相，只是把事件或者表象呈现出来，这个世界没有所谓理性因果关系，没有逻辑关系，甚至没有真相，这就是后现代，没有原因的原因，没有结果的结果，它解构了中心与逻辑，反映了人的后现代存在状态。

雷伊：你想干什么？

艾比：你想干什么？

接下来是两个人在汽车旅馆床上的情节，画面呈现的是在外面汽车强光的照射下，墙上的几幅印刷品的画，画依旧是荒芜的色调，枯草味道的怀斯画风。早晨电话铃响了，雷伊拿起电话。

雷伊：你好。

马迪：玩得开心吗？

雷伊：你是谁？

马迪：我不知道。你是谁？

雷伊：你还在那儿？

马迪：是的，我还在。

艾比：是谁？

雷伊：你丈夫。

马迪受虐般地给妻子和她的情人打电话。他爱妻子，监视她，他的存在就是想证实她的不忠，又担心她离开自己的身边。这揭示出人与人之间的荒诞，不可摆脱的孤独与恐惧，行为和内心的分裂，以及无法逾越的鸿沟。艾比在这种环境下生活，她甚至开始怀疑自己是否“精神也有问题”。

还有，侦探维斯对物品的迷恋及依赖达到疯狂的地步，也说明了他对于温暖与摆脱孤独的渴望。他酷爱一个上面刻有“Lauren”字样的打火机，这个打火机一方面是对自己过去是“年度风云人物”的荣耀回忆的象征，同时也充当着他生活的亲密伙伴、朋友的角色。它丢失不见时，维斯疯狂地寻找它，甚至连连杀人。这个写上了他名字的打火机道具，在影片中发挥了特殊的叙事作用。作为叙事功能它出现过三次，逐渐展现维斯对它的忠诚、依赖与迷恋，甚至达到了恋物癖的地步。为了取回打火机，他不惜杀掉雷伊和艾比。物品“打火机”超越了它的物质性，而上升到了精神的境界，像一个朋友、一个爱人，陪伴着这个孤独的私家侦探。

二、“杀人是一件非常非常……的事”：反英雄们[①]的困境与选择

《血迷宫》英文名字“*Blood Simple*”是英文俗语，指杀人犯在作案后恐惧、疑虑的复杂心态。西方文学作品的英雄，科恩兄弟引用“人饮血而为人”来揭示人格面具下的阴影，暴力与攻击性是其特征之一。在研究者看来，英雄有很多种类：英雄、非英雄、反英雄、存在主义英雄、卡夫卡式英雄、局外人式英雄、黑色英雄或者喜剧英雄等。科恩兄弟电影里的角色性格各异，个性鲜明，具有反英雄特征，其本身的魅力令人印象深刻。这些反英雄的主人公，某种程度上近似具有存在主义色彩的英雄，他们洞悉体制中的罪恶，知道个人能

① “反英雄”（anti-hero）是与“英雄”相对立的一个概念，是电影、戏剧或小说中的一种角色类型。作者通过这类人物的命运变化对传统价值观念进行“证伪”，标志着个人主义思想的张扬、传统道德价值体系的衰微和人们对理想信念的质疑。英雄的特点可以概括为外表俊美、能力强大、行为正确。和英雄相比，反英雄有着面目可憎、行动笨拙、智力愚钝、性格消极被动、处境值得怜悯、行为偏离常规等通常不属于英雄人物的不良特征，他们在某些基本方面是有缺点的或是失败的。反英雄可以和英雄一样有着崇高的理想与强大的力量，也可能在理想与能力方面和普通人接近甚至不如普通人，却不得不完成非凡的举动。ACG（Animation、Comics、Games，动画、漫画与游戏）描写的反英雄（也叫黑英雄）和英雄一样为正义而战，但他们或是有一些悲剧性的缺陷（例如饱经折磨的过去），或是使用一些有争议的手段（例如法外暴力）来达到他们的目标。因此，反英雄是一个矛盾的角色：在一个场景中是英雄，而在另一个场景中是反派或是不受欢迎的人。反英雄比各方面都近乎完美的英雄更接近实际。

力渺小有限，无法改变或推翻整个体制。他们的人生观相当悲观消极，但良知未泯。因为消极中仍带良知，到最后总又再次发现人性的黑暗面，使之更受冲击，然而为了生活，又不得不继续生活。

有评论分析科恩兄弟电影中的形象，认为："科恩兄弟电影里的角色性格源自迪士尼的《白雪公主》。诸多角色如'开心果''爱生气''迷糊鬼''瞌睡虫''害羞鬼''万事通''喷嚏精'基本都能对号入座。他们的影片看似离奇怪异，却又充满童趣。"[①] 这些童话里的角色被冠以反英雄气质，既有童趣又有成人的存在及虚无。比如"爱生气"式的反英雄——马迪，"迷糊鬼"式的反英雄——艾比，"瞌睡虫"式的反英雄——雷伊，"开心果"式的反英雄——维斯，"万事通"式的反英雄——缪里斯。这些来自童话原型的人物代表了生活中普遍的存在状态。马迪在靴子酒吧里是老板，他的属下可以随意开玩笑，骂他"咽气"或"耳聋"之类的话语。他生活无忧，可是他自身内在的焦虑快把他逼疯了。他在结婚周年的时候送妻子手枪以示纪念，其表征带有矛盾性：带着安全的焦虑，同时也质疑暴力社会是否能用暴力求得自保。另外，在爱情方面，妻子出轨令马迪虽然深受挫败，但他依然恼火地爱她。受挫、尴尬导致他对侦探维斯蔑视，也导致了他的死亡。

"迷糊鬼"艾比对很多事情一无所知，当男人问到她的时候，她的回答常常是模棱两可的或者"不知道"。并且一直到最后，她都不知道是维斯在杀她，还以为是丈夫马迪要杀她。至于雷伊这个最终活埋了马迪的酒保，他一脸瞌睡的样子，自以为是艾比杀了马迪，为了艾比，他出面处理马迪的后事。他向艾比讲的一通道理也很有特点："我们得头脑冷静。别用枪指着别人的头，除非你想杀他。如果你开枪了，那就要保证干掉他。因为如果他没死，他就要干掉你。这就是我在越南战场唯一学到的东西。"

缪里斯吸引了很多女孩子，显然艳遇不断。他在酒吧里搭讪地质学家德布拉，他们讨论怎么靠火山来赚钱，缪里斯说："你和你的同事们想出办法来控制巨大的火山能量。而我只不过坐在这儿看这些个混球们破产。"他八面玲珑，左右逢源，像个名副其实的"万事通"。

① 文化盲流：科恩兄弟 Coen Brothers［J］. 电影世界，2010（9）：118-119.

侦探维斯是个“开心果”，凡事想得开。马迪要他跟踪妻子，后来又要他去杀妻子和妻子的情夫，维斯说马迪“总是往最坏的地方想”，“是个白痴，想得太多了，让头脑变简单了”。但是“开心果”也有自己的忧思：在俄罗斯“每个人都能找到能帮他的人”，但是现在“在得州，你只能靠你自己”。维斯也象征着东方俄罗斯式农耕文明的没落：“在俄罗斯，人家一天拼死拼活才挣50美分”。相较之下，在物质极大丰富的1970年代后期的美国，人们的富裕程度远远超过了俄罗斯。可是为了一万美元他杀了马迪，还说：“现在看看是谁傻？”显示出他对于美国金钱与文化的不屑与嘲讽。影片的结局既是“开心果”的结局，也是反英雄们的结局，充满了隐喻与象征：当人们满心憧憬地希望看到世界的美好时，这个世界呈现的是肮脏的下水管道及下水管的脏水，还要滴落到人的脸上。

影片在宣传策划时引用了希区柯克的一句话：“杀一个人，非常难，非常非常痛苦，需要非常非常非常长的时间。”从这个角度也可以理解，片中没有绝对的好人和绝对的坏人。尤其是反英雄雷伊，他抢了老板娘，到底是不是坏人？他在最后时刻迫不得已杀了马迪，到底是不是坏人？简单的评判不适合对反英雄的分析。雷伊来到酒吧打算取回自己的工资，发现马迪中枪坐在椅子上，脚边是艾比的手枪。雷伊把艾比的手枪放到马迪的口袋里后将他抬到车上。经过焚烧炉的时候，雷伊没把马迪扔进去，只是把自己沾血的衣服和毛巾扔进了焚烧炉，体现了雷伊本人并不是心性残忍之人，有一定的心性良知。活埋马迪之前，雷伊一直无法直接下手杀马迪，说明心性良知依旧还在他的身体里。到了空旷的野外，雷伊发现马迪还活着，他想开车撞死他，但雷伊做不到，不忍踩下油门撞他，他也试图用铁锨拍死马迪，但还是无法下手。最后只能挖一个坑把马迪小心扶进去，起初只是往马迪的腿等并不致命的地方慢慢地扔上一层层薄土。这时尚有知觉的马迪笨拙地掏出雷伊放在他口袋中的左轮手枪，瞄准雷伊缓慢而漫长地“砰——砰——砰——”开了三枪，雷伊没有反抗，也没有夺掉他的手枪，只是在那儿一动不动，宿命地等待着最后命运的裁判、结束痛苦的煎熬及死亡过程。三声枪响对雷伊来说是一个漫长而痛苦的过程，他站在那儿等着子弹穿越过来，三枪是空枪，雷伊犹如死过一次一般。三枪过后雷伊缓缓接过握在马迪手中的左轮手枪，在那漫长的三枪过程中，雷伊认为在他和马迪之间，无论是对女人还是自己的良心，他已经尽到了人性最大限度。无论两个人之间已经发生了什么，他不必再对马迪歉疚和内疚，他已经将自己的生命还给了他一次，因此而扯平。于是他拿起铁锨开始快速而疯狂的埋人举动，结束这痛苦煎熬的、漫长的杀人过程。雷伊在杀马迪这件事上经历了非常漫长的挣扎与煎熬，对马迪的恻隐之心及为女人解决问题的举动也烘托出了反英雄人物的双重人格。

除了动作，我们也可以从对话中分析一下反英雄人物的无奈与困惑。和马迪的妻子艾比上床后，雷伊找到马迪要薪水，马迪则对他讽刺挖苦。在和艾比相处的过程中，两个人的关系也比较模糊。在酒吧，雷伊看到快要死的马迪，以为是艾比杀的，所以他决定为艾比处理掉马迪的“尸体”。埋了马迪之后，为了缓解压抑、紧张及强烈的负罪感，即为了舒缓、释放自己的心灵之罪与法律之罪，凌晨时他打电话给艾比说“我爱你”，代替影片开始时在路上他对她所说的“我喜欢你”。作为一个“瞌睡虫”，他一直以为是艾比杀死了马迪；对于他自己和艾比的关系，他说“我不知道发生了什么。我也不想知道。但我喜欢你”。情感是他在这个荒芜的世界唯一在意或者不在意的事物，仅此而已，显现了《局外人》中的莫尔索的特征，也显现了人与世界的荒诞。而对于艾比和她丈夫的关系，他说：“但是现在开始任何事情都毫无意义。我可不是婚姻顾问。”当他稀里糊涂地杀完人，找到艾比时，他的表述也云里雾里，慌乱下他不求真相，也不知道自己的真相。雷伊大谈自己的感受和感想，是现代主义情况下人以悬浮状态存在的象征。

雷伊：这儿很冷吗？

艾比：发生了什么？

雷伊：我把一切都清理干净了。但那不重要，重要的是我们现在做什么。我们不能就这样耗着。我们得想想这事儿，把事情弄清楚。我们现在有点时间，我们得头脑冷静。别用枪指着别人的头，除非你想杀他。如果你开枪了，那就要保证干掉他。因为如果他没死，他就要干掉你。

这就是我在越南战场唯一学到的东西。

雷伊：我的风衣在哪里？

艾比：告诉我发生了什么。

雷伊：那并不重要。重要的是我们做了。这才是关键。我们都为了对方做了这件事。

艾比：我不知道你在讲什么。我是说，你到底在讲什么？我可没干什么可笑的事。

雷伊：怎么？

艾比：你有点古怪啊。起初，你在早上5点给我打电话，说了一切都好，然后你回来，把我吓个半死，也不告诉我原因。我说，如果你们两个打了一架……我也无所谓，但只要……

雷伊：接电话。

艾比：什么？

（电话里的人不说话。）

艾比：哦，是他。

雷伊：谁？

艾比：马迪。

艾比：你们两个之间发生了什么？

雷伊：好吧。你可以给他回电话，不管他是谁。我不妨碍你。

两个人之间暧昧、模棱两可的问答之间，突出了语言的模糊、不确定性，也表现了人类无法获取真相的无力感。两个人的所问与所答，目的不同，诉求结果也不同。刚刚杀了人的雷伊差点被马迪杀死，惊魂未定，因而他给艾比建议，建议她“别用枪指着别人的头，除非你想杀他。如果你开枪了，那就要保证干掉他。因为如果他没死，他就要干掉你。这就是我在越南战场唯一学到的东西”。在这里，我们也看到雷伊或者科恩兄弟对越南战争的批判和反思，雷伊还试图以“我们都为了对方做了这件事”而求得心灵上的抚慰，尝试着以爱来战胜杀人或者差点被杀的负罪感和恐惧感。接下来，雷伊家的电话又响了，对方不讲话，艾比误以为是马迪，雷伊误以为是艾比的其他情人。因为马迪曾经告诫过雷伊说："你笑什么？我很可笑？我是个蠢蛋？不。我没什么可笑的。她才可笑……不。可笑的是我让你跟踪她。她如果不是跟你睡觉，就是跟别人。真正可笑的是她会装出纯真的表情并说道：'我不懂你在说什么，马迪，我没做任何可笑的事。'但是现在就我来说，最可笑的是，你会认为她是为了你回来。"打电话的人没说话，但是艾比和雷伊之间的交流障碍就此产生，犹如艾比同马迪之间的交流障碍。艾比认为是马迪来的电话，使得雷伊想起马迪对艾比的潜意识中的爱与纠结。而艾比猜想打电话的人是马迪，呈现了潜意识中对马迪的旧情、负疚及恐惧等复杂感情。这个早晨艾比觉得雷伊同马迪一样，莫名其妙，并充满了恐惧、荒诞而真实的存在。当艾比到缪里斯（缪里斯也可能与艾比有暧昧关系，因为她曾经叮嘱缪里斯要盯着点雷伊，防止他偷钱）那里去询问马迪的情况，缪里斯告诉艾比马迪去钓鱼了，并且还给他留了录音电话（缪里斯与艾比忽略了留言时间），告诉他可能雷伊偷了保险柜里的一万美金。在确认马迪没死之后，艾比又来到了雷伊的家，她看到雷伊正在打包准备离开这里，表情空漠的雷伊邀请她一起离开。

雷伊：这不正是你希望的吗？想跟我一起走吗？

艾比：我必须先知道发生了什么事。

雷伊：你想知道什么？

艾比：你闯进酒吧，你想拿你的钱。你和马迪打了一架，还有……我不懂……是你干的吗？也许一个窃贼闯进去了……（艾比此时问的是"一万美金丢了"的事。）

雷伊：拿着你的枪。没人闯进去。我来告诉你真相。事实上……我前几天一直不舒服，睡不着，吃不下。当我试图……事实是，我活埋了他。

在雷伊断断续续的表述中，两个人谈论对象的不同导致了不同后果。雷伊无法表述清楚，他把枪还给艾比，告诉她是自己活埋了马迪。艾比快疯了，她不知道该相信谁、哪个是真相。在艾比新租的房间里，雷伊在黑暗中等艾比回来，准备告诉她一些疑点，比如有人向马迪伪造了他们被枪杀的照片，在雷伊解释之前，他要艾比关上灯。

雷伊：把灯关上。把灯关上！

艾比：为什么？

雷伊：窗子上没装窗帘。

艾比：那又怎样？

雷伊：我想有人在监视。他们会看见什么？把灯关上，他能看见。

艾比：如果你乱来，邻居会听见的。

雷伊：你认为……我可是说的真话……当时我给你打电话的时候。

艾比：我也爱你。

雷伊：你是因为害怕，所以这样说。

雷伊警告艾比把灯关上，说有人在监视他们，惊吓当中，艾比不敢听他的话，害怕黑暗，她也害怕雷伊在黑暗中杀了自己，因为她在睡梦中梦到了马迪死去的画面。当雷伊向艾比澄清凌晨打电话说“我爱你”表达情感的时候，他说“那是真话”，艾比在惊吓当中反馈说“我也爱你”，雷伊说“你是因为害怕”。这句话同在艾比的梦中丈夫马迪所说的话一样。随后，雷伊被维斯射杀，但艾比以为是因嫉妒而复仇的丈夫马迪杀了雷伊，陷入巨大的恐惧中。最后，她用雷伊还给她的手枪里的最后一颗子弹杀死了那个射杀雷伊的人，她以为是马迪，其实是维斯。维斯射杀他们是因为他认为雷伊和艾比拿了带有自己名字“Lauren”字样的 zippo 打火机。那个打火机是维斯的朋友、是他的至爱之物，是他的欲望投射体与小写的他者。另一个反英雄颠覆了普通的世俗价值评判标准。从雷伊到酒吧拿自己的工资到雷伊被杀，对于反英雄的举动“好坏”失去效用，无法评说，但正是这个非常漫长而痛苦的杀人过程使得一个“反英雄”形象树立于屏幕之上。

三、卡通形象、后现代与真相的解辖域化处理

科恩兄弟根据迪士尼动画片《白雪公主》七个小矮人中的“迷糊鬼”“开心果”“瞌睡虫”“万事通”“爱生气”等可爱形象设置《血迷宫》中的人物。艾比作为“迷糊鬼”的形象，她不知道马迪发生了什么，也不知道侦探的存在，对于雷伊的话，她将信将疑，她跑去找“万事通”缪里斯求助。缪里斯以全知全觉的姿态告诉她马迪不可能死，还给他留了电话。看似“万事通”的缪里斯其实被电话录音的声音蒙蔽了，因为观众作为全知全觉的视角知道发生了什么，也知道缪里斯的谬误与错误判断。而作为“瞌睡虫”的雷伊似乎触到了真相，他发现了跟踪他的一辆小汽车，他看到了问题，但还没等问题、谜底被彻底揭开的时候，他就被杀死了，揭露真相的时间还在延续。紧张中，“迷糊鬼”艾比本以为杀了雷伊，也准备杀死自己的人是马迪，但没想到却是另有其人，迷雾更加浓厚了。“瞌睡虫”雷伊注意到了侦探维斯的存在，但他不明白他的杀人动机，他更不会理解侦探维斯为了寻找刻有自己名字“Lauren”字样的打火机杀人。同样让“开心果”维斯困惑的是，他怎么也不会想到自己的打火机被埋在那四条死鱼下面。具有苏汀绘画风格的四条死鱼没有朝气、枯干和显示了腥臭的气味，这种有象征意味的存在暗示了三个反英雄在荒诞情况下的毁灭、死亡及一个非良家妇女的迷失。

好莱坞电影为了实现利益最大化，注重类型化电影的批量生产，导致故事情节趋同，人物扁平，缺乏独立电影精神和对生活的深层挖掘。科恩兄弟规避了好莱坞电影的诸多弊端，利用反英雄人物的奇趣丰满和故事的一波三折，讨论较为深入的普遍性问题：荒诞的存在、“真相”及“真相是否可知”等。有人分析：在“侦探维斯被杀”这场戏里，死亡的阴影和疑惑一直笼罩在电影中。每一个人都是因为欲望而杀人或被杀死，科恩兄弟用弱转强的方式昭示命运无常及世事荒诞。“命运无常”是科恩兄弟电影的原始灵感，它带来了随机事件与偶然性，推动情节发展。我们坐在银屏前很清晰地知道谁杀了谁，谁和谁是怎么回事，犹如上帝一样。但是剧中角色却无法知道自己的命运，也无法判断到底发生了什么，什么是真相。我们由此领悟到，世事无常，万事都没有

保证，真相似乎永远都不可知，因为荒诞、危机及后现代等障碍。

艾比作为一名主妇，具有黑色电影中的“非良家妇女”身份。她到底爱谁：马迪？雷伊？抑或缪里斯？为了避开马迪给自己的巨大压抑以及生活的无比虚无，已婚妇女艾比在天时地利人和条件完整具备的情况下——阴冷的下雨天、恰逢汽车旅馆在路边及雷伊的“我喜欢你”的甜言蜜语，选择和雷伊上床。当艾比到了雷伊家，有人打电话却不说话，雷伊问艾比接电话的是谁，艾比说“不知道，他什么也没说”。她使用了男性的“他”，潜意识中猜测是马迪在跟踪、窥视他们。当雷伊说“你怎么知道对方是个男的”时，艾比反击说“你有女朋友，我在这儿是不是坏了什么好事”。雷伊质疑她、不信任她，让她感觉被限制，马上她就像拒绝丈夫马迪一样拒绝了雷伊，因为她不想受控制于雷伊，就像不想受控制于马迪一样。

雷伊处理马迪后，他在电话里向艾比表白说“我爱你”，艾比虽然莫名其妙，但很高兴。当雷伊出现在她新租的房子里，他的局促、含混、没来由的神经质令她不安，她对雷伊的表白产生怀疑。夜里她梦到马迪死在她的面前，第二天雷伊又告诉她他活埋了马迪。后来，艾比发现雷伊藏在她家中，惊恐万分。当雷伊向她表述情感时，呼应梦中马迪的情景，迫于无奈，她对雷伊说“我也爱你”。同样的话，她在梦里对马迪说过，雷伊对此评价说“你是因为害怕，所以这样说”。

对比马迪与雷伊两个人，哪个是她的选择？哪句话才是真相？艾比和雷伊在一起的时候，一直喋喋不休地说到马迪：“事实上……他是个白痴。他亲口对我说过。他说，‘在这里，我是个白痴’……另外，我性格太强了。马迪总是说我性格太强了。他从来不这样。他曾经送我去看心理医生，试图让我冷静下来……心理医生说我是他见过的最健康的人。然后马迪解雇了他……我从此再也没见过那个医生，我保证。我跟他说：‘马迪，你成了白痴，还要我去见心理医生？’……他什么都没说。他像你一样。他不多说话……他要么不说，否则就说些脏话。你要么不说，要么说些好话。”准备离开丈夫的妇女滔滔不绝地谈论丈夫，可见她对他的感情复杂。

可是如果艾比爱马迪，惦记马迪，她又为何这样说：“我觉得我最好在用它（枪）对付他以前离开。”可见艾比无法忍受马迪，所以要离开马迪甚至背叛马迪。那么是什么让艾比无法忍受呢？从艾比家的照片中可以看到马迪与艾比当年热恋时候的样子，当时是“浓情蜜意”（如影片中的歌词所唱：美人儿，你艳若玫瑰，但玫瑰有刺扎人手 / 你弃我而去，独留我心碎难过 / 旧梦已逝，情歌犹在 / 想当初花前月下，相拥起舞到天明 / 旧梦已逝，爱人远去，徒留往日情歌旖旎 / 情歌犹在，只是别有一番滋味涌心头 / 我的爱，哦，我的爱 / 旧日情歌悠悠响起，不由得感怀垂泪 / 念及往日浓情蜜爱，心碎凄楚难自抑 / 当初永结同心，海誓山盟 / 如今劳燕分飞，长吁短叹……），如今只是“长吁短叹”。当时的选择和现在的选择发生了怎样的变化，为何如此？在马迪家，艾比和马迪的照片是恩爱愉悦的，艾比在装满衣服和皮包的衣柜中翻找东西，最后她选择了丈夫在结婚周年送她的小手枪。结婚周年礼物——爱，手枪——暴力的象征，这两者的结合具有某种荒诞性，代表艾比既选择爱，也选择暴力反抗男性世界对自己的控制与荒诞事实本身。

> 艾比：（对雷伊）我觉得我最好在用它（枪）对付他以前离开。
>
> 马迪：（对雷伊）她如果不是跟你睡觉，就是跟别人。真正可笑的是她会装出纯真的表情并说道：“我不懂你在说什么，马迪，我没做任何可笑的事。”但是现在就我来说，最可笑的是，你会认为她是为了你回来。

从电影的台词可见，科恩兄弟对于“谁爱谁”“谁不爱谁”的公案，并没有给出答案。真相就是艾比与马迪、雷伊三人所呈现的样子，真相就在那儿，但是由于种种原因，如语言、心理及社会文化等原因的局限，永远无法完整表述世界真相。独自一人在酒吧的德布拉，孤独之下在吧台同酒保缪里斯搭讪，缪里斯离开时马迪骚扰她，被她拒绝与呵斥。但当缪里斯回到吧台时，她向缪里斯这样评价正在离开的马迪：“很不错的人。”“呵斥”与“不错”这两种截然相反的态度哪个才是陌生女孩对马迪认识的真相？探讨真相是否就像影片结尾暗喻的一样荒诞：真相难道就是你需直面且无处躲藏并且溅你一脸脏水的破旧下水管道吗？

第九章　现代主义思想在《罪与罚》剧作中的重新建构

阿基·考里斯马基，1957 年出生在寒冷而又多极昼极夜的芬兰。他这样回忆自己美妙的童年："整日在邻居的田里找豌豆，太阳一直在照耀着，即便到了晚上。"报考大学时，他选择了芬兰的一所电影学校，面试时因太愤世嫉俗而没有被录取。后来，考里斯马基考入赫尔辛基大学学习通信工程和文学。大学期间，他疯狂阅读历史和文学书籍，当时他想成为一名作家。19 岁时考里斯马基和父亲专程到伦敦看了小津安二郎的《东京物语》，之后决定从事拍摄电影的工作。整个 1970 年代，考里斯马基为了生活，做过洗碗工、垃圾工、邮差、影评家等 20 多种工作。1981 年，24 岁时他为哥哥写了第一个电影剧本，随后开启了他的电影之路。

1983 年，年轻的考里斯马基导演了第一部电影《罪与罚》，处女作的故事创意来源于陀思妥耶夫斯基的长篇小说《罪与罚》。他坦言，这部电影确实是他自己少年猖狂时的内心写照："跟社会对着干的年轻人，拼出命去反抗，但社会是残酷的机器，反思也许自己犯了罪，但又犯了些什么罪，当时这个问题处处缠绕和嘲笑着我。"之后，他又拍摄了一系列影片。有人称他的电影为"沉默的诗歌"，具有"寡淡的味道"；也有人批评他丑化赫尔辛基，丑化芬兰人。有人把他的电影分成四种类型："经典文学的改编作品、临时起意的冒险旅行、摇滚音乐有关的故事和人物、最底层生活的肖像。"他的电影受现代主义思想影响较大，常谈论工业环境下的人类状态、情感、心灵、友谊、爱情、孤独。他这样诠释《薄暮之光》:“他豪华的工作地点和粗陋的家虽然同处一个地区,却隐喻着成功的两面性。财产和收入就是社会最傲慢荒诞的分界岭,反讽一个隐藏的法则:财富就是盗窃。非常幸运的是,这部电影的老导演一向以心软著称。可以设想,小小的少许希望会在片子结尾处微微闪光。我不太倾向爱情和友谊是男女生活的基础,而应是一种互相陪伴的理性伙伴关系。”许多这样题材的电影最后都会满怀希望地下结论:人最终是不会孤独的,两个人是一个最小的单位。而幽默、悲观的考里斯马基显然更诚实:每个人都最终是孤独的,而且是永远的。这点加缪通过《局外人》里的莫尔索加以证明:在加缪笔下,莫尔索、西西弗斯这样的人是自足自信的,也是清醒的,他们是“幸福的”,诚如莫尔索自己所言。同样,《罪与罚》中的拉伊肯也是清醒的、自足的,幸福与否,考里斯马基没有像加缪那样思考,而是将陀思妥耶夫斯基的痛苦掺杂了进去。

考里斯马基的电影涉及诸多现代主义问题,就是在他的导演处女作《罪与罚》里面也有较为明显的体现:加缪对局外人及局外人式存在状态的思考,对存在主义的深切体悟,拉斯柯尔尼科夫式的纠结,对温暖与纯真的美好幻想,西西弗斯式的自信和勇敢。虽然他描绘了一个人间地狱式的、灰暗冰冷荒诞的工业社会,但他却和加缪、陀思妥耶夫斯基一样,确信主人公对痛苦、冰冷、孤独和荒诞进行深切反思和认知之后就会穿越荒凉地带,到达人类的彼岸,在那里,温暖、自信和希望在等着他们。影片当中的主人公都是温暖和有希望的、幸福的孤独者。他们的温暖和希望,不但自足,也满足了他者。考里斯马基认为做导演必备的素质是真诚,不能伪装,他觉得导演的工作应该是“更愿意使一个观众留下深刻的印象,而不是让两百万人留下肤浅的印象”。[①] 他认为肤浅的好莱坞电影“每天都在制造垃圾”。

一、“拉斯柯尔尼科夫式”的纠结:对“罪”与“罚”重新界定

考里斯马基不喜欢暴力场面被过分夸大或延长。他喜欢通过暴力来呈现

① 卡达洛 . 阿基·考里斯马基:好莱坞每天都在制造垃圾[J]. 陈志伟,译 . 电影世界,2007(7):82.

人与社会的关系，进而对人性进行思考。“我不会去尊重这些用枪（还有其他更多的东西）屠杀人们的电影。这就是所谓的娱乐……在古代，你谋杀了一个人，这就够了。现在，你得去杀死 30 万人才能引起观众注意。如果电影定调在最简单的抽象派层面，那么即使一声咳嗽也具有戏剧效果。在这些场景中，如果主角滑倒在一个沟里，观众也会担心他发生了什么。尽管在其他电影里人们会从飞机上掉下来但却完好无损。但这不是在我的电影里，也不是在《没有过去的男人》中，虽然这部电影以暴力开始，但暴力很真实——这是说，和现实中一样，过程也很迅速，会让人憎恶。在赫尔辛基，暴力没有魅力：这是一种不可名状的恶。如果人们想去看拍得很好并被拖长了的暴力，那么他们的脑子有问题。”① 在《罪与罚》里，拉伊肯在杀死了商人昂肯之后，没去上班，他在狭小的公寓里走来走去、自言自语、大笑，举止行为不同寻常。在处理“枪”与“血”这两种暴力结果的时候，拉伊肯焦灼、不安。独处的拉伊肯很矛盾，既想保持自己的独立性，又想和这个世界发生关系。他主动去找证人艾娃，是因为他厌倦了自己做决定。他又去找自己的工友，表明经济独立、人的存在的独立导致失去人和人之间温暖的东西，“有伴儿”的、友谊的温暖人人渴望，即便是明明追求独立的拉伊肯。

朋友 A：有伴儿很好。

拉伊肯：是的，对拉伊肯来说也是这样。

拉伊肯对“罪与罚”的看法与拉斯柯尔尼科夫如出一辙：“被我杀了的那个人无足轻重，我杀了只虱子，我自己变成了虱子，虱子的数量永远不会改变，除非一开始我就是一只虱子。不过这不重要，我想要推翻一种准则而不是杀个人，杀人也许是个错误，可现在每个人都很满足。”拉伊肯杀死那个冷血商人昂肯，如同拉斯柯尔尼科夫杀死了放高利贷的老太的感觉一样，他也处于“罪与罚”的纠结当中——当然这不是法律、秩序意义上的“罪与罚”，而是心

① 卡达洛 . 阿基 · 考里斯马基：好莱坞每天都在制造垃圾［J］. 陈志伟，译 . 电影世界，2007（7）：82.

灵的“罪与罚”。尤其是那个无辜的蛋糕店老板由于他的出现而死掉以后，拉伊肯犹如拉斯柯尔尼科夫误杀放高利贷的老太的妹妹一样，内心充满罪恶、负疚的感觉。在拉伊肯和警长的一段对话中，可以看到他的质疑和纯真幻想。

警长：一个人死了对你而言，一点意义也没有吗？

拉伊肯：那你呢？死者又是谁？

从拉伊肯论述的角度看，对于他者而言，每个人都是他者的他者。拉伊肯的反讽是，“一个人的死”对于他者而言的意义其实是没有的。就比如，如果拉伊肯是无关之人，商人之死对其毫无意义，就像其对警长的意义一样。

拉伊肯：那就找到真正的凶手。

警长：如果我找到了呢？

拉伊肯：惩罚他。

警长：那么他的良知呢？

拉伊肯：你干吗关心这个？

警长：我只是碰巧感兴趣罢了。

拉伊肯：如果他有良知，就让他痛苦，交代自己的罪行。如果他同情受害者，就让他痛苦吧，这就是对他的惩罚。

拉伊肯和警长探讨法律的惩罚和心灵的惩罚，一种是外在形式，一种是内在惩罚，涉及宗教、信仰及神学问题。

警长：你很聪明，拉伊肯。听我说，假使我知道凶手是谁，他现在在这个房间里，我为什么要在时机成熟前就抓他呢？逮捕他，打消他的疑虑，让他整理思路，放弃……找到最终铁证的机会前，我为什么不让他在城市里游荡，尤其是我知道他的负罪感会慢慢地把他推向我，他会做一些事，这些事会证明他有罪。铁证如山。

拉伊肯：可要是你在等待时机的时候他逃跑了呢？

警长：跑去哪里？所有边境的车站都有他的名字和体形外貌特征描述。只要我确定了凶手是谁，要是他跑了，那就跑吧。不过更有可能的是，他来找我交代罪行。5分钟前他可能根本没有想到过这一点，可突然他自首了，招了。

警长很确定凶手会最终找到他，在他面前忏悔和卸下心灵的重任。但这个时候他的手下进来告诉他，流浪汉招供并承认自己杀了人。

拉伊肯：这就是你的铁证？

警长：他不知道自己在说什么，他被审问太多了，他已经认为这是他干的了。

拉伊肯：你想用这么糟糕的方式定我的罪？

警长：一切都不会因此改变，只是推迟了结果的到来……

拉伊肯和警长的这段对话，谈到了"良知"，也谈到了法律的"铁证"。拉伊肯对所谓的"铁证"嗤之以鼻，因为三年前商人昂肯醉酒驾车撞死了他的未婚妻，却因证据不足而释放。拉伊肯戏弄似的将所谓的证据"商人的钱包、手表"给了一个流浪汉。流浪汉最后因被过多审讯，产生幻觉，以为自己杀了商人昂肯。所以，拉伊肯嘲弄警长的同时，其实是嘲弄法律制度，嘲弄这个荒诞的秩序。而警长作为秩序的维护者，他除了讲求制度的、秩序的证据，还提及了良知。如果一个杀人犯有良知，"……就让他痛苦，交代自己的罪行。如果他同情受害者，就让他痛苦吧，这就是对他的惩罚"。在拉伊肯那里，内心的痛苦和惩罚要更胜于法律、监狱等形式的惩罚。但是这个世界颠倒了，不重视人的良知，而重视荒诞的、外在的东西。拉伊肯要证实，内心中良知的惩罚大于法律和监狱的惩罚，这一点是被人们忽略的。所以他要反叛、要证明，要独立于这个荒诞的体系和世界之外，宁肯成为一个孤独者，但却是一个自足于温暖和希望的孤独者，他"要推翻一种准则而不是杀个人"。在荒诞的工业世界中，人的存在和人的关系也发生了变化。拉伊肯所杀的那个商人昂肯，如他遗孀所说，既没有敌人，也没有朋友，各种因素导致这个时期人的存在发生了荒诞的质的变化。

在影片中，只有老警长似乎理解了拉伊肯的做法，并对他报以回头是岸的幻想："只要我确定了凶手是谁，要是他跑了，那就跑吧。不过更有可能的是，他来找我交代罪行。5 分钟前他可能根本没有想到过这一点，可突然他自首了，招了。"最后拉伊肯如老警长所预期的那样自首了，但并非真正由于良知上的折磨和痛苦，而是在于他考虑到在既定秩序主导的世界，他是一个孤独者、局外人，在监狱里，他同样也是一个孤独者、局外人。所以他决定减少麻烦，在监狱里孤独而幸福地做一个局外人，达到尘归尘、土归土的寂静状态。他把这种情况解释给艾娃："被我杀了的那个人无足轻重，我杀了只虱子，我自己变成了虱子，虱子的数量永远不会改变，除非一开始我就是一只虱子。不过这不重要，我想要推翻一种准则而不是杀个人，杀人也许是个错误，可现在每个人都很满足……甚至包括我，隔离对我来说毫无意义，你知道为什么吗？因为我总是孤独一人，不管是在这里还是在外面。你知道这意味着什么吗？这就是我不想让你等我的原因，走吧，过你自己的生活。有一天，我们都会死去，我们死后，不会有什么天堂，只有别的东西……"

二、局外人与西西弗斯的综合体：对幸福与纯真的求索

《罪与罚》中的男主人公拉伊肯综合了加缪《局外人》中的莫尔索、古希腊神话人物西西弗斯和萨特《群蝇》中的俄瑞斯忒斯的共同特质。莫尔索深知这个世界的荒诞，也承认这个世界的荒诞，但他拒绝与这个世界同流合污。在死前，他拒绝向神父忏悔，因为他觉得自己的过去是幸福的，现在仍然是幸福的。他不因社会文化的"理性"和社会道德系统的约定而妥协，他愿意被这个社会抛弃，他自己也愿意背离这一切，成为这个荒诞世界的"局外人"。因为这个世界的荒诞之处在于"任何在他母亲的葬礼上不痛哭的人，都有被判处死刑的危险"。这个世界不能理解和容忍约定俗成的模式之外的和传统价值观之外的东西，局外人莫尔索却游离于约定俗成和传统价值观之外，并认为自己不

会因为孤独而不幸福。西西弗斯通过对推巨石上山、巨石落下、他再推上去这样一个周而复始、循环不止动作的认识，体察到这个世界的荒诞和人类的荒诞，但是他依旧对推石头乐此不疲，实现了自己的终极自由，进而成为一个认识了荒诞的世界又勇敢面对它的终极英雄。《群蝇》的男主人公俄瑞斯忒斯面对群氓的误会、愚蠢和麻木，他依旧要将群氓带出城以使得他们摆脱污秽之地，解救他们，如圣徒般充满自我牺牲精神。

电影《罪与罚》中的拉伊肯算得上是这三个形象的综合体。他为什么要杀那个商人？是因为他的未婚妻死于他的车轮下而报仇吗？不是。因为当艾娃问他是否爱他的未婚妻时，他说他们很久以前就结束（分手）了。既然已经分手，两个人应该没有什么关系，但他为什么要杀那个商人呢？这个世界的常理似乎不能解释拉伊肯的行为。

艾娃：为什么不告诉我真实的原因？

拉伊肯：什么原因？

艾娃：那个女孩，你很爱她吗？

拉伊肯：也许，但这并非真的原因，我们之间很久以前就结束了。

艾娃：为什么？

拉伊肯：我只是觉得他很讨厌，所以我就杀了他。

艾娃：这不是真的。

拉伊肯：就像个虱子。我想表明事情不是他们想象的那么简单。

艾娃：他们？

拉伊肯：他一个人。

可见事实上，拉伊肯杀那个商人并不是为了未婚妻，他只是觉得商人是个虱子，让人很讨厌，所以就把他杀了。商人明明撞死了人，却因为没有足够的证据而被无罪释放，这个所谓的公平的法制社会导致了最大的荒诞。明明是凶手，却因为证据不足而逍遥法外，其本身充满了荒诞，因而拉伊肯决定要做这个荒诞世界的反抗者和引领群氓出走者。他是个英雄，一个俄瑞斯忒斯式的英雄。尽管他的制度、他所保护的人最终把他引向绝路，但他还是选择去“杀虱子”。

副警长：你学法律？

拉伊肯：曾经。

拉伊肯是法律专业的律师，曾经办理过他未婚妻被人撞死的案子，因认识到法律本身的荒诞而放弃从事此行业，进入猪肉屠宰场工人队伍中去，直面鲜血与屠杀。

副警长：商人昂肯是被枪击身亡的。

拉伊肯：枪击？我不知道。这能说明不是我干的，我现在能走了吗？这是浪费时间。你是因为3年前，商人昂肯酒后驾车撞死了我的未婚妻，在法庭上编了个拙劣的玩笑脱罪了而怀疑我吗？

副警长：你是亲自办的这件案子，是吗？

拉伊肯：是的。

警察：据他的律师说，你在法庭发誓说，如果法庭不能给你公道，你将通过自己的途径寻求公道。

拉伊肯：我说过吗？奇怪。要是因为一个人的思想言论，就把他关进监狱的话，你们的监狱就会满了。我很年轻，你们怎么不问我，我是不是那么干了。

副警长：那你那么做了吗？

拉伊肯：我不告诉你，你去查吧。

副警长：你有理由希望那个毁了你生活的人死掉。

拉伊肯：我看上去像是被人毁了吗？

拉伊肯为什么不做上流社会的律师工作，而要做一个屠夫，每天和肉、鲜血打交道？某种程度上来说，他是个反社会者，对这个荒诞的世界进行愤怒的反抗。这个法律秩序、社会文化很可笑，他要游离于它并冷眼旁观它，嘲笑它，最后用自己的行动挑衅、颠覆它，并杀掉那些让人厌恶的真正杀人犯。影片中还有另外一位男性，即拉伊肯在屠宰场里的同事兼朋友。他很聪明，住在船上，虽然不过是屠宰场的工人，但床头放满了书，有关于存在主义哲学的书籍等，他还在学习英语。他总是渴望和拉伊肯成为好友，热情地关心拉伊肯。拉伊肯表面上对他维持一种公共距离的关系，但在内心和灵魂深处依赖他、信任他，也很开心与之交往。拉伊肯杀完人，第二天没上班，他的朋友探望他并表示关心。

朋友 A：没有心情工作？是血！

拉伊肯：（一紧张）什么血？

朋友 A：你的房东太太把一切都告诉我了。

拉伊肯：什么？

朋友 A：你不付房租，在房间里走来走去，说话，大笑，吵得隔壁房间的人想要换房间。

拉伊肯：她对血的事情怎么说？

朋友 A：因为孤独与缺少运动，你的血液变得黏稠了，多血质，她还提到了维生素。还有你不允许别人打扫你的房间，你不喝汤吗？

拉伊肯与朋友 A 谈的“血”有三层含义：其一在拉伊肯指的是杀人的血；其二在房东看来由于独处与缺少运动，导致拉伊肯身体血液黏稠和行为怪异；其三朋友 A 指的是屠宰场里杀猪的猪血，他认为过于文气的拉伊肯可能晕猪血。而朋友 A 问拉伊肯是否喝汤，拉伊肯没有胃口，朋友 A 说他想喝。其实后者也并不想真的喝汤，“汤”只是一个谈话的由头和资本，否则两个人在一起无话、尴尬。

拉伊肯：不喝。

朋友 A：那么我能……

拉伊肯：喝吧，你开汽车来的吗？

朋友 A：汽化器坏了，休息一个礼拜吧，别担心老板，我会告诉他你突然有点晕血。

拉伊肯：我很好！

朋友 A：一开始你总以为你很好，然后一切都崩溃了。

拉伊肯：什么意思？

朋友 A：神经，内部器官，一切。

拉伊肯：你怎么知道的？

朋友 A：我读过。

拉伊肯：我得走了。

朋友 A：你明天上班吗？

他从物理学上解释拉伊肯的怪异行为，并且愿意主动承担他工作中的问题。朋友 A 热心、聪明而又敏感。而从这段话下半部分看，他智慧、善解人意，也有一点古怪，但是他和拉伊肯是一种互相陪伴的理性伙伴关系。正如考里斯马基所说，这个世界太现实，太冷酷，我们总要在这个冰冷的世界给人点温暖吧。拉伊肯和他的朋友就是彼此的“温暖”。这种“温暖”不管是以冷漠、傻气、孤独，还是什么其他状态出现，它毕竟是存在的，眼睛里闪着光的，内心当中是温暖、自信和满足的。他们可能是莫尔索、西西弗斯，也可能是俄瑞斯忒斯，但都是这个世界上真正的英雄。

三、从质疑、反抗到失落：如何面对虚无与荒诞的建构

在认清了世界的荒诞本质之后，拉伊肯一度陷入困惑。他一个人在屋子里走来走去，自言自语，陷入让人恐惧的孤独之中。然而和艾娃、警长的交流让他在现实中找到了着陆点，也体悟到了自己的存在。

拉伊肯：你害怕我会杀你？

艾娃：不，不过有可能，我怎么知道呢？

拉伊肯：确实，你怎么知道呢。

艾娃：我不怕你。你认识他吗？

拉伊肯：谁？

艾娃：你杀了的那个人，你明天将会被逮捕。

拉伊肯：是吗？我希望如此。

艾娃：你去自首吧。

拉伊肯：也许我会，也许我不会，还有别的选择方式，我会告诉你我的地址，你去告诉警察。

（艾娃打了拉伊肯一个耳光。）

拉伊肯：你干吗打我？

艾娃：你为什么要我承担所有的责任？你觉得很有趣？

拉伊肯：不，很可怕。因为我厌倦了自己抉择决定。银线旅馆，记住。

艾娃：我不会帮你。

拉伊肯：我不需要你的帮助。

拉伊肯的表述出现这样一些词："厌倦""抉择""决定""不需要帮助（拒绝）"。这些词来源于存在主义思想，表面看来是冷漠的、绝望的，但其实充满了人道主义关怀和希望，恰如存在主义的命题"存在主义是一种人道主义""绝望不是希望的对立面"[①]。拉伊肯没有绝望，他只是认清了绝望、爱、世界和人的本质，并且决定与绝望抗争。这种英雄气质吸引了艾娃，她决定为此付出，等待这个杀人犯出狱。

拉伊肯：你是想要我自首吗？

艾娃：是的，否则你会毁灭你自己。这样的话你会判轻一点，要是你愿意，我会等你。

---

① 萨特．存在主义是一种人道主义［M］．周煦良，汤永宽，译．上海：上海世纪出版社，2008：7.

艾娃虽然没有明晰人的存在本质，但她明晰爱的牺牲和付出的特征，并因此不会绝望。但在影片中，蛋糕店的老板——艾娃的追求者绝望了，他绝望于无法得到艾娃爱的回馈。他为艾娃做了很多，但他为何无法得到艾娃的爱？

蛋糕店老板：你和他（拉伊肯）有什么关系？

艾娃：没什么，怎么？

蛋糕店老板：你要小心……我知道现在不是时机，不过你考虑过我的求婚了吗？

艾娃：我不是已经给你答复了吗？

蛋糕店老板：我想你也许改变主意了。

艾娃：没有。

蛋糕店老板：你真不知道感恩。

艾娃：为什么感恩？

蛋糕店老板：为了我为你做的一切。

艾娃：让我下车。

蛋糕店老板同反英雄拉伊肯有着不同的精神气质，他在世俗中把爱理解为“我为你做的一切”，甚至还企图以暴力和占有来达到爱的目的。他用物质、暴力或者占有来奴役爱，与拉伊肯清醒而开放的存在状态不同。

艾娃：我不在乎你告不告发他，我恨他，也恨你。

蛋糕店老板：你害怕我吗？要是我想，我可以用暴力，我比你要强壮得多，墙很厚，就算你叫，别人也听不到。

艾娃：你想干吗？

蛋糕店老板：我想要你，仅此而已。

蛋糕店老板不明白爱与人的本质，虽然他尝试各种办法得到、占有爱，最后还是绝望地放弃了。

与富有的资产阶级蛋糕店老板不同，拉伊肯在屠宰场的穷哥们儿虽然迫于就业的压力，只能在一个屠宰厂工作，但他依然保有着知识分子的尊严、节制与良善之心。他学习美式英语，试图与那个富有的美利坚合众国产生点关系。

（朋友A一边听英语，一边跟着录音机练习口语，一边给拉伊肯冲咖啡。）

朋友A：最近怎样？

拉伊肯：就是这样。

朋友A：这是海上，船晃得跟摇篮一样，我妹妹她在斯德哥尔摩上学，她要结婚了。想和我一起去参加结婚典礼吗？

……

朋友A：有伴儿很好。

拉伊肯：是的，对拉伊肯来说也是这样。

……

朋友A：去度假了，此外他没有持枪证，你遇到麻烦了，如果你需要帮助……

拉伊肯：如果我需要帮助，我会告诉你。

朋友A住在船上，他关心拉伊肯并暗中帮助、观察他，这种不逾越个人边界式的相处方式，是为了让拉伊肯冷静并不失人的尊严。朋友A对拉伊肯说，“有伴儿很好”，拉伊肯也认同这一点，两个人达成共识和默契。看起来冷漠的拉伊肯，其实内心充满温暖和希望；看起来傻气的穷朋友，其实睿智、聪明、慷慨，充满爱心和温暖。由于社会文化、道德律令构建了约定俗成的行为模式以及价值观念，其表象和表征固定不变，从而形成权威与秩序，模式僵死，带有蒙蔽性和教条化，构成了暴力的一种。这两个在世人眼里看起来怪异却温暖的反英雄却按照自己特有的方式对这种暴力进行反抗。

考里斯马基在26岁时创作了《罪与罚》，站在陀思妥耶夫斯基等文学巨人的肩膀上，结合《局外人》的冷峻与《群蝇》的热情，把欧洲大陆的存在主义哲学体系和克尔凯郭尔的宗教存在主义纳入其中，对存在、信仰与人的关系进行了深入的思考。同时，针对工业复制时代带给人们的巨大冲击与物质异化，他也进行了严肃的反讽与思考，含蓄但不失犀利。

第十章 《青春残酷物语》中日本现代情感及批判意味的建构

“大岛渚是反对小津安二郎、沟口健二与黑泽明经典人道主义电影的三个日本导演之一。当他们被现代世界摧毁的时候，他们决定挖掘出日本社会结构的症结所在。”① 大岛渚 1932 年生于京都，父亲早逝。他幼时身体孱弱，从小就阅读父亲留下的世界文学全集、改造社日本文学全集以及廉价丛书，因而早熟。高中时，大岛渚开始参加校内戏剧演出，后考入京都大学学习法律，继续参加校内戏剧表演，并热心学生运动。参加学生运动的经历使得大岛渚开始更深层次地思考社会形势、政治局势与学生运动等问题，对其后来的电影创作产生了深刻影响。

大岛渚于 1959 年拍摄的《青春残酷物语》掀起了日本电影新浪潮运动。他的电影里呈现了暴力、性以及反社会犯罪，表达个人和社会的关系，展示了虚无主义者在经济社会中的失重、无力感与挫败感，以私小说的手法讲述边缘的、带有青年亚文化反社会倾向的流氓、无赖或者反英雄的幻灭与毁灭。《青春残酷物语》的宣传海报上，阿清裸着上半身，年轻男性紧绷的肌肉彰显力量、性与无处发泄的愤怒，他抬手扇真琴耳光的动作充满了暴力与残忍。真琴挨了耳光后尖叫的口型及表情显示，她除了惊吓、尖叫，还出现了受虐后的愉悦和笑容，一半是惊骇、一半是甜蜜的暴力，充满了激情、二元对立的矛盾与离经叛道。电影中两位主人公具有强烈的个人英雄主义色彩，阿清具有日本神

---

① MALCOLM D. A century of films: Derek Malcolm’s personal best［M］. London: Tauris Parke Paperbacks, 2000: 27.

话人物风神须佐之男的流氓、反英雄特征。在这部电影中，传统的良善美德无须与英雄的特征必然联系在一起，尤其是那些邪恶的英雄、反英雄或者流氓，他们不惧展示本我之恶与人性丑陋之处，犹如日本神话中天照大神的弟弟风神须佐之男，他是个无法无天的顽童、恶棍、所有禁忌的破坏者。他病态地实施暴力，虚无地对待周遭的一切，犹如真正的流氓或者虚无主义者。但他的恶行与顽劣之处不但被姐姐天照大神溺爱和纵容，也被日本人接受和喜爱。在他们看来，人性恶、缺损及不完美等特征本身就是人性的一部分。对须佐之男及流氓、反英雄的宽容，也就是宽容了自己及他人日常生活中人性的不完整，隐忍而平静地接受社会或者现状，暂时求得解脱，而死亡才是最真诚与神圣的。

大岛渚一度不喜欢被称为参与革命或政治活动的导演。他认为，“导演应参与活动并加以记录，并不制造活动，因为他是艺术家而非政治家”。但是从他的影片可以看出其思想和艺术风格的演变。从影初期他批判政治，控诉日本人对韩国人的态度，谴责权力滥用，反对个体及全人类受政治体制压迫，对日本某些党派的专制表示失望，同时也对次级团体的无力深有挫折感，这些都出现在他早期的电影中，并成为一再重复的主题。后来他注重个人意见的表达，在解释电影的政治作用时变得从容、更为理性。但他依然重视艺术与生命的独特性。他说，“所有的电影都是政治”，“电影具有多重意义，政治只是其中之一，但是有些人坚持，政治是唯一有效的意义，而我始终反对这种看法”。在大岛渚的电影中可以窥见政治以外的另一种日本文化、社会状况及人的存在，这些不安与躁动的特征不同于小津安二郎的家庭视角、黑泽明的武士道思想以及沟口健二对女性的关注。

一、从斯德哥尔摩综合征看日本现代女性的主体性建构

《青春残酷物语》中出现了多个女人，如真琴、由纪、阳子和被迫成为无赖男青年诱饵的无名女子，还有秋本现任的被他称为老婆的女人、中年富有女人、真琴未出场的母亲和真琴的女教师等。除了真琴的受虐爱情，导演对每个女人都表露了悲悯的情怀，同情其在男性及意识形态下的弱小无力与渺小卑微。这群女人中有受过良好教育的女人，也有卑贱活着的诱饵女，还有公司的

白领和富有女人，不管处于哪种阶层，她们都体现了人生的失败和生活的不完美。

真琴在高中学校读书，生活单调而乏味，为了找点乐趣而去搭讪开轿车的有钱人："载我一程，好吗？"男人问她为何不坐公共汽车，并说："公车还没有收班。"真琴挑衅似的回答："坐小车舒服啊！而且更有趣，对吧。"真琴一代所处的时代正值日本战后生育高潮，也是日本经济迅速发展的阶段，池田首相提出"十年国民收入增加两倍"的国民计划。与之前日本朴素的生活原则不同，新兴的产业与经济发展助长了金钱主义、消费主义与享乐主义的滋生。部分社会精英在大力倡导经济发展的条件下迅速富有起来，高档轿车、娱乐场所、新兴中产阶级阶层等开始出现，成为社会主流文化的主体或者支配者。而真琴这样的女性无力成为其中一员，她一方面渴望被新兴秩序和中产阶级认可，另一方面又带有反叛与颠覆的挑衅意味。但当阿清提到前者的因素时，被她否定了。

阿清：嗨！抽吗？

真琴：你认为我会抽烟吗！

阿清：到了这个年纪！

真琴：你什么意思？

阿清：抽抽烟，找找刺激。

真琴：不是，我才没有找刺激！

阿清：就是想搭顺风车，是吗？

真琴：没错！

阿清：对男人的兴趣，对性交的好奇。

真琴：才没有！

阿清：那就好，对有钱人向往，对中年男人幻想，也许你是无意识的，这个男人要是再狡猾些会怎样？

阿清前一天晚上无意间救下真琴后，他对真琴轻浮的举动略有担心。其实和真琴一样，阿清在浮躁的环境下无法自行选择，只能被迫选择。贫寒的出身如果没有求学这样的改变命运的机会，就意味着他们势必走入没有经济基础的贫寒阶层，也就意味着无法实现中产阶级的梦想。阿清同真琴一样不甘成为被社会遗弃的边缘人，为完成学业，他卖身满足中年女人的肉欲。满足中年女人纵欲后，阿清无意间撞见了被有钱男人占便宜的真琴，他借机愤怒地殴打有钱男人。他一方面不希望真琴和自己一样依赖有钱人的包养，一方面发泄潜意识中无钱的无奈与反抗的愤怒。随后，阿清又把自己的愤怒和无力感转嫁、发泄到真琴头上。两个人乘坐快艇飞奔到漂浮的原木堆上，快艇代表发展的速度，也代表人和人关系的快速发展，漂浮的原木堆代表没有根基、没有稳定感的金钱世界。在原木堆上，真琴与阿清愉快地浪漫追逐，突然真琴被阿清强行吻住，她毫不犹豫地打了阿清一个耳光，阿清也重重反手打了她两个耳光。同前天晚上真琴反抗的那个男人一样，暴力在现实里毫不浪漫，而是赤裸残忍。表面上快艇风光、浪漫，实则截然相反，意味着工业社会的发展速度极快，其带来的后果也定非浪漫、美好。真琴被阿清推到了海里，阿清要真琴听他的话，遭到真琴多次拒绝，于是他阻挠她爬上岸，直到她筋疲力尽。

阿清：怎么样？乖乖听我的话？

真琴摇头：不要！

阿清：那就算了。

（真琴一口一口地吐水。）

阿清：怎么样？

（阿清踩踏她的手阻止她上岸，真琴摇头，表示不听他的话。）

阿清：那你今天来做什么？

（阿清继续踩踏她的手。）

阿清：对男人的兴趣，对性交的好奇，我都满足你。

真琴一直摇头拒绝阿清的无理要求与侮辱。在真琴快要沉下去时，阿清拉她上来，占有了她，事后阿清吸吮真琴脸庞的泪滴。物质及各种诱惑操控人的经济时代，使得人无力、狂躁与迷失，阿清暴力与柔情的真实暴露，使得真琴从不同角度去看待他。阿清的劣迹让真琴感觉到真实的人与真情的切实存在：残忍、任性与顽劣。面对阿清粗野的欲望，真琴感觉到的是强烈的真诚。基于这样的认知，真琴逐渐爱上阿清。但是真琴对阿清暴力的爱，与传统温馨的爱不同，可以说是无缘快乐："漂浮的原木象征着堕落的爱神之地，并具有隐喻的密集透视性。这个场景是日本术语'浮动的世界'，用来指特定历史时期京都、江户的红灯区，在这里卖淫者向人承诺瞬间的、短暂的性快感。这个电影在现代性重塑方面把性放在了日本浮动的世界之上，与过去的快乐之地不同，简直是与快乐无缘。在这种新文化中，性孕育于暴力之中。"[①] 在受虐的痛苦中，真琴感觉到了自我的存在与清晰的生活。阿清受凌驾其上的主流社会、主体文化和新兴中产阶级的支配，真琴则只能受阿清的二次支配和主导。不同于阿清的是，作为最弱小者的女性，真琴敢于直面自己的"耻感"心理，并坦承出来："昨晚被你撞见本来很羞，但是见到你反而觉得舒坦。"她自始至终都在努力改变，努力改变家庭对自己和阿清的看法，甚至要改变整个社会，但最终随着男性的放弃而全盘毁灭。"阿清想用蛮力占有真琴，电影冲击性地描写了粗野的欲望，人们将此举称为革新运动——电影新浪潮。"[②] "粗野的欲望"是彼时日本社会关系的折射，恰如失败的上一代人秋本医生对它的描述：

秋本医生：……你妹妹他们和我们相反，放纵欲望和这个世界抗争。

在秋本医生看来，真琴、阿清这一代人更勇敢，比姐姐由纪、秋本医生这一代人要来得更猛烈和直接。他们不使用游行、暴力或者意识形态来反抗，而是使用自己的欲望和这个世界抗争。秋本医生和由纪他们那个时候运用意识形态或者非暴力方式抗议、游行。他们举着宣传大旗，拿着纸板戏谱，拼命游走街头，大喊着要改变这个世界，但是结果却什么也没有改变，工人阶级依旧

---

① TURIM M. The films of oshima nagisa: images of a japanese iconoclast [M]. California: University of California Press, 1998: 37.

② DVD 资料《世界十大导演访谈录：大岛渚访谈》。

无望跻身中产阶级阶层的优越生活。这个歪曲的世界嘲笑他们因浪漫革命、让生活更美好去游行而产生的爱情。他们清教徒式“手也没牵过”的恋爱，最终随着游行的失败而失败，为了体面地生活，由纪做了有钱男人的情妇。意识形态、政治游行什么都没有改变，除了改变自己的意愿而认同于它。这就导致了人生失意、爱无力、爱无能，任凭主流意识形态左右，他们只好扮演失败者的角色。秋本医生认为，他们曾经对这个社会有方向地反抗，去反抗“嘲笑他们爱情的扭曲社会”，并与之斗争抗衡。可他也同样无可奈何：“那能有什么办法？”“那也是没办法的事！”反抗的无奈与必然失败已经昭然。对于真琴与阿清的反抗形式，他不但看到他们“放纵欲望和这个世界抗争”的方式，甚至也看到了结果：“这样能行吗？肯定不行！”我们看到，阿清此时也多少受到了影响，无因的愤怒和乏力又在慢慢侵袭他。

真琴和阿清适逢日本20世纪五六十年代振兴经济大兴土木时期，经济迅猛发展，冲击着人的关系。怀孕后的真琴由于对阿清的失望与对温情的渴望，她和有钱男人发生了一夜情。一方面是报复阿清要求她“堕胎”的残忍，一方面是对存在状态的无力改变的愤怒。

真琴：你来干什么！

阿清：这个给你，堕胎费！还有这个……医生的地址，我特意给你问的。到8点关门。你今晚就去吧。你不要总是这副阴沉样！又不是我一个人的责任！

真琴：那就不劳你这么关心我！

阿清：你说什么！

真琴：我昨晚和别的男人睡了。

阿清：真的？

真琴：真的。

阿清：为什么这么做？为什么这么做？！你说啊！

真琴：不知道，也许是为了忘记悲伤的心情。你太过分了！成熟的男人会对我好些。

阿清：是个什么样的家伙？

真琴：他叫崛尾。就是前天没成功的那个，昨晚走在路上又碰到他了。喝了很多酒，然后就住下了，他对我很好。

阿清打了真琴耳光，并将她推倒在工地的沙堆上。真琴陷入了矛盾：一方面是温馨的有钱人的温暖宾馆、高档咖啡屋，另一方面是阿清简陋的出租房、小酒馆儿，以及阿清的唯一经济来源——做中年富有女人的年轻情人。最重要的是阿清的“堕胎”要求带给真琴的幻灭，导致她以身体之痛治疗内心的爱之创伤，金钱导致了二人的爱情破损和未来渺茫。真琴既焦虑又矛盾：“但我满脑子里都是你，我恨我恼！……不过总算想通了，孩子打就打无所谓了，我说的是真的！”做了不可原谅的羞耻之事后，她坦然接受了阿清“堕胎”的残忍要求。

真琴意识到生活的荒诞本质而他们又无力改变时，她的姐姐由纪却被他们无所顾忌的自由重新点起生活的激情：“真没想到，看来你们过得不错，我都有些羡慕了。你们每天都在做些什么？”由纪厌烦了单调而无忧的生活，她不顾“自由必定伴随责任”的后果，准备开始放飞心灵及当年对爱情的欲望。她和安定的中年男人分手，去找初恋男友秋本，承认自己的错误选择：“坚持自己的理想，我可真没颜面！”没想到秋本却回答：“想起来我们的青春献给了改造社会，但是方法幼稚，犯了许多错误，怎么冲也冲不破现实，焦虑，然后互相伤害。”由纪告诉秋本：“我想找回。我和那个男人分手了。想重新生活。我的妹妹正处在我当年的时期，虽然做事不同，但全身心都在和这个世界抗争，我想再过一次那种生活，有办法吗？不敢奢望爱情，至少工作上创造点激情。只有你能教我怎么做。”但是秋本不仅打碎了她的浪漫梦想，也破坏了她准备重新开始生活的打算。此时秋本经营着非法诊所，现实再一次把由纪推到了非此即彼的两难选择上：“我不会再见你了。分手之事不能是儿戏！这个女人，相当于我老婆，我得跟她磨一辈子！”和一个不相干的女人“磨”一辈子是秋本的无奈选择和生活带来的荒诞本质的显现。由纪所向往的理想生活被自己曾经爱的男人从本质上摧毁。她不但要承担自己的失败，还要承担男性的失败。

与由纪不同的是，真琴并不承认自己的失败。她坚持自己的选择，那略微有些受虐倾向的恋爱最终还是让再度失败的由纪又羡慕又嫉妒。由纪和爸爸将真琴保释出来，由纪对真琴冷嘲热讽。

由纪：听说你承认自己做了坏事，变得真快，当初那么强硬！

真琴：我撒谎了！

由纪：咦！

真琴：不这么说他们能放我出来吗?！我现在也不觉得做错了什么。

父亲：你去哪里?

真琴：还用问?！我走了！再见。

真琴真实而又彰显自我的回答，不同于先前迷茫时期的冲动。她经历了怀孕、和中年有钱男人发生一夜情、堕胎，而后被中年男人告进监狱。此时的她经历了彷徨与选择之难，坚定了自己的爱，也更加肯定自己的心性良知与存在。对于姐姐的质疑与讥讽，真琴是诚实而勇敢的。最后她用强有力的反问“还用问?！”来回答父亲询问她去哪里的问题。

还有两个女人与由纪、真琴的状况截然相反，一个是真琴的母亲，一个是包养阿清的中年女人。真琴和阿清同居的事遭到姐姐的强烈反对，父亲却置若罔闻。这令由纪愤怒，因为当时她和秋本恋爱时，曾经遭遇到清教徒式的各种清规戒律。父亲对真琴反叛举动的不作为，由纪认为“还不是看着妈妈脸色行事”，这会儿父亲不管真琴，一是因为母亲现在去世了，二是因为父亲在母亲去世后没有了主见。男性不但遭到女儿无礼和严厉的斥责，还要看妻子的脸色行事，这在男权为中心的日本社会象征着男性地位在现代社会中逐渐式微，退出家长的角色。父亲的解释说明了快速发展的现代社会，指导下一代人去做什么是一件比较难的事情：“战争年代，日子虽苦，但好歹有个方向，那会儿时兴讲建设民主日本，我也这么教育你，我不是总告诉你‘自由必定伴随责任’吗，现在呢，我跟这孩子说什么好?！没什么好说，总不能说你什么都别做！”

与不幸的真琴一样，富有的中年女人同样也很可悲。作为女性，她青春不再；现在拥有财富，在安稳的家庭生活中承担着教育子女的女校长、丈夫生活中的管理者与经济合伙人三重角色。丈夫生意兴隆，家里一切安逸，但他们缺乏心灵与情感的交流，生活单调乏味，她也渴望青春和欲望。她引诱女儿贫穷的青年家庭教师阿清，从他的肉体上汲取青春和活力。虽然她对阿清的身体无比依恋，但她却非常理智，能够理性冷静地处理很多突发情况，比如家庭关系、意外怀孕、阿清被捕等。尽管阿清毫不留情地呵斥她、讥笑她，她还是把阿清作为恋爱的对象，死死抓住不放，甚至当着真琴的面也穷追不舍。在虚无的金钱下面，这扭曲变态的爱恋成了这个女人存在下去的唯一意义，在受虐中，她感觉到了自己的真实和存在。虽然年龄、社会身份与经济条件不同于真琴，她却也是在受虐中感觉到自己的存在，她并不真正渴望阿清的爱情，只是从感官上满足自己存在的欲望。和真琴单纯的爱情相比，这个女人逐渐迈向老年，她恐惧丧失生命的存在感，大量金钱与物质对她也于事无补，希望以“欲望”或“受虐”的方式留住生命与存在的意义。“你真干得出来，让别的女人怀孕从我这里拿钱！你有没有想过对方的心情?！不用你说，想得出来听到有了孩子时，你是什么表情！”女人还告诉阿清：“我打掉过你的孩子！的的确确是你的孩子！”她的理由也比较实际：“怕说了被你的臭脸伤害！与其自讨没趣，不如自己处理了干净！她没我狡猾，肯定没这本事，只有伤害自己和对方互相伤害，真可怜啊。”心智与经济条件成熟的女性把阿清作为性欲和情欲的道具，虽然遭受其马索克式[①]的对待，但这却成了她于虚无中存在的最大意义。现代社会中，伴随男性力量的式微，女性经济独立后自我意识逐渐强烈，并在虚无中利用斯德哥尔摩综合征来寻找存在的佐证。

还有由纪，她虽然放弃过自己的理想，但在清醒过后勇于行动、忏悔，重新开始新的有理想的生活。作为中产阶层的那个中年女人，在物质充裕的家庭生活中，由于虚无而寻求感官的刺激和情欲的宣泄，成为阿清反抗的对象。

① “受虐”之意，来自奥地利作家马索克的名字，他的代表作《穿裘皮的维纳斯》系一部关乎施虐和受虐的小说。

但她也是现代社会悲剧的产物——扭曲、变态，而且她也足够强悍，操纵着主动权。中年女人的中产阶级生活是阳子认同的，她告诉伊藤："每天拿着大旗挥来舞去的有什么意思？不如早点考虑结婚吧。"这就是日本社会现代化下的人们的正常选择：放弃理想，丢掉抵触，认同主流意识形态，共同来实现金钱意识形态所承诺的中产阶层梦想，早日跻身电影里中年女人、中年男人那样的阶层，享受消费物质的快乐。真琴、由纪所代表的女性虽然对主流文化、主流社会的反抗失败了，但是相较于男性的式微、无力和挫败来说，女性承担的是双重责任，她们更勇敢、坚强：在阿清迷失时，真琴在坚持；当秋本苟活时，由纪要崛起。

二、青年的失败："愤怒"族与主流"拜金"意识形态的抗衡

20 世纪五六十年代，日本社会进入急速发展阶段。随着工业化进程的深入，社会生产力提高了，人和人的社会竞争力随之增强，个人增加收入和创造财富也不是件容易的事了。从《东京物语》中周吉老人与他朋友的讨论看来，前工业时期的传统观念所期待的"一代比一代强"的观点，在工业社会里很难实现。来自底层阶层的青年们推翻了这种传统假设。阿清虽然对中产阶级有抵触，但是改变自己的阶层、进入中产阶层也是他的选择和梦想，对生活在底层的他来说，求学是改变阶层的机会。他是五六十年代日本的"IPOD 一族"①：没有安全感，压抑感强烈，没有钱或者债务缠身，仅靠做家教无力承担高额学费。焦虑和无奈之下，他只能选择出卖身体，作为中年女人的泄欲工具，以求改变自己的命运，而这也让他产生了道德恐慌与焦虑，并进而导致了愤怒和反抗。阿清的朋友伊藤先是上街摇旗呐喊游行，宣泄愤懑，但他一旦发现生活中有其他的渠道可以改变命运，他就即刻换取，如利用自己的情和色赚取学费，或依靠同女孩子恋爱来改变自己的经济状况。如他同表面叛逆的阳子恋爱，因为阳子外表美丽，家境良好，后者较为重要。

① "IPOD 一族"指没有财务安全感（insecure）、压力大（pressured）、税负较重（overtaxed）和高债务（debt-ridden）的一群人。

阳子：你说你，参加学生运动，每天拿着大旗挥来舞去的有什么意思？不如早点考虑结婚吧。

伊藤：嗯，不用你说我也在想。

阳子：可真羡慕阿琴，这地方虽差，能和所爱的人一起生活一定很幸福吧。

伊藤：我是不会让你住这种地方的！

阳子：真的吗？暂时就去我家吧。

虽然阿清对伊藤等人参加政治游行的方式不屑一顾，但他以自己的方式反抗。他讥讽真琴，报复她认同中产阶级主流意识形态。虽然他对真琴追求中产阶级男人感到愤怒，但真相是阿清本人也渴望成为中产阶层一员。阿清把教育视为很重要的问题，他也多次问到伊藤学费——金钱的问题。交学费上学是阿清改变自己命运的唯一手段，但真琴的出现让他的道德焦虑感出现，他决定暂时不出卖身体给中年女人。为了发泄愤怒，他和真琴去报复、诈骗那些有钱男人的钱，他并没有考虑到他的这一看似反抗的举动，其实是在利用和买卖真琴的身体。学费成了阿清的最大烦恼，常常与没钱的伊藤提及学费："你的学费怎么样了？""我问你交学费了没有？"伊藤有女孩为他交付学费，阿清则为自己交不出学费而恐慌："真有你的，哪里弄的钱？……她吗？原来如此！有手段！今天去了趟学校尽触霉头！再交不出钱，过了这个月就要被开除！要是能进国立学校至少也省个两年花销。"面对没钱交学费及就要被开除的现实，阿清既无力又愤怒，但又不清楚向谁泄愤，因而认为"谁都有份儿"。在浮动的原木上，他这样跟真琴说他的愤怒和反抗。

真琴：你不讨厌吧？不是讨厌才做的吧？

阿清：我有点恼火，不过也许不是对你。

真琴：那是对谁？

阿清：谁都有份儿！

“谁都有份儿”让阿清不但对真琴恼火，也对出卖真琴的阳子恼火，对他的好友有钱交学费恼火。为了宣泄恼火，他不但动手打人，还要毁灭主流世界所认同的东西。阳子给伊藤交了学费，热恋着伊藤。阿清很恼火，他要报复，不管是否毁灭别人的幸福，不管伊藤阻止他“别做缺德事”，他还是对阳子讲了伊藤之前为了钱和丑女孩交往的不堪情史，毁掉了伊藤和阳子刚刚建立起来的美好。报复之后阿清想和真琴出去找中年有钱男人玩玩、泄愤兼赚些钱财，真琴虽不想去，但最终还是去了。车里的中年男子问她“怎么哭了”，她向陌生人敞开心扉倾诉自己的“难过”。坐在舒服的车里，他们友好、愉快地交流，这种有礼貌的、富有而得体的生活是大众追求的美好生活，是阿清用愤怒和暴力无法换来的生活。真琴对自己的重新认同感到内疚，车外跟着风中的阿清，对比之下阿清的宿命昭然若揭。

阿清发泄出来的敌意与愤怒是对政治意识形态与主流文化的反应。他的愤怒，源自他的弱小无法改变其反对的主流社会现状，也无法改变自己所属的阶层与被忽略的命运。阿清的方式不同于那些上街游行的人，他以暴力、性与酒反抗现代主流社会，反抗那些富裕而随意践踏女性的中产阶级，但却沦为罪犯。大岛渚这样说：“1960 年 7 月就任的池田首相提出了收入倍增论，即十年间将国民收入提高两倍，随之而来的是工业振兴运动，以及筹备四年后的奥运会，大兴土木，从那以后，日本发生了巨大的转变。电影主人公也一样任由自己的想法发展成行动，却不知不觉造就了犯罪。所谓的反社会行为，就要受到惩罚，我对这点很感兴趣，才创造了一个这样主题。当然在布景上，加入了许多诸如施工现场之类，为的就是衬托这样一个社会背景。这就是当时的日本世态：一方面日本的经济正在高速增长，一方面青年人为了表现自己的思想而行动，在某种程度上，也是经济增长，却是犯罪。”[①]

阿清的“愤怒”代表了大多数人的选择。除了愤怒，他还有身体的暴力，不仅对真琴，也对伪善的中产阶级中年男人。但是在主流的社会秩序中，他势必也要受制于这种秩序。当他因敲诈被抓进警察局，当他谴责“崛尾这样的人，因有钱可以随意占有女性，不但没有成为被告，却成了主告一方”时，警

① DVD 资料《世界十大导演访谈录：大岛渚访谈》。

察说："你抢了钱，拿着钱去海边享受，说穿了，你的道理、正义在钱面前什么都不是！钱！钱！钱！有钱就能买好衣服，吃好东西，还能堕胎！有钱什么都行！你和那些家伙有什么区别！还说是别人的责任！不是一样吗？"以此推翻阿清的所谓的不公平理论。阿清以为他反抗的中产阶级主流意识形态反而成了自己追随并与之同流合污的东西。"金钱"意识形态不但主宰了他，还彻底击垮了他，使他失去了存在的重心，彻底失败。因为理论不过警察他又要出手用暴力打人，却遭遇了警察更为有力的暴力。日本在各种暴力中完成了它的现代化转变：镇压了游行暴动——政治上的暴力，压抑了人的理想和个人主义——精神上的暴力，征收土地、大兴土木——经济上的暴力。三重真正的主流暴力之下，阿清的身体暴力显得微乎其微，他挥拳的时候即意识到自己一个人既斗不过小混混团体，也斗不过中产阶级，更斗不过庞大的国家机器及其主流意识形态。在和小混混们最后的格斗中，他彻底失败了。

相较于中产阶级知识分子的温情与伪善，阿清是直接的、粗陋的，在同主流文化阶层的较量中，阿清势必失败。为了尽快给女友赚到堕胎费，他无暇安慰女友。当他向中产阶级出卖肉体的时候，女友也沦为中产阶级的囊中之物，如同自己无法摆脱的命运一般。阿清在这进一步的矛盾中更加愤怒了，除了愤怒，他一无所有。"年轻一代已没有任何传统观念。他们完全迷失了，他们甚至不知道要与谁搏斗。他们不再面临困难。他们甚至感到难以交流，因为反抗是交流的一种基本形式。情况越来越严重，这就是日本的现状，你看到年轻人自我封闭，陷入一种孤独的状态。"[①]

1960 年代是日本大力振兴经济的时代，为了建构所谓文明与发达社会，在高速的现代化进程中，日本可能会对个体造成戕害或导致个人主义或个人欲望的消失。《青春残酷物语》中的有钱男性崛尾运用中产阶级的伪善道德，以爱惜与舒缓的方法让女孩放松，骗取女孩好感后再乘虚而入。这些所谓的国家精英不但占了女孩的便宜，还要让对方在他们规定的秩序内遭受更大损失——把真琴和阿清告到国家秩序或警察那里，敲诈他们仅剩下的自由。国家精英及

① 大岛渚．日本、整个世界和自己［M］// 张穗华．电影一百年．北京：中国对外翻译出版公司，2002：192-193.

主流人物不但操控经济和金钱，还操控权力和国家机器，并制造符合他们利益的秩序与法律。对比之下，没有经济来源、教育背景不足的真琴和阿清等青年，在既定秩序下，反抗这个精英阶层的结果可想而知。他们不得已以愤怒或者流氓无产者的方式来捣毁这个主流阶层，如《青春残酷物语》宣传语一样："大岛渚含着愤怒揍人。"这种愤怒既有个人主义的成分，也有对社会和现状的反抗。大岛渚不能认同当时的主流文化价值观，他说："当时的松竹倡导明快欢乐的青春，我想：开什么玩笑，青春并不是只有快乐。我坚持认为青春一定是团愤怒的火，正因为拼命碰撞我们的愤怒，才有我们的青春。"① 大岛渚在访谈中还说："年轻人在任何时代都是一样，总会对社会现实有这样那样的不满。现代年轻人对社会的愤怒或者疑惑和当时年轻人的所感肯定是不同的，每个时代都有它的特征。但从这个意义上讲，1960 年，战后的日本对于年轻人来讲可能是积怨最深的一个年代。我就是将这些愤怒组织起来，让它同时表现在电影里，把我们所想的用明快的形式表现。"②

大岛渚对经济迅速崛起的现代日本这样描述道："什么事儿都要用钱解决，光靠热情没用，如果不这样就会遭到批判，没人理你。我会做到自己不想做为止，在找到其他更有意思的事儿之前，人总得找点目标，做点事儿，否则没意思。"③ 阿清没有钱堕胎，准备再次利用真琴诈骗有钱的中年男人，真琴感到难过："很过分！我肚子里有你的孩子，可是你还把我往别的男人那里推。我接受不了。"她感觉自己不像"人样"，她在说自己，其实也是在说阿清："觉得自己不像个人样，你可能不懂，但是我讨厌这样，很讨厌。"在现代化的社会面前，异化使得人扭曲、荒诞，不再具有"人样"，这也是阿清思考过的，所以他愤怒。真琴再次碰到貌似绅士的崛尾，失望、绝望和痛苦使得她决定用背叛来惩罚阿清，以缓解堕胎和恋爱的痛苦，也让自己有点"人样"，不再做阿清和小混混们的道具。其实她没有意识到，这时候她是这个中年男人亦即中产阶级的道具，只不过这个阶层更具有欺骗性，并能同化异己阶层，达到利用其

---

① DVD 资料《世界十大导演访谈录：大岛渚访谈》。
② DVD 资料《世界十大导演访谈录：大岛渚访谈》。
③ DVD 资料《世界十大导演访谈录：大岛渚访谈》。

最大价值的目的。于是，真琴以及与她一样的人的反抗也就彻底告终了。

崛尾：回去吧，已经很晚了。叫出租车好了，我今晚住这儿，你也可以住下，不住也行。

真琴：你到底愿意我怎么办呢?

崛尾：直说的话，当然是住好。

真琴：那我问问，住还是不住好?

（阿清家电话一直占线，阿清在约中年女人，卖身索取钱财以便真琴堕胎。）

真琴：你看，怎么也接不通，你不管我，我就随便了。可以吗？真的可以吗?

提及怀孕，阿清想到的是自己是否有经济能力抚养这个孩子，真琴则对怀孕充满了浪漫的小资式的憧憬，对阿清的“堕胎”一说感到寂寞和失落，和貌似温和儒雅的中产男人住在宾馆里，以求暂时的心灵解脱。讽刺的是，此时的阿清为了赚取堕胎费，正在中产女人的床上出卖自己的色相。两个人命运相似却都无法用自己的力量改变命运和社会，他们意识到自己最终不是被主流阶层收编，就是被主流阶层利用。他们意识到了政治秩序、阶层霸权和金钱意识形态带给他们的冲击，令他们没有钱寸步难行，除了承认失败，认同金钱意识形态，他们没有选择，幻灭是其最终结局。两个值得同情的年轻人逐渐走向毁灭。在虚无之中，阿清和真琴都陷入了迷惘。

阿清：怎么办?

真琴：怎么办呢……

阿清：做什么呢?

真琴：做什么呢……

经过了迷惘和徘徊过后，阿清放弃了。他亲切地称呼真琴为“阿琴”，他不是不爱她，而是无力去爱。面对霸权与金钱意识形态，他选择了分手："阿琴，我们分手吧。"他解释说："在海边你不是说要我保护你吗？别让你成为道具吗？我没有这个能力……不仅是女人，男人也是一样，我们只能把自己当道具出卖，世道就是这样，我一个人再努力也没用！两个人什么也改变不了，只会互相伤害，与其这样，不如一个人轻松，总之是不行的。"虽然真琴坚持，但是已经筋疲力尽的阿清还是选择了放弃："就算再在一起生活，已经回不去了……分手吧。"因为金钱，两个年轻人不得不抛弃纯真的理想和美好的爱情，这也是金钱意识形态对人的彻底摧毁。这种现象是大岛渚及三岛由纪夫所极力批判的，经济意识形态的发展势必要有很多人为此付出代价，精神的虚无与对现实的无力也即将导致新的社会后果及其文化特质。

秋本医生与由纪那代人，他们对待私人事件、政治政策以及理想主义是严肃的、认真的，从不怀疑政治、理想主义与道德的确定性。秋本的结局也是阿清的必然结局。阿清、伊藤、阳子他们是现代社会主流意识形态最终同化的对象。在现实和理想之间，伊藤和阳子放弃理想选择现实是大多数人的选择。真琴和阿清同游行示威者保持距离，并觉得"待在这里多无聊"。他们作为游行的旁观者，对这样的社会事件不感兴趣，也不想参与。秋本则是彻底的参与者。他说："想起来我们的青春献给了改造社会，但是方法幼稚，犯了许多错误，怎么冲也冲不破现实，焦虑，然后互相伤害。"有理想的一代，沦为暗中非法堕胎的地下医生，以解决日常生活的窘迫："住这一带的人多半囊中羞涩，得靠兼职糊口。"当年和由纪"两人拼命游走街头，大喊着要改变这个世界"，但他们理想主义的举动和现实的意识形态相左，不但理想没有实现，爱情也遭到了嘲笑："这个歪曲的世界嘲笑我们的爱情，那时候我们连碰一下对方都犯大忌，后来互相伤害、分手、彻底失败，不过还是无法抵挡歪曲入侵，那也是没办法的事。"秋本医生看透了世态炎凉，也看到了年轻的阿清、真琴一代人的必然结果，带有悲观绝望色彩，却是现实。然而阿清他们还在做强弩之末的反抗："我们和你们不同！"他用自己仅有的余力和愤怒，继续对抗自己潜意识中的绝望和现代社会的巨大强压，但他隐隐意识到距离绝望、无力与虚无已为时不远。

阿清从警局里出来，想打车逃离中年女人，可是他和真琴没有钱，最终还是中年女人替他付了车费。现实中面对“金钱”的时候，他无力招架，最终也挣脱不开这奴役之网，于是放弃抗争，不顾真琴的阻拦而离去，继续受金钱与中年女人欲望的奴役。他们“为了改造社会燃烧了整个青春，但是怎么冲也冲不破不安定的社会，对立的年代，坚持粗暴的欲望，用鲜血描绘青春残酷物语”[①]。

“二战”后经济与城市的发展，促进了日本社会的现代化进程，人的存在状况发生了改变，人和人的关系、人与社会的关系也发生了改变。1960 年的《青春残酷物语》展现了现代化进程中社会物质极大发展对人的袭击、侵略与改变。青年以抵抗的方式反抗主流金钱意识形态，虽然以彪悍、暴力的方式反抗，但却在主流价值观中身陷囹圄，在压抑、焦躁和失败中，只能选择“向下流动”，不再追求自己已有的梦想、美好和情感。阿清与秋本两代年轻人经受了金钱与主流政治意识形态的冲击，他们都有反抗，但均以失败告终。随着 1950 年代到 1970 年代青年反抗的失败，取而代之的是乏力、不求上进的新兴阶层，即日本 1980 年代、1990 年代后期逐渐出现的“下流社会”阶层。

三、向“下流社会”[②]滑动：道德与情感秩序的重构

日本经济发展，年轻一代人在 1960 年代的存在具有虚无、迷茫与失重等特征。面对强大的、前所未有的国家机器及现代化的进程，其发展带来的后果不但造成了年轻人的失重，就连真琴曾经很严格的爸爸也只能无可奈何地说“总不能说你什么都别做”。以前的日子虽然很苦，“但好歹有个方向”，真琴父亲作为老年人这样形容当今失去了方向和人生理想的社会。父亲认为在顺应时势时确保不被改变现状就好，同时对真琴的选择他不做指摘，顺其自然，正是老人也无力抗争的明证。

青年一代可以选择自己的爱情、道德方式，阿清可以选择“缺德”的方式毁灭朋友伊藤支付学费的渠道以及他即将得到的幸福感情，阿清也可以利用真

① DVD 资料《世界十大导演访谈录：大岛渚访谈》。

② 三浦展．下流社会：一个新社会阶层的出现［M］．陆求实，戴铮，译．上海：文汇出版社，2007.

琴的身体作为道具去赚钱就像利用自己的身体去赚取学费一样。一切都和经济利益联系起来。金钱意识形态围绕利益，已经摧毁了传统的道德认同，也摧毁了纯真的爱情，徒留变态、扭曲的情感，让自然情感陨落。

真琴的纯真感情在这种条件下，一步步被毁灭。她本来还是有着梦想与希望的人，影片中，她与阿清有过四次关于“你喜欢我吗”的讨论。两个人从海边原木堆上来到酒吧，此时真琴第一次问阿清：“你喜欢我吗？”阿清的回答是肯定的。第二次是在电话亭里，当着伊藤和阳子的面，真琴打电话给阿清。阿清此时正和中年女人厮混在一起，真琴责问他为何不打电话给她。阿清坦白回答：“不为什么，其实我在和一个很没劲的女人交往，像你这样的好女孩还是别和我这种男人扯上关系比较好。上次救你也是碰巧刚从那女人那儿回来。”真琴质问：“你不是说过喜欢我吗？！”

真琴因知道真相而难过一人在酒吧里，被小混混们灌酒，强迫跳舞，她像道具陀螺一样被他们转来转去。直到阿清的到来。阿清和他们在沙滩上打了一架，真琴才脱身。真琴这个时候质问阿清不喜欢她为何又来管她，她在意的是真爱。从酒吧到沙滩，虽然阿清救了她并说喜欢她，但她仍然将信将疑，在虚无的世界中这点爱变得弥足珍贵，为了它，青春的真琴不顾后果：“真的吗？是真的吗？上次你在酒吧里说谎，这次是真的吗？看来是。会舍不得分开的，我不管了。”真琴也觉得再见阿清的话，两个纯真的人在这个荒诞的世界里一定会有不祥的后果，她预言道：“我再见你一定会出事的。”

第三次真琴发问是在阿清简陋的房间。阿清教会了真琴吸烟，两个人亲昵而友善，这个时候真琴又问了阿清同样的问题：“你喜欢我吗？”阿清斩钉截铁地做了肯定的回答，促使她从家里搬出来与他同居。

真琴堕胎过后，阿清带着真琴来到海边。这里不再是漂浮的大陆——原木堆场，在自然的环境里，两个人自然地坦承相对。这是两个人最浪漫的一场戏，他们在经历堕胎这件事之后坐下来真诚而友好地交流。阿清没有责备真琴，直接谴责消费女孩身体的中产阶级“是要的人不好”。真琴以前觉得自己和阿清过得没有人样，现在她想和阿清再去诈骗那些有钱的坏人，认为“揍人一顿拿到钱就舒坦很多”。但是这会阿清却感觉到了悲哀：“那样虽然能好好发泄一通，但是让人感到悲哀。”阿清为自己也为这个无法改变的社会悲哀。真琴想成为有人样的人，而不想成为道具：“女人总是成为猎物，男人总是想得手，保护我，别让我成为道具！”阿清在自然环境里呈现了男性的自然情感与责任：“有我在，没事！”可是这自然的情感在短短的时间内就被摧毁了。他们从海边返回住所，便因为崛尾控告他们“恐吓”而被捕，阿清提供给真琴的安全感和美好情感昙花一现，迅即被主流秩序和霸权摧毁了。

关于“喜欢”的问题，第四次出现是两个人走在路上。阿清看似摆脱了难缠的中年女人，其实他知道自己无法摆脱。经历了堕胎和进警察局后，真琴准备迎接阳光的未来，继续去诈骗有钱男人。但是阿清提出了分手，他的话也和秋本医生一样：“男人也是一样，我们只能把自己当道具出卖，世道就是这样，我一个人再努力也没用！两个人什么也改变不了，只会互相伤害，与其这样，不如一个人轻松，总之是不行的。”真琴否定他的感慨，他问真琴是否喜欢他，真琴回答“喜欢”。可是他以“就这样吧”而放弃自己的人生追求，也放弃了情感，重新回到中年女人的怀抱和金钱世界。这就是一场抗争的结果：面对真琴纯洁和自然的爱情，在无力抗争金钱的现实面前，两人寸步难行，只能选择分开。

妻子找年轻人作为外遇对象，丈夫出面为妻子的情人解决麻烦。这在正常的婚恋关系中似乎不可能，但在一切以经济合作或者经济利益为前提的社会却可能发生。为了避免最佳经济合作体的崩溃，中产阶级审慎地维护着自身的既得利益，自然情感与伦理道德的天平会倾斜，为了平衡各方利益，他们解决情感的方式还是靠经济手段。中年女人说她“丈夫和崛尾先生有生意往来”，只要阿清“道声歉就没事了”。阿清这样的青年们拼命反抗的主流秩序和霸权，在中产阶级手里完全成了可操纵的砝码。中年女人公开地、轻描淡写地与丈夫说：“真是的，我稍不留神成了这样了！”自然的情感在主流阶层的操纵下也已经开始变形与异化，成为可用来进行交易的道具或消费品。当阿清出来时，中年女人开车来接他，她满是皱纹的脸亲向了青春的阿清，对于中年女人变态的爱情和欲望，阿清厌恶地躲闪了一下。

中年女人：上车，她是不会被释放的，会进少管所的，还是未成年，你们两个完了！

阿清：你为什么又缠着我？！

中年女人：真不知道好歹！多亏了我，你才出得来。你要感恩！

（中年女人强吻阿清。）

中年女人有她的主动索求，她是主动者，是秩序的调控者，也有表层装饰的悲情与苦情。但相对于由纪和真琴，她的悲情仅仅是有钱阶层的太太为了完美生活所消费的一剂调味品，在甜蜜的生活中加上少许的缺憾美和苦涩，遭受一点点的挫折，然后再体味自己的成功、优越和完美的胜利。所以说中年富有女人的悲情则是完全不同性质的悲情，是可消费的情感，不是自然的情感。

阿清情绪低落。真琴、中年男人及主流社会现实带给阿清的失败、难过、无奈和自己的无力，使他变得麻木。内心空洞与心灵虚无的情况下，为了排遣心中的抑郁，阿清在酒吧街头约上抛媚眼的女子，其实这是一个钓男人的诱饵女性。"像原始动物一样，日本人只能轻蔑地说自己活着就是为了充饥，他们别无选择。那是一条非同寻常之路，国家只关注到国民生产总值，而性的潜在文本就是和追逐利益直接相连。"① 阿清说："陪我喝杯茶吧？"殊不知，女孩子的回答更加现实："我肚子饿了。"金钱的奴役下，女孩子已经不再有浪漫的喝茶情调，她只具有饿了想糊口的生物本能而已。情感这种最自然和正常的事情，已经成为有钱阶层的奢侈品和小混混们的诱饵，生活在底层的平民阶层无力消费情感这种奢侈品。

真琴父亲因为自己的经历以及大女儿的经历，对于小女儿的选择不去过多干涉，姐姐反而成为那个时代的捍卫者，从心理方面抗衡着妹妹所享受的自由。但是她也羡慕真琴的自由选择和无所顾忌。

由纪：我们两个月没见了，你过得还好吧？

---

① MICHELSONA. Cinema, censorship, and the state: the writing of nagisa oshima (1956-1978) [M]. Cambridge: Massachussetts Institute of Technology Press, 1992: 245-246.

真琴：嗯。

由纪：真没想到，看来你们过得不错，我都有些羡慕了。你们每天都在做些什么？

真琴：我跟阳子有约，先走了。

对于姐姐的提问真琴避而不答。后来，真琴和阿清有了分歧，她回到自己家里，渴望得到安歇与平静。可是等待她的却是姐姐由纪对自己、对父亲的记恨与抱怨，她讽刺父亲对真琴的宽容，懊恼自己没有勇气下决心去真正地反抗。姐姐为了稳定选择放弃秋本，和有钱男人保持身体的关系，却没有情感的联系，只是为在迅速发展的社会中寻找安全感，代价则是放弃与秋本的纯真爱情。

秋本与没有露面的女人之间的感情是一种非自然的虐恋，全然没有激情与热情。秋本对振作起来的、准备真正生活的由纪说："这个女人，相当于我老婆，我得跟她磨一辈子！"秋本身后的那个女人始终没有露面，但她的声音是存在的。她不但作为护士提醒秋本来病人了，还在由纪、秋本二人倾诉旧情时惊扰二人，暗中操纵着秋本。秋本对之亦无可奈何，因为她同时也是秋本宣泄情感、色欲、情欲的对象，不开心的秋本可以朝这个女人大吼大叫，不用顾忌尊严与礼仪。而这个女人也知道秋本的无力感，任由他叫嚣，因为他早已在她操控的范围内，女护士纵容秋本和其他女人的情感，一旦逾界，她就不动声色地警示秋本。庞大的金钱操控体系、物的异化及其他社会操控体系已经耗尽了秋本的能量，他已经没有了同由纪重新开始生活的勇气和力量，他也没有力量去面对太多的东西——比如，摆脱那个女护士，同由纪重新开始、重新面对他们所憧憬的乌托邦。他是无力的，被整个操控体系彻底耗尽和打败了，只能作为一个存在物或者喘气的生物麻木地存在着。秋本在年轻时有梦想、有年轻人改造世界的力量和冲动，他们抱着让"世界更完美"的梦想，批判和反抗主流意识形态，结果是被操控体系耗尽之后全盘皆输。这导致了中年的他情绪低下、无力，丧失了努力生活和奋斗的意愿，随波逐流，蜷缩在自己的意识中孤立地存活，而对自己与社会没有太多的要求。这是日本早些年"下流社会"的特征，过早地体现在了秋本身上。

当武士梦在迅猛的工业社会发展阶段破灭时，新的社会阶层——“下流社会”延续了中产阶层的存在。如秋本一样，他们集体放弃中产阶级梦想，颓废地活着，没有明确的生命目标，也不积极追求消费，生活意愿不强烈，随波逐流，完全放弃人生理想。生活在“下流社会”的他们随遇而安，不思进取，没有经济基础，没有安全感，靠微薄的收入勉强为生，还要面临失业的危险。现代社会导致了人间地狱——人的心灵已死，如三岛由纪夫的预言与反抗：“日本人发财了，得意忘形，精神却是空洞的，你们知道吗？我们应该放弃物质文明的堕落，找回古人纯朴坚忍的美德与精神。”

第十一章 《黑猫白猫》剧作中不可或缺的喜剧精神

埃米尔·库斯图里卡，塞尔维亚人，1954 年出生于南斯拉夫萨拉热窝一个共产党官员家庭。库斯图里卡与电影的关系起因于一次片场的经验，“要运用多种知识与经验进行拍摄的电影强烈地吸引了他”①。少年时库斯图里卡喜欢和同伴们一起无所事事地踢足球、闲逛、打架，这些引起父母的担心，于是他们把他送到布拉格表演艺术学院学习。在那里，他接触了大量的老电影，这些俄罗斯的、法国的、捷克的、意大利的和美国的老电影对他后来电影风格的形成产生了巨大影响，也使得他形成了自己的电影观②。库斯图里卡一方面喜欢经典电影的知识分子化思考，另一方面又喜欢街头文化中“第二世界”③的亚文化色彩。于是他常常综合二者，将俚语、街头景观、黑帮等意象及形式带入他知识分子化的电影里，构成了其喧闹的、滑稽的外表，而其实质则是讨论较为严肃的问题，比如意识形态冷战、自由、爱与狂欢等。

库斯图里卡的父亲去世时正值战争，由此他对战争充满了反感和厌恶，

---

① GOCIĆ, G. The cinema of EMIR KUSTURICA: notes from the underground [M]. London: Wallflower Press, 2001: 15.

② 库斯图里卡：我很遗憾地说今天这门“源于生活又高于生活”的艺术正处于危机之中。金钱可以统治一切，对于好莱坞那些“白痴”而言，票房已经成了他们的圣经。而此时独立电影却依然没有成形。幸运的是，还有像戛纳、威尼斯、柏林这样的电影节向坚持艺术、坚持理想的电影人敞开大门。参见：戛纳评委会主席库斯图里卡：捍卫我喜欢的电影［EB/OL］.（2005-05-11）. http://ent.sina.com.cn/x/2005-05-11/0403720192.html.

③ 北冈诚司 . 巴赫金：对话与狂欢［M］. 魏炫，译 . 石家庄：河北教育出版社，2002.

“他认为父亲的死象征了南斯拉夫的消失”[①]。1995 年的《地下》对政治意识形态大加揶揄、嘲讽和颠覆。3 年后他拍摄了充满狂欢意识的《黑猫白猫》，用四个流浪喧嚣的吉卜赛家庭进行隐喻，讨论“自由”、“爱”与“宽恕”，以巴洛克风格表现喜剧精神、狂欢和酒神无坚不摧的生命力，如他所期待的，这种精神“可以治愈精神病院里最抑郁的人”。

库斯图里卡（简称“库氏”）说，除了音乐[②]，他也试图探索戏剧、诗歌和喜剧三个领域[③]。喜剧对阻碍人类自由和爱的事物进行嘲笑和颠覆，库斯图里卡的电影《黑猫白猫》的喜剧精神强烈而富有特征，其喜剧形式是喧闹、多元且充满噱头的狂欢，但它讨论的却是严肃的问题，如自由、爱与宽恕等，而非肤浅的趣剧[④]或闹剧。喜剧用讥笑与嘲讽的方式抨击压抑人类自由的强权和僵死的秩序，使得愚蠢、残忍、虚假和丑陋原形毕露，惹人发笑。巴赫金说过：“世上还没有过任何终结了的东西；世界的最后结论和关于世界的最后结论，还没有说出来；世界是敞开着的，是自由的；一切都在前头，而且永远只在前头。”[⑤]喜剧精神就代表了这样一种精神，它是自由的、开放的，没有终结，也永远向前发展，在“颠覆——创新——颠覆”的形式下永恒发展。库氏的“喜剧精神”和巴赫金的“狂欢”论在某种程度上相契合。巴赫金“狂欢”论中存在两种世界或两种生活，第一世界是官方的、压抑的、等级森严的秩序世界，统治阶级拥有无限的权力，而平民大众则过着常规的、谨小慎微的日常生活，对强权、理性、教条、死亡充满屈从、崇敬与恐惧。而第二世界则是狂欢广场式生活，是在官方世界的彼岸建立起的完全“颠倒的世界”，这是普通平民大众的世界，打破了阶级、血缘、年龄、身份等诸多等级的界限。小丑给“国

---

① IORDANOVA D. Emir Kusturica［M］. London: British Film Institute, 2002: 8-9.

② 库斯图里卡有自己的乐团“No Smoking”（无烟地带），后改为“巴尔干庞克”。

③ 库斯图里卡：我感兴趣的，是人性，不是意识形态。有人可能觉得这个想法很幼稚。对我而言，却是我在所做一切中寻找的第一位的东西。从电影角度来看，如果说有什么改变的话，就是我换了电影的类型。《地下》可以说是拉伯雷式的，有点怪诞，带有隐喻特征。《生命是个奇迹》更加接近我本人，它是一首歌谣，通过它，我试图同时探索戏剧、诗歌和喜剧三个领域。

④ 章泯在 1936 年出版的《喜剧论》中论述了喜剧与肤浅的趣剧的截然不同。

⑤ 巴赫金 . 陀思妥耶夫斯基诗学问题：巴赫金访谈录［M］// 巴赫金全集：第 5 卷 . 石家庄：河北教育出版社，1998：221.

王”脱冕、给自己加冕，王位或秩序被颠覆，在公共的、全民的狂欢中，众声喧哗，人们平等而亲昵地交谈、游戏、狂欢，戏谑、嘲弄、亵渎第一世界的严肃秩序与给人带来的压抑生活，实现自由与友爱的乌托邦世界。库斯图里卡说：“我只想拍能够展示历史是如何给普通人制造了压力的电影。”[①] 他在《黑猫白猫》里展示第一世界给人制造压力的时候，也运用喜剧精神与狂欢的形式将“制造压力”的第一世界进行颠覆，向第二世界过渡。

一、库氏喜剧精神：滑稽形式下严肃问题的建构

《黑猫白猫》中呈现了“第二世界”的狂欢生活，具有强烈的喜剧精神。第二世界的生活是异化暂时消失的生活，它使人们摆脱对霸权、现状与死亡的恐惧，并获得抗拒主流权力和压迫的鼓舞与力量。狂欢中的各个阶层以消解界限、颠覆霸权为目的，同时也宣泄被压抑的情感，颠覆霸权主体，是对第一世界主流世界的官方文化进行消解的大众诙谐文化。无论《黑猫白猫》的喜剧精神还是它的狂欢特质，实质上都是对自由与人性之爱的讨论。“喜剧精神是一种轻蔑感和优越感的结合。前者指主体对一切压抑个性生命力自由发挥的文化霸权、殖民主义意识形态、权力话语、等级制度、私有观念、文明说教和道教禁忌等异己因素的轻蔑；后者指主体由对自我心性良知与生存价值的自我肯定而产生的内在优越感。喜剧精神崇尚的是自由、快意的游戏化生存状态。”[②] 不停地颠覆权威，摆脱权威所带来的压抑与约束，创造新世界，这是狂欢的本质，也激发了人类对自由与游戏的追求。

狂欢精神崇尚生命，也强调生命的繁衍。生命繁衍永不停止，是生生不息的希望，而死亡是其嘲弄、戏谑的事件。狂欢与喜剧同样蔑视死亡，对生命本能充满尊敬与热爱。在它们看来，并不存在真正意义上的死亡，即使有，也是假的死亡——比如《黑猫白猫》中两位爷爷的“死亡”必定是假“死亡”，以此对死亡表示藐视和颠覆，如格尔加爷爷所说的：“死亡，我蔑视它！”影

① IORDANOVA D. Emir Kusturica［M］. London: British Film Institute, 2002: 158.

② 周光凡．人类喜剧精神的衍变和价值取向［J］．西南民族学院学报（哲学社会科学版），2003（3）：63-70，2.

片的片名《黑猫白猫》代表了事物的正负两面性：黑猫带来厄运，白猫带来幸运，矛盾的双方使得事物具有巴洛克式的繁复，生命与世俗也因此多彩、自由与开放。肝已经被酒精毁掉的马特科爷爷，从医院里出来的时候，马上继续喝酒，并赞美生活与酒神："多么美好的生活！多棒的烧酒啊！尽管有点烧。"

第二世界中，对于霸权不是心怀恐惧、被收编，而是对其进行颠覆。影片中的战争犯人、杀人犯达旦令很多人害怕，可是年轻英雄丽达与扎尔不畏惧达旦。他们绕过达旦的保镖，潜入了达旦的家。丽达指给扎尔看他即将要娶的患有侏儒症的女孩——小瓢虫，她是达旦的妹妹，虽然达旦杀人不眨眼，可扎尔表示坚决不会娶她。丽达在和扎尔看到奶奶讨价还价后把自己卖给了达旦，她也表示坚决不嫁给达旦。这个时候两个年轻人的反抗处于本能的无意识阶段，随后丽达和扎尔两个人在向日葵地里的爱情追逐是行动上对暴力和霸权的直接反抗行为。

在行动上敢于反抗霸权的人还有达旦的妹妹小瓢虫，她个子虽小，为了梦中情人却敢于反抗没人敢惹的战犯达旦。虽然达旦一心想完成父亲的遗愿，把小瓢虫嫁出去，但小瓢虫不想，她坚持自己的爱情观与选择。她敢于向霸权代表达旦表达自己的想法："你明白吗？我跟你说！我不想这样结婚！"也敢于指责达旦为她的敌人、残忍的人："你是我头号敌人！你不是我哥哥！你这个残忍的人！你这个暴君！"同生活于禁忌中的人不同，患有侏儒症的她不惮于说出自己的爱情和梦想爱人："我要嫁我爱的人。""他出现时，我会认出他来。我在梦里见过他千百回。我知道他什么样子。我认得他的眼睛，他的脸，他的唇。他很高大，很高大！"虽遭到了达旦的讥笑："你以为高大的男人会看上你，白痴！你不到一米，你是个矮子。"但她依旧坚持自己的信念，并确信"他会出现在我眼前"。

"反抗"是库氏电影中人物成熟过程中不可或缺的成分，尤其是为了"自由"而为之的"反抗"。强势的达旦不听妹妹的解释，并嘲笑她是个侏儒，根本不会找到很高大的男人。小瓢虫很愤怒，并以暴力形式向哥哥示威，踢到了裁缝的裆部。达旦恼羞成怒，命令手下把她浸到井里。达旦的手下把她拉出来时，她愤怒地把一口水吐到哥哥脸上。达旦作为极权者的象征，为完成父亲让他把妹妹们嫁出去的遗愿，他不顾及妹妹的选择。极权者的专横、独断势必遭到勇敢者的反抗。婚礼作为整个电影的突转点，也是始于小瓢虫的抗婚和逃婚。她问扎尔："你想娶个你不爱的人吗？"扎尔否定了，于是小瓢虫说："那么帮助我从这儿逃跑。"作为小丑形象的小瓢虫，不但在语言、心灵上追求自己的自由，而且在行动上也给日常生活中的人提供了榜样。在扎尔的指导下，小瓢虫从河边的婚礼上逃到了一艘小船里，藏身空油桶驾船而逃。这是对有着众多手下、极权者达旦的讽刺。在追求自由的路上，他们颠覆霸权，重建美好新世界。

扎尔告诉爷爷，等爷爷死了以后，他"一定离开这儿"。爷爷称赞他做了"明智的决定"，因为"这里没有前途"。扎尔的"这儿"既指父亲被"强势流氓"欺压的地方，也指冷战的战场。此片拍摄于 1998 年，这个时候冷战已经结束 10 年，南斯拉夫已经四分五裂，如格尔加爷爷所言"没有前途"。冷战遗留下的不仅仅是政治对人们生活的影响，还有在思想与心灵上形成的极大的伤害。马特科爷爷经历过"二战"和意识形态冷战，深刻体会到当时南斯拉夫或东欧的政治意识形态前景有限，他们这一代对战争或政治意识形态的梦想已经幻灭。马特科爷爷一代犹如悖论，他们颠覆了自己经历的战争所捍卫的冷战意识形态。僵硬的教条与僵死的秩序是阻挡事物向前发展的因素，势必遭到颠覆，这是人类的狂欢精神，也是喜剧精神的使命，在酒神的狂欢里没有固定僵死的、一成不变的东西，这些势必成为被戏谑嘲弄的东西。"库斯图里卡的作品富有丰富的象征意义，旨在讨论心理分析方面的说明。"① 达旦的强权最后也被外在的非理性因素解构，达旦的手下面对掉进粪坑的他都捂着鼻子不肯出手相救："你就臭死吧，老板！"达旦的手下和他的女人们离开了，他一个人在粪坑里挣扎，最后是被他骗得很惨的马特科爸爸拿起水管冲刷他身上的粪便。人和人的关系不是一成不变的，也不是一种固定模式，朋友和敌人这两个对立的关系在达旦与马特科二者之间不是固定的，也象征着世俗的多变性与多元化模式特质，通过马特科的动作与台词，"宽恕"这一宏大主题继续延伸。

库斯图里卡曾说过："他所生活的那个地区，你从小就要开始奋斗、竞争，

① IORDANOVA D. Emir Kusturica [M]. London: British Film Institute, 2002: 152.

然后才可以生存下去。”在这样一种“丛林原则”下优胜劣汰，体现了生命本能狂欢的激情、生命力和力量。在影片当中，扎尔去买冰激凌时，他以暴力的方式打走了比他弱小的男孩，自己插队强行先买冰激凌。影片开始时，扎尔因为被滚木绊住，他爸爸马特科抢走了他的两个煎蛋，最后时刻，扎尔凭力量夺回了仅剩的煎蛋。无论亲疏，“丛林原则”无处不在，显示出世界充满了狂欢的精神和力量，库斯图里卡要呈现的就是这个充满了矛盾和悖论的人类社会，其多姿多彩，值得经历和拥有。扎尔和丽达亲密的场景被达旦看到，达旦对扎尔大打出手，扎尔开始的时候不敢反抗，频频躲闪后退。当丽达去反抗达旦的时候，扎尔也开始奋起反击，并威胁要求助于“死去的”爷爷，吓住了达旦。库斯图里卡喜欢让·雷诺阿的优雅，他试图以优雅的方式拍摄自己的电影——或者说男人的电影。侏儒小瓢虫和巨人格尔加的大孙子在路上相遇，他们一见钟情。两人外形为小丑形象，行为与心灵却纯洁优雅，他们追求纯真浪漫，并不为外界而改变：小瓢虫不因哥哥的强权改变，格尔加的大孙子也不因亲切的爷爷相逼而改变自己的纯真梦想和真爱之路。小瓢虫问：“我的另一只鞋子呢？”格尔加的大孙子回答道：“我们会找到它的，但这是纯洁和永恒的命运！”追求纯洁与真爱使得他们创造了生命的奇迹，相遇相爱。

格尔加的大孙子：我一直在找寻梦中人，偶然间就碰到了你。

小瓢虫：我也是。

格尔加的大孙子：我一直在找理想的伴侣，在我最没料想的时候我找到了。

小瓢虫：我也是。

影片中的反英雄人物——格尔加家族，既捍卫自己家族及朋友的利益，又从事某些非法活动——非法制造威士忌酒，认为自己有更好的“技术”，他们的“威士忌比真的还要好”。相对于外在的官方秩序，格尔加家族创造了另外的秩序，以维持自身的独立性。格尔加因为参加过战争，面临过真正荒诞的世界，因而珍惜人和人的关系，这是应对荒诞唯一有意义的事情。他虽然催促孙子早点结婚，但尊重孙子的选择。为了友谊，他不顾“气温高达 39 度”的炎热和自己几近失明的病情，也要去拜祭老友老马特科，“我想要看下扎里加的墓”，“我现在就要去！我不知道我还能活多久”，“扎里加值得我来”。在孙子结婚的欢乐气氛下，格尔加也没有忘记自己躺在“坟墓”里的老友，并告诉马特科：“你们就尽情地玩吧，我想去你爸爸的坟看看。”老马特科战争中救过格尔加，两个人虽然多年未见面，他们的友谊却延续到了下一代、下两代。格尔加看在老友的份上，可以把钱送给“游手好闲”的马特科；格尔加的大孙子为了爷爷朋友的孩子受骗打算报仇。“你好朋友扎里加的儿子来这儿了。他来求助。他的钱全被骗了。让我和小格尔加解决这些坏蛋吧。我们要像对付猫一样把他们的皮剥下来，在他们身上穿洞穿得就像漏勺一样。”这就是男人和男人之间的爱——友谊。骗子、坏蛋达旦是从事诈骗、非法活动的商人，但他也有家庭的荣耀感和对妹妹的责任感与爱：“我父亲的陵墓，在这个国家没有一个人的陵墓有这么漂亮。”“我已经完成我父亲所有的心愿，除了把我妹妹嫁出去的心愿。这是耻辱！”虽然他是个骗子，但是看重诚实品质，打算把自己妹妹嫁给诚实男孩扎尔。

《黑猫白猫》按照戏剧五幕的节奏，将一场假婚礼的灾难演绎成真婚礼的喜剧，歌颂自由、爱情以及对强权的颠覆。库斯图里卡从“狂欢的自由”、“生命的激情”以及“爱”的关系中追求喜剧精神，离经叛道、蔑视权威。在他看来，任何因素都不足以破坏人与人之间牢不可破的“爱”的关系，甚至意识形态也不可能，他对人类自身的心性良知充满肯定。虽然黑猫很危险，如格尔加的小孙子所说的“危险，黑猫”，但恰恰是“黑猫和白猫”相互交替，使得世俗社会中厄运与好运此起彼伏，构成了纷繁复杂的人类社会以及形形色色的人，使得世俗世界亦丰富多彩。当格尔加责备孙子走错路的时候，孙子告诉他没错，然后把小瓢虫介绍给爷爷；格尔加很高兴孙子终于找到了自己的真爱，并赞赏小瓢虫。幸运源于危险不幸的“黑猫”。幸运与不幸之间的理性界限被消解了，非理性的秩序颠覆了苛刻的僵死教条，纯真的“爱”创造了奇迹。

格尔加：（命令达旦的手下）扔下枪。你就是这样开车的？笨蛋！你走错路了！

格尔加的大孙子：没错，但是你看看我得到什么了。

格尔加：（看到了藏在孙子身后的小瓢虫）哦——真漂亮！

对待宗教题材，库斯图里卡以他的方式向他所尊敬的费里尼、塔可夫斯基致敬。在影片中出现的格尔加佩戴着一条项链，项链的圆圈里镶嵌着犹太教的大卫之星、基督教的十字架和伊斯兰教的新月，象征着这几大宗教的融合而非宗教的对立与战争。他“在处理宗教问题上并不标榜知识分子化或者在情感上殚精竭虑地思索宗教更高层面的意义，就如我们所知的其他导演一样。即使库斯图里卡受塔可夫斯基影响极深，他也没有兴趣去探讨东正教中圣三位一体的神圣本质，就像安德烈·鲁勃廖夫里面的一样。因为他没有被所谓的伪善宗教性打扰到，所以像费里尼那样对教堂进行典型的嘲弄的意识也不会出现在他的电影中”[①]。库斯图里卡思考的不是晦涩的宗教命题，而是充满喜剧色彩的世俗社会生活，即“第二世界”生活，在狂欢中彰显自由、爱与宽恕的力量。库斯图里卡在谈欺骗性时认为，“当人们一旦发现自己被骗，于是就变得愤世嫉俗”，抛弃“人生的幼稚纯真”，“理想主义、乌托邦以及所有不流行的一切”并不能创造“奇迹”，而“爱”的本质和主旨却可以创造奇迹，并使奇迹发生。他对人、对社会依旧保有纯真之情，充满了理想主义和乌托邦精神。骗子达旦从粪坑里爬出来时奇臭难闻，他的手下逃开了他，他只能用白鹅擦拭自己身上的粪便。这个时候被他骗过多次的马特科走过来，虽然嫌他臭，但还是拾起水管帮他冲刷身上的粪便。“爱你的邻居”并不容易，马特科做到了，他宽恕了达旦的霸权、贪婪与凶狠，获得了自我的解放和超越，成为引导者。在库斯图里卡的意识里，人和人的关系是牢不可破的爱的关系，甚至与你的敌人也可以开启崭新的友谊。

《黑猫白猫》所呈现的狂欢超越了对意识形态的愤世嫉俗，回归到人和人的普遍关系，不但包含自由、爱，也包含宽恕。在《地下》的结尾中也可以看到，被朋友出卖的男主人公和他的朋友一同在漂浮的新乌托邦大陆上饮酒狂

① IORDANOVA D. Emir Kusturica［M］. London: British Film Institute, 2002: 153-154.

欢，演绎爱与宽恕，实现真正的自由。《黑猫白猫》继续这样的演绎：格尔加爷爷和老马特科经历过多次出生入死的战争，当他们看到马特科为达旦冲洗粪便这一幕，两人举着烧酒杯碰了一下，然后格尔加爷爷对老马特科说："路易，我想这是一段美好友谊的开始。"这段话类似于《卡萨布兰卡》中里奇与警察的对话，在这句话之前，里奇挟持了警察，以帮助他的前女友及其为抵抗组织工作的丈夫，警察受到影响，最后也同他一起反纳粹。《黑猫白猫》最后也以喜剧结束，象征着敌友的转化，爱与宽恕的力量可摧毁所有僵死的秩序与压抑自由的可笑事物。酒神的烧酒虽然有点烧，但却"点亮了心灵"，使人回归本真，回到充满意义与生命力的第二世界。

二、巴洛克式"人间喜剧"：狂欢中对"第一世界"的颠覆

不同于悲剧阳春白雪式的人物，喜剧所描绘的主要对象大都是世俗社会的下里巴人，他们是生活在市井当中的小人物，角色有小偷、巫师、大盗、骗子、傻瓜、妓女、小丑、智者、勇者、穷人、富人、当权者、国王等，这些角色使得喜剧具有世俗特征，同时也展示世俗所具有的巴洛克风格。库斯图里卡说："我希望在未来我的电影能够在这个巴洛克殿堂当中，拥有一席之地。"库斯图里卡的电影充满了巴洛克风格，它反对僵死的教条、离经叛道，并于纷繁复杂中寻找一种和谐统一，因此库斯图里卡被意大利媒体评价为"新费里尼"，他的作品充满了喧闹、繁复与各种比喻的意象。

库斯图里卡以冷战的另一方看待意识形态与宗教的问题。作为穆斯林、塞尔维亚人，身处冷战—后冷战时期，他选择喜剧的方式来表达自己对这些问题的看法。通常，悲剧往往是英雄以毁灭的方式来解决不可调和的矛盾冲突，以此净化、升华人的心灵和灵魂，追求真善美。喜剧书写的对象是下里巴人，它通过对假丑恶的批判和嘲讽，间接地追求真善美，达到净化和升华的目的。在喜剧中，国王、当权者和富人注定要成为被嘲笑和颠覆的对象。小丑在喜剧和狂欢当中承担了非常重要的角色，他以戏谑的方式嘲笑权威，给国王脱冕，给自己加冕，以此体现狂欢的内核，藐视权威，对其不停地颠覆和创新，保持鲜活的生命力与活力。在狂欢或喜剧当中，也有真正的世俗英雄。在狂欢

当中，虽然嘲笑和颠覆权威，但是却不否定英雄。在《黑猫白猫》里，就有世俗社会中各种角色纷纷登场，其中有骗子达旦、傻瓜父亲、高个子小丑、胖小丑、侏儒小丑、富人、当权者以及年轻的英雄和他的爱恋者。这些角色不但颠覆“第一世界”，还构成了多元的、无限可能的“第二世界”。

（一）秩序维护者

“在库斯图里卡的电影里，婚礼是某一时代到来的隐喻，而婚姻等同于成熟。婚礼对于新郎的成熟来说，是成熟过程的仪式，就叙事而言，婚礼常常具有情节突转的功能。”① 在影片中设置了两个类似牧师的证婚人：第一个证婚人在婚礼上偷酒，是咬文嚼字、煞有介事的官僚嘴脸，丝毫不关心结婚对象的现状与事实；另一个证婚人假意恪守规则、冒充正人君子，其实是个吸毒者。第一个证婚人——主持婚礼的老牧师，带着老花镜，歪戴着帽子，眼镜也几乎掉了下来。在主持婚礼的过程中，他装腔作势、煞有介事地主持仪式，完全不顾这是一场虚假的婚礼，婚姻双方的当事者都是被迫和勉强的。扎尔和小瓢虫两个人不愿结婚，也没有说“我愿意”，但是他却像盲人一样视而不见，照常主持婚礼，这里嘲讽了作为理想秩序的维护者的愚蠢与冷漠。作为主流秩序的实行者与维护者，他知道扎尔不情愿，但他不敢否认代表强权的达旦的意见，于是同强权达旦达成一致共识，认为扎尔愿意。为了回避事实，他故意饶舌地征询女方的意见：“那你，阿弗鲁瓦蒂塔，漂亮的小姐，温柔的小姐，你愿意嫁给扎尔·德斯塔诺夫为妻吗？”此时，小瓢虫被藏在桌子底下的达旦手下掐住了腿上的肉，尖叫起来。证婚人趁此机会，认为小瓢虫“愿意”接受扎尔作为丈夫。接下来，他按照迂腐的秩序宣布婚礼开始：“诚实地说，以法律的名义，没有任何勉强。我宣布你们结为夫妻。当着我的面和各位的面。尽情享受宴会吧。扎尔·德斯塔诺夫和阿弗鲁瓦蒂塔·卡朗波丽！”他宣称自己是“诚实地说”，没有“勉强”，并以“法律的名义”，这是对秩序维护者的讽刺和嘲弄，嘲讽其忽略事实的虚假性与欺骗性，进而颠覆这个煞有介事的秩序维护者的形象。

① IORDANOVA D. Emir Kusturica［M］. London: British Film Institute, 2002: 121.

另一个证婚人是位丧事登记员，“刚办了一场丧事，酒喝多了”。他在主持扎尔和小侏儒的婚礼时，喋喋不休、故作严肃认真：“我将会告诉你们法律条文，关于婚姻的，关于合法关系的。我祝你们幸福。永远生活在一起，成为彼此的伴侣。别忘记，今天你们完成了人生当中最美好的最重要的事情之一，珍惜，不但彼此珍惜，而且珍惜共同的婚姻。要认真地去维护好它，避免它受到诱惑。尊重婚姻，将它视为……”婚礼上的一群人是众生相的写照。达旦腹泻难耐，让马特科等人慢慢走程序，他则逃入厕所。这位证婚人（其实是丧事登记员）被扎尔和丽达挟持到了小木船上，扎尔要求他在船上为自己和丽达主持婚礼仪式。但他以没见证人为借口，企图用法律和秩序拒绝主持婚礼，遭到扎尔的反对。扎尔用枪指着他，让黑猫和白猫做结婚见证人。

第二位证婚人：别开枪！我在履行我的职责！你还年轻，你不明白。你想要什么？

扎尔：我要结婚。

第二位证婚人：没用的，你没有见证人。

扎尔：有见证人！

第二位证婚人：在哪儿？

扎尔：那些猫！

库斯图里卡重视仪式和财富，前者是某种循规蹈矩的形式，后者是为第二世界提供可能的条件。仪式体现了人的尊严，财富体现了丛林原则中男性的智力与力量。扎尔听到父亲让他完成仪式，他一边用枪逼迫证婚人，一边抱起黑猫和白猫，把它们作为结婚见证人，反抗秩序却尊敬秩序，矛盾的正反同体出现。当丽达和扎尔完成婚礼以后，两个人登上了德国人制造的豪华游轮，完成了爷爷的夙愿。在小船上，牧师一只手提着黑猫，一只手提着白猫。船没有桨，他陷入了左右为难的窘境，船在多瑙河里打转，嘲讽了所谓的秩序带给人们和人类社会的尴尬和窘迫，折射了狄奥尼索斯酒神对阿波罗太阳神的嘲讽和颠覆。因为阿波罗太阳神建构了秩序、逻各斯和所谓的真理、理性，狄奥尼索斯就是要颠覆这一切，把阿波罗所否定的一切东西呈现出来，恢复其合法性，以此来颠覆理性所确立起来的权威、秩序、腐朽，颠覆秩序带来的堕落和僵死。如第二位证婚人的窘迫状态一样：“哎哟！我晕了！”

另一位秩序维护者为铁路警察。作为一个执法者、秩序维护者，却是迫使平民屈从的强权者。库斯图里卡将第一世界的不合理景象呈现出来：铁路警察搜查老人、妇女的行李、箱包，将里面的物品倾倒出来，施威于恐惧而谨慎的屈从阶层。当马特科和接受贿赂的铁路警察走在一起时，看到了另外一个警察，马特科害怕被揭穿受贿，被贿赂的警察说：“怕什么！我就是这儿的法律！”再一次批判了主流霸权。在喜剧当中，这些当权者势必要被小丑颠覆。达旦的小丑杀手在杀死他时说：“我鄙视你！”“你”一方面指代警察，另一方面也指代“霸权”，象征霸权的掌控者势必被颠覆或者毁灭。

（二）小丑

在狂欢中，颠覆与反抗作用最为强烈的角色是小丑，如《黑猫白猫》中的小侏儒妹妹、高个子的大孙子、矮胖贪吃的小孙子，以及长得奇形怪状的小侏儒瓢虫的姐妹。曾经做过战犯的达旦心狠手辣，没有人敢反抗他，但是小瓢虫却敢反抗，甚至向他吐口水。除了反抗，她更有自己美好的愿望，并肯定自己的心性良知。小侏儒妹妹虽然只有 68 厘米高，可她渴望找到自己的真爱：“我不要！我不结婚！当我生命中的人出现，我就会嫁给他……他出现时，我会认出他来。我在梦里见过他千百回。我知道他什么样子。我认得他的眼睛，他的脸，他的唇。他很高大，很高大！”尽管遭到哥哥达旦嘲笑，但她还是坚持要和自己的真爱结婚，甚至从婚礼上出逃。结果，水晶鞋终于被它的王子找到，小瓢虫找到了真爱——格尔加的高个子大孙子，他非常高，像巨人一样，两个人一见钟情，小瓢虫非理性的坚持最后成功地颠覆了“第一世界”的成规。这样的一些超现实或者非理性的设置，僭越了理性所构建的成规和偏见。

（三）骗子、妓女和傻瓜

达旦在影片中作为骗子，他不但欺骗了格尔加、老马特科，也骗了马特科，大发横财。此外，骗子的角色还有俄罗斯人、保加利亚警察。《黑猫白猫》

对俄罗斯人这样描述，“马克西姆·高尔基来了，那些俄国人”，“爸爸！我们被那帮俄国人给骗了。你快过来看看，他们拿水当粗柴油卖给我们”。马克西姆·高尔基是苏联主流作家的名字，他把水当柴油卖，这是对意识形态的一种讽喻与揶揄。保加利亚因为官僚主义、强权政治等因素，导致贪婪而愚蠢的骗子应运而生，被杀的警察就是其中之一。骗子达旦把格尔加爷爷骗得一无所有：“他当时是我那个组的学徒。他是最差劲的家伙了。因为他，我一无所有了。”但最后骗子达旦还是被格尔加爷爷制服，受到了应有的惩罚，掉进粪坑，众叛亲离，孤独无援。

马特科作为傻瓜形象，他和自己玩牌，购买俄罗斯人无用的鹿角作为投资，并且和骗子合伙做汽油买卖，这些都具有讽喻意义。马特科暗喻南斯拉夫，在东方与西方的冷战之间摇摆选择，最后是选择了和达旦合作，结果却被骗了汽油（喻指社会主义意识形态）。在被骗了钱财、儿子之后，在婚礼上，软弱的傻瓜马特科还要恭维达旦为爱国者：“古代的生意人是爱国主义者。”马特科再三被骗，开始他以为自己被铁路警察骗了，到后来发现自己的钱其实是被达旦给骗去了，虽然反抗，但胆小的傻瓜还是被骗子达旦制服了。库斯图里卡用马特科进行隐喻，喻指夹在西方与东方的东欧，同时也隐喻自己的国家及其意识形态。马特科作为父亲，他曾努力捍卫儿子的权益，当达旦准备把妹妹嫁给他儿子的时候，他坚持反对：“不，什么都可以，这个不行，达旦。”可是当爸爸马特科无力捍卫儿子权益的时候，只能向儿子施压：“听我说。我差点死了。听我说。达旦，他是一个战争犯人。他会结束我们的家。他会喝我们的血，一边还呷饮着。他会杀了我们，把我们弄死在桌子上，婚礼要照常进行。”马特科被强权所左右，被称为“游手好闲的人”，也被达旦称为“无业游民”。他除了愚蠢，还无力、软弱，有的时候还助纣为虐，但他具有仁爱之心和宽恕之情。前者如他为扎尔做着“财富”梦：“扎尔，我的儿子，有这些钱，我会安排好你的将来和你孩子的将来。”后者如对达旦的宽恕与原谅。

骗子达旦身边总是围绕着一群妓女，这些妓女在视觉形象上是性感的一群女人，她们穿着花哨，没有独立的自我意识，依附于达旦，这些妓女中有一部分是吉卜赛人。虽然强权达旦说，“我从来没有任何种族歧视”，但“她们”

作为吉卜赛人，因贪婪、小气等行为遭到周遭人的白眼与厌恶。格尔加的大孙子斥责前来乞讨的女性：“快走，令人讨厌的吉卜赛人！”达旦为她们倒酒的方式而羞辱她们：“把威士忌盛在烧酒瓶里？你不会喜欢它，因为这是吉卜赛人的做法。”在另外一段叙事里，达旦的妹妹从婚礼上逃跑，围绕在他身边的那些女人陷入无厘头的混乱。当达旦着急的时候，吉卜赛女人没来由地跟着哭泣，也遭到处于疯狂状态下的达旦的辱骂。

（四）英雄

“库斯图里卡反对人们把他的电影贴上一种标签，他对青少年时代的哥们，以及在街上闲逛、寻衅滋事、一起踢足球的时光颇为缅怀。”[①] 这段非学院的青年亚文化经历让他崇拜世俗英雄，而非主流文化的理性英雄。在《黑猫白猫》影片中，出现了老年与青年两代世俗英雄，如果把马特科也划分为英雄，那就是老中青三代英雄，马特科可以作为非英雄形象，格尔加爷爷为反英雄形象，而扎尔和丽达则是追求真善美的传统英雄。老马特科与格尔加爷爷作为片中的长者，是智者和勇者的化身。老马特科以“一种体面的、优雅的方式”阻止了孙子假婚礼的进行。格尔加爷爷愿意为马特科的父亲做任何事情，“他救了我两次，一次在热那亚，一次在马赛。为了把我救出牢房，他为我痛打了城里的大部分人”。老马特科对格尔加爷爷这样描述：“他是个巨人，有两米多高。两只手就像铲子一样。他有两排牙。一排金牙，一排普通牙。他就像一个吸血鬼那样精致。”力量、世俗财富及细微精致这些既粗犷又优雅的特征构成了库氏英雄的特征。

丽达和扎尔是年轻的英雄，为了反抗奶奶和达旦的买卖婚姻，丽达开着摩托车把扎尔领到了向日葵地里，用自己年轻的欲望和对爱情的追求作为对恶霸达旦的反抗。当暴怒的达旦抓住扎尔耳朵的时候，为了扎尔，丽达先是用言语冲撞达旦，之后咬住达旦的手腕。扎尔为了救丽达，多次用言语将达旦的注意力转移到自己身上，进而用拳头攻击达旦。年轻英雄开始走向反抗与成熟，渐渐步入成人的荒诞世界，当他“离开这儿”的时候，他开始向“第二世界”过渡。

---

① IORDANOVA D. Emir Kusturica［M］. London: British Film Institute, 2002: 12.

三、喧嚣、粗鄙与正反同体[①]：非理性形式的喜剧效果

《黑猫白猫》呈现的生活不同于“第一世界”的生活。“第一世界”的生活是官方的、理性的、等级森严的秩序世界，主流阶级拥有无限的权力，底层大众则过着谨小慎微、遵循主流秩序的日常生活，对霸权、教条、死亡充满屈从、崇敬与恐惧。在《黑猫白猫》中的生活颠覆了霸权的官方秩序，回到第二世界的狂欢生活，秩序维护者遭到嘲笑和颠覆，霸权者掉进粪坑，阶级、职位、等级、年龄、身份等被推翻，小丑与笑成为主角，人们消除界限，平等、亲昵地对话、游戏与狂欢。库斯图里卡的电影是喧闹的，也是充满了世俗生活气息和朝气活力的，有世俗生活的俗事、生命力和不可摧毁性，也能够反映一定的历史背景。库斯图里卡说：“我的电影……讨论人在当代历史中的危机，它分析家庭犹如分析人类生活居住的建筑结构。令人欣慰的是，这种结构持续抵制所有的历史、政治攻击。”[②] 从原则上来讲，他不喜欢政治、历史电影，但他“喜欢用历史事件作为电影背景甚于其他情况”[③]。

“人类的生命力是生生不息、变动不居、渴望自由游戏的。喜剧精神是主体的一种内在优越感和游戏精神，它蔑视一切阻碍生命力自由挥洒的禁忌与压抑，召唤人们去尽情挥洒自己独特的个性和创造力，倾情投入并陶醉于自己喜

① 决定着普通的即非狂欢生活的规矩和秩序的那些法令、禁令和限制，在狂欢节一段时间里被取消了。首先取消的就是等级制，以及与它有关的各种形态的畏惧、恭敬、仰慕、礼貌等等，亦即由于人们不平等的社会地位等（包括年龄差异）所造成的一切现象。人们相互间的任何距离，都不再存在；起作用的倒是狂欢式的一种特殊的范畴，即人们之间随便而又亲昵的接触……插科打诨——这是狂欢式的世界感受中的又一个特殊范畴，它同亲昵接触这一范畴是有机地联系着。怪僻的范畴，使人的本质的潜在方面，得以通过具体感性的形式揭示并表现出来。同亲昵相联系的，还有狂欢式的世界感受中的第三个范畴——俯就。随便而亲昵的态度，应用于一切方面，无论是对待价值、思想、现象和事物。在狂欢式中，一切被狂欢体以外等级世界观所禁锢、所分割、所抛去的东西，复又产生接触，互相结合起来，狂欢式使神圣同粗俗，崇高同卑下，伟大同渺小，明智同愚蠢等等接近起来，团结起来，订下婚约，结成一体。与此相关的是狂欢式的第四个范畴——粗鄙，即狂欢式的冒渎不敬，一整套降低格调、转向平实的做法，与世上和人体生殖能力相关联的不洁秽语，对神圣文字和箴言的模仿讥讽等等……这是具体感性的“思想”，是以生活形式加以体验的，表现为游艺仪式的“思想”。参见：巴赫金 . 陀思妥耶夫斯基诗学问题：巴赫金访谈录［M］// 巴赫金全集：第 5 卷 . 石家庄：河北教育出版社，1998：161-163.

② IORDANOVA D. Emir Kusturica［M］. London: British Film Institute, 2002: 158.

③ IORDANOVA D. Emir Kusturica［M］. London: British Film Institute, 2002: 157.

爱的、能体现自己生命价值的创造性活动中。”[①] 在“第二世界”呈现理性，也呈现非理性；呈现高雅，也呈现低俗、粗鄙；呈现秩序，也呈现颠覆秩序的狂欢；有理性严格约束、限制和压抑的某些粗鄙不堪的东西，也有这些“粗鄙”及“阴影”跃跃欲试浮出水面的活力和创造力。生活是矛盾的，不是理性一元的，而是二元或者多元的。理性所压抑的势必要遭到更强有力的反抗与颠覆。

（一）喧嚣：复调、神秘主义与童话故事

“除了文学，库斯图里卡的魔幻现实主义还可以看到夏加尔、南斯拉夫童话的天真以及布努埃尔的超现实主义影子。”[②]《黑猫白猫》中融入了库斯图里卡的个人爱好，影片不但包括水晶鞋、树精、美人鱼的童话，也包含了东欧特有的神秘主义氛围，如扎尔变魔术的桥段和爷爷的诈死，以及小瓢虫逃跑后从纸箱里钻出来的天鹅，充满了魔幻味道。同时，镜子在影片中也起到神秘主义的作用。“镜子，除了象征自我映照以外，这个意象似乎加强了事物有可能再次发生的动机，在他的作品里，特别是发生的双重和多重层次。”[③] 老马特科对着镜子整理西服，并对着镜子中的自己说：“我要阻止他结婚，以一种优雅的方式……死者与死者，生者与生者……死者与死者……”拉手风琴时他伴随着自己的节奏死了，别人通过镜子看到这一幕，而丽达拿着镜子照看爷爷的鼻子，看是否还有呼吸存在。镜子提供了“假象”，大家以为爷爷死掉了。之后，格尔加爷爷也死在这个房子里，房间通过镜子折射出了大家狂欢的场面，具有镜像的隐喻。

小瓢虫对达旦说到自己的梦中王子：“他出现时，我会认出他来。我在梦里见过他千百回。我知道他什么样子。我认得他的眼睛，他的脸，他的唇。他很高大，很高大！”库斯图里卡喜欢塔可夫斯基，对梦与信仰也注入了隐喻与象征意义：坚持自己的本心，坚持自己的信仰，最后奇迹就会发生。侏儒小瓢虫坚信自己的梦，从婚礼上逃走，巨人格尔加的大孙子正在责怪弟弟买错地图

---

① 周光凡 . 人类喜剧精神的衍变和价值取向［J］. 西南民族学院学报（哲学社会科学版），2003（3）：63-70，2.

② IORDANOVA D. Emir Kusturica［M］. London: British Film Institute, 2002: 99.

③ IORDANOVA D. Emir Kusturica［M］. London: British Film Institute, 2002: 128.

时发现了矮树桩树精在移动，掀开空树桩，小瓢虫显现，二人一见钟情，奇迹发生。信仰、虔诚和奇迹的关系互相成立。

（二）粗鄙

在库氏的电影里，并不是到处充斥着精英、知识分子意识，相反，他总是试图还原那个世俗喧嚣、充满了趣味的俗世生活。为了去知识分子化，去理性化，他使用狂欢手段，将日常理性所压抑、遮掩的所谓“不洁之物”暴露了出来，复原生活原貌与本质。粪便、口水、屁股、人骑猪、动物交媾等这样一些被日常标准认为不雅的东西在狂欢中得到了复位，被忽略的它们得以视觉呈现。狂欢式的粗俗化、污言秽语与动作，构成对神圣文字和箴言的戏拟与反讽。

《黑猫白猫》是比较个人化的作品，Dina Iordanova[①] 认为它甚至好于《地下》，它意图鲜明，与众不同。导演将自己的喜好、偏爱以及嘲讽对象都搬上了银幕：他喜欢兰波，所以借片中人物的名字向这位法国天才诗人致敬。他不喜欢高尔基，于是把他的名字作为一个骗子集团头目的名字。他不喜欢资本主义社会的贪婪，用母猪来进行比喻，设置一头有隐喻色彩的母猪，让它不停地啃咬一辆东德生产的汽车，最终把它几近吃光。在影片的开始、中间和结尾出现 3 次象征物质至上的资本主义社会吞噬掉了他父辈所追求的那个共产主义乌托邦理想国。

粗鄙化和粗俗化事物在电影里随处可见，妓女的大屁股、被玩来玩去的口香糖、女歌唱家用屁股拔钉子及随后屁出来的“噗”的一声、达旦掉进的粪坑、排泄物、呕吐物等被理性压抑的所谓的丑陋之物在狂欢或喜剧当中出现，颠覆人们对秩序的认知。

（三）正反同体与充满对立的结合：消除理性的界限

“正反同体”是酒神狂欢精神的象征，它使得非理性恢复了理性所否定的那一部分。正反两个对立的方面，理性为确立秩序肯定了一方，否定了另一方。狄奥尼索斯就是要复位其中被压抑的另一方，颠覆理性确立起来的秩序、

① Dina Iordanova 是图书 *Emir Kusturic*a 的作者。

权威。库斯图里卡说："我的想象力早已被非理性的、更多隐喻性的交流系统塑造成了，远不是僵硬的理性主义或笛卡儿主义。"[①] 他关于欢乐的定义也有正反同体性，他说："欢乐是'喜悦'与'悲伤'的结合。"[②] 这种观点在《黑猫白猫》中得到了体现。在库氏的喜剧电影里糅合了不同类别的东西，"华丽的，强烈的，巴洛克式的，壮观的，以及最明显的一个——魔幻现实主义"[③]。

丽达的奶奶请来了黑尖碑组合，主持人这样介绍："亲爱的朋友，成功在马格里布、亚洲、澳大利亚进行了巡回演出后，黑尖碑组合来为你们表演。在多瑙河沿岸的平静的地区，这是世界上独一无二的技艺：她将以一种意想不到的方式拔出木板上的钉子。"库斯图里卡将经典音乐与叛逆的朋克捆绑在一起，最重要的噱头是高雅的艺术家用屁股拔钉子，将高雅和粗俗捆绑在一起，无形中消解了理性所确立起来的秩序之间的界限，打破了价值评判的传统观念。

达旦作为骗子，但最看重的品质却是诚实，这是另一种"正反同体"的结合。扎尔 17 岁，属于未成年人，没有喝酒的权利，只能喝橘子汁，可用自己阳光的"欲望"和少女丽达在向日葵地里演绎追逐，压抑的欲望与本能构成正反同体，向第一世界僵硬的教条挑战。格尔加爷爷的眼睛"看清人都有困难"，他几乎要失明了，却可以在行驶的机动车上用金手枪远距离打中达旦手下的掌心，让胖孙子惊叹其"精准"，再一次用非理性解构了理性的逻辑，构成"几近失明和枪法精准"这一组正反同体。

库斯图里卡"对宗教感兴趣是把它作为人类实践活动之一，而不是一个形而上学的概念。他电影里出现的宗教实践范畴更具有民族日常存在的民族特征，而非信仰与超越的探索。有人认为巴尔干半岛是一个宗教融合的地区，他认为恰恰相反，在这里欢快的融合中并存的各派宗教标志了异教徒共同存在的快乐态度"[④]。就像格尔加爷爷佩戴的三大宗教项链一样，犹太教、基督教与伊斯兰教三者独立存在于一个象征地球的圆环之中，它们不是互相融合，而是彼此共存，如正反同体各自独立存在一样。库斯图里卡通过《地下》《黑猫白

---

① IORDANOVA D. Emir Kusturica［M］. London: British Film Institute, 2002: 20.
② IORDANOVA D. Emir Kusturica［M］. London: British Film Institute, 2002: 86.
③ IORDANOVA D. Emir Kusturica［M］. London: British Film Institute, 2002: 97-98.
④ IORDANOVA D. Emir Kusturica［M］. London: British Film Institute, 2002: 154.

猫》讨论“宽恕是否可能”的问题。狂欢与现实之间，布满了激情、矛盾与狂放不羁，库斯图里卡用自己的方式——狄奥尼索斯的方式进行狂欢。狂欢是库斯图里卡电影的最重要特征之一，巴赫金所总结出来的“狂欢”论恰好可以佐证他的电影特征。他的电影里充满了离经叛道的酒神精神：蔑视权威、热爱生命的激情，向往世俗生活、追求富丽堂皇的俗世精神，宽容地看待意识形态。不管狂欢中的人物关系如何繁复，在库斯图里卡看来，人和人之间总是存在着一种牢不可破的关系，就是爱的关系。在男人和男人之间为友谊，如两位老英雄出生入死结成的友谊；马特科为达旦冲刷身上的粪便，表现的是《卡萨布兰卡》里那种警察与匪徒之间的情谊，界限消解，正反同体，秩序被重新建立；在男人和女人之间为爱情，如小瓢虫和格尔加的大孙子之间的一见钟情、丽达与扎尔之间的契合。库斯图里卡这种对于人和人之间关系的认识超越了意识形态层面，上升到了人的普遍性层面。

《黑猫白猫》没有《地下》荒诞悲凉的幽默，它具有天马行空的自由与尽情的狂欢。《黑猫白猫》形式上极尽喧闹与滑稽：被捆绑在树上的乐队、骑猪、猪吃汽车、魔术、众小丑等，而其内核却是对严肃问题的讨论，在这里库斯图里卡讨论了自由的不可侵犯性、人和人的关系，以及冷战过后反思的“宽恕”的问题等。

第十二章 《二十四城记》剧作中的实验性手法与历史呈现

康德在《判断力批判》里提到，在自然领域中，科学家依赖认识判断获得科学真理、指导理性实践。而在精神领域中，艺术家不问真假，仅凭天才和趣味创作，进而经由审美判断，让众人在欣赏时获得愉悦。他认为审美与认识同属于理性判断，与理念再现真理一样，艺术表征也可以表现丰富的人生、创造新奇世界，并令梦想和虚幻事物成为可能。[①] 贾樟柯 2008 年上半年的电影《二十四城记》就试图以艺术审美的形式探寻“历史真实”，这是中国导演在审美与认识方面的一种新实践，这种实践导致了“历史真实”呈现出一种后严肃主义时期状态。《二十四城记》继续贾樟柯“个体书写”的风格。在影片内容方面，历史的、生活的或是人性的悲壮、沉重得以重现。但与他以前的作品颇为不同的是，勇敢与豁达在这部影片中逐渐露出端倪，使人领会到人生无常即是常态的睿智认知态度。在创作手法方面，影片除了运用纪录片电影手段以外，还运用了诗歌、戏剧、流行音乐、当代行为艺术等艺术形式，使得这部“真实”的电影更具有了艺术的凝聚感、现场感、历史感与新奇感，饱满而深入，同时也使得虚构与现实之间的界限变得模糊不清，“真实”成为一种既非“虚构”亦非“再现”的“真实”，成为对严肃性历史真实的一种消解。

① 康德．判断力批判［M］．宗白华，译．北京：商务印书馆，1996：32-78.

一、诗意所带来的乡愁与深度模式

贾樟柯在媒体访谈中谈到，他试图以“语言”而非动作记录1958年到2008年的50年中国历史。并且记录的真实性来源于采访，这种采访是发生于现在时间的采访，而非过去时间的表演与演绎，这种采访使用言语形式再现历史。对于言语的研究，语言学家索绪尔在《普通语言学教程》中提到，言语行为的研究可以分成两部分：一部分是主要的，以语言为对象，语言的本质是社会的，离开个人而独立的，这种研究纯粹是心理的；另一部分是次要的，以言语行为中的个人部分，即言语（其中包括发音）为研究对象，它是心理、物理的。当然语言与言语是紧密地联系着，而且互为前提的。索绪尔认为语言是一种表示意念的符号系统，而语言符号联系的不是事物和名称，而是概念和音响形象。后者不是物质的声音、纯粹物理的事物，而是这声音的心理印象。[①] 在《二十四城记》中，语言又与言语互为运用，相互扶持，增添了影片的诗性色彩，加强了影片的凝聚感、历史感与艺术感，对于自启蒙运动以来的历史严肃性进行了消解。

《二十四城记》中，八位被采访者的话语声音中流淌着贾樟柯所探寻的“历史真实”。除了被采访者生动的声音、语调、表情、肢体动作等以外，影片中多次出现古今中外诗歌：叶芝、翟永明、欧阳江河、曹雪芹、万夏等人的诗歌。八位被采访者与采访者的声音、语调等作为言语呈现在影片的声音中，而电影银幕上展示出来的诗歌文字则作为语言呈现出来，使得言语与语言这两种形式在电影中并行，增加了电影叙述艺术的凝重感与庄严气氛，使得电影的诗性特点凸显。

影片名字既来自诗歌“二十四城芙蓉花，锦官自昔称繁花”，也来自房地产商的“二十四城”楼盘，体现了精神与商业的结合。中国当代优秀女诗人翟永明作为本部影片的编剧之一，也将诗歌引入电影之中。其中叶芝的诗句“在年轻时所有说谎的日子里，我在太阳下招摇。现在，我已经萎缩成真理”被剪

① 岑麒祥．普通语言学人物志［M］．北京：世界图书出版公司，2008：5-6.

辑在电影的切换场景之间。理性与非理性在电影的历史叙述中寻找着平衡，诗人的情怀以及诗性的凝重感在历史和现实中时隐时现，呈现了作者对历史二元对立的判断与回忆。影片还引用或改编了当代诗人欧阳江河的现代诗《玻璃工厂》(“整个造飞机的工厂是个巨大的眼球，劳动是其中最深的部分”)、曹雪芹的哀怨诗《葬花吟》(“怪奴底事倍伤神？半为怜春半恼春”)、“莽汉主义”诗人万夏的现代诗《本质》(“成都，仅你消逝的一面，已经足以让我荣耀一生”)等。

除了影片画面上以字幕形式表现的诗歌，影片还使用了未来主义诗歌的创作手法，象征、隐喻等手法，以及大量的纪录片拍摄手法。未来派诗人、纪录片导演维尔托夫(《持摄影机的人》的导演)对于机械运动的迷恋、对于工业现代化发展的关注，在贾樟柯的《二十四城记》中均有所反映。影片中多次出现工业机械制造过程，巨大的机器、高大的厂房呈现出工业现代化“蓬勃”发展的景象，象征着那个时代中国急于进入现代化的“强国”“富国”之梦想。画面中飞机零部件制作的重复动作，既是机械运动的重复，也是日常生活的重复，充满了诗性的隐喻象征。

影片最后以改编的四川诗人万夏的诗句“成都，仅你消逝的一面，已经足以让我荣耀一生”收尾，这是一种对历史的记忆，也是一种饱含深情的张扬，体现了在与历史告别的过程中，有阵痛也有一种莫名的企盼与希冀。过去只是过去，历史只是历史，用温情消解了严肃的历史事实，使得“真实”不再重要。记忆与情怀成为个人珍藏起来的宝贵之物，这种自信与超然让贾樟柯在影片的最后似乎超越了“边缘人”“工农兵”“底层人”“弱势群体”等带有左翼文化特征的意识形态概念，回归到了人本身，回归到了艺术本身，同时也将历史的“启蒙性”过渡到“非启蒙性”。

二、纪录片的沉闷与戏剧的张力

贾樟柯在北京电影学院的访谈中谈到，他与许多当下电影评论家不同的观点是，他主张以自由的个体人物来带出历史发展及个体记忆，进而达到对社会的书写与观察。

《二十四城记》的八位叙事者中，前两位叙事者以传统的电视纪录片的形式进行，镜头与画面单一冗长，情绪沉闷，气氛严肃。420 军工厂（简称“420 厂”）的工人，一男一女，面对 420 厂的窘境，他们从不同的角度对该厂 50 年来的变迁进行了回忆。前者是受师父的言传身教的影响，带着伤感与感恩缅怀逝去的时光；后者是下岗女工，对 420 厂的迁移、14 年才得以回归故里、严酷下岗等严峻的社会问题带着泪水进行了回忆。这两段回忆都感性地记录了那段时间内，社会主义计划经济体制下的集体主义生活对于个体所产生的影响，于悖论中审视旧的经济关系与新的经济体制。同样，在吕丽萍对于大丽这一人物的扮演过程中，现实主义的表演自然而不着痕迹。举着吊瓶，大丽独自在 420 厂走了一大圈，坐在行政办公室里对年轻女孩进行指责。这是一个为了国家命令而失去孩子的母亲，通过叙述，她孤零零的身影出现在过去的记忆里，这是 20 世纪六七十年代集体主义铁的纪律与个体之间冲突的写照，具有历史的严肃性。

在职业演员扮演的被采访对象中，陈建斌扮演的宋卫东吸引了观众，将观众从对电视纪录片的忍耐拉回到了电影中。陈建斌戏剧性的表演——台词、动作、表情，更生动地向我们讲述了 1980 年代初期的体制特点、恋爱、被压抑的欲望、优越性等等，记忆在陈建斌的演绎中显得生动、丰富而充满了回味。陈建斌一出场就抓住了观众的情绪，截然不同于前面叙事者的沉闷、悲壮与严肃，他轻松地以力量、发展与豁达进行叙事。陈建斌的台词表述方式充满了戏剧性与表演张力，使得整个电影基调焕然一新，这就是演员的在场性和戏剧表演的张力。陈建斌饰演的宋卫东是二十四城总经理办公室副主任，他以比较先锋的元小说叙事方式对观众进行讲述，与采访者交流，他掌握了主动权，体现了自我主体的自信与从容，逐步消解了采访者的严肃日的。

陈建斌的表演以及台词的戏剧性使得传统现实与电影之间出现了张力，更大的弹性产生了。这是一段戏剧式的表述（尽管贾樟柯力排职业演员的戏剧式表演），而非简单的对现实的沉闷叙述。在这段采访中采用了元小说的叙事方式，宋卫东：“我 1964 年出生的，你呢？”采访者：“我 70（1970）年。”被采访者与采访者出现了交流，并且被采访者掌握了话语权与主动权，表现出从容与自信。从宋卫东的职位也可以看出，1980 年代他是计划经济优越体制的享受者，到了 21 世纪，他又是这个时代的主导人物——二十四城总经理办公室副主任。虽然贾樟柯不给生活在底层的人以幻想，但他起码给这些人以方向——勇敢、乐观与豁达是人性自信与成功的钥匙。宋卫东说完 420 厂的现状，继而又沉浸在了对打架、对自行车、对爱情、对《血疑》中的幸子头、对那个物质匮乏年代的回忆："《血疑》又重新播放了，我爱人愿意看，我也陪着——看。"其表述充满了歧义性与丰富性，令人想起了那个物质匮乏、思想刚刚开始开放的 1980 年代。一切都带着朦胧的美，而非赤裸的竞争与严肃，朦胧的美留给了回忆者们以美好的情感，逐步消解历史的严肃性。

陈冲扮演的"标准件"小花，诠释了 1980 年代是个崇拜个人英雄的精英时代。产生悖论的是，表面上人们对精神极端追求，对物质极端排斥，实际上却是被无法解决的物质问题所困扰、所纠缠。在上海几乎没有栖身之地的女孩，为了解决住的实际物质问题，崇高地申请去了西南，从开始的物质吸引到上海移民女性对西南边远文化的认同，体现了时代与体制变化的悖论。电影中还运用了谢晋的电影《小花》的片段，采用了戏中戏巧合的办法，对照了上海文化与边远文化的时空与地域差异。一直未婚的单身女性小花的尴尬，也是中国文化认同的一种尴尬，是介于发达与发展之间所面临的必然问题。

按照时间的顺序，由赵涛扮演的 1980 年后出生的苏娜，赶上了物质与消费主义时代，思想、行为开放、离经叛道。伴随着父亲权力的消失以及父亲个人意志的消沉，她以叛逆作为手段逃离那个体制下的家庭。当她发现母亲依然在做着"非人"的线杆工作，在整堆工作的人群中，母亲与其他人没有差异，没有性别，仿佛已经不再具有"人"的特点，这一惊人的发现让她觉醒并成熟起来，于是心灵回归，爱回归。多赚钱，给父母在二十四城买套房子，是她的最大理想，当年她叛逆逃离的亲情，现在成为精神回归的最后居所。通过对男主持人赵刚的采访，可以看到 1990 年代很多人对平庸日常生活的逃避与对新生事物的自由追求，对日复一日工作的恐惧使得他们要进行更多的选择，多项选择意味着一定的自由，这是开放时代的进步性。还有一位被采访者是玩轮滑的十六七岁少女，她对父母工作过的 420 厂所知更少，离得很近，而她甚至没有进去过。这是一种疏离，对计划经济时期国有企业的一种疏离，对过去严肃历史的一种疏离。少女在轻松的轮滑娱乐中，对历史的严肃、沉重视而不见，这是一种新世纪的新发展，非严肃或后严肃主义时期已经来临。

八位被采访者具有不同的年龄段，具有不同的身份和不同的地域文化，但职业演员的表演还是给我们留下了深刻的记忆与印象。在职业演员的台词中，我们更多地看到了戏剧的张力以及他们所反映出的丰富的历史、文化。被采访者在虚构和现实中间讲述着历史的变迁，在现在时间的讲述中，却又使得真实和想象的界限不再明显，似乎模糊起来，契合了导演希冀的“历史就是由真实和想象同时构筑的”。

三、其他艺术形式所产生的陌生化效果

电影蒙太奇剪辑体现了对不同画面的剪接，以及新的关系和新的概念的产生。在《二十四城记》中，由于蒙太奇的剪接，产生了诸多新的概念与新的关系。420 厂的职工在大礼堂里集体歌唱的场面，拥挤的人群，秩序井然的统一，清一色麻木的表情，相似的服装等画面剪接在一起，体现了集体主义时代遗留下来的集体主义特征：个人被淹没在集体的大海洋中。领导者作为个体单独站在集体对面的讲台上，面对集体统一的沉默大众，象征着他具有权力与话语主动权。

导演还把流行音乐应用到电影中，以示时代的经济发展与文化变迁。集体主义时代歌唱的是对祖国的引吭歌颂；1980 年代初期，两位女人站在家中轻声慢唱，歌词朴素简单，声音温柔、从容，满怀希望，象征着对即将到来的物质时代以及平凡安逸生活的追求。日本电影《血疑》的主题曲象征着新时代的到来给人们带来的解放与希冀，解禁的大众时代即将来临，这种解放与希冀最终变成了新世纪的美好回忆。厂花“标准件”小花一辈子的生活与感情都是不合时宜地比别人慢半拍，这时响起的音乐是电影《小花》的主题曲《妹妹找哥泪花流》。主持人赵刚出现后响起的音乐是齐秦的《外面的世界》，象征着作为主持人的赵刚当时作为体制下的工人对自由的向往与追求。不同的人，背景音乐也是不同的，代表了被采访者的主体意识与时代特征之间的关系，具有隐

喻意义，严肃性与严肃意义在流行音乐中得以舒缓。

贾樟柯还把行为艺术以及新媒体艺术等应用到了电影中，这在中国的电影创作中还是较为新颖的手法。一位红衣女人靠在男人身上，红衣女人凝固在窗外的玻璃上；一群民工手持劳动工具站在工地上；巡逻保安朋克式的头型；年轻女孩苏娜开着甲壳虫车，停在摄影师与被拍摄对象旁边，形成“看与被看”的关系；扛着农具的村妇从开着甲壳虫车的女孩旁边经过，形成“女性对比”或“城市与乡村对比”……这一切都赋予了影片更多的新含义，也对城市—历史—记忆进行了新的诠释，因此新的概念被重新诠释，新的关系被重新构建，新的角度被重新选择。《二十四城记》还采用了元小说的叙事手法，被采访者不时问采访者：“我 1964 年出生的，你呢？”“你觉得呢？”……这种在文学、戏剧上并不新颖的插说、评价介入式叙事手法，在中国电影中几乎是首次出现，让观众觉得耳目一新，增加了贾樟柯影片的真实感与现实参与感，在某种程度上解构了虚构的现实，帮助影片回归到中国当代史的“真实”。这一切艺术手法的运用让影片看起来不再是一部简单地讲述历史严肃性的纪录片，而是一部彰显主体意识的艺术作品。

四、个人的自由选择——在真实与想象之间

西方自亚里士多德《诗学》系列理论提出之后，多把艺术视为大千世界之模仿，海德格尔也承认艺术与真理有着深邃的联系，但这种联系不在于模仿，而在于真理将其纯净的光芒注入作品，作品反过来又令真理以艺术方式敞开自身。“注入作品的闪光就是美。美是作为无蔽真理的一种现身方式。”① 所以针对历史有这样的论断：历史就是由事实和想象同时构筑成的。《二十四城记》试图用事实和想象的方法再现过去 50 年的中国城市发展，这可以说是一种尝试与创新。贾樟柯的这种创作方法将对“历史真实”的叙述引进了后严肃主义时期。他曾说：“我看待事情有些悲观，所以我不制造幻想，不承诺给这些底层人以美好的幻想，我只是想把现实展示出来。”从现代主义手法到后现代主

① 赵一凡．从胡塞尔到德里达：西方文论讲稿［M］．北京：生活·读书·新知三联书店，2007：157.

义手法，他执着地要把各种现实呈现给观众，并以他擅长的青春物语式的叙事方式进行叙述，即青年一代的困惑、迷茫以及对逝去历史的追忆与怀旧，他称这是作为艺术家自由选择的一种方式，也会对中国电影艺术的发展起着完善作用，并且是很重要的一部分。

贾樟柯声明，他的兴趣并不在于梳理历史，而是在于想去了解巨大的社会变动，并且认为必须去聆听才能了解个人经验。于是，贾樟柯让摄影机对准八位个体，让他们讲述个人经验，再现中国当代历史中抗美援朝、三年困难时期、对越自卫反击战、改革开放、经济体制改革、停薪留职与下岗等各种历史现象。既然有人说所有的历史都是当代史，那么贾樟柯就让他的演员在当代讲述过去的历史，而不必重新布景、化妆演绎 50 年以前的历史。在各种陈述中，经历了计划经济体制的人，对计划经济怀有一种矛盾的态度，既承认它的安全性，又抱怨它对人性的抑制，这是一种留恋与背叛的矛盾悖论关系。但不管怎么样，事实就是事实，过去的已然过去，现在照常进行。赖以谋生的工厂变成了新的居住楼盘——消费品，钓鱼的工具变成了一条鱼。贾樟柯通过陈建斌（宋卫东）的视角似乎在告诉人们：不管怎样，现实中，应该乐观地调整并适应新的生活、新的体制与新的挑战，应该具有后严肃或非严肃主义时期的特征，因为严肃主义时期已经过去。

《二十四城记》是一部徘徊在历史与想象之间的电影，拼凑了诗歌、音乐、戏剧、行为艺术、元小说手法、新媒体艺术等多种艺术手段进行讲述，虽然导演一再强调影片再现历史的目的，但历史的真实与严肃性已经被上述的艺术手段消解，成为一种想象的历史。但是不管这部影片是严肃的历史还是想象的历史，影片毕竟体现了康德的话："审美与认识同属于理性判断，与理念再现真理一样，艺术表征也可以表现丰富的人生、创造新奇世界，并令梦想和虚幻事物成为可能。"《二十四城记》中新的艺术形式的介入，使得比较深奥的思想在影像中得以表达，也许会逐步促进中国电影达到恩格斯所说的"较大的思想深度和意识到的历史内容，同莎士比亚剧作的情节的生动性和丰富性的完美的融合"。

第十三章　从《英雄》看内地电影剧本跨文化创作特征

张艺谋等第五代导演被学者称为“是被‘狼奶’哺育的一群：在‘打砸抢’乱世里完成中小学教育，在‘上山下乡’运动中长大成人。‘文革’结束电影学院开始恢复教学，使这群沦为底层的艺术青年绝处逢生，毕业后大胆实践数年，他们为中国电影史写下新的篇章”[①]。大学毕业后，1987 年张艺谋导演了第一部影片《红高粱》，电影改编自先锋作家莫言的同名小说。从最开始对纯文学作品的改编到对畅销书、网络文学的选择与拍摄，张艺谋的电影作品因势利导，随机应变，经历了几次重要的创作转型，从艺术电影、主旋律电影、商业电影、娱乐片、商业大片到新主旋律电影等。

1978 年改革开放以来，西方思想涌入中国，知识分子、艺术家在经历了多年的文化闭关之后，在急切渴望了解西方文化的同时也渴望中国进入西方文化的视域之中，进行中外文化碰撞与交流。新时期初期，部分第五代导演群体选择 1980 年代到 1990 年代兴起的中国先锋文学作品作为自己电影创作的来源，并获得了西方电影界的关注，展示了中国或中国文化元素，对中国当代文化的传播产生了一定影响。在李安的《卧虎藏龙》（2000）获奖两年后，张艺谋也尝试在全球范围内进军商业大片，准备与好莱坞大片一同分享世界电影票房这块利润蛋糕。

《英雄》的宣传与发行做得声势浩大，同年这部电影代表中国角逐奥斯卡

① 杨远婴．电影作者与文化再现：中国电影导演谱系研寻［M］．北京：中国电影出版社，2005：216.

金像奖，遗憾的是并未获得如《卧虎藏龙》一样的最佳外语片奖，究其原因大概有几点，如电影的主题立意、认知及人物等。首先，电影名为《英雄》，看过电影之后观众会暗自思忖诸如以下几个问题：四位男性中谁是英雄？主角是谁，无名吗？他做了什么？什么是英雄？但这些在剧本创作初期就应该解决的问题在电影中并不明确。其次，电影所反映的价值理念与认知是什么？在一定的历史背景下怎么分辨国家主义与绥靖主义。再次，也是最重要的，就是逻辑性或者叫“可然原则”在剧本中的缺失。《英雄》自上映以来备受争议，虽然在剧作上存在可继续上升的空间，但不管怎样，它是新时期以来第一个票房过亿的大片，除了巨额利润，它也为中国电影产业的转型开了先河。它的出现开启了中国电影商业大片的新时代，它也带领中国电影走入全球市场，同好莱坞及其他国家的商业大片一起分取全球电影市场份额，《英雄》在电影产业方面具有开创性的意义。

一、“可然原则”的缺失与“绥靖主义”之嫌

电影《英雄》于 2001 年 8 月 11 日开机，与美国“9·11”事件发生的时间刚好间隔一个月，导演张艺谋由此联想到了《英雄》的现实意义。他在接受采访时说：“我自己认为今天的世界充满了战争的威胁，尤其是我们正拍着电影时就发生‘9·11’这种事件，这样的一种人和人之间的敌意，我要消灭你，你要消灭我，斗争不知道哪一年会结束。我们由此就讨论到中国武功的概念，讨论到一个侠客，他是不是只要武艺高强就可以了。差不多也是借这样的一个信息传递一个现实意义，希望人们在看完后，不要只认为是一部很美丽的古装电影，打来打去。他们如果多想想，也许还有另外的意思，也许跟我们现实的世界有一点类似。”[①]《英雄》在内容方面，尝试着跨文化讲中国故事，并力图参与到现代性问题的讨论之中，从全球反恐的角度维护世界和平，进行全球化叙事。《英雄》在艺术形式上，使用了书法、编钟、古琴、围棋等传统文化元素，并继续延续其独特的美学追求：强烈的色彩，浓郁的中国文化特色，力求

① 看明星大腕超级班底如何“谋”求“英雄”[EB/OL].(2002-12-16)[2022-07-04]. http://ent.sina.com.cn/m/c/2002-12-16/0828119583.html.

画面的唯美精致，让观众消费“唯美、唯爱、唯艺术”的电影。张艺谋一改第五代导演对于中国历史以及乡土文化的关注，转向了后现代主义的命题——全球反恐主义，直接从前现代转型到现代或后现代。但因价值观梳理过程中的误差以及向现代性过渡、积累与突转条件的欠缺，使得影片出现了很多真空地带。《英雄》进行的是好莱坞商业类型大片的尝试，编剧冉平认为好莱坞大片靠两条腿走路，一条是情感，一条是智力①。除了情感的抒发，好莱坞电影更侧重对认知与主流价值观的输出，并且擅长在影片中将深刻的认知与思想进行浅思维化处理之后呈现给观众。

《英雄》在唯美的画面中还加入了现代男女复杂的情感关系及成人管理不善的情绪，使其成为影片的噱头。张艺谋在创作形式上也摆脱文艺青年的伤感、反思与沉重，向全球化故事、国际化故事叙事转型，拼贴入反恐、欲望与国家主义等概念，试图将跨文化元素渗入中国古装武侠片，改进武侠片类型化的肤浅模式。在价值观表述方面，张艺谋试图迎合刚刚出现的“9·11”全球反恐，但在西方价值观系统中除了侧重具有国家主义特色的反恐，其价值体系更加侧重人性关怀、个人主义与英雄主义，强调人的价值以及对弱势群体的悲悯情怀。在某种条件下，维护主权国家内稳定秩序的反恐主义同国家主义有着相似之处，但是国家主义本意并非对他国的侵略与扩张，也不是建立在绥靖主义基础上的专制集权主义。在《英雄》中，无名和残剑一样，最终决定为“天下”苍生而放弃刺秦，将完成“不杀之境界”的使命委托给秦王。可秦王在无名决定之前，一直在猖狂地彰显自己扩张与征战的野心，并不是“不杀的境界”。

秦王：等到寡人灭了六国之后，再灭其他诸国！

无名：大王不是只灭六国吗？

秦王：六国算什么？！寡人要率大秦的铁骑打下一个大大的疆土！

此段话可证明“天下”、“治天下”或者“不杀的境界”并不是秦王要做的

① 冉平于2012年北京大学举办的“电影：文化力与影响力”的研讨会上的发言。

事，他的野心是“打下一个大大的疆土”。此时他正处于灭六国中的第二个国家赵国的过程中，因为历史上秦王灭赵之后，又继续大开杀戒灭掉了魏、楚、燕、齐四国及其他。无名和残剑将“天下”与自己托付于有这样扩张与征战野心的人，与他们舍己的英雄主义人物设置不符，并给构建的人物增添了“绥靖主义”或“集权主义”的瑕疵。犹如当年张伯伦两次飞到德国对希特勒的纵容一样，其绥靖政策导致德国在西线发动进攻。还有，对人物情节方面的突转并不符合正常的逻辑，如残剑以前与飞雪一心复仇，没有所谓“天下”的想法与预示，电影情节设置中也没有对其做任何铺垫，但在秦宫与秦王的一场打斗中，残剑瞥见秦王诚惶诚恐与神经质般的怯懦后，便决定为“天下”放弃刺秦了，此一“突转”之前未做任何铺垫和预示，缺乏逻辑性。之后无名继残剑之后将“不杀”之大任交给喜好征战与性格多变的秦王，希望残暴、惶惑与神经质的暴君来维护“天下”的安全，缺乏“可然原则”或逻辑性。无名最后用剑柄象征性地顶了一下秦王的后腰后说：“大王，这一剑臣必须刺，刺了这一剑，很多人都会死，而大王会活着，死去的人请大王记住那最高的境界。”无名希望残忍、嗜杀的秦王“不杀”，试图用自己的牺牲来感化他，并在“乞求”与“哀怜”中完成了滑稽式的“刺秦”，恳请不停扩张领土的暴君和平建立天下新秩序，充满了荒诞意味与反智特征。

残剑为赵国人，年轻时浪迹江湖，多年前遇到飞雪与其成为情侣。飞雪因秦军杀死父亲，决定刺秦王复仇，于是残剑也决定刺秦，这是为情而刺秦，其动机明显。在秦宫大殿中，残剑突然决定为“天下”停止刺秦。为情刺秦，为“天下”停止刺秦，因为残剑从书法的境界中悟出了剑法的最高境界——“不杀”。但是残剑忽略了一点：“不杀”是一种静止的境界，而他面对的是一个正经历杀戮的动荡世界，秦国正在攻打六国中的第二个国家赵国，秦王是否会因他的行为感动而停止征战？秦王与残剑的认知境界是否一样，残剑是否能说服秦王“不杀”？这些未定的元素会导致后续逻辑上的混乱。飞雪、残剑秦宫刺秦失败返回后，三年互不说话，是因为三年中关于“不杀之境界”二人没有交流成功。无名在理解残剑的“天下”观念时一度陷入矛盾之中，但当秦王悟出“不杀之境界”之后，就毅然决定放弃刺秦。但他忽略了一点——虽然秦王悟出了“不杀之境界”，但并不等同于“不杀”之行动，他对秦王的“不杀”之举忽略了对其他四个主权诸侯国的认同，有绥靖主义的嫌疑。

《英雄》中“天下”的用意在于“拯救”百姓，好莱坞商业大片中也有很多以“拯救”为主题的商业片，主人公往往是一个平凡、平庸的小人物，经某高人点拨后，历经生死选择，在全世界最危难的时候临危受命，经历了恐惧、彷徨和最终觉醒、崛起、反抗到反抗胜利一系列的过程。《英雄》中的所谓“英雄”人物残剑，他的人物设置可以用几个关键词概括：浪迹江湖、与飞雪相遇、刺秦、研习书法、为天下。从浪迹江湖到放弃刺秦复归天下和平，残剑一开始并不是非刺秦不可，生命的初期阶段他浪迹天涯随遇而安，并没有具体的目的与动机。与飞雪相遇后残剑才决定刺秦，为报爱人飞雪的杀父之仇而决定刺秦，在与秦王的打斗中悟到了剑法的最高境界后便决定停止刺秦，并要阻止他人刺秦，因为他认为只有秦王才能“停止连年战乱”。而此时秦宫中的秦王正处于惶恐、焦虑与不安之中，残剑的判断缺乏理论的基础，使其从“刺杀”到“不刺杀”的突转缺乏逻辑性。残剑将众人的性命不是交付给了利维坦式维护和平秩序的国家主义者地母[①]，而是交付给了贪婪、嗜血的专制集权主义者秦王。

女侠飞雪狂傲不羁，宣称“那些秦宫卫士，不值一提”，愤慨地指责残剑“三年前秦王就该死了”，并因残剑“不杀”而心生埋怨，与他“三年无语”。此时中年的她充满怨恨、刚愎自用、难以沟通，迥然不同于与残剑刚刚相遇时的那种浪漫，她曾憧憬等刺秦成功后，便带残剑回她的家——“那里没有剑，也没有剑客，只有一个男人和一个女人”。显然，是因为残剑的“天下”绥靖主义与拥护秦王专制集权的思想，导致了飞雪此番的变故。飞雪曾经是个有着乌托邦理想的人，然而因残剑和无名突如其来的不杀之“天下”观念导致“刺秦”的复仇任务没完成，也没有了“回家”的渴望，还造成了三个人无谓的牺牲。飞雪的“家”的概念是建立在主权国家概念之上的，因为她怨恨残剑的绥靖主义行为，并且拒绝与他进行话语交流，后又因残剑说服无名不刺秦而在恼怒中刺死了不抵抗不挡剑的残剑，残剑被刺后，她一直喃喃不停地问“为什么”，表现出对“家”“国”身份认同的混淆、错乱与焦虑。残剑的绥靖主义不

① 霍布斯借用神话中力大无比的地母利维坦来比喻国家主义。

但害了无名被秦兵射杀，还害了自己和飞雪。因为飞雪一再刺秦的举动，并非只是家仇，还有代父亲维护国家主权的英雄主义特色，但因为残剑的绥靖主义，彻底造成了她英雄主义梦想的破灭，同时也造成了残剑自己的毁灭——在残剑被误杀后，飞雪才突然回想起美好的“回家”愿景 ，面对被自己刺死的残剑，她绝望大喊过后也以自杀来殉情，造成了一代大侠的无谓的死亡，无法引起人的共情，即“恐惧”与“怜悯”之情。

二、“什么是英雄”与“谁是英雄”

历史上秦王用十年时间先后灭掉了韩、赵、魏、楚、燕、齐六国，《英雄》中故事的历史背景发生在灭赵的过程中，因为无名为取长空的银枪与飞雪剑而出现在秦国攻打赵国陉城的情节设置中，取得二人宝剑之后他从陉城径直到秦宫大殿。赵国为秦王攻打的六个国家中的第二个国家，属灭六国的开端，其后还有更多国家，而不是战争的末端。秦王操纵庞大的军队进行杀戮与征战，是武力的代言人，也是权力的代言人。而被迫背井离乡的几名刺客同大多流离失所的民众一样属于“弱者”身份。在影片开始几名刺客本来还在为“弱者”或者为“复仇”而刺秦，但到影片结尾却转而采取了向“霸主”乞求和平的绥靖姿态，使得英雄的价值观发生了质的变化，失去了“英雄”特质的面孔模糊起来。刺客们放弃了反抗，恳请强者霸王为天下着想，为百姓带来安稳生活。皇权或霸主如果是爱国护民的地母利维坦，他应该在自己的主权国家内建立新秩序，而不是以建立新秩序为借口进行侵略扩张。但秦王并不满足于吞并六国，他要“灭了六国之后，再灭其他诸国”，并扬言“要率大秦的铁骑打下一个大大的疆土”。那么到底谁是英雄？是强权者秦王，还是刺客？

（一）假设一：秦王是英雄

《英雄》中的秦王在人物设置上具有分裂的特征。十年来他被三名刺客干扰得不敢安睡一晚，甚至不敢解除甲胄，这是多疑猜忌、胆小惶恐的特征。同时他也野心勃勃、无比暴力，但他又可以在极度危险的情况下，为理解自己的刺客旁若无人地抒发感情，丝毫不顾忌自己正在被一名刺客威胁，神态恬淡，态度超然。这是一个性格多变诡异的嗜杀之人，无名却期待一个虽知道“不杀”之崇高境界却多变诡异的战争狂人来保护天下百姓的生命，并把自己的性命、几个人的期待甚或天下苍生的命运交付于他，这是政治讽喻，还是逻辑混乱？无名得到长空的银枪、飞雪与残剑的两把宝剑才得以到秦宫距离秦王十步，并向秦王讲述了“红蓝白绿”四色故事。无名告诉秦王残剑和飞雪杀入宫中刺秦之时，残剑突然悟到秦王不能杀。秦王唏嘘道：“没想到最了解寡人的，竟是寡人通缉的刺客！寡人孤独一人忍受多少责难，多少暗算，无人能懂寡人之心，就连秦国的满朝文武，也视寡人为暴君，想不到残剑与寡人素昧平生，却真正懂得了寡人，与寡人心意相通。”于是，秦王旁若无人地转身背对无名开始领悟残剑所写之“剑”字，并在无名夺剑之前，他说：“寡人悟到了，这幅字根本就不含剑法，写的是剑法的最高境界。剑法，其第一层境界，讲求人剑合一，剑就是人，人就是剑，手中寸草也是利器，其第二层境界，讲求手中无剑，剑在心中，虽赤手空拳，却能以剑气杀敌于百步之外，而剑法的最高境界，则是手中无剑，心中也无剑，是以大胸怀包容一切，那便是不杀，便是和平。”此刻建构出来的秦王形象是才华横溢的学士，且充满情感和智慧。无名续接秦王感情充沛与充满智慧的话语来规劝秦王，并希望“不杀的境界”感化到秦王不再屠戮百姓。可秦王却下令杀了无名，然后继续灭掉赵国与其他四国，可见秦王的人物定位并不是英雄，是杀死英雄的枭雄。

（二）假设二：无名是英雄

关于身份的设置，无名说自己“实为赵人，家人被秦军所杀，自幼流落在秦被秦人收养，十年前知道身世便决心行刺”，无名作为被秦人养大的赵国人，长大知道身份后便决定刺秦。无名的人物设置与金庸小说里的英雄“萧峰”的人物设置相似。萧峰是契丹人但被汉人养大，长大后为帮契丹人还是帮汉人而痛苦纠结，一方是有养育之恩的汉人，一方是自己的族人，因为他心存善良而难以选择，金庸以此对杀戮与战争进行反思，并没有让萧峰直接去杀汉人，因而建构了萧峰作为“英雄”的特质。但是无名知道自己身世后便决定刺秦的武断设置，会让无名因缺失对“养育之恩”的思考而减损英雄“善”的品质。

无名在智力上的选择与判断，是英雄还是有勇无谋之士？无名因“十步一杀”的绝技令长空、飞雪愿意贡献出银枪与飞雪剑，也令秦王恐惧。无名在进秦宫刺秦前，他从残剑那里获知关于“天下”的大道理，但两个人并未深入探讨，无名取了飞雪剑与残剑后进秦宫准备刺秦，说明他还是要刺秦的。但在秦王一番自相矛盾、逻辑混乱的话语影响下，犹豫过后他竟然选择了相信秦王潇洒的“悟字”而决定不杀秦王。刚入秦宫不久，无名对秦王所说的“六国算什么？！寡人要率大秦的铁骑打下一个大大的疆土”感到惊讶和顾虑，但后来这种顾虑因听到秦王悟到了剑法的最高境界就是不杀的境界的话而打消，因此决定不杀秦王，只是用剑柄轻轻抵触他的腰部。无名的这一决定略显轻信和缺乏智慧。最后他也遭到了秦王下令射杀，并且秦王对赵国与其他四国继续进行屠戮和征战，使得他的牺牲看起来并不明智，并且也辜负了长空、飞雪的托付，无名这样的智力与判断也难以使他成为英雄。

（三）假设三：残剑与飞雪是英雄

飞雪一直处于人性的矛盾选择之中，她和其他男性刺客不同，也和“听话”的如月不同，她一直在“复仇”与“回家”的选择中挣扎。影片中飞雪的台词很少，但因对残剑“天下”的不满而愤懑强势，有刚愎自用之嫌。在白色叙事中，作为闻名天下的刺客、侠客，飞雪在白色叙事里表现出的是狂妄、高傲的性格。但残剑放弃刺秦并声称“秦王不能杀”时她充满困惑与怨恨。残剑悟出了天下和平、“不杀”的最高境界，而飞雪并不认同此绥靖行为，坚持对国家主权的认同，不能任由外国秦王所征服。在权衡“为父复仇”、“代父维护国家主权”与“天下和平”方面，飞雪的“为父复仇”与“代父维护国家主权”观念总是不能被残剑的绥靖主义想法置换，因此郁郁寡欢，难以平静，两人产生交流的障碍，也阻碍了飞雪在英雄形象上的建构。相较于无名的优柔寡断，飞雪异常冲动。她谴责残剑“心里只有天下”，当残剑说就算伤了他，也要阻止刺秦时，飞雪脱口而出“那我会杀了你”。这是飞雪的选择——对复仇与国家主权的认同不容置疑。对于秦王要建立的新世界、新秩序或所谓的“天下”，残剑认为秦王可以作为超级国家机器的领导者维护国家与世界的秩序，但残剑没有意识到，所谓国家主义是针对主权国家内的秩序与和平，不意味着对外的侵略与扩张，否则就是实质上的恐怖主义。他坚持寄天下新秩序之希望于秦王，在很大程度上具有绥靖主义特征。

当飞雪谴责残剑“心里只有天下”时，残剑马上说“还有你”，两个人的语境与语意叙述上产生了间隙。飞雪此时关注的是国家主权认同，不能接受霸权秩序；而残剑渴求的是私人情感，所以他用非常现代化的方式来应答飞雪的谴责。两人一问一答，产生了颇强的后现代效果。残剑描述他对家的期待以及飞雪美好的愿望。但在飞雪的意识里，刺客放弃刺秦就等于英雄主义、人性复仇与国家主权认同的丧失。她既痛恨残剑放弃刺秦，又反感他劝无名也放弃刺秦。对绥靖主义的不屑与反感，为父复仇的感情，对强权的不妥协，使得飞雪不断要求残剑拔剑，然而残剑放弃抵抗，甚至让飞雪杀了自己。杀死残剑之后，飞雪才意识到自己的失误与愚蠢，最后在痛苦中自杀。二人因为在“复仇”“绥靖主义”“国家主权”等认知问题上产生分歧，最终成了绥靖主义与专制集权主义的无谓牺牲品，尚不能成为真正的英雄。

在商业类型片中，“英雄”往往承担着领导弱者打败强者的任务，而不是向强者、霸主说教或者乞求和平、恩典的绥靖主义者。如果说四名刺客系四位英雄，但其中两名主要刺客成了极权者秦王的拥趸。长空本意刺秦并为此捐出银枪，也在不知情的情况下被“天下”的观念所影响。假设无名与秦王所处的时代是大一统的国家，四名刺客作为秦王的反对者或者恐怖主义分子身份，幡然醒悟，决定放弃恐怖活动，还天下百姓一个太平倒也无妨。但是秦国只是秦国，非六国的主权国，而是平级的诸侯主权国。秦王“灭了六国之后，再灭其他诸国”的扩张野心并不会为“天下太平”的理想所取代，虽然他因残剑的“理解”而感慨，但依旧决定扩大疆土，完成对霸主地位的角逐。因此无名最终成了牺牲品，而与“英雄”相去甚远。由于价值观含糊不清或无法与西方主流价值观跨界对话，《英雄》角逐奥斯卡最佳外语片失败。本该是轰轰烈烈的弱者反抗强者的英雄故事，但几位刺客却对权力、霸主过分依赖，缺乏思考能力，失去了英雄的独立与崇高，也致使影片价值观混乱、人物设置乏力，盲目的绥靖主义泛滥，最后影片被诟病为专制集权主义的拥趸，而非真正意义上的他们所倡导的全球反恐理念。《英雄》打算进行跨文化讲故事，它试图穿越传统完成现代性或后现代性的故事讲述，但它缺乏更为妥帖的完型叙事、价值观、认知及其他契合点。

三、《英雄》中角色的认知与价值观的选择

亚里士多德在《诗学》中多处提到“可然原则”与“必然原则”，陈中梅先生翻译整理亚里士多德的《诗学》时，总结第 7 章时说“事件的承接要符合可然或必然的原则”，这里提及的“可然原则”即“事物的存在或不存在，事情的发生或不发生，若是符合一般人的看法，这种存在或不存在，发生或不发生便是可然的”[①]，亚里士多德的“可然原则”意即事物或事情的发展要符合正常人的逻辑。《英雄》中有作为对立角色的秦王，还有其他五个角色——四名刺客与一名丫鬟，他们在“红蓝白绿”四色叙事段落中出现。红色是无名杜撰的段落，蓝色是秦王推理的段落，白色是无名还原真相的段落，绿色是残剑讲述的爱情与家国梦想的段落。由于六个主要角色在电影中的定位、认知与价值观在四色叙事段落中飘浮、前后不一致而导致大部分情节及主人公性格的模糊，影片立意也因此受损。

（一）相悖于人道主义的“狼性”、不尊重生命的“精义”与“绥靖”

无名是秦国狼孟县亭长，他的独白中有对身份与自己立场的表述，但“人若无名，便可专心练剑”这样的台词缺乏逻辑。加之无名在跟秦王的对话中说自己自幼流落在秦，父母被秦人所杀，秦人收养了他将他养大，十年前得知真相，他便决定刺秦。他对于自己身为赵国人被秦国人养大而应具有的感恩之心没有顾及与考虑，那么无名的复仇就有些“东郭先生与狼”的意味了。但无名如果真的有“狼性”的话，遭遇侵袭时“狼性”不会消失，不会将绥靖主义等同于人道主义或国家主义，这就与他之前刺杀秦人的果敢相悖。在无名欺骗秦王的红色段落中，无名告诉秦王残剑与飞雪间“三年无话”的龃龉“皆因飞雪与长空曾有一夜之情，使残剑耿耿于怀”。作为大侠，无名忘记了三年前

① 亚里士多德．诗学［M］．陈中梅，译．北京：商务印书馆，1996：76.

残剑、飞雪刺秦曾与秦王有过接触的事实，而用简单低劣的三角关系建构飞雪、残剑二人关系来欺骗秦王，之后又被秦王揭穿。无名这一行为的设置，既贬低了残剑、飞雪二人的品格，又降低了自己作为大侠的身份，减损了他的“英雄”身份的特征。

十年前无名决定刺秦时没有想过秦人的养育之恩与天下和平之事，遇到残剑的阻拦与点拨后开始思考“天下”的问题，残剑还将剑法的最高境界讲给了无名。秦王后来也悟到了剑法的最高境界，但其他国家的百姓并没有受惠于秦王“不杀的境界”。残剑与无名是刺客，并不是预言家或者著名的谋士，他们在秦国同第二个国家争霸时是无法估量在战国七雄中谁最后会胜出的，只是凭借一己的想法就将秦王幻想成未来的和平主义君主，整篇的立论缺乏一定的逻辑，也意味着无名与残剑的绥靖主义政策失败。无名称呼秦王为“大王”，作为赵国人迅疾放弃了对国家的忠诚，认同了秦王的“铁骑统治”与霸主地位，成为秦王的拥趸。然而出于对刺客朋友的道义，他得用剑柄触秦王一下，并且他自己也甘愿成为“死去的人”，并以此身份恳请秦王“记住那最高的境界”。无名从刺客、英雄变为一个恳请者，在“活着还是死去”的选择中，他采取了向霸主恳请的绥靖态度，颠覆了英雄形象的建构。

影片在红色叙事中，赵国书馆里有位老先生，当秦国军队来到陉城书馆前，大敌当前的时候，老先生堵在书馆门口，挡住想要逃生的年轻学生，让他们留下。因为他要在此刻教他们赵国字的精义：“你们记住，秦国的箭再强，可以破我们的城，来我们的国，可亡不了赵国的字，今日，你们要学到赵国文字的精义！”接下来的镜头里多位红衣弟子被秦国的弓箭射杀倒下，老先生视而不见，依旧大义凛然地在面前的沙盘中写字。这一段戏的设置缺乏对生命的尊重与对人性的关怀，为了“精义”而“精义”，关于老先生的情节设置未免冷血与残酷，其价值观有待商榷。

（二）战国争霸中的秦王是不是“国家主义”中的利维坦

当无名捧着银枪、双剑来到秦宫时，侍从感慨说：“长空、飞雪、残剑这三个赵国刺客，十年来谋刺我王，令我王一日不得安睡，怎料今日却被我大秦壮士一举击破！从此我王可以高枕无忧了！”从秦宫侍从的表述可推断出秦王的为人，其一方面多疑、胆小、谨慎，另一方面又具有轻信与武断的特征。当秦王与无名对话时，他又强调“刺客一日不除，我难解甲胄”，再次凸显秦王的恐惧、胆怯和偏执。秦王是多重性格的人物，除了上述谈及的性格特征，他还贪婪、喜欢征战，并且有巨大的野心，他计划率领大秦的铁骑“灭了六国之后，再灭其他诸国”，要打下一个“大大的疆土”。“打下大大的疆土”与维护民生的“不杀”之境界实属相悖。面对无名，他又一次陷入惶恐和无助之中：“十步一杀？好名字！寡人的卫士均在殿外的百步之遥，而你近寡人已十步，看来，寡人今日是难逃此劫！”而当无名把白色叙事段落的故事娓娓道来之后，秦王对残剑的“天下”思想唏嘘感叹，一扫前一刻的多疑、残暴与贪婪：“没想到最了解寡人的，竟是寡人通缉的刺客！寡人孤独一人忍受多少责难，多少暗算，无人能懂寡人之心，就连秦国的满朝文武，也视寡人为暴君，想不到残剑与寡人素昧平生，却真正懂得了寡人，与寡人心意相通。”秦王在同无名短时间交流之后，转身悟字并且悟到了残剑剑法的“不杀”之境界。虽是悟到了“不杀”的境界，但最后他还是下令杀掉了无名，并且依旧继续争霸实现其打下“大大的疆土”的野心，而不是去践行残剑与无名所期待的“不杀”。

所以从秦王这个角色的设置上看，是要给观众传达什么样的认知与价值观呢？从影片开始的红色叙事段落开始，秦王假意“被骗”“识破被骗”“害怕”“大义凛然”“唏嘘感慨”，到最后一个“杀”字，情绪诡异多变、贪婪多疑。两位剑客侠士要把“不杀”的天下太平愿景放到这样一个人手上？战国争霸中的霸主与成立主权国家后的代表国家主义的利维坦并不相同，将二者混淆后，会产生相反的叙事效果。在多元文化面前秦王认为“一个字，竟有十九种写法，又互不相认，极为不便，等到寡人灭了六国之后，再灭其他诸国，将这些杂七杂八的文字统统废掉，只留一种，岂不痛快！”在统一文字方面，这是有待商榷的问题，文化“一刀切”虽是便于统治，但却忽略了文字甚或文化本身自有的丰富性与多元性。

（三）飞雪与如月：相悖于女性主义的两位女性

蓝色叙事段落中，如月向无名这样描述自言卑微的自己，“身为丫鬟，八岁跟了主人，随主人研习武艺，更懂得做人的道理”。如月是八岁跟了主人的丫鬟，从年龄上看，她与中年飞雪形成对比，她年轻貌美，忠心耿耿，飞雪是中年女侠，复仇心切。如月作为年轻的丫鬟劝诫成年无名，并说她“更懂得做人的道理”，但她“更懂得做人的道理”这一点除了随残剑研习武艺无其他例证性动作，导致如此表述缺乏说服力。如月除说出不合逻辑的台词外，作为女性她也缺乏自己的主观判断和独立人格，因为她坚持“凡是主人的都是对的”原则，她说：“主人做的事，一定不会错，主人给你写的字，一定有道理。”她是“听话”的如月，也是残剑的说客，最后屈膝向无名一拜：“无名大侠，拜托了！”嘱咐无名一定不可忘记主人给他写的字。此时如月的身份扑朔迷离，是妾是婢是红颜知己还是其他已不可知，她的出现与人物设置令残剑、飞雪的关系复杂起来，并对他们的人物塑造也起到了一定的削弱作用。

电影中残剑和飞雪因残剑放弃刺秦三年无话，二人之间的交流要借助丫鬟如月来完成。如月作为残剑的丫鬟具有强烈的主人意识，同飞雪讲话时也是气焰嚣张，使得三者的关系演变得微妙而诡异。如残剑需借用朱砂为无名写八尺“剑”字，但因与飞雪三年无话，所以如月替残剑前去借朱砂，她对飞雪说话的语气犹如有人撑腰般的强硬与蛮横：“不知小姐听清了没有？！主人向小姐借朱砂！”飞雪这个时候不顾侠女身份，为了彰显主人身份而与如月较劲，将一杯茶水泼向如月然后冷冷地说：“叫他自己过来！”两位女性的性格设置重叠之处较多，她们都自我意识膨胀，缺乏正常交流的能力，被情绪左右且充满焦虑与荒诞。在无名杜撰的胡杨林之战中，两位女性诡异与阴森的打戏也将这种重叠的性格发挥到了极致。她们为爱欲、情欲而斗狠，以做作的冷酷、残忍、诡异的形象出现，其价值观含糊，人物也难令人同情与怜悯。红色叙事段落及最后飞雪的一刺，情节设置得低端：残剑与飞雪怄气，同如月发生关系，然后反过来用话语激怒飞雪。《英雄》中多处将这种无法管理情绪的恋情设定为人物动作发出的动机，这种讲故事的方法势必使得人物形象建构失败，会让市井小人的龃龉行为代替“侠”的光明磊落，导致英雄形象坍塌。飞雪与如月两位女性一起伴随残剑，在红色叙事中她们阴鸷、诡异而愚蠢，缺乏主体性与“好人”的设置，导致她们所呈现的情绪、情感方式以及认知令人无法接受。

《英雄》是张艺谋首部按照大片模式拍摄的电影，故事情节模式也尽量趋近好莱坞类型电影模式。导演试图迎合美国具有现代性意义的主流价值观，如“反恐怖主义”[①]，却被人诟病为专制集权主义的拥趸。除此之外，影片中存在诸多问题，但这也不失为一种尝试。张艺谋全球反恐的“跨文化故事”[②]不同于李安充满现代性的中国传统武侠故事《卧虎藏龙》。他试图把秦王塑造成一个超级地母利维坦的形象，使混乱的局面得以安定，实现“平天下”的美好愿望，但却因混淆了国家主义与绥靖主义之间的界限，使得代表弱势的“侠”向象征强者的“霸主”妥协甚至乞求，因而被人诟病为集权主义者或者绥靖主义者。在以美国主流价值观为主的奥斯卡奖项的认知中，英雄是要冒着生命危险同强权抗衡，拯救弱者并最终打败强权的形象，其用意在于凸显对正义、勇敢的追求以及对弱者的悲悯，来达到“卡塔西斯”[③]的功效。但在本片中，作为弱者领袖的两位“侠”在两次关键时刻因犹疑放弃、妥协，失去英雄特质，同时也因智力、人格魅力、力量等方面的欠缺导致现身为“假英雄”。“《英雄》的台词，它一个方面是这个台词有的时候是超越我们对古代的理解力，有的时候过于强调现在普遍的全球意义，它的台词有时候很刺耳很不习惯……它太把一些全球性的元素加入中国原来的那个文化里边，然后产生了一种不和谐。”[④]电影画面精彩绝伦，但从传统性向现代性的过渡中，因没有找到更为合适的价值观与契合点，使得影片开始预设的价值观在观众接受时发生了扭曲，没有完

① 《英雄》电影发行人张伟平回答记者有关“9·11”对美国观众影响的问题时点明：“子怡常在美国，她对这个问题见解很独特，她说《英雄》会给美国人一种民族精神的凝聚和振奋，她说现在的美国人需要英雄的神话。”参见：幕后英雄说《英雄》：不去奥斯卡会觉得冤［EB/OL］.（2002-11-04）［2022-07-04］. http://ent.sina.com.cn/m/c/2002-11-04/1355110786.html.

② 张颐武 . 善讲跨文化故事，“李安”会更多［EB/OL］.（2013-02-26）［2022-07-04］. http://blog.sina.com.cn/s/blog_47383f2d0102e3ap.html.

③ 亚里士多德在《诗学》中提出叙事作品要有“catharsis”的作用，翻译过来为“净化”“升华”“精神宣泄”等意义。

④ 摘自 2005 年 3 月 24 日中央电视台百家讲坛《张颐武论“英雄”》。

美地“跨文化讲故事”，使得“冲奥斯卡”大奖的愿望未能实现。《英雄》中无论是无名的“狼性”、残剑从随波逐流到突转“天下”、长空的散淡轻逸、秦王的人格分裂，还是两位诡异的女性人物设置，导演通过他们所要传达的诸多价值观与认知含混不清且难以令人信服，遑论引起人们的“恐惧”“怜悯”之情，及达到“洋化”的功效。

关于中国电影如何讲好跨文化故事，李安曾建议说因为电影是西方人发明的，就像奥林匹克那些规矩一样，有什么项目，是西方人设定的。所以从别人的语言里面，该学的基本功，就是表达方式，不能说自己做一个武林大赛，就叫它奥林匹克，在别人的游戏规则里面要搞清楚，这些东西要花时间赶上去。[①] 中国电影在跨文化讲故事方面，跨界讲故事之前，既要熟悉中国本土的文化，也要熟悉文化交流对象的认知、观点和思想，这样才会实现真正的交流与跨界。关于中国电影讲述“中国故事”，值得学习与借鉴的还有颇多，其中的可上升空间还很大，意味着中国电影在讲述“中国故事”方面具有无限的可能性。

① 李安忆断背山：是它选了我，给我很多爱的感觉［EB/OL］.（2015-08-03）［2022-07-04］. https://tieba.baidu.com/p/3942654515?red_tag=1892954915.

第十四章　老子思想在《骑士》及中外经典电影剧作中的文化建构

2020 年赵婷的电影《无依之地》获得了威尼斯电影节金狮奖，引起电影界的轰动，三年前她在戛纳电影节获得奖项的《骑士》就被《好莱坞报道者》赞誉为“一颗稀有宝石”。赵婷电影里的主角虽然大部分是美国人，但她的影片却是带有中国文化基因的文本，其中讲了人类的普遍性问题，或者说是抽象意义上的人，关乎人的存在及人的选择。电影《骑士》中所具有的中国基因很大一部分是来自老子的逻辑和思维，如“柔弱胜刚强”“天下之至柔，驰骋天下之至坚”等。老子思想作为中国文化的一种智慧，充满了哲学与思辨色彩，据联合国教科文组织 1980 年代的统计，《道德经》是仅次于《圣经》的被翻译为其他国家文字最多的图书。在西方，从哲学家到艺术家、心理学家等，很多人都对老子思想充满了憧憬与热爱之情。在这里仅举几例，捷克著名作家赫拉巴尔非常喜欢老子的《道德经》，甚至手不释卷，他最喜欢第五章的一句为“天地不仁以万物为刍狗”；心理学家荣格在生命的早期阶段就开始接触《道德经》《易经》等东方文化，他尊崇老子，甚至他的某些心理学观点就是基于老子的思想而来；世界一流电影导演塔可夫斯基、小津安二郎和费里尼等人也都对老子的思想青睐有加，并在自己的作品中将其思想以视听的方式呈现出来。

一、电影《骑士》对“天下莫柔弱于水”的当下运用

电影《骑士》是一部气韵生动的新电影，其气韵生动在于其对至善理念

的真实表达，也可以说是对中国文化基因中“道”或“道体”的外在呈现。影片中，在马与人“专气致柔”的呼吸间让人直接触摸到了马存在的感觉、人存在的感觉，突然会有那种生命物之美的感觉。年轻瘦弱的牛仔布拉迪是有天赋的驯马者，有成为牛仔竞技界名人的潜质。电影开始于他的头部被马踢裂，还没痊愈他就从医院里偷偷出来，在家一边自己治疗，一边继续观察自己喜欢的马。虽然医生已经告知他不能再继续进行牛仔竞技，但布拉迪不能接受，因为牛仔竞技和驯马既是他的全部生活，也是他存在的意义，他全力以赴甚至是不顾一切地继续竞技训练。但影片的动人之处是影片的结尾：他放弃了，让布拉迪放弃牛仔竞技的是，当他看到酗酒并且逐渐衰老的父亲和有唐氏综合征的妹妹来看他比赛时，上马前的一刹那，布拉迪放弃了，这是他的伟大之举，成为“莫柔弱于水，而攻坚强者莫之能胜”的真正英雄。曾经显赫一时的叔叔在牛仔竞技时摔下来，成为一个不能言语、生活不能自理的存在体。由于母亲去世，父亲酗酒且逐渐衰老，妹妹智力不健全，叔叔需要去安慰和辅助康复，布拉迪是这个家庭里唯一可以依赖的男性。虽然他最后放弃了成为世俗社会的名利英雄，但他对“放弃”的选择使得他成为一名真正的英雄。为了他者，他放弃了“强”，成为超市里普通的工作人员，他的选择看起来是柔弱的，但呈现的却是“天下之至柔，驰骋天下之至坚”的突转，也以西方“牺牲或救赎”的方式完成了对柏拉图的最高理念——“善”的理念[①]的追求，回归至“至善理念世界”。因为“‘理世界’是宗教中‘神的世界’的摹本”[②]，布拉迪也完成了西方神学方面从人性向神性升华的逻辑体系。

《骑士》的导演赵婷在美国大学获得政治学学位，后来又于纽约大学获得导演学位，这些经历决定了她电影的认知深度与把握伟大思想的能力。英美的留学经历、政治学与艺术学学历及华人身份使得赵婷在刻画美国少数族裔和边缘人群时尽量去意识形态化，她“试着把重点放在人类的经历上，因为这些经历超越了政治立场，从而变得更具有普遍性”。而赵婷电影中的人物之所以具

① 柏拉图认为万事万物都有各自的理念，各种理念本身就构成了一个等级分明的“理念世界”。这个“理念世界”由低到高分别为：自然物的理念、人造物的理念、数学意义上的理念、范畴意义上的理念、道德和审美领域的理念、“善”的理念。

② 朱光潜．西方美学史：上［M］．南京：江苏凤凰文艺出版社，2019：19.

有普遍性，是因为她对恻隐之情与仁爱的关注。叔本华曾说："所有的生物都被统一在原始意志之中，所有的生物本来就互相联系，甚至同一。他人的痛苦就成了自己的痛苦。恻隐之心、同情便产生了。"电影《骑士》中布拉迪善良，值得我们同情与怜悯，因而我们常常恐惧他发生不测。他身材消瘦，居住在房车里，家庭并不富有，他爱母亲并常常去墓前看她，这给了他很大的力量，让他得以去爱妹妹、叔叔和爸爸。在爱的驱使下，布拉迪进行了最后的"善"的选择：放弃争强，持守雌柔，却达到了震撼人心的效果，呈现了"夫唯不争"、正言若反的真理及"柔弱胜刚强"的伟大与恢宏。布拉迪最后的"放弃"体现了水或道的"善下之"的伟大，之所以伟大是他以生命物同一的意志完成了"天下希及之"的"惟道是从"的"善"，这与苏格拉底提出的"至善的理念世界"有异曲同工之妙。

二、老子思想在中国经典电影叙事中的价值呈现

费穆导演的《小城之春》（1948）至今是中国电影史上的一座巅峰之作。《小城之春》的伟大之处是对"善"的平衡砝码的使用，而女主角周玉纹伟大的地方在于重新认知了"善"，让人们再次体会了看不见、听不到与摸不着的"混而为一"的"道"，同时她也完成了对自我主体性的建构。周玉纹作为一名妻子，她和大多中国已婚妇女一样过着平凡的日子，如一潭死水而没有变化，和丈夫戴礼言每天"见不到两面，说不上三句话"，在买菜、做饭和绣花中消磨时间。当她再次遇见昔日情人章志忱时，从内心的欲望激荡到对"善"与人的主体性的返还，经历了犹如西西弗斯一样的认知过程。玉纹之前的情人志忱是礼言分别十年的好友，他和玉纹的恋爱因多种原因而夭折，他的到来给玉纹看似死水一般的生活带来了活力。两人三次夜里会面象征着玉纹在欲望和善的意识之间的摇摆，她从心旌动摇、欲望激烈到复归于平静。最后"我固有之"的"仁义礼智"的善的意识被玉纹重新发掘与认知，她拂去上面的蒙垢之物，使得自己完成了对自己的认知——"认识你自己"并进行重新选择。送走昔日的情人，她勇敢而微笑地直面平凡的日常，犹如西西弗斯再次推起石头。影片结尾处，春日的早晨里，玉纹如影片开始一样，买菜后登上城墙，但不再是惆

怅的、落寞的状态，而是带着清醒的认知。在她的导引下身体孱弱的丈夫也拄拐登上城墙，玉纹与他携手眺望与审视他们共同的未来，进而她成为自己的终极英雄。

孟子说，“仁义礼智，非由外铄我也，我固有之也”，亦即善的意识是我同其他生命物本身固有的，与苏格拉底“灵魂”假设说的逻辑一致。人的灵魂曾经在至善的理念世界里面居住，此处亦是灵魂的返回之处，同样也是老子思想中道的运行规律“反者道之动”“远曰反”的呈现。费穆的《小城之春》中，玉纹在平凡的“没有变化”的日常生活中，经历了欲望的激荡之后认知趋于平衡、清静，在表面的隐忍下呈现了“善”与“道”的宏大与豁然开朗，使得她的人生完成了从感性阶段向更高层次的提升，进而达到自我成熟、精神与心灵的成熟，使得女性的主体性清晰显现。当妹妹问嫂子玉纹是否跟章大哥好，玉纹羞愧地说“是的”，这是玉纹对自己的一次真实认知。然而，由于情人章志忱在善恶之间的挣扎——他曾向好友礼言坦承“几乎做了不是人的事情”，礼言妹妹的天真烂漫，丈夫礼言对自己存在状况的理解与无助，玉纹开始对自己之前的认知进行超越。章志忱到来之前她并没有看清自己的本质与真相，章志忱来了之后，她纠结于对章志忱的情感与欲望之中。这个时候，她还没有认清“我是谁”的问题，忽略了人本体内部存在的“善”，在“相遇——暧昧——狂野——安静”这一系列事件之后，玉纹安静而从容了，是谓“归根曰静，是谓复命。复命曰常，知常曰明”，达到了“知常”的内敛、节制与升华。而与《小城之春》同样的节制与升华、从人性向崇高（纯净、神性）升华的影片，如米哈尔科夫的电影《西伯利亚的理发师》《奥勃洛莫夫一生中的几天》，两部影片中的男主人公对心爱的女人都采取了克制与牺牲的处理，让她们去追求更好的生活与生命，其牺牲精神亦令人倍感崇高。

电影《卧虎藏龙》的编剧王蕙玲和李安都很喜欢老子，在建构这部电影开始部分的时候，李安让李慕白说“我一度陷入了一种很深的寂静，我的周围只有光，时间、空间都不存在了”，俞秀莲以为他“得道”了。影片一开始就提及了老子思想的“道”，道为何物？老子概括说：“道之为物，惟恍惟惚。惚兮恍兮，其中有象；恍兮惚兮，其中有物；窈兮冥兮，其中有精。其精甚真，其中有信。”老子所论述的“道”包含可见的迹象、物体与精小的微粒，还包含不可见的道体“信”。老子除了在《道德经》第二十一章对“道”的论述外，《道德经》里还有多处对“道”进行了不同角度的阐释，此处不赘言。李慕白在第三次与玉娇龙见面时将武当心决及武当剑法的最高理论原则告诉了她，亦即“道”体的呈现，如“守雌”与“无为”。“无为”是无狡诈之为。电影里李慕白告诫年轻气盛、争强好胜的玉娇龙说“揣而锐之，不可长保”（《道德经》第九章），告诉她不可争强，争强只会导致和她师傅一样“练得一身走火入魔的邪招”，并且将武当最高境界的“无为”思想告诉了玉娇龙：“勿助、勿长、不应、不辩、无知、无欲，舍己从人，才能我顺人背。”同样在李安所崇拜的胡金铨的《侠女》里，也使用了“柔弱胜刚强”的叙事策略，电影中战胜强大鳌拜的不是功夫高深的侠女，而是手无缚鸡之力的文弱书生。

三、老子思想在外国经典电影中的叙事呈现与品质担当

西方导演，如意大利的费里尼、瑞典的伯格曼与苏联的塔可夫斯基，他们被称为电影艺术中三位不可逾越的艺术大师，也被视为“世界现代艺术电影圣三位一体”，在他们的作品里都用到了老子的思想元素。费里尼在自传里坦言对老子的热爱与追随，他在电影《八部半》里运用了老子思想“无为”进行情节设置，并将“无”的状态用台词语言进行了具体描述与总结：“生活总是充满了混乱，没有必要再在混乱中加混乱了，赔钱是制片人常遇见的事情，我恭喜你……停拍比继续拍那些没有实际意义的东西要好得多……我们被画面、声音、语言窒息了……任何艺术的真谛就是从有到无，够格的艺术家都应该宣言：学习致力于沉默。记得马拉美对白皮书的敬意吗？还有兰波，一个诗人，他最美的诗歌是什么呢？他不想再写了，他去非洲了！全心祝福你，如果我们不能拥有一切，那么真实的完美就是空白。”真实的完美就是“无”，“不拍”的“无为”可以让人在思想以及各个方面“无不为”。而费里尼对《八部半》电影片名的使用，也旨在说明在“残缺”的弱与“完美”的强之间，“残缺”更完美，更坚强。

塔可夫斯基在《乡愁》中设置了三个关于“无为”的情节与台词表述。主

人公安德烈想去一个教堂看弗朗西斯科画的圣母像，但到了目的地他却不进去看。电影台词表述中有“最伟大的浪漫是不需亲吻的，什么也不用，非常纯洁，所以才是伟大的”“情感——不需言辞的情感才是难忘的”，这种对于“无为”的动作的运用使得主人公完成了从“审美的存在”向“宗教性的存在”的终极飞跃。

电影《假面》中收音机里传来的断断续续的语言碎片：“不说，不听，不想，……这是不是意味着……真相……”伯格曼在这里讨论了是否可以弃绝理性与知识，即“绝智弃辩”，而用“不说不听不想”的“无为”行为来直接面对与感觉世界的真相，这也是哲学家柏格森的一种形而上尝试。《假面》结尾处演员伊丽莎白重新开始说话的第一个词是“无”，作为她勇敢直面荒诞世界的开始，也是她清晰认知世界本源的结果，“无，名天地之始”。

在东方电影中，日本导演小津安二郎是不可忽略的一流电影大师，他的墓碑上刻着中国的繁体字“無”字。在他早年间的电影《早安》里，他以“无之以为用”建构了一部儿童喜剧电影，电影中小男孩嘲笑大人每天见面都说“今天天气真好”“早安”等类似的废话，他嘲笑大人说这些无用之话的愚蠢。但万万没想到的是，小男孩为了打破自己和大人的僵局，重新建构沟通时，居然使用的就是“今天天气真好”“早安”等这样之前在他看来无用的废话、蠢话。小津安二郎在影片中幽默地将老子的“无之以为用”进行了充分展示。在他的另一部电影《东京物语》里，在影片结尾处的“时间流淌”里，周吉老人坐在榻榻米上，“无为”地将生命的存在意义与存在状态呈现为“无”。

朗吉努斯在论述艺术作品崇高的五个来源时，首要谈到了要有“掌握伟大思想的能力”，本章谈到的几部影片，其内容大都涉及了老子深邃而充满智慧的形而上思想。老子的思想流传至今已有 2500 多年的历史了，从这几部优秀的电影中可以窥见国内外优秀导演对它掌握的不同认知程度，同时也体现了老子思想对中外电影的影响之大。当然，老子思想的伟大不仅仅体现在上述提及的有限的几部影片里。

第十五章　从《小偷家族》观日本当下的后人类特征

《小偷家族》2018年获得第71届戛纳国际电影节最佳影片金棕榈奖，同年8月在中国上映，引起了两极的反响，一方面其心灵鸡汤式的“我们什么都没有，只有爱”的陈述引观众唏嘘落泪，另一方面主人公“可怜之人必有可恨之处”的“偷盗”行为受到某些观众关于价值观方面的质疑。导演本人并没有对角色做出评判，只以开放式的结尾处理现实的温婉表象与残酷本质。是枝裕和在其著作《有如走路的速度》里说他“不喜欢观看让人厌世的作品，也不喜欢制作这样的电影”①，他“在电影中追求的并非‘使人振奋’的精神姿态”②这一点也在《小偷家族》中得以印证。电影里既没有厌世，也没有“使人振奋”，只是隐忍地接受和面对。这部电影延续了是枝裕和之前作品中所讨论的话题，如血缘关系、伦理关系或者家庭的现代性存在等。影片是关于六个没有任何血缘关系的老、中、青、幼组建的“家”的故事，这个临时组建的“家”最终被“世俗世界”以“法”的名义解构。“家”“法”与日本的现代性有何关系？

一、特殊的交流结构：秘密的耻感亲密与动物般的“神圣之爱”

《小偷家族》在宣传中强调“我们什么都没有，只有爱”，电影中的某些无血缘之爱按照“世俗世界”的主流价值观判断是属于非法的，如信代从弹子机

① 是枝裕和 . 有如走路的速度［M］. 陈文娟，译 . 海口：南海出版公司，2016：56.
② 是枝裕和 . 有如走路的速度［M］. 陈文娟，译 . 海口：南海出版公司，2016：56.

房外的汽车里偷走了被父母忽略的婴孩，柴田治从阳台上抱走了因父母家暴而忍受饥寒的女孩，偷盗钓鱼竿等物品。他们僭越世俗社会的法律规定，但却以动物般的“神圣之爱”对其超越。其“神圣”具有巴塔耶所诠释的特征：“不能通约的”“不能还原为有用性的”部分，以及“不指望获得什么”“不追求任何目的”的至高性等“作为异质性”的东西[①]。柴田治把被虐待的女童由里带回家，没有目的，也不想获得什么，只是出自动物的本能，这种本能或者异质性的东西或许符合苏格拉底所说的“至善理念”，或许是“不追求任何目的”的至高性，是人的“神圣”或“神性”之处。电影中的偷盗、诱拐儿童、骗取养老金等，因其僭越性只能以一种俯就的方式颠覆“世俗世界”的主流价值观与法律，他们的“神圣之爱”以某种狎近、亲昵和秘密的方式进行，僭越“世俗之爱”的权威与既有秩序。

导演说“唯有犯罪将我们相连”，电影中有偷盗、诱拐儿童、藏尸、骗取养老金等行为。关于“偷盗”这一带有羞耻和秘密的行为发生在柴田治和祥太以及一家人之间，这种带有世俗羞耻感的秘密让他们更加有效地团结在一起，并以“爱”的名义进行合法化渲染，其实质是对现代世俗世界的秩序进行僭越与颠覆。以骗取养老金为例，柴田初枝先后被丈夫、儿孙遗弃，世俗世界中的伦理权利——爱与孝在她这里消失殆尽，但在这个没有血缘关系的临时家庭里她愉快地扮演奶奶角色，其他人也各自扮演家庭角色，构建了一个其乐融融的“家庭”空间。没有世俗世界伦理关系的压力与禁忌，这个空间中“三代人”相处融洽。为了养活这一家人，初枝定期去已去世的出轨前夫家里拜访，骗回部分钱，对世俗世界约定俗成的耻感视而不见，而以流水般的从容面对情敌之子，并带着胜利者的豁达之笑安抚他。前夫的孙女离家出走住在自己家里，而情敌之子却束手无策，大家心知肚明，却并不揭穿真相，维护一个中产阶级家庭的体面。初枝的儿孙由于压力、怕妻等原因不与自己往来，但她却并不缺儿孙绕膝之乐，初枝为了这份温暖与爱做出骗取养老金之僭越秩序的行为。孰轻孰重，古稀之年的初枝自有她的平衡，而这其中复杂的关系，亦可看出日本社

① 赵一凡，张中载，李德恩.西方文论关键词：第1卷［M］.北京：外语教学与研究出版社，2006：812-813.

会家庭或者人际关系的变异，一方面是严格的世俗世界之禁忌，另一方面是各种禁忌被僭越的事实，压抑得越强烈，反作用力就越有力。

影片中的人物既有恪守秩序的自觉，又有不配做人的无赖式行为，后者是在占有的欲望之下，隐藏的秘密欲望浮出水面，渴求丧失自己、消尽自己反攻捣毁人的理性所确立起来的占有财富、生死禁忌等现代性秩序。柴田治回答警察为何教祥太偷盗的时候说，“我什么也不会，我只会这个”。他这种坦然承认被理性社会认知为羞耻的行为，显示了其潜意识中的秘密消尽的欲望与其对世俗世界秩序的反攻。在所有事物都物化的现代世界里，这是他能呼吸和反抗的唯一方式，他以动物的神圣性行为进行反抗，让人从物化世界中再次回到人的自然本性——动物性。否则他就会犹如《幻之光》里的前夫一样，自杀消失于这个世界，以死本能这种“反面、受动、逆向的方向”[①] 来否定这个物化的、理性的世俗世界。

在物化的社会里，感情也成为交易的一部分。出生于中产家庭的亚纪在父母家里感到的是冷漠、冷淡和冷暴力，离家出走后在风俗店里展示身体、出卖色相和贩卖情感，情感被物化为情感幻觉或者幻药，用以治疗日本深入现代人已然较少的动物性特征，重温在中规中矩中被压抑得所剩无几的动物欲望。这种欲望被巴塔耶认为是“神圣的欲望”，它“是欲望的最高层次，隐藏在显性的‘世俗的欲望’之下的‘秘密的欲望’，是向‘动物性的欲望’回溯的神秘力量。‘死之欲望’‘消尽的欲望’‘色情的欲望’等是其表现形式”[②]。亚纪购买“童真杀”性感连衣裙展示给四号先生，并出售陪睡、拥抱等量化服务。翘课的四号先生也是个学生，因情感无处着陆或生活窒息而以自我伤害的方式进行宣泄，并用金钱消费一边观看喜欢的女性身体，满足动物般的生理需求，一边购买拥抱、枕腿、找人倾诉等服务用来满足心理需求。情色与情感服务使得人之常情在现代性下变得可以物化、量化，虽然在影片中风俗屋合法，但这些消费消解了人作为动物本能的原始冲动与欲望。而日本世俗世界承认这

---

① 赵一凡，张中载，李德恩．西方文论关键词：第 1 卷［M］．北京：外语教学与研究出版社，2006：818.

② 赵一凡，张中载，李德恩．西方文论关键词：第 1 卷［M］．北京：外语教学与研究出版社，2006：806.

种“神圣”的色情合法，进一步解构了人恢复动物本能的可能性。犹如只肯在网络上社交的宅男宅女一样，独自存在单身者的数字在继续增加，由于物质发达，女性离开家庭独自生存越来越具有可能性。

在这样一些僭越和秘密行为中，早已过了知天命年龄的初枝面对大海中玩耍的、没有血缘关系的，但陪伴自己走过人生最后旅程的几个人，以智者的开明悄声言谢。这种陪伴使得她摆脱了人生独自存在的孤独，陪伴只是陪伴，任何附加在其意义上的“血缘”“伦理”“家庭权力装置”已然不再具有绝对权威。人类靠着各种伦理禁忌建构的世俗世界到了一定极端的时候，势必被僭越以至崩塌，虽然影片中的种种僭越世俗法律的行为被贴上了“耻感”的标签，但这种僭越人性的“耻感”在动物性的神圣世界里恢复了合法化，并具有“无目的的合目的性”，以秘密和亲昵的方式呈现。

二、新的社会阶层的出现：“无缘社会”一族与“向下流动”的人群

克洛德·列维-斯特劳斯说日本文化“喜欢把对立的事物并置一处”①，是枝裕和也同样青睐于此，如把温情之爱与残酷现实并置在一起。《小偷家族》中的六人没有任何血缘关系，为不引起外人怀疑而更像传统式的家人。他们都随了奶奶姓柴田，分别扮演儿子柴田治、儿媳柴田信代、孙子祥太和孙女亚纪、玲玲，他们自身却分别代表了现代日本当下繁华的社会表象之下残酷的多面体：无子、家暴、失业、老龄化、贫困女性、单身、离家出走等。电影表面讲了一个温情的故事，现实却很残酷。据《老后破产：名为“长寿”的噩梦》统计，2017年日本65岁人口占总人口的27.05%，人口老龄化程度较高。日本NHK电视台《无缘社会》是基于路毙的孤独死者案例所做的一档栏目，“无缘社会”的意思是“没有关联的社会”“各不相干的社会”。死者逝去，但“他是谁”却很难或无法得知，一个人的存在最后就像被删除的文件一样消失了，不被人记住，人们也不知道他是谁，他从哪里来，他最终要去哪里。栏目组尽

① 列维-斯特劳斯.月亮的另一面［M］.于珊，译.北京：中国人民大学出版社，2018：24.

量寻找线索进行查询，但还是有些逝者多年不与外界联系，始终不能得知其为谁。《小偷家族》中的初枝险些成为这样的人，她先后被丈夫、子女遗弃，只身一人被信代发现，所以应该说不是信代“啃老”，而是信代收留了奶奶初枝，让她免于“无缘社会”一族。相较于一个人看着太阳从东到西捱日，宅于一室，无人交流，无人关心，寂寥而被世人不知的情况下死去，初枝宁愿自己被啃老，身边一群人就不会有死后多日才被发现尸体的可能。坐在大海边，初枝悄声言谢的不仅是感激他们给自己带来了欢乐，她更感谢他们让自己活得有尊严、有温暖、有主体性的存在，而不是一具毫无意义曾经存在过的尸体。在温婉情感的对面是冰冷或者腐烂的无人认知的尸体，稍不小心，人们就可能成为这种“无缘社会”人，这就是日本高度发达经济下的“无缘社会”人群的残酷现状。

日本进入经济高度发达阶段，传统意义上的“家制度”伴随着中产阶级“向下流动”的趋势逐渐被解构。老龄化、不婚、单身、无子、失业等城市化现象使得人类完全陷入商品、经济或者各种禁忌之中。宅居的年轻人宁可网络社交也不愿意和现实中的人产生联系，他们活着，没有工作，不需要配偶，没有儿女，不想回家乡，也不想面对熟悉的人，久而久之和所有人失去联系，犹如《被嫌弃的松子的一生》中的松子悄无声息地死去。有些人即使死后被发现，也无人认领尸体，甚至无法知道他们是谁，空留一具可能无人认领的遗骨。柴田奶奶在没有遇到信代之前，有可能成为这样的“无缘死者”。也有一些莫名自杀的年轻人，犹如《幻之光》中女主角的丈夫，他和女主角两个人青梅竹马、相爱有加，但是突然有一天他毫无征兆地自杀了。这种自杀行为后来被女主角的第二任丈夫解释为源于“一束光”的吸引，这束光到底为何物，是导致人们莫名其妙自杀死去的“虚幻之光”还是人们惰于或无力承受的“虚无感”“向下流动”？这也是当下日本社会现状的病症之一，犹如三岛由纪夫在1970年最后的演讲中所说的：“日本人发财了，得意忘形，精神却是空虚的。”

战后日本大力发展经济，拍摄于1950年代的电影《青春残酷物语》中，男主角阿青通过出卖性给中年女人挣学费上大学，试图借上大学跨出居于社会底层的命运，努力向上追求，但在金钱至上的主流价值观的现代社会中梦想幻灭，最终他认为个体相较于强大的社会主流价值观“什么也改变不了”。日本社会 1950 年代的这种无力感、虚无感到了 21 世纪，又呈现了“向下流动”的新特征。居于底层的人们并不仅仅是低收入，更在于沟通能力、生活能力、工作意愿、学习意愿、消费意愿等的全面下降，也可以说是“全盘人生热情低下”[①]，这就是日本经济高度发达的现代性后果之一。《小偷家族》中的中年人柴田治作为“一家之主”在建筑工地打零工，腿摔伤又没拿到保险，于是破罐破摔地赋闲在家继续偷盗，其偷盗、怂恿祥太偷盗，包括为躲避上学登记欺骗祥太“只有不能在家学习的小孩才去学校”。这些行为并没有力争上游的打算，中年的他在尝试“上游”和努力失败之后，一边啃老，一边从“不致破产的”超市中偷盗，是“世俗世界”所不齿的末流所在。

有人说是枝裕和一直在拍“落在后面的人”[②]，他带着宽容和悲悯拍摄了做什么都失败的“没能实现当初梦想的人们”，也拍丧失希望的年轻人的自杀，拍贫困女性，拍杀人犯，拍骗子、小偷，拍没有责任感只追求自己幸福的母亲等，这是一群“向下流动”的人群。尽管柴田治与信代勤勤恳恳工作，但还是失去了工作，柴田治继续偷盗，信代也准备重拾旧业，进风俗屋出卖自己仅有的身体资本或者“干一把大的”。他们看似轻松的谈笑将愤懑、无奈与对未来的恐惧压抑了下去，虽然以“我们什么都没有，只有爱”与强大的现代性抗衡，但“向下流动”不可避免。以往的工人阶层“采取过各种（荒唐的）办法来对抗主流的价值观，例如酗酒打架，乱搞女人，结伙厮混……迟早会被主导意识形态感化和驯服，过上中规中矩的生活，悄无声息地去接受从属的社会地位”[③]。柴田治、信代等人已经认同了自己从属的社会地位，但还是被剥夺了生存的权利，失去工作和尊严，并且要面临法律的种种询问和质疑，最后被判入监狱。在世俗世界的秩序、法律和禁忌中，他们不但失去了力争上游的机会，还失去了最起码的生存权利，只能释放被理性压抑的神圣动物性，对各种禁忌、道德和戒律进行僭越，体悟自己的存在，最终他们被世俗世

① 三浦展．第四消费时代［M］．陆求实，戴铮，译．上海：上海译文出版社，2018：封底．

② 是枝裕和．有如走路的速度［M］．陈文娟，译．海口：南海出版社，2016：12.

③ 赵一凡，张中载，李德恩．西方文论关键词：第 1 卷［M］．北京：外语教学与研究出版社，2006：565.

界界定为“向下流动”族。

三、现代性之下“家”的权力装置之终结

尽管很多人把是枝裕和看作是小津安二郎的继承人，但二者还是有区别的，仅就血缘关系二人就有不同的见解和认知。小津在 1953 年的《东京物语》中就已经通过爷爷奶奶的谈话论述过“跟自己的儿子亲，还是跟孙子亲”的问题，爷爷认同传统的血缘关系，觉得自己和儿子亲，而奶奶觉得长大后的儿子已经变得面目全非，她反而同涉世未深的孙子较亲。小津通过对比将现代性下的血缘关系的两种存在都呈现了出来，前者认同传统意义上的“家”的观念，而后者则从现实的角度对之进行了解构。而是枝裕和无论是在《无人知晓》《如父如子》，还是在《小偷家族》中，他都努力在电影中制造现代性背景下这种虚无的所谓的家庭之爱，力图把它制作得惟妙惟肖。是枝裕和虽然不追求“使人振奋”的精神姿态，但是他试图力挽传统家之爱的用意还是不言而喻的。在《如父如子》中两个抱错孩子的家庭试图达到家庭、伦理、亲情的完美，《无人知晓》中被母亲遗弃的几个儿童组成亲人“生存共同体”，《小偷家族》中几个没有血缘关系的人组建“家庭”，家庭成员有奶奶、父母、儿子、女儿以及阿姨等。是枝裕和尝试用这种方式唤醒人们对日本现代性的反省与认知，他认为现代性对家或者爱进行了摧毁。而小津则不同，他认为人向来都是独自存在的，所谓的血缘、伦理之爱只是人类社会臆想出来的一种美好，周吉老人在影片结尾处静坐在榻榻米上，时间一帧一帧流过，伴随老人的是独自一人的存在，人类或为家庭、或为友谊、或为劳作等结伴，只为摆脱一帧一帧捱时间的孤独、寂寥与无奈。在家庭这一点上，是枝裕和与小津的认知并不同。

上野千鹤子认为日本现代化初期明治政府为了使家庭伦理从属于国家伦理，“‘家制度’就是这样由政府人为地制造出来的”[①]。同样英国学者也认为日本在实现现代性的过程中，“其主要途径是采用大部分已在欧洲奏效的处方”[②]。

---

① 上野千鹤子．近代家庭的形成和终结［M］．吴咏梅，译．北京：商务印书馆，2004：73.

② 清华大学国学研究院．现代世界的诞生［M］．麦克法兰，主讲；刘北成，评议．上海：上海人民出版社，2013：12-13.

这种有效的处方为“家庭的力量必须被削弱，基于血统的严格的社会分层必须被消除”[①]。这种“家庭的力量必须被削弱”与“血统的严格的社会分层”的现代与后现代特征分别可见于战后初期小津安二郎等人的电影中以及当下的是枝裕和等人的电影中。《小偷家族》以传统家庭的方式营造伦理之爱，在“爱”的名义下制造了一个“虚拟的家”单位——“共同体”，其实质是人与人之间的互相依赖。而借用“家”这个单位来营造，是因其承袭了现代性引起的“家”的观念，符合由政府制造出来的合法性，事实是已然崩坍的“家”之观念已经成为发达资本主义为数不多的抒情对象之一，“家”作为实体性的存在已经丑劣不堪。除了是枝裕和的《无人知晓》《如父如子》关注这种传统家庭存在的变化外，其他当下日本导演亦有关注，如荻上直子的电影《海鸥食堂》，几位旅行的女性，成熟自信且具有主体性，不再是男性的附庸与窥探的对象，她们以女性的自足出现在影像中。她们认真而循规蹈矩地打扫卫生、招待客人、接待朋友，一起工作、一起享受生活，由于女性共同体的出现，男性或家庭失去了唯一核心的权威地位。《小偷家族》中信代觉得不是他们选择了女童由里，而是由里选择了他们，她自愿留了下来选择柴田治与信代他们为父母亲人。由里的后天选择谁来做自己父母的自由，在某种程度上也解构了日本现代家庭的权力装置。

日本的“家”之概念带有现代性与后现代性的双重特征，有日本研究者说“长期以来日本的‘家’制度被认为是‘封建遗留制度’，但是近几年的家庭史研究的结果表明：‘家’是由于明治民法的制定而产生的明治政府的发明”[②]。这就使得日本的“家”概念具有一定的现代性。为了避免消解或者解构，是枝裕和对现代社会的“家”之模式极力挽留或极度留恋，带有明治政府的现代性特征，但不论其挽留还是留恋，“家”作为权力装置在日本后现代语境中逐渐解体。日本的“家”之概念肇始于初期的资本主义发展阶段，就目前日本人的存在状况看来，其“家”之结构亦将终结于此。艾伦·麦克法兰认为现代家庭

① 清华大学国学研究院．现代世界的诞生［M］．麦克法兰，主讲；刘北成，评议．上海：上海人民出版社，2013：21-22.

② 上野千鹤子．近代家庭的形成和终结［M］．吴咏梅，译．北京：商务印书馆，2004：69.

在发展过程中逐渐是政治权力的终结单位，他认为现代性中“家庭主义全然缺位。”[①]“家庭主义全然缺位”在《小偷家族》中可以窥见一斑，如女儿离家出走、父母忽视或厌恶孩子的存在、老人被儿孙抛弃、男性缺乏为家庭力争上游的勇气、女性因家暴弑夫等。在日本，单身情况是家庭主义全然缺失的又一表征，如《单身社会》[②]一书的调查中显示现代社会家庭存在一般为“单身、单亲家庭、成婚、分居、稳定的爱侣，以及最终又回归独自一人”。日本教育发达，儿童从小就被规训为合格的、高质量的对社会有用的人才，他们熟知世俗世界的禁忌，因尊重个人权利而尽量独自解决各种问题，加之社会、经济、科技发达与生活便利，独立和单身成为首选。因个体的经济相对独立，社会生存条件改善，日本人的生活模式与存在状况也可以摆脱家的集体而独立生存，甚至男女老少都可以是一个人生活，形成了目前日本社会的“超独居”现象。三浦展说：“在‘超独居社会’中，消费形态的主要特征就是个人化，也可说是孤独化。一个人生活、一个人吃饭的人会愈来愈多。”[③]柴田治与信代在风俗屋相遇之前，他们都是以各自单身的方式存在，就是后来两个人同居在一起也没有成为合法夫妻。这种不婚的各种单身状况也验证了后现代主义时期“家庭”的存在特征：被解构或者可以全然缺失。

关于家庭中的儿童祥太和由里，当信代被关进监狱后，她告诉祥太如何找到亲生父母，而祥太关心的不是找到亲生父母，而是在住院期间，柴田治和信代是否真的像警察描述的那样想扔下自己溜走。他对他们已经产生了家庭般的认知，虽然没有叫出父亲来，但在回学校的车上，祥太轻声呼唤奔跑中的柴田治为“爸爸”。犹如成岛出的电影《第八日的蝉》，片中被偷走的女孩和亲生父母已经无法建立感情，偶尔还会想念那个把自己偷走的孱弱女子，后者曾拼命保护他们之间的爱，而亲生父母因父亲的出轨两个人生活在人间地狱中，彼此厌恶憎恨，“家庭”已经失去传统意义，其形式亦成为牢笼与羁绊。《小偷家

① 清华大学国学研究院．现代世界的诞生［M］．麦克法兰，主讲；刘北成，评议．上海：上海人民出版社，2013：198.

② 克里南伯格．单身社会［M］．沈开喜，译．上海：上海文艺出版社，2015.

③ 三浦展．超独居时代的潜商机：一人化社会的消费趋势报告［M］．李静宜，译．台北：远见天下文化出版股份有限公司，2014：53.

族》中女童由里被送回亲生父母身边，妈妈被爸爸家暴，当由里试图安慰妈妈时，她把这种愤怒和恐惧转嫁到由里身上。影片结尾处由里透过阳台的铁栅栏向外张望，这个充满暴力和虐待的“家庭”对她来说犹如监狱或地狱，望着外面的世界，她渴望再有人来把她带走，就像在饥寒夜里被柴田治从阳台带走一样，传统的家的概念或作为权力机制的现代性单位已然坍塌。

后　记

一、为什么研究电影剧作中的文化建构

21 世纪以来中国电影产业开启了蓬勃发展的态势，观众观影热情高涨，票房繁荣，但电影在文化生态上还存在着一定的上升空间。从目前看，国内电影产业存在着一种普遍状态，即电影票房很好，但是优质电影或者精品电影稀缺，而高端的、可以比肩世界电影大师的作品更为稀缺。关于我国电影业界的这种现状，李安几年前有如下描述："我们的戏剧语言不够，这是我一直遇到的困难。给老百姓看有戏剧性的、说服力的、好看的东西，我们真的做不过人家，我很现实地这样讲。"①

由于电影台词是决定电影文化质量的一个重要方面，于是笔者打算从电影台词研究入手进行电影文化研究。电影剧作中的文化建构对电影剧作来说很重要，或者说是最重要的。因为电影作为一门艺术，除了娱乐大众，还要传播知识，引领文化，如恩格斯所论及的优秀戏剧的标准一样，即"较大的思想深度和意识到的历史内容，同莎士比亚剧作的情节的生动性和丰富性的完美的融合"②。恩格斯在谈优秀的时候，首先谈到的是"思想深度"，可见其重要性。在电影剧作中，文化建构或者剧作者的知识结构与认知积累较为重要，它们决定了电影的深度、广度和厚度。具有"崇高"特征的艺术作品往往带有普遍性或者更容易让更多的人产生共鸣与震撼，因为在欣赏者体验"崇高"的时候会

① 老柯，三木 .《色·戒》是一种人生：独家专访李安［J］. 看电影，2007（18）：28.

② 恩格斯 . 恩格斯致斐迪南·拉萨尔的信（1859 年 5 月 18 日）［M］// 马克思，恩格斯 . 马克思恩格斯全集：第 29 卷 . 北京：人民出版社，2016：583.

产生“净化”与“升华”的最终功效，从而提升人的存在境界与认知。朗吉努斯在论述艺术作品“崇高”的五个重要来源时，他首先谈到了创作者要有“掌握伟大思想的能力”，这一点与恩格斯的看法相一致。所以研究电影剧作中的思想建构、理论概念的嵌入及从古到今的哲学命题，是高端精品电影剧作研究所必需的。本书从电影剧作的文化建构出发，运用文化研究的方法，将电影作者在台词及情节动作设置中所呈现出的文化建构元素剖析出来，对其进行解构，然后再分析其建构剧本的过程与途径。

本书针对电影中出现较为明显的剧作元素，如情节、台词（对白、独白或旁白）进行文化方面的解读与文化剖析，以案例分析法，尽量还原创作者的初衷与目的，并在了解导演或者剧作者的知识结构与知识积累的情况下，为大家分析电影情节、台词的戏剧潜力、文化内涵以及思想理念，解构其动机、目的与效果。在撰写本书的过程中，笔者查阅了一定的相关资料，对于电影导演的知识结构与积累进行了详细而系统的研究。对于诸多电影大师的代表作品，笔者尽量找到能代表导演最高水平的代表作品，由点带面，对整个导演的认知体系及作品所代表的普遍意义进行研究。比如，在研究伯格曼最晦涩难懂的影片《假面》的时候，涉及两个重要的哲学巨匠，一个是荣格，一个是克尔凯郭尔。前者提出来的一系列概念，如原型、集体无意识、象征等概念对伯格曼影响很大。四个非常重要的原型，即人格面具、阴影、阿尼姆斯与阿尼玛、自我，又对《假面》产生了巨大的影响。人格面具就是要遮盖最具有活力、创造力、生命力以及攻击性和野蛮性的阴影，人格面具受集体无意识、意识等因素的影响被迫压抑阴影，使得人格分裂。同时这部影片重新讨论了伦理关系等问题。《假面》所涉及的另一哲学巨匠是克尔凯郭尔，这位19世纪的北欧哲学家所提出的“非理性情绪”与荣格的“阴影”息息相关。“非理性情绪”对北欧知识分子及艺术家伯格曼、蒙克、斯特林堡及哈默休伊等产生了巨大影响。克尔凯郭尔扭转了自黑格尔以来的以理性思考世界的方式，被称为西方存在主义与现代主义之父。在国内，研究伯格曼电影台词与克尔凯郭尔思想之间关系的文章或者资料几乎没有。本书就试图通过对电影情节与台词的剧作分析，将其所传递的深刻思考挖掘出来，进行文化分析与艺术张力研究。

为了更好地对电影剧作中的文化建构进行研究，笔者对不同时空、不同理论深度层次、不同风格的电影进行文本分析。时间上有冷战时期电影、现代性电影与后现代性电影等；空间上有对中国大陆、中国台湾、外国的电影；层次上有简单的文艺电影、经典艺术电影、晦涩难懂的艺术电影与浅思维化的好莱坞商业片等；风格上有商业电影、艺术电影、伦理电影、宗教电影、政治电影等。本书试图通过分析不同导演的台词设置，研究其台词与艺术张力、文化特征与理论结构之间的关系。这种研究并非从理论到理论的枯涩空疏应用，而是结合中国国内电影的现实状况，借鉴学习国际电影大师的创作经验、认知深度、艺术修养与理论层次等，为国内电影创作人员提供理论基础与技术借鉴，进而提高中国电影剧作的创作水平与理论认知水平，开辟更好的国内外电影产业市场，并在思想性、时代性、丰富性、生动性方面与世界高水平电影真正接轨，使得中国电影“走出去”，“讲好中国故事”，提升中国文化的影响力。

二、电影剧作中的文化建构主要研究内容及观点

电影创作过程是由人、事或由认知入手，确立主题，然后再进行结构布局，最后按照思想认知、情感表达与布局需求设置角色的具体台词与情节。所以电影台词与情节设置反映了剧作者的文化认知，以及情感表达是否深入、生动与丰富。同时由于电影主要诉诸视觉，更多依赖人物的外部情节动作，并具有镜头转换迅速和多场景等特点，台词就更要具有浓缩性与弹性，并使用象征、怪诞、隐喻、比拟、双关、对比、省略、重复、铺陈、排比、借代等多种手法，与情节共同构成形式上的丰富与生动。电影剧作中的文化建构需要台词与情节的设置符合人物的性格与逻辑，同时还要符合人物关系和规定情境。电影台词设置与情节、结构设置须一致，符合整个剧作的可然原则与必然原则。它们的设置需要精练、简明、生动，起承转合间要紧凑而动感十足。电影台词十分重要，它是电影中人物交谈或自语的活动，是电影塑造人物的基本手段之一，包括诗性语言、戏剧语言、文学语言、公文语言以及日常语言等一切可能的语言。它既传达人物的心理活动，又能起到交

流作用，同时加强电影的叙述说明，推进剧情冲突的发展，加强人物的表现力，刻画典型的人物性格，揭示人物内心世界及其与外部世界的各种社会、伦理、宗教、哲学等的关系。

本书主要分析的电影文本或文化建构的主题或主旨，其内容如下：《蓝色》对“荒诞”的认知与对“自由”的实现；从《乡愁》中看俄罗斯文化中的三种形象：圣愚、知识分子与女性；言语不能形容的秘密：《假面》人格面具下的母子、非理性和身份；从《黑客帝国》管窥好莱坞大片的“文化苦旅”；《卧虎藏龙》蕴含的中国传统文化与“自由”“欲望”的现代性；残缺的《八部半》从阴影走向庆典体验存在的本质；《东京物语》之于伦理关系“并非崩溃，而是本质”的认知；从《血迷宫》中感受人的荒诞存在与真相的暧昧模糊；温暖与希望自足的局外人：《罪与罚》中的精神困境、现代意识及对操控体系的反思；从《青春残酷物语》看日本反英雄在现代化进程中的爱恨情仇；《黑猫白猫》的喜剧精神与对“第二世界”的讨论；后严肃主义时期的“历史真实”：《二十四城记》在话语与多种艺术形式之间的实践；由《英雄》所折射出的中国电影剧作创作特点；老子思想在《骑士》及中外经典电影剧作中的文化建设；从《小偷家族》看日本当下的后人类特征。本书采用理论联系剧作实践的方法，在进行文本解读时，对具体文本进行理论结构分析、文化研究与艺术张力分析。在研究这十五部影片剧作的文化结构时，由于地域、风格、类型与作品层次的不同，每部作品的创作者涉及与运用的理论及其认知也都不尽相同，具体如下：《蓝色》使用的是存在主义理论、镜像理论等；《乡愁》中侧重的是东正教文化的“牺牲”“救赎”观点、知识分子概念、“圣愚”人群及对现代性的批判理论；《假面》中使用的是荣格的人格面具理论、原型理论及克尔凯郭尔的非理性情绪及“非此即彼”的选择理论等；《黑客帝国》中使用的是拉康的象征界理论、麦克卢汉的“超真实”概念、波德里亚的理论、基督文化等；《卧虎藏龙》使用的是中国“儒”“道”思想、心理学潜意识及存在主义的“选择”理念等；《八部半》使用的是荣格关于原型的理论、卡夫卡的“断裂”理论、存在主义“虚无”理论、老子的“无为”思想等；《东京物语》从伦理的角度重新讨论了血缘关系，并对人的存在状况进行了一定的讨论；《血迷宫》中涉及了西方基督教神学理论中“饮血”逻辑、存在主义理论及西方关于真相不可知论；《罪与罚》中运用了加缪存在主义与尼采的强者哲学理论；《青春残酷物语》使用的是心理学或者青少年亚文化虐恋理论，同时也掺杂对日本社会现代性状况的分析；《黑猫白猫》着重强调了喜剧精神的重要性，并对巴赫金的狂欢理论进行了展示；电影《二十四城记》运用当代艺术的多种手法对历史进行诗意与张力十足的表达，影像与视听的“陌生化效果”明显；《英雄》中的国家主义与英雄的定位似乎需要创新定义与定位；从电影《骑士》入手，勘察中外经典电影对《道德经》核心思想的运用与视觉呈现；日本电影《小偷家族》从后人类视角书写及预示了人和人的关系以及传统社会结构的变化。

三、研究电影剧作中文化建构的意义

综观近些年的电影剧作研究，笔者发现大部分电影剧作类的书籍关注剧作技巧与技法，电影剧作中的文化建构研究是电影研究中比较薄弱的一个环节。本书从电影文化建构角度，通过分析中外电影剧作中的文化建构、目的与效果，解构蕴含其中的各个文化元素，剖析其中的中外经典理论、现代主义理论、后现代主义理论等，为电影剧作的文化嵌入与思想建构提供一定思路。本书的研究观点比较独特，很多资料与观点是之前的研究并没有涉猎到的，比如：《蓝色》对“荒诞”的认知与对“自由”的实现；《乡愁》中三种俄罗斯文化符号对现代性的象征与隐喻；《假面》通过只言片语陈述出了人类的阴影，并讨论血缘关系与非理性；从《黑客帝国》管窥好莱坞商业电影浅思维化下的陈词滥调，为纷纷模仿美国大片的中国电影打一针清醒剂；《卧虎藏龙》中的“灵魂”与“欲望”的现代性冲突；《八部半》从阴影走出，以庆典的方式面对人性的残缺，并在虚无中渴望和解诸多矛盾；《东京物语》以东方式的思维对现代性进行思考；《血迷宫》中反英雄们的荒诞与西方暧昧的真相；《罪与罚》中的现代主义意识；《青春残酷物语》继续揭露日本人在现代性面前的无力与虚无；《黑猫白猫》对意识形态的超越，真正实现喜剧精神与生命的狂欢；分析《英雄》在价值观、人物形象及人物关系方面文化输出的失败。

本书通过对具体电影作品中的文化建构元素的关注，剖析具体电影文本中文化建构的组成部分、组建过程与实际产生的效果等，为研究者提供剧作创意的最初来源并展示完成效果，为学习创作者提供导演的高屋建瓴的高度、深度与认知，以解决他们在创作过程中产生的具体问题。电影文化建构是电影剧作中非常重要的一部分，通过对其进行研究，相信本书将会对电影创作与研究产生良好的影响与作用，为电影欣赏者、剧作者提供不同的视角，对看电影、了解电影及创作电影的读者都会有认知上的提升，也相信会对电影强国梦有一定的帮助。

进入 21 世纪以来中国电影发展势头良好，但也存在一定的不足和缺陷，对解决中国电影现状所存在的问题、电影如何吸引更多的观众，以及电影工作者如何更好地创作出优秀的电影作品等这些问题，本书可以提供实用的理论分析与创作借鉴。在多年的研究与教学过程中，笔者逐渐体会到自己认知上的不足与缺陷，由于篇幅的限制，此次写作本书侧重剧作方面的文化建构，而对于剧作的其他方面，比如主题立意、线索结构与人物形象的设置只是根据电影文化建构需求简单地提及。而对电影台词及情节的设置，也只是围绕文化建构展开，没有全面地分析和研究，比如，没有从语言学、符号学等方面进行形而上的分析。其实如果能够从更深的理论层次展开研究将会更有意义，但那将是电影理论研究方向的论著了，不管怎样，能从这两方面中的任何一个方面进行研究都是一件有意义的事。但因为篇幅的限制，以及目前笔者的知识积累，对很多方面的学识尚欠丰富和深度，希望在未来的研究中，在各位专家与阅读者的建议下，再有机会去丰富此书的研究，那将对本人、学生与创作者有所裨益。

最后再强调一下，本书是围绕恩格斯对于优秀叙事作品的标准来进行研究的，他认为叙事作品如果“具有较大的思想深度和意识到的历史内容，同莎士比亚剧作的情节的生动性和丰富性的完美的融合”就不失为一部优秀的叙事作品。本书电影剧作中的文化建构研究旨在解构剧作者的“思想深度”及其观察到的“历史内容”，同时也会考察剧作形式与手法的“丰富性”“多样性”得以实现的可能。在恩格斯的标准下，本书对电影剧作中的知识结构进行深层挖掘，这种剧作文化建构研究的方法将涉及大量的文化背景、知识积累与思想认知，也将有利于帮助学生与剧作者解决他们在电影剧作创作过程中的某些问题。